A aventura semiológica

Roland Barthes
A aventura semiológica

Tradução
MÁRIO LARANJEIRA

martins fontes
selo martins

Esta obra foi publicada originalmente em francês com o título
L'AVENTURE SEMIOLOGIQUE por Éditions du Seuil, Paris, em 1985.
Copyright © Éditions du Seuil, 1985.
Copyright © 2001, Livraria Martins Fontes Editora Ltda.,
São Paulo, para a presente edição.

Publisher *Evandro Mendonça Martins Fontes*
Coordenação editorial *Vanessa Faleck*
Produção editorial *Heda Maria Lopes*
Revisão *Andréa Stahel M. da Silva*
Ana Luiza França
Maya Indra Oliveira
Pamela Guimarães

Dados Internacionais de Catalogação na Publicação (CIP)
(Câmara Brasileira do Livro, SP, Brasil)

Barthes, Roland, 1915-1980.
A aventura semiológica / Roland Barthes ; tradução Mário Laranjeira. – São Paulo : Martins Fontes, 2001. – (Coleção tópicos)

Título original: L'aventure semiologique.
ISBN 85-336-1430-6

1. Análise do discurso 2. Semiótica I. Título. II. Série.

01-2540   CDD-401.41

Índices para catálogo sistemático:
1. Semiologia : Linguística   401.41

Todos os direitos desta edição reservados à
Martins Editora Livraria Ltda.
Av. Dr. Arnaldo, 2076
01255-000 São Paulo SP Brasil
Tel.: (11) 3116 0000
info@emartinsfontes.com.br
www.martinsfontes-selomartins.com.br

ÍNDICE

Nota do editor francês.. VII
A aventura semiológica... XI

1. ELEMENTOS

A antiga retórica – Apostila.. 3
Introdução à análise estrutural das narrativas............. 103
As sucessões de ações... 153

2. DOMÍNIOS

Saussure, o signo, a democracia................................. 169
A cozinha dos sentidos.. 177
Sociologia e sócio-lógica. A propósito de dois livros
recentes de Claude Lévi-Strauss................................. 181
A mensagem publicitária... 197
Semântica do objeto.. 205
Semiologia e urbanismo.. 219
Semiologia e medicina.. 233

3. ANÁLISES

A Análise Estrutural da Narrativa. A respeito de *Atos* 10-11 249
A luta com o anjo: análise textual de *Gênesis* 32,23-33 ... 285
Análise textual de um conto de Edgar Poe 303

NOTA DO EDITOR FRANCÊS

Os textos que seguem pertencem todos ao que foi a atividade de pesquisa e de docência de Barthes. Entenda-se: a docência no seio de um pequeno grupo – o "seminário" – de estudantes muito adiantados e de jovens professores, cuja maioria, depois, segundo a diversidade dos desejos, retomou o caminho assim aberto com suas próprias publicações; também junto a especialistas de outras disciplinas aos quais, como se verá, ele levava a contribuição da abordagem semiológica. E a pesquisa numa etapa precisa, num dos três tempos destacados na conferência colocada aqui como liminar: não mais o tempo primeiro do ofuscamento, e não ainda aquele da superação sob o título de Texto; o tempo, central, da pesquisa e, pode-se dizer, do estabelecimento da semiologia como disciplina sistemática. Daí datarem quase todos os escritos aqui reunidos entre os anos 1963-73.

As intervenções de R. B. nesse campo são de três tipos. Elementos, *diremos, retomando a modéstia da formulação, para a atualização dos conhecimentos passados já adquiridos e o estabelecimento orgânico – os alicerces – da disciplina. Esses textos foram e permanecem propriamente fundadores*. Domínios *para o balizamento daquilo que poderia ser (e não era ou ainda não é) a semiologia nos mais diversos campos de pesquisa. Trata-se então, a cada vez muito explicitamente, de esboços, de esquemas para pesquisas possíveis, não de resultados. São outras tantas instigações, mas nas quais cada vez um traço, até mesmo uma subversão, é produzido, de que se poderá perguntar se desde então foi realmente explorado. Análises, finalmente, de alguns textos, não sob o ângulo – como noutras partes – da escrita, isto é, do transbordamento sem fim do sentido inscrito, mas da experimentação de um método: como reconhecer por sua estrutura aquilo que faz a inteligibilidade de uma narrativa.*

Por trás de tudo isto, um desejo. E, simétrica ao prazer do texto, uma felicidade da ciência em ato: "Ele sempre associou a atividade intelectual a um gozo... Que é para ele uma ideia, senão um empurpuramento de prazer[1]*?" É portanto um homem feliz que se vai ver trabalhando.*

Mas essa felicidade, R. B. não a considerava como dada; todo o seu ensino equivale precisamente a mostrar a euforia suspensa à prática concreta de uma moralidade quanto ao signo*: nunca tomar o sentido como "natural", impondo-se por si (aquém de qualquer linguagem), nem deixá-lo retomar-se (perder-se) na compacidade de um estado de linguagem, nem tampouco no fechamento de um nível de análise. Nunca ceder sobre o "arrepio" do sentido*[2]. *A chave de tudo quanto se vai ler é o reconhecimento do sentido como valor.*

Daí, finalmente, a crítica severa feita à semiologia de ter fracassado mais de uma vez em "dramatizar" seu empreendimento, "por não ter sabido indignar-se*": crítica por ter enges-*

---

1. *Barthes*, por Roland Barthes, Éd. du Seuil, coleção "Écrivains de toujours", 1975, p. 107. A confrontar aqui com a p. 56: "O binarismo era para ele um verdadeiro objeto amoroso."

2. *Ibid.*, p. 101.

sado, "indiferenciado" o seu objeto, em vez de descobrir nele o tremor; contra isso, R. B. nunca cessou de apor barreiras: "Como esquecer que a semiologia tem alguma relação com a paixão do sentido: o seu apocalipse e/ou a sua utopia[3]?"

F. W.

---

3. *Ibid.*, p. 163.

A AVENTURA SEMIOLÓGICA

Há alguns dias, uma estudante veio procurar-me; pediu-me para preparar um doutorado de terceiro ciclo sobre o seguinte assunto, que me propôs com um ar bastante irônico embora nem um pouco inamistoso: *Crítica ideológica da semiologia.*

Parece-me haver nessa pequena "cena" todos os elementos a partir dos quais se pode esboçar a situação da semiologia e sua história recente:

– encontra-se aí, de início, o processo ideológico, isto é, político, que se move muitas vezes contra a semiologia, denunciada como uma ciência reacionária ou no mínimo indiferente ao engajamento ideológico: não se acusou o estruturalismo, como há pouco o "Nouveau Roman", e aqui mesmo na Itália, se as minhas lembranças são exatas, de ser uma ciência cúmplice da tecnocracia, até mesmo do gaullismo?

– em seguida a ideia de que aquele a quem essa estudante se dirigia era um dos *representantes* dessa semiologia que se tratava justamente de desmontar (no duplo sentido de: analisar e desmontar, despedaçar e pôr abaixo) – daí a ironia ligeira de minha interlocutora: por sua proposta de assunto ela me *provocava* (não levarei em conta a interpretação psicanalítica da cena);

– finalmente, a intuição de que, no papel de semiólogo quase oficial que me atribuía, subsistia certo tremor, certa duplicidade, certa infidelidade semiológica que podia fazer, de um modo talvez paródico, daquele a quem a estudante se dirigia, ao mesmo tempo alguém que estava na semiologia e fora dela: daí essa espécie de amistosidade ligeira (mas eu posso estar enganado) cuja lembrança aquela cena cheia de *dengo* intelectual me deixou.

Antes de retomar as questões que alimentavam esse pequeno psicodrama, devo dizer que não *represento* a semiologia (nem o estruturalismo): nenhum homem no mundo pode *representar* uma ideia, uma crença, um método, muito menos quem *escreve*, cuja prática eletiva não é nem a fala nem a escrevência, mas a escrita.

A sociedade intelectual pode fazer de você aquilo que quiser, aquilo de que precisa, o que nunca passa de uma forma do *jogo* social; mas eu não posso me viver como uma *imagem*, a *imago* da semiologia. Estou, em relação a essa *imago*, num estado duplo: de disponibilidade e de fuga:

– por um lado, o que mais quero é estar associado ao corpo dos semiólogos, o que mais quero é responder com eles aos que os atacam: espiritualistas, vitalistas, historicistas, espontaneístas, antiformalistas, arqueomarxistas etc. Esse sentimento de solidariedade me é mais fácil na medida em que realmente não sinto nenhuma pulsão fraccionista: não me interessa opor-me, como é norma no fraccionismo, àqueles de quem estou próximo (pulsão narcísica bem analisada por Freud a respeito do mito dos irmãos inimigos);

– mas, por outro lado, a Semiologia não é para mim uma Causa; não é para mim uma ciência, uma disciplina, uma escola, um movimento com os quais eu identifique a minha própria pessoa (já é muito aceitar dar-lhe um nome; em todo caso, é para mim um nome a cada instante revogável).

O que é então para mim a Semiologia? É uma *aventura*, quer dizer, *aquilo que me advém* (o que me vem do Significante).

Essa aventura – pessoal, mas não subjetiva, pois que é precisamente o deslocamento do sujeito que no caso é posto em cena, e não a sua expressão –, essa aventura foi representada, para mim, em três momentos.

1. O primeiro momento foi de ficar maravilhado. A linguagem, ou, para ser mais exato, o *discurso*, foi o objeto constante de meu trabalho, desde o meu primeiro livro, a saber *O grau zero da escrita* (*Le degré zéro de l'écriture*). Em 1956, eu havia acumulado uma espécie de material mítico da sociedade de consumo, que aparecera na revista de Nadeau, *Les Lettres Nouvelles*, sob o nome de *Mitologias*; foi então que li Saussure pela primeira vez; e, tendo-o lido, fiquei ofuscado por esta esperança: dar finalmente à denúncia dos mitos pequeno-burgueses, que nunca faziam outra coisa senão proclamar-se por assim dizer *in loco*, o meio de desenvolver-se cientificamente; esse meio era a semiologia ou análise fina dos processos de sentido graças aos quais a burguesia converteu a sua cultura histórica de classe em natureza universal; a semiologia me apareceu então, em seu porvir, programa e tarefas, como o método fundamental da crítica ideológica. Exprimi esse ofuscamento e essa esperança no posfácio das *Mitologias*, texto cientificamente envelhecido talvez, mas texto eufórico, pois que *dava segurança* ao engajamento intelectual dando-lhe um instrumento de análise e *responsabilizava* o estudo do sentido dando-lhe um alcance político.

A semiologia evoluiu desde 1956, sua história é de algum modo *arrebatada*; mas continuo convencido de que toda

crítica ideológica, se quiser escapar à pura insistência de
sua necessidade, deve ser e não pode ser senão semiológica:
analisar o conteúdo ideológico da semiologia, como pretendia a estudante de há pouco, só poderia fazer-se ainda por
vias semiológicas.

2. O segundo momento foi o da ciência, ou pelo menos
da cientificidade. De 1957 a 1963, eu trabalhava para levar
avante a análise semiológica de um objeto altamente significante, a roupa de Moda; o objetivo desse trabalho era muito pessoal, ascético, se assim posso dizer: tratava-se de reconstituir minuciosamente a gramática de uma língua conhecida,
mas que ainda não tinha sido analisada; pouco me importava
que a exposição desse trabalho corresse o risco de ser ingrata, o que importava para o meu prazer era fazê-lo, *operá*-lo.

Ao mesmo tempo eu tentava conceber certo ensino da
semiologia (com os *Elementos de semiologia*).

Ao meu lado, a ciência semiológica se elaborava e se
desenvolvia segundo a origem, o movimento e a independência própria de cada pesquisador (estou pensando principalmente nos meus amigos e companheiros Greimas e Eco);
foram feitas junções com grandes irmãos mais velhos, como
Jakobson e Benveniste, e pesquisadores mais novos tais como
Bremond e Metz; uma Associação e uma *Revista Internacional de Semiologia* são criadas.

Para mim, o que domina esse período de meu trabalho,
creio, é menos o projeto de fundar a semiologia como ciência do que o prazer de exercer uma *Sistemática*: existe, na
atividade de classificação, uma espécie de embriaguez criativa que foi a dos grandes classificadores como Sade e Fourier; em sua fase científica, a semiologia foi para mim essa
embriaguez: eu reconstituía, biscateava (dando um sentido
elevado a essa expressão) sistemas, jogos; nunca escrevi

livros senão *pelo prazer*: o prazer do Sistema substituía em mim o superego da Ciência: isso já era preparar a terceira fase dessa aventura: finalmente indiferente à ciência indiferente (adiafórica, como dizia Nietzsche), eu entrava pelo "prazer" no Significante, no Texto.

3. O terceiro momento é, com efeito, o do Texto.

Teciam-se discursos em torno de mim, que deslocavam preconceitos, inquietavam evidências, propunham novos conceitos:

Propp, descoberto a partir de Lévi-Strauss, permitia vincular seriamente a semiologia a um objeto literário, a narrativa;

Julia Kristeva, remanejando profundamente a paisagem semiológica, dava-me pessoalmente e principalmente os conceitos novos de *paragramatismo* e de *intertextualidade*;

Derrida deslocava vigorosamente a noção mesma de signo, postulando o recuo dos significados, o descentramento das estruturas;

Foucault acentuava o processo do signo indicando-lhe um lugar histórico passado;

Lacan dava-nos uma teoria acabada da cisão do sujeito, sem a qual a ciência está condenada a permanecer cega e muda sobre o lugar de onde ela fala;

Tel Quel, finalmente, lançava a tentativa, singular ainda hoje, de recolocar o conjunto dessas mutações no campo marxista do materialismo dialético.

Para mim, esse período se inscreve, em seu conjunto, entre a *Introdução à análise estrutural das narrativas* (1966) e *S/Z* (1970), sendo que o segundo trabalho denega de algum modo o primeiro, pelo abandono do *modelo* estrutural, e recorre à prática do Texto infinitamente diferente.

Que é então o Texto? Não responderei por uma definição, o que seria recair no significado.

O Texto, no sentido moderno, atual, que tentamos dar à palavra, distingue-se fundamentalmente da obra literária:
 não é um produto estético, é uma prática significante;
 não é uma estrutura, é uma estruturação;
 não é um objeto, é um trabalho e um jogo;
 não é um conjunto de signos fechados, dotado de um sentido que se trataria de encontrar, é um volume de marcas em deslocamento;
 a instância do Texto não é a significação, mas o Significante, na acepção semiótica e psicanalítica do termo;
 o Texto excede a antiga obra literária; existe, por exemplo, um Texto da Vida, no qual tentei entrar pela escrita a respeito do Japão.

Como essas três experiências semiológicas, a esperança, a Ciência, o Texto, estão hoje presentes em mim?

Dizem que o Rei Luís XVIII, fino apreciador da boa mesa, mandava o cozinheiro fazer várias bistecas empilhadas umas sobre as outras, das quais só comia a de baixo, que tinha recebido assim o suco filtrado de todas as outras. Do mesmo jeito, eu gostaria que o momento presente da minha aventura semiológica recebesse o suco das primeiras e que o filtro fosse, como no caso das bistecas reais, tecido da matéria mesma que deve ser filtrada; que o filtrante fosse o próprio filtrado, como o significado é o significante; e que por conseguinte se encontrassem no meu trabalho presente as pulsões que animaram todo o passado dessa aventura semiológica: a vontade de me inserir numa comunidade de pesquisadores rigorosos e a fidelidade à adesão tenaz entre o político e o semiológico.

Entretanto, essas duas heranças, não as posso hoje reconhecer senão dizendo que modificação lhes acrescento:

– no que concerne ao primeiro ponto, a saber, a cientificidade da Semiologia, não posso acreditar hoje, e não desejo, que a semiologia seja uma ciência simples, uma ciência positiva, e isso por uma razão primordial: pertence à semiologia, e talvez, de todas as ciências humanas, hoje, apenas à Semiologia, questionar o seu próprio discurso: ciência da linguagem, das linguagens, ela não pode aceitar a sua própria linguagem como um dado, uma transparência, uma ferramenta, em suma, uma metalinguagem; fortalecida com as aquisições da psicanálise, interroga-se sobre *o lugar de onde fala*, interrogação sem a qual toda ciência e toda crítica ideológica são derrisórias: para a Semiologia, pelo menos assim desejo, não existe uma *extraterritorialidade* do sujeito, ainda que fosse sábio, com relação ao seu discurso; noutras palavras, finalmente, a ciência não conhece nenhum lugar de segurança, e nisso ela deveria reconhecer-se como escrita;

– no que concerne ao segundo ponto, a saber, o engajamento ideológico da Semiologia, direi que, a meus olhos, o que está em jogo cresceu consideravelmente: o escopo da Semiologia não é mais simplesmente, como no tempo das *Mitologias*, a tranquilidade da consciência pequeno-burguesa; é o sistema simbólico e semântico de nossa civilização, na sua totalidade; é muito pouco querer mudar conteúdos; é necessário sobretudo visar a *fissurar* o próprio sistema do sentido: sair do cercado ocidental, como já postulei no meu texto sobre o Japão.

E, para terminar, uma observação sobre esta introdução: nela foi dito *EU*. Fique bem entendido que essa primeira pessoa é *imaginária* (no sentido psicanalítico do termo); se não o fosse, se a sinceridade não fosse um desconhecimento, já não valeria a pena escrever, bastaria falar. A escrita é precisamente esse espaço em que as pessoas da gramática e as origens do discurso se misturam, se emaranham, se perdem até o indistinguível: a escrita é a verdade, não da pessoa (do autor), mas da linguagem. É por isso que a escrita vai sempre mais longe do que a fala. Consentir em *falar* da própria escrita, como foi feito aqui, é somente dizer ao outro que se tem necessidade da sua própria fala.

Conferência pronunciada na Itália.
Retomada no jornal *Le Monde*, 7 de junho de 1974.

1
ELEMENTOS

A ANTIGA RETÓRICA
Apostila

A exposição a seguir é a transcrição de um seminário ministrado na "École pratique des hautes études" [Escola Prática de Altos Estudos], em 1964-65. Na origem – ou no horizonte – desse seminário, como sempre, havia o texto moderno, isto é: o texto que ainda não existe. *Uma via de abordagem desse texto novo é saber a partir de que e contra que ele se busca e, portanto, confrontar a nova semiótica da escrita com a antiga prática da linguagem literária, que durante séculos se chamou Retórica. Daí a ideia de um seminário sobre a antiga Retórica:* antiga *não quer dizer que haja hoje uma nova Retórica;* antiga Retórica *se opõe antes a esse* novo *que talvez não esteja ainda realizado: o mundo está incrivelmente repleto de antiga Retórica.*

Jamais se teria aceitado publicar estas notas de trabalho se existisse um livro, um manual, um memento, fosse qual fosse, que apresentasse um panorama cronológico e sistemático dessa Retórica antiga e clássica. Infelizmente, pelo que sei, nada assim existe (pelo menos em francês). Fui pois obrigado a construir eu mesmo o meu saber, e é o resultado dessa propedêutica pessoal que aqui se publica: eis aqui a apostila que eu bem que gostaria de ter encontrado quando comecei a interrogar-me sobre a morte da Retórica. Nada mais, portanto, a não ser um sistema elementar de informações, o aprendizado de certo número de termos e de classificações – o que não significa que no decurso deste trabalho eu não tenha sido muitas vezes tomado de excitação e de admiração diante da força e da sutileza desse antigo sistema retórico, da modernidade dessa ou daquela de suas proposições.

Por infelicidade, este texto de saber, não posso mais (por razões práticas) autenticar-lhe as referências: tenho de redigir esta apostila, em parte, de memória. Minha desculpa é que se trata de um saber banal: a Retórica é mal conhecida e, no entanto, conhecê-la não implica nenhuma tarefa de erudição: toda gente poderá chegar sem dificuldade às referências bibliográficas que faltam aqui. O que está reunido (por vezes, talvez até, sob forma de citações involuntárias) provém essencialmente: *1. de alguns tratados de retórica da Antiguidade e do classicismo; 2. das introduções eruditas aos volumes da coleção Guillaume Budé; 3. de dois livros fundamentais, os de Curtius e de Baldwin; 4. de alguns artigos especializados, principalmente no que diz respeito à Idade Média; 5. de alguns livros usuais, dentre os quais o* Dictionnaire de rhétorique *de Morier, a* Histoire de la langue française *de F. Brunot, e o livro de R. Bray sobre a* Formation de la doctrine classique en France; *6. de algumas leituras adjacentes, elas próprias lacunosas e contingentes (Kojève, Jaeger)*[1].

---

1. Ernst R. Curtius, *La littérature européenne et le Moyen Âge latin*, Paris, PUF, 1956, traduzido do alemão para o francês por J. Bréjoux (1ª ed. alemã de 1948).

Charles S. Baldwin, *Ancient Rhetoric and Poetic Interpreted from Representative Works*, Gloucester (Mass.), Peter Smith, 1959 (1ª ed. 1924); *Medieval Rhetoric and Poetic (to 1400) Interpreted from Representative Works*, Gloucester (Mass.), Peter Smith, 1959 (1ª ed. 1928).

0.1. As práticas retóricas

A retórica de que se tratará aqui é essa metalinguagem (cuja linguagem-objeto foi o "discurso") que reinou no Ocidente do século V a.C. até o século XIX d.C. Não se trabalhará com experiências mais longínquas (Índia, Islã) e, no que diz respeito ao Ocidente mesmo, tomar-se-ão como limites Atenas, Roma e a França. Essa metalinguagem (discurso sobre o discurso) comportou várias práticas, presentes simultânea ou sucessivamente, segundo as épocas, na "Retórica":

1. Uma *técnica*, isto é, uma "arte", no sentido clássico da palavra: arte da persuasão, conjunto de regras, de receitas cuja aplicação permite convencer o ouvinte do discurso (e mais tarde, o leitor da obra), mesmo quando aquilo de que se deve persuadi-lo seja "falso".

2. Um *ensinamento*: a arte retórica, de início transmitida por vias pessoais (um retor e seus discípulos, seus clientes), inseriu-se rapidamente em instituições de ensino; nas escolas, formou o essencial do que se chamaria hoje de segundo ciclo secundário e ensino superior; transformou-se em matéria de exame (exercícios, lições, provas).

3. Uma *ciência*, ou, em todo caso, uma protociência, isto é: *a.* um campo de observação autônomo delimitando certos fenômenos homogêneos, a saber, os "efeitos" de linguagem; *b.* uma classificação desses fenômenos (cuja marca mais conhecida é a lista das "figuras" de retórica); *c.* uma "operação"

René Bray, *La formation de la doctrine classique en France*, Paris, Nizet, 1951.

Ferdinand Brunot, *Histoire de la langue française*, Paris, 1923.

Henri Morier, *Dictionnaire de poétique et de rhétorique*, Paris, PUF, 1961.

no sentido hjelmsleviano, isto é, uma metalinguagem, conjunto de tratados de retórica, cuja matéria – ou significado – é uma linguagem-objeto (a linguagem argumentativa e a linguagem "figurada").

4. Uma *moral*: sendo um sistema de "regras", a retórica está penetrada da ambiguidade da palavra: é ao mesmo tempo um manual de receitas, animadas por uma finalidade prática, e um Código, um corpo de prescrições morais, cuja função é vigiar (isto é, permitir e limitar) os "desvios" da linguagem passional.

5. Uma *prática social*: a Retórica é essa técnica privilegiada (pois que é preciso pagar para adquiri-la) que permite às classes dirigentes garantir para si a *propriedade da palavra*. Sendo a linguagem um poder, decidiu-se das regras seletivas de acesso a esse poder, constituindo-o em pseudociência, fechada para "aqueles que não sabem falar", tributária de uma iniciação dispendiosa: nascida há 2.500 anos de processo de propriedade, a retórica se esgota e morre na classe de "retórica", consagração iniciática da cultura burguesa.

6. Uma *prática lúdica*: constituindo todas essas práticas um formidável sistema institucional ("repressivo", como se diz hoje), era normal que se desenvolvesse uma derrisão da retórica, uma retórica "negra" (suspeitas, desprezos, ironias): jogos, paródias, alusões eróticas ou obscenas[2], piadas de colégio,

---

2. Numerosas brincadeiras obscenas sobre *casus* e *conjunctio* (na verdade termos de gramática), de que esta metáfora retirada das *Mil e uma noites* pode dar uma ideia: "Ele empregou a preposição com a construção exata e reuniu a proposição subordinada à conjunção; mas sua esposa caiu como a terminação nominal diante do genitivo." – Mais nobremente, Alain de Lille explica que a humanidade comete *barbarismos* na união dos sexos, *metaplasmas* (licenças) que se opõem às regras de Vênus; o homem cai em *anástrofes* (inversões de construção); em sua loucura, chega até à *tmese* (Curtius, *op. cit.*, p. 512-3); da mesma forma, Calderón, comentando a situação de uma dama

toda uma prática de garotos (que ainda está por explorar e constituir em código cultural).

0.2. O império retórico

Todas essas práticas atestam a amplitude do fato retórico – fato que entretanto ainda não deu ensejo a nenhuma síntese importante, a nenhuma interpretação histórica. Talvez seja porque a retórica (além do tabu que pesa sobre a linguagem), verdadeiro império, mais vasto e mais tenaz do que qualquer império político, por suas dimensões, por sua duração, elude o próprio quadro da ciência e da reflexão históricas, a ponto de colocar em questão a própria história, pelo menos tal como estamos acostumados a imaginá-la, a manejá-la, e de obrigar a conceber aquilo que se pôde chamar alhures de uma história monumental; o desprezo científico ligado à retórica participaria, pois, dessa recusa geral em reconhecer a multiplicidade, a sobredeterminação. Imagine-se, entretanto, que a retórica – sejam quais forem as variações internas do sistema – reinou no Ocidente durante dois milênios e meio, de Górgias a Napoleão III; imagine-se tudo aquilo que, imutável, impassível e como que imortal, ela viu nascer, passar, desaparecer, sem se comover e sem se alterar: a democracia ateniense, os reinos egípcios, a República Romana, o Império Romano, as grandes invasões, o feudalismo, a Renascença, a monarquia, a Revolução Francesa;

---

vigiada enquanto vai visitar o seu galante: "É um grande barbarismo de amor ir ver e ser vista, pois, mau gramático, chega a fazer uma pessoa passiva de uma pessoa ativa." Sabe-se em que sentido anatômico P. Klossovski retomou os termos da escolástica (*utrumsit, sed contra, vacuum, quidest*: "o *quidest* da Inspetora"). Nem é preciso dizer que a colusão da gramática (da retórica ou da escolástica) com o erótico não é apenas "engraçada": traça com precisão e gravidade um lugar transgressivo em que dois tabus são derrubados: o da linguagem e o do sexo.

digeriu regimes, religiões, civilizações; moribunda desde a Renascença, leva três séculos para morrer; e ainda não é certo que ela esteja morta. A retórica dá acesso ao que se pode chamar de sobrecivilização: a do Ocidente, histórico e geográfico: ela foi a única prática (juntamente com a gramática, nascida depois) através da qual nossa sociedade reconheceu a linguagem, sua soberania (*kurôsis*, como diz Górgias), que era também, socialmente, uma "senhorialidade"; a classificação que ela lhe impôs é o único traço realmente comum de conjuntos históricos sucessivos e diversos, como se existisse, superior às ideologias de conteúdos e às determinações diretas da história, uma ideologia da forma, como se – princípio pressentido por Durkheim e Mauss, afirmado por Lévi--Strauss – existisse para cada sociedade uma *identidade taxinômica*, uma sócio-lógica, em nome do que é possível definir uma outra história, uma outra socialidade, sem desfazer aquelas que são reconhecidas em outros níveis.

0.3. A viagem e a rede

Esse vasto território será aqui explorado (no sentido frouxo e apressado do termo) em duas direções: uma direção diacrônica e uma direção sistemática. Por certo não reconstituiremos uma história da retórica; vamos contentar-nos em isolar alguns momentos significativos, percorreremos os dois mil anos de Retórica, parando em algumas etapas, que serão como as "jornadas" da nossa viagem (essas "jornadas" poderão ter duração muito desigual). Haverá ao todo, nessa longa diacronia, sete momentos, sete "jornadas", cujo valor será essencialmente didático. Em seguida reuniremos as classificações dos retores para formar uma rede única, espécie de artefato que nos permitirá imaginar a arte retórica como uma máquina sutilmente organizada, uma árvore de operações, um "programa" destinado a produzir discurso.

ELEMENTOS 9

A. A VIAGEM

A.1. Nascimento da retórica

A.1.1. Retórica e propriedade

A Retórica (como metalinguagem) nasceu do processo de propriedade. Por volta de 485 a.c., dois tiranos sicilianos, Géron e Hiéron, operaram deportações, transferências de população e expropriações, para povoar Siracusa e distribuir lotes aos mercenários; quando foram derrubados por um levante democrático e se quis voltar ao *ante qua*, houve inumeráveis processos, pois os direitos de propriedade estavam obscurecidos. Esses processos eram de um tipo novo: mobilizavam grandes júris populares, diante dos quais, para convencer, era preciso ser "eloquente". Essa eloquência, participando ao mesmo tempo da democracia e da demagogia, do judicial e do político (o que se chamou depois de *deliberativo*), constituiu-se rapidamente em objeto de ensino. Os primeiros professores dessa nova disciplina foram Empédocles de Agrigento, Córax, aluno seu de Siracusa (o primeiro a cobrar pelas aulas), e Tísias. Esse ensino passou com igual rapidez para a Ática (depois das guerras médicas), graças às contestações dos comerciantes, que moviam processos conjuntamente em Siracusa e em Atenas: a retórica já é, em parte, ateniense desde meados do século V.

A.1.2. Uma grande sintagmática

Que é essa protorretórica, essa retórica coraciana? Uma retórica do sintagma, do discurso, não do traço, da figura. Córax coloca já as cinco grandes partes da *oratio*, que formarão durante séculos o "plano" do discurso oratório: 1. exórdio; 2. narração ou ação (relação dos fatos); 3. argumentação ou prova; 4. digressão; 5. epílogo. É fácil verificar que, ao passar do discurso judicial para a dissertação escolar, esse plano conservou a sua organização principal: uma introdução, um corpo demonstrativo, uma conclusão. Essa primeira retórica é em suma uma grande sintagmática.

A.1.3. A palavra fingida

É saboroso verificar que a arte da palavra está originariamente ligada a uma reivindicação de propriedade, como se a linguagem, como objeto de uma transformação, condição de uma prática, se tivesse determinado não a partir de uma sutil mediação ideológica (como pôde acontecer com tantas formas de arte), mas a partir da socialidade mais nua e crua, afirmada na brutalidade fundamental, a da posse da terra: começou-se – entre nós – a refletir sobre a linguagem para defender os seus próprios bens. É no nível do conflito social que nasceu um primeiro esboço teórico da *palavra fingida* (diferente da palavra fictícia, a dos poetas: a poesia era então a única literatura, a prosa só acedeu mais tarde a esse estatuto).

A.2. Górgias ou a prosa como literatura

Górgias de Leontium (hoje Lentini, ao norte de Siracusa) foi a Atenas em 427; foi o mestre de Tucídides, é o interlocutor sofista de Sócrates em *Górgias*.

A.2.1. Codificação da prosa

O papel de Górgias (para nós) consiste em ter submetido a prosa ao código retórico, dando-lhe credibilidade como discurso culto, objeto estético, "linguagem soberana", ancestral da "literatura". Como? Os Elogios fúnebres (trenos), inicialmente compostos em versos, passam a ser feitos em prosa; são confiados a homens públicos; quando não são escritos (no sentido moderno da palavra), são pelo menos aprendidos, isto é, de certo modo, fixados; nasce assim um terceiro gênero (após o judicial e o deliberativo), o *epidictico*: é a chegada da prosa decorativa, de uma prosa-espetáculo. Nessa passagem do verso à prosa, perdem-se a métrica e a música. Górgias quer substituí-las por um código imanente à prosa (embora com origem na poesia): palavras com a mesma consonância, simetria das frases, reforço das antíteses por assonância, metáforas, aliterações.

A.2.2. Aparecimento da *elocutio*

Por que Górgias constitui uma etapa de nossa viagem? Existem, em linhas gerais, na arte retórica completa (a de Quintiliano, por exemplo) dois polos: um polo sintagmático: é a ordem das partes do discurso, a *taxis* ou *dispositio*; e um polo paradigmático: são as "figuras" de retórica, a *lexis* ou *elocutio*. Vimos que Córax havia lançado uma retórica puramente sintagmática. Górgias, pedindo que se trabalhem as "figuras", dá-lhe uma perspectiva paradigmática: abre a prosa para a retórica, e a retórica para a "estilística".

A.3. Platão

Os diálogos de Platão que tratam diretamente da Retórica são *Górgias* e *Fedro*.

A.3.1. As duas retóricas

Platão trata de duas retóricas, uma má, outra boa: 1. a retórica de fato é constituída pela *logografia*, atividade que consiste em escrever qualquer discurso (já não se trata apenas de retórica judicial; a totalização da noção é importante); seu objeto é a verossimilhança, a ilusão, é a retórica dos retores, das escolas, de Górgias, dos Sofistas; 2. a retórica de direito é a verdadeira retórica, a retórica filosófica ou ainda dialética; seu objeto é a verdade; Platão a chama de *psicagogia* (formação das almas pela palavra). – A oposição entre a boa e a má retórica, entre a retórica platônica e a retórica sofística, faz parte de um paradigma mais amplo: de um lado, a bajulação, as maquinações servis, as imitações; do outro, a rejeição de toda complacência, a rudeza; de um lado, os empirismos e as rotinas, do outro as artes: as indústrias do prazer são uma imitação desprezível das artes do Bem: a retórica é a imitação da Justiça; a sofística, da legislação; a cozinha, da medicina; a toalete, da ginástica; a retórica (a dos logógrafos, dos retores, dos sofistas) não é pois uma arte.

A.3.2. A retórica erotizada

A verdadeira retórica é uma psicagogia; demanda um saber total, desinteressado, geral (isso se tornará o *topos* em Cícero e Quintiliano, mas a noção estará enfraquecida: o que se pedirá do orador será uma boa "cultura geral"). Esse saber "sinóptico" tem por objeto a correspondência ou a interação que liga as espécies de almas e as espécies de discursos. A retórica platônica afasta o escrito e busca a interlocução pessoal, a *adhominatio*; o modo fundamental do discurso é o diálogo entre o mestre e o discípulo, unidos pelo amor inspirado. *Pensar em comum*, tal poderia ser a divisa da dialética. A retórica é um diálogo de amor.

A.3.3. A divisão, a marca

Os dialéticos (aqueles que vivem essa retórica erotizada) têm duas posturas solidárias: de uma parte, um movimento de reunião, de subida rumo a um termo incondicional (Sócrates, retomando Lísias, no *Fedro*, define o amor em sua unidade total); de outra parte, um movimento descendente, uma divisão da unidade segundo suas articulações naturais, segundo suas espécies, até atingir a espécie indivisível. Essa "descida" dá-se em escadaria: a cada etapa, a cada degrau, dispõe-se de dois termos; é preciso escolher um em vez do outro para retomar a descida e atingir um novo binário, do qual se partirá de novo; assim é a definição progressiva do sofista:

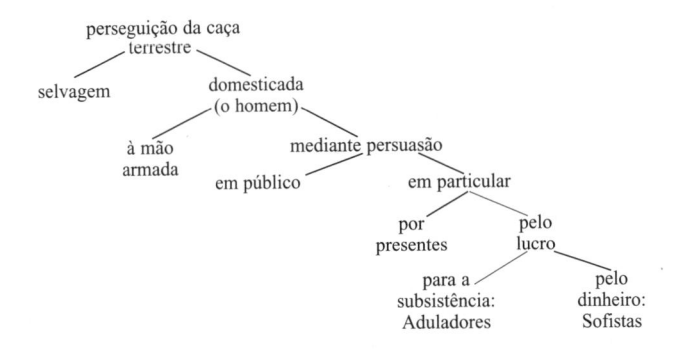

```
                perseguição da caça
                   terrestre
       selvagem        domesticada
                        (o homem)
         à mão              mediante persuasão
         armada     em público        em particular
                                   por        pelo
                                 presentes    lucro
                                  para a           pelo
                                subsistência:    dinheiro:
                                 Aduladores      Sofistas
```

Essa retórica divisional — que se opõe à retórica silogística de Aristóteles — se parece muito com um programa cibernético, digital: cada escolha determina a alternativa seguinte; ou ainda, com a estrutura paradigmática da linguagem, cujos pares comportam um termo marcado e um termo não marcado: aqui, o termo marcado faz recomeçar o jogo alternativo. Mas de onde vem a marca? Aqui é que se reencontra a retórica erotizada de Platão: no diálogo platônico, a marca é garantida *por uma concessão do que responde* (do discípulo). A retórica de Platão implica dois interlocutores, dentre os quais, um que conceda: é a condição do movimento. Assim, todas essas partículas de concordância que encontramos nos diálogos de Platão e que muitas vezes nos fazem sorrir (quando não nos enfadam) pela sua ingenuidade e irrelevância aparentes são, na realidade, "marcas" estruturais, atos de retórica.

A.4. A retórica aristotélica

A.4.1. Retórica e Poética

Não é toda a retórica (excetuando-se Platão) que é aristotélica? Sim, por certo: todos os elementos didáticos que alimentam os manuais clássicos vêm de Aristóteles. Entretanto um sistema não se define apenas por seus elementos, mas também e principalmente pela oposição em que se encontra engajado. Aristóteles escreveu dois tratados que concernem aos fatos de discurso, mas esses dois tratados são distintos: a *Technè rhetorikè* trata de uma arte da comunicação cotidiana, do discurso em público; a *Technè poietikè* trata de uma arte da evocação imaginária; no primeiro caso, trata-se de regulamentar a progressão do discurso, de ideia a ideia; no segundo caso, a progressão da obra, de imagem a imagem: são, para Aristóteles, dois encaminhamentos específicos, duas "*technai*" autônomas; e é a oposição desses dois sistemas, um retórico, outro poético, que, de fato, define a retórica aristotélica. Todos os autores que reconhecerem essa oposição poderão estar arrolados na retórica aristotélica; esta cessará quando a oposição for neutralizada, quando Retórica e Poética se fundirem, quando a retórica se tornar *technè* poética (de "criação"): isso se dá aproximadamente na época de Augusto (com Ovídio, Horácio) – e um pouco depois (Plutarco, Tácito) –, embora Quintiliano pratique ainda uma retórica aristotélica. A fusão da Retórica e da Poética é consagrada pelo vocabulário da Idade Média, em que as artes poéticas são artes retóricas, em que os grandes retóricos são poetas. Essa fusão é capital, pois está na origem mesma da ideia de literatura: a retórica aristotélica enfatiza o raciocínio; a *elocutio* (ou departamento das figuras) não é mais que uma de suas partes (menor no próprio Aristóteles); em seguida, acontece o contrário: a retórica se identifica com os problemas, não de "prova", mas de composição e de estilo: a literatura (ato total de escrita) define-se pelo *bem escrever*. É necessário, pois, constituir em etapa de nossa viagem, sob a denominação geral de retórica aristotélica, as retóricas anteriores à totalização poética. Dessa retórica aristotélica, temos a teoria com o próprio Aristóteles, a prática com Cícero, a pedagogia com Quintiliano e a transformação (por generalização) com Dionísio de Halicarnasso, Plutarco e o Anônimo do tratado *Sobre o sublime*.

A.4.2. A *Retórica* de Aristóteles

Aristóteles definiu a retórica como "a arte de extrair de qualquer assunto o grau de persuasão que ele comporta", ou como "a faculdade de descobrir especulativamente aquilo que em cada caso pode ser próprio a persuadir". O que talvez seja mais importante do que essas definições é o fato de a retórica ser uma *technè* (não é um empirismo), quer dizer: *o meio de produzir uma das coisas que podem indiferentemente ser ou não ser*, cuja origem está no agente criador, não no objeto criado: não há *technè* das coisas naturais ou necessárias: o discurso, pois, não faz parte nem de umas nem de outras. – Aristóteles concebe o discurso (a *oratio*) como uma mensagem e o submete a uma divisão de tipo informático. O livro I da *Retórica* é o livro do emissor da mensagem, o livro do orador: nele é tratada principalmente a concepção dos argumentos, na medida em que dependem do orador, de sua adaptação ao público, isso segundo os três gêneros reconhecidos de discursos (judicial, deliberativo, epidíctico). O livro II é o livro do receptor da mensagem, o livro do público: nele se trata das emoções (das paixões), e de novo dos argumentos, mas desta vez na medida em que são *recebidos* (e não mais, como antes, *concebidos*). O livro III é o livro da própria mensagem: nele se trata da *lexis* ou *elocutio*, quer dizer, das "figuras", e da *taxis* ou *dispositio*, isto é, da ordem das partes do discurso.

A.4.3. A verossimilhança

A Retórica de Aristóteles é sobretudo uma retórica da prova, do raciocínio, do silogismo aproximativo (entimema); é uma lógica voluntariamente degradada, adaptada ao nível do "público", isto é, do senso comum, da opinião corrente. Estendida às produções literárias (o que não era o seu propósito original), implicaria uma estética do público, mais do que uma estética da obra. Eis por que, *mutatis mutandis* e guardadas as devidas proporções (históricas), conviria mesmo aos produtos de nossa cultura dita de massa, em que reina a "verossimilhança" aristotélica, isto é, "aquilo que o público acredita ser possível". Quantos filmes, novelas, reportagens comerciais poderiam tomar como divisa a regra de Aristóteles: "Mais vale uma verossimilhança impossível do que um possível inverossímil": mais vale contar aquilo que o público julga possível, mesmo se for impossível cientificamente, do que contar o que é possível realmente, se esse possível é rejeitado pela censura coletiva da *opinião corrente*. É evidentemente tentador relacionar essa retórica de massa com a política de Aristóteles; era, como se sabe, uma política do meio termo, favorável a uma democracia equilibrada, centrada nas classes médias e encarregada de reduzir os antagonismos entre os ricos e os pobres, a maioria e a minoria; daí uma retórica do bom senso, voluntariamente submetida à "psicologia" do público.

A.4.4. As *Retóricas* de Cícero

No segundo século antes de Cristo, os retores gregos afluem para Roma; fundam-se escolas de retórica; elas funcionam por classes de idade; nelas se praticam dois exercícios: as *suasoriae*, espécies de dissertações "persuasivas" (principalmente no gênero deliberativo) para as crianças, e as *controvérsias* (gênero judicial) para os mais velhos. O tratado latino mais antigo é a *Retórica a Herennius*, atribuída ora a Cornificius, ora a Cícero: foi o que fez a Idade Média, que não cessou de copiar esse manual, tornado fundamental na arte de escrever, juntamente com o *De inventione* de Cícero. – Cícero é um orador que fala da arte oratória; daí certa pragmatização da teoria aristotélica (e, portanto, nada muito novo com relação a essa teoria). As *Retóricas* de Cícero compreendem: 1. A *Retórica a Herennius* (supondo que seja dele), que é uma espécie de *digest* da retórica aristotélica; a classificação das "questões" substitui entretanto em importância a teoria do entimema: a retórica se profissionaliza. Nela se vê aparecer também a teoria dos três estilos (simples, sublime, médio). 2. *De inventione oratoria*: é uma obra (incompleta) de juventude, puramente judicial, consagrada sobretudo ao *epiquirema*, silogismo desenvolvido em que uma premissa ou as duas são seguidas de suas provas: é o "bom argumento". 3. *De oratore*, livro muito cotado até o século XIX ("uma obra-prima de bom senso", "de razão reta e sã", "de pensamento generoso e elevado", "o mais original dos tratados de retórica"): como se se lembrasse de Platão, Cícero moraliza a retórica e reage contra o ensino das escolas: é a reivindicação do homem de bem contra a especialização; a obra tem a forma de diálogo (Crasso,

Antônio, Múcio Scaevola, Rufus, Cotta): ela define o orador (que deve ter uma cultura geral) e passa em revista as partes tradicionais da Retórica (*Inventio, Dispositio, Elocutio*). 4. *Brutus*, histórico da arte oratória em Roma. 5. *Orator*, retrato ideal do Orador; a segunda parte é mais didática (será amplamente comentada por Pierre Ramus): aí está precisada a teoria do "número" em oratória, retomada por Quintiliano. 6. Os *Tópicos*: é um *digest*, feito de memória, em oito dias, no barco que conduzia Cícero à Grécia, após a tomada do poder por Marco Antônio, dos *Tópicos* de Aristóteles; o mais interessante, para nós, é a rede estrutural da *quaestio*[3]. 7. As *Partições*: esse pequeno manual em perguntas e respostas, sob a forma de um diálogo entre Cícero pai e Cícero filho, é o mais seco, o menos moral dos tratados de Cícero (e, por isso, o que eu prefiro): é uma retórica elementar completa, uma espécie de catecismo que tem a vantagem de dar em sua extensão a classificação retórica (é o sentido de *partitio*: recorte sistemático).

A.4.5. A retórica ciceroniana

Pode-se marcar a retórica ciceroniana com as características seguintes: *a*. o medo do "sistema"; Cícero deve tudo a Aristóteles, mas o desintelectualiza, quer mesclar de "gosto", de "naturalidade" a especulação; o ponto extremo dessa desestruturação será atingido na *Rhetorica sacra* de Santo Agostinho (livro IV da *Doutrina Cristã*): não há regras para a eloquência, que no entanto é necessária ao orador cristão: é necessário apenas ser claro (é uma caridade), apegar-se à verdade mais do que aos termos, etc.: esse pseudonaturalismo retórico ainda predomina nas concepções escolares de estilo; *b*. a nacionalização da retórica: Cícero tenta romanizar (é o sentido do *Brutus*), aparece a "romanidade"; *c*. a colusão

---

3. Cf. *infra*, B.1.25.

mítica do empirismo profissional (Cícero é um advogado mergulhado na vida política) e do apelo à grande cultura; essa colusão está fadada a uma imensa fortuna: a cultura se torna o ornamento da política; *d.* a assunção do estilo; a retórica ciceroniana anuncia um desenvolvimento da *elocutio.*

A.4.6. A obra de Quintiliano

Há certo prazer em ler Quintiliano: é um bom professor, pouco fazedor de frases, não moralizante demais; era um espírito ao mesmo tempo classificador e sensível (conjunção que se mostra sempre estupefaciente para o mundo); poderia ser-lhe dado o epitáfio que Monsieur Teste sonhava para si mesmo: *Transiit classificando.* Foi um retor oficial, pago pelo Estado; desfrutou de enorme fama em vida, sofreu um eclipse ao morrer, mas brilhou de novo a partir do século IV; Lutero prefere-o a todos; Erasmo, Bayle, La Fontaine, Racine, Rollin têm-no em altíssima consideração. O *De institutione oratoria* traça em doze livros a educação do orador desde a infância: é um plano completo de formação pedagógica (é o sentido de *institutio*). O livro I trata da primeira educação (frequentação do gramático, depois do retor); o livro II define a retórica, sua utilidade; os livros III a VII tratam da *Inventio* e da *Dispositio*; os livros VIII a X, da *Elocutio* (o livro X dá conselhos práticos para "escrever"); o livro XI trata das partes menores da retórica: a Ação (execução do discurso) e a Memória; o livro XII enuncia as qualidades morais requeridas do orador e coloca a exigência de uma cultura geral.

A.4.7. A escolaridade retórica

A educação comporta três fases (diríamos hoje três ciclos): 1. o aprendizado da língua: nenhuma falha de linguagem por parte das amas (Crisipo queria que fossem formadas em filosofia), dos escravos e dos pedagogos; que os pais fossem tão instruídos quanto possível; deve-se começar pelo grego, aprender então a ler e a escrever; não bater nos alunos; 2. com o *grammaticus* (o sentido é mais extenso do que o da nossa palavra "gramático": é, se quiser, o diplomado em gramática): a criança frequenta-o por volta dos sete anos de idade, sem dúvida; assiste a cursos sobre poesia e lê em voz alta (*lectio*); escreve redações (contar fábulas, parafrasear poesias, ampliar máximas), recebe lições de um ator (recitação animada); 3. com o *retor*: é necessário começar bastante cedo a retórica, certamente pelos catorze anos, na puberdade; o mestre deve continuamente dar a sua contribuição pessoal, mediante exemplos, (mas os alunos não devem levantar-se e aplaudir); os dois exercícios principais são: *a.* as *narrações*, resumos e análises de argumentos narrativos, de acontecimentos históricos, panegíricos elementares, paralelos, ampliações de lugares comuns (teses), discursos a partir de um esboço (*preformata materia*); *b.* as *declamationes*, ou discursos sobre casos hipotéticos; é, se quiser, o exercício do *racional fictício* (portanto a *declamatio* está bem próxima, já, da obra). Está-se vendo quanto essa pedagogia *força* a palavra: esta é cercada por todos os lados, expulsa para fora do corpo do aluno, como se houvesse uma inibição natural para falar e fosse preciso toda uma técnica, toda uma educação para se chegar a sair do silêncio, e como se essa palavra, finalmente adquirida, finalmente conquistada, representasse uma boa relação "objetal" com o mundo, um bom domínio do mundo, dos outros.

A.4.8. Escrever

Ao tratar dos tropos e das figuras (livros VIII a X), Quintiliano funda uma primeira teoria do "escrever". O livro X é dirigido *a quem quer escrever.* Como conseguir a "facilidade bem fundamentada" (*firma facilitas*), isto é, como vencer a esterilidade natural, o terror da página em branco (*facilitas*), e como, entretanto, dizer algo, não se deixar levar pela tagarelice, pela verbosidade, pela logorreia (*firma*)? Quintiliano esboça uma propedêutica do escritor: é preciso ler e escrever muito, imitar modelos (fazer pastiches), corrigir enormemente, mas depois de ter deixado "repousar", e saber terminar. Quintiliano nota que a mão é lenta, o "pensamento" e a escrita têm duas velocidades diferentes (é o problema surrealista: como obter uma escrita tão rápida... quanto ela própria?); ora, a lentidão da mão é benéfica: não se deve ditar, a escrita deve ficar ligada, não à voz, mas à mão, ao músculo: instalar-se na lentidão da mão: nada de rascunho rápido.

A.4.9. A retórica generalizada

Última aventura da retórica aristotélica: sua diluição por sincretismo: a Retórica cessa de se opor à Poética, em proveito de uma noção transcendente, a que chamaríamos hoje "Literatura"; ela já não é constituída apenas em objeto de ensino, mas torna-se uma arte (no sentido moderno); passa a ser doravante ao mesmo tempo teoria do escrever e tesouro das formas literárias. Pode-se captar essa translação em cinco pontos: 1. Ovídio é frequentemente citado na Idade Média por ter postulado o parentesco entre a poesia e a arte oratória; essa aproximação é igualmente afirmada por Horácio na sua *Arte poética*, cuja matéria é muitas vezes retórica (teoria dos *estilos*); 2. Dionísio de Halicarnasso, grego, contemporâneo de Augusto, em seu *De compositione verborum*, abandona o elemento importante da retórica aristotélica (a entimemática) para se dedicar unicamente a um valor novo: o movimento das frases; assim aparece uma noção autônoma de estilo: o estilo já não é baseado na lógica (o sujeito antes do predicado, a substância antes do acidente), a ordem das palavras é variável, guiada somente por valores de ritmo; 3. encontra-se nas *Moralia* de Plutarco um opúsculo, "*Quomodo adulescens poetas audire debeat*" ("Como o adolescente deve ouvir os poetas"), que moraliza a fundo a estética literária; platônico, Plutarco tenta suspender a condenação lançada por Platão contra os poetas; como? Precisamente assimilando Poética e Retórica; a retórica é a via que permite "destacar" a ação imitada (muitas vezes repreensível) da arte que imita (muitas vezes admirável); a partir do momento em que se pode ler os poetas esteticamente, pode-se lê-los moralmente; 4. *Sobre o sublime* (*Peri Hypsous*) é um tratado anônimo do século I d.C. (falsamente atribuído a Longino e traduzido por Boileau): é uma espécie de Retórica "transcendental"; a *sublimitas* é em suma a "elevação" do estilo; é o próprio estilo (na expressão "ter estilo"); é a *literaturidade*, defendida em tom caloroso, inspirado: o mito da "criatividade" começa a despontar; 5. no *Diálogo dos oradores* (cuja autenticidade é por vezes contestada), Tácito politiza as causas da decadência da eloquência: essas causas não são o "mau gosto" da época, mas a tirania de Domiciano que impõe silêncio ao Fórum e deporta para uma arte desengajada, a poesia; mas pela mesma via a eloquência emigra para a "Literatura", penetra-a e a constitui (*eloquentia* passa a significar *literatura*).

A.5. A neorretórica

A.5.1. Uma estética literária

Chama-se *neorretórica* ou *segunda sofística* a estética literária (Retórica, Poética e Crítica) que vigorou no mundo greco-romano unido, do século II ao século IV d.C. É um período de paz, de comércio, de intercâmbios, favorável às sociedades ociosas, principalmente no Oriente Médio. A neorretórica foi realmente ecumênica: as mesmas figuras foram aprendidas por Santo Agostinho na África latina, pelo pagão Libânio, por São Gregório Nazianzeno na Grécia oriental. Esse império literário se edifica sob uma dupla referência: 1. a sofística: os oradores da Ásia Menor, sem ligação política, querem retomar o nome dos Sofistas, que acreditam imitar (Górgias), sem nenhuma conotação pejorativa; esses oradores de puro aparato desfrutam de uma grande glória; 2. a retórica: ela engloba tudo, já não entra em choque com nenhuma outra noção vizinha, absorve toda a palavra; já não é uma *technè* (especial), mas uma cultura geral, e até mais: uma educação nacional (no nível das escolas da Ásia Menor); o *sophistès* é um diretor de escola, nomeado pelo imperador ou por uma cidade; o mestre que lhe é subordinado é o *retor*. Nessa instituição coletiva, não há nomes a citar: é uma poeira de autores, um movimento conhecido somente pela *Vida dos sofistas*, de Filóstrates. De que é feita essa educação da palavra? Mais uma vez há que se distinguir a retórica sintagmática (partes) da retórica paradigmática (figuras).

A.5.2. A *declamatio*, a *ekphrasis*

No plano sintagmático, um exercício é preponderante: a *declamatio* (*meletè*); é uma improvisação regulamentada sobre um tema; por exemplo: Xenofonte recusa sobreviver a Sócrates, os cretenses afirmam que possuem o túmulo de Zeus, o homem apaixonado por uma estátua etc.; a improvisação relega para um segundo plano a ordem das partes (*dispositio*); o discurso, por não ter finalidade persuasiva, mas puramente ostentatória, desestrutura-se, atomiza-se em uma sequência frouxa de trechos brilhantes, justapostos segundo um modelo rapsódico. O principal desses trechos (gozava de uma altíssima cotação) era a *descriptio* ou *ekphrasis*. A *ekphrasis* é um fragmento antológico, transferível de um discurso para outro: é uma descrição regulamentada de lugares, de personagens (origem dos *topoi* da Idade Média). Assim aparece uma nova unidade sintagmática, o *trecho*: menos extenso do que as partes tradicionais do discurso, maior do que o período; essa unidade (paisagem, retrato) deixa o discurso oratório (jurídico, político) e se integra facilmente na narração, no contínuo romanesco: uma vez mais, a retórica "avança" sobre a literatura.

A.5.3. Aticismo/asianismo

No plano paradigmático, a neorretórica assume plenamente o "estilo"; valoriza a fundo os ornamentos seguintes: o arcaísmo, a metáfora carregada, a antítese, a cláusula rítmica. Como esse barroquismo provoca uma reação em contraponto, trava-se uma luta entre duas escolas: 1. o *aticismo*, defendido principalmente por gramáticos, guardiães do vocabulário puro (moral castradora do purismo, que ainda hoje existe); 2. o *asianismo* remete, na Ásia Menor, ao desenvolvimento de um estilo exuberante, chegando ao estranho, fundamentado, como o maneirismo, no efeito de surpresa; as "figuras" têm neste caso um papel essencial. O asianismo foi evidentemente condenado (e continua sendo por toda a estética clássica, herdeira do aticismo[4]).

---

4. *Aticismo*: este etnocentrismo se liga evidentemente ao que se poderia chamar um racismo de classe: não se deve esquecer que a expressão "clássico" ("classicismo") tem como origem a oposição, por Aulo Gélio (século II), entre o autor *classicus* e o *proletarius*: alusão à constituição de Sérvio Túlio que dividia os cidadãos, segundo a sua fortuna, em cinco classes, das quais a primeira era formada pelos *classici* (os *proletarii* estavam excluídos das classes); *clássico* quer dizer pois, etimologicamente: que pertence à "nata" social (riqueza e poder).

A.6. O *Trivium*

A.6.1. Estrutura agonística do ensino

Na Antiguidade, os suportes de cultura eram essencialmente o ensino oral e as transcrições a que aquele podia dar ocasião (tratados acroemáticos e *technai* dos logógrafos). A partir do século VIII, o ensino toma um viés agonístico, reflexo de uma situação concorrencial aguda. As escolas particulares (ao lado das escolas monacais ou episcopais) são deixadas à iniciativa de qualquer mestre, muito jovem às vezes (vinte anos); tudo repousa sobre o sucesso: Abelardo, estudante bem dotado, "derruba" o seu mestre, toma-lhe o público pagante e funda uma escola; a concorrência financeira está estreitamente ligada ao combate das ideias: o mesmo Abelardo obriga o seu mestre Guillaume Champeaux a renunciar ao realismo: ele o *liquida*, sob todos os pontos de vista; a estrutura agonística coincide com a estrutura comercial: o *scholasticos* (professor, estudante ou antigo estudante) é um combatente de ideias e um concorrente profissional. Há dois exercícios de escola: 1. a *lição*, leitura e explicação de um texto fixo (Aristóteles, a Bíblia), compreende: *a.* a *expositio*, que é uma interpretação do texto segundo um método de subdivisão (espécie de furor analítico); *b.* as *quaestiones* são proposições de textos que podem ter um *pró* e um *contra*: discute-se e conclui-se refutando: cada razão deve estar presente sob a forma de um silogismo completo; a *lição* foi pouco a pouco negligenciada devido a seu caráter enfadonho; 2. a *disputa* é uma cerimônia, um torneio dialético, conduzido sob a presidência de um mestre; após várias jornadas, o mestre determina a solução. Trata-se no caso, no conjunto, de uma cultura esportiva: formam-se atletas da palavra: a palavra é o objeto de um prestígio e de um poder regulamentados, a agressividade é codificada.

A.6.2. O escrito

Quanto ao escrito, não está submetido, como hoje, a um valor de originalidade; o que chamamos de *autor* não existe; em torno de um texto antigo, único texto praticado e de certo modo gerido, como um capital reconduzido, existem funções diferentes: 1. o *scriptor* copia pura e simplesmente; 2. o *compilator* acrescenta ao que copia, mas nunca nada que venha dele próprio; 3. o *commentator* se introduz de fato no texto que copia, mas somente para torná-lo inteligível; 4. o *auctor*, finalmente, dá suas próprias ideias, mas sempre se apoiando em outras autoridades. Essas funções não estão nitidamente hierarquizadas: o *commentator*, por exemplo, pode ter o prestígio que hoje teria um grande escritor (foi, no século XII, o caso de Pierre Hélie, cognominado "o Commentator"). O que por anacronismo poderíamos chamar de *escritor* é pois essencialmente, na Idade Média: 1. um *transmissor*: reconduz uma matéria absoluta que é o tesouro antigo, fonte de autoridade; 2. um *combinador*: tem o direito de "quebrar" as obras do passado, mediante uma análise sem freios, e recompô-las (a "criação", valor moderno, se tivesse havido na Idade Média, teria sido então dessacralizada em benefício da estruturação).

A.6.3. O *Septennium*

Na Idade Média, a "cultura" é uma taxinomia, uma rede funcional de "artes", isto é, de linguagens submetidas a regras (a etimologia da época aproxima *arte* de *arctus*, que quer dizer *articulado*), e essas "artes" são ditas "liberais" porque não servem para ganhar dinheiro (por oposição às *artes mechanicae*, às atividades manuais): são linguagens gerais, luxuosas. Essas artes liberais ocupam o lugar dessa "cultura geral" que Platão recusava em nome e em proveito unica-

mente da filosofia, mas que depois se reclamou (Isócrates, Sêneca) como propedêuticas à filosofia. Na Idade Média, a própria filosofia se reduz e passa para a cultura geral como uma arte entre as outras (*Dialectica*). Já não é à filosofia que a cultura liberal prepara, mas à teologia, que permanece soberanamente afastada das sete Artes, do *Septennium*. Por que são sete? Já se encontra em Varrão uma teoria das artes liberais: então contam-se nove (as nossas, acrescidas da medicina e da arquitetura); tal estrutura é retomada e codificada nos séculos V e VI por Marciano Capella (africano pagão) que funda a hierarquia do *Septennium* numa alegoria, *As núpcias de Mercúrio e de Filologia* (*Filologia* designa aqui o saber total): Filologia, a virgem sábia, é prometida a Mercúrio; recebe como presente de núpcias as sete artes liberais, sendo cada uma apresentada com os seus símbolos, sua roupagem, sua linguagem; por exemplo, *Grammatica* é uma senhora de idade que viveu na Ática e usa trajes romanos; num cofrinho de marfim, guarda uma faca e uma lima para corrigir os erros das crianças; *Rhetórica* é uma bela mulher, de roupas bordadas com todas as figuras, segura as armas destinadas a ferir os adversários (coexistência da retórica persuasiva e da retórica ornamental). Essas alegorias de Marciano Capella foram muito conhecidas, podem ser vistas em forma de estátuas na fachada da catedral de Notre-Dame, na de Chartres, desenhadas nas obras de Botticelli. Boécio e Cassiodoro (século VI) dão precisão à teoria do *Septennium*, aquele introduzindo na *Dialectica* o *Organon* de Aristóteles, este postulando que as artes liberais estão inscritas desde toda a eternidade na sabedoria divina e nas Escrituras (os Salmos estão repletos de "figuras"): a retórica recebe a caução do Cristianismo, pode legalmente emigrar da Antiguidade para o Ocidente cristão (e, portanto, para os tempos modernos); esse direito será confirmado por Beda, na época de Carlos Magno.
– De que é feito o *Septennium*? Primeiro é preciso lembrar a

que ele se opõe: por um lado, às técnicas (as "ciências", como linguagens desinteressadas, fazem parte do *Septennium*) e, por outro lado, à teologia (o *Septennium* organiza a natureza humana *em sua humanidade*; essa natureza não pode ser invertida senão pela Encarnação que, se for aplicada a uma classificação, toma a forma de uma subversão de linguagem: o Criador se faz criatura, a Virgem concebe etc.: *in hac verbi copula stupet omnis regula*). As Sete Artes estão divididas em dois grupos desiguais, que correspondem às duas vias (*viae*) da sabedoria: o *Trivium* compreende: *Grammatica, Dialectica* e *Rhetorica*; o *Quadrivium* compreende: *Musica, Arithmetica, Geometria, Astronomia* (a Medicina será acrescentada mais tarde). A oposição entre Trivium e Quadrivium não é a oposição entre as Letras e as Ciências: é antes a que há entre os segredos da palavra e os segredos da natureza[5].

A.6.4. O jogo diacrônico do *Trivium*

O *Trivium* (único que nos interessará aqui) é uma taxinomia da palavra; atesta o esforço obstinado da Idade Média para fixar o lugar da palavra no homem, na natureza, na criação. A palavra não é então, como foi depois, um veículo, um instrumento, a mediação de *outra coisa* (alma, pensamento,

---

5. Existia uma lista mnemônica das sete artes: *Gram* (matica) loquitur. *Dia* (lectica) vera docet. *Rhe* (torica) verba colorat. *Mu* (sica) canit. *Ar* (ithmetica) numerat. *Ge* (ometria) ponderat. *As* (tronomia) colit astra.

Uma alegoria de Alain de Lille (séc. XII) dá conta do sistema em sua complexidade: as Sete Artes são convocadas para fornecer um carro para a *Prudentia*, que procura guiar o homem: *Grammatica* fornece o timão; *Logica* (ou *Dialectica*), o eixo, que *Rhetorica* ornamenta com joias; o quadrivium fornece as quatro rodas, os cavalos são os cinco sentidos, arreados pela *Ratio*: os cavalos vão em direção aos santos, Maria, Deus; quando o limite dos poderes humanos é atingido, *Theologia* toma o lugar de *Prudentia* (a Educação é uma redenção).

paixão); ela absorve todo o mental: não há experiência vivida, não há psicologia: a palavra não é expressão, mas imediatamente construção. O que existe de interessante no *Trivium* é, pois, menos o conteúdo de cada disciplina do que o jogo dessas três disciplinas entre si, ao longo de dez séculos: do século V ao século XV, o *leadership* emigrou de uma arte para outra, de sorte que cada faixa da Idade Média esteve colocada sob o domínio de uma arte: sucessivamente, foi a *Rhetorica* (séculos V-VII), depois a *Grammatica* (séculos VIII-X), depois a *Logica* (séculos XI-XV) que dominou as suas irmãs, relegadas à condição de parentes pobres.

Rhetorica

A.6.5. *Rhetorica* como suplemento

A retórica antiga tinha sobrevivido nas tradições de algumas escolas romanas da Gália e em alguns retores gauleses, dentre os quais Ausônio (310-93), *gramamaticus* e *rhetor* em Bordeaux, e Sidônio Apolinário (430-84), bispo da Alvérnia. Carlos Magno inscreveu as figuras de retórica em sua reforma do ensino, depois que Beda, o Venerável (673-735), já tinha cristianizado completamente a retórica (tarefa iniciada por Santo Agostinho e por Cassiodoro), mostrando que a própria Bíblia está repleta de "figuras". A retórica não domina por muito tempo; fica logo "espremida" entre a *Grammatica* e a *Logica*: é a parente sem sorte do *Trivium*, destinada apenas a uma bela ressurreição quando puder reviver sob as espécies da "Poesia" e, de modo mais geral, sob o nome de Belas Letras. Essa fraqueza da Retórica, apequenada pelo triunfo das linguagens castradoras, gramática (lembremo-nos da lima e da faca de Marciano Capella) e lógica, está ligada talvez ao fato de ela ficar inteiramente deportada para o domínio do *ornamento*, isto é, para aquilo que é reputado como não essencial – com relação à verdade e ao fato (primeira aparição do fantasma referencial[6]: ela aparece então como *aquilo que vem depois*[7]). Essa retórica medieval se alimenta essencialmente nos tratados de Cícero (*Retórica a Herennius* e *De inventione*) e de Quintiliano (mais bem conhecido pelos mestres do que pelos alunos), mas ela própria produz tratados relativos aos ornamentos, às figuras, às "cores" (*colores rhetorici*) ou, em seguida, artes poéticas (*artes versificatoriae*); a *dispositio* não é abordada senão sob o prisma do "início" do discurso (*ordo artificialis, ordo naturalis*); as figuras encontradas são principalmente de ampliação e de abreviação; o estilo é relacionado com os três gêneros da roda de Virgílio[8]: *gravis, humilis, mediocrus,* e a dois ornamentos: *fácil* e *difícil.*

---

6. Esse fantasma está sempre rondando. Fora da França hoje, em certos países onde é necessário, por oposição ao passado colonial, reduzir o francês ao estatuto de uma língua estrangeira, ouve-se afirmar que o que é preciso ensinar é apenas a língua francesa, não a literatura: como se houvesse um patamar entre a língua e a literatura, como se a língua estivesse *aqui* e não *lá*, como se pudesse parar em algum lugar, além do qual houvesse simplesmente suplementos não essenciais, dentre os quais a literatura.

7. *"Suprema manus apponit, opusque sororum / Perficit atque semel factum perfectius ornat."* "[A Retórica] dá uma mão final, termina a obra de suas irmãs, e ornamenta o fato com um jeito mais acabado."

8. A roda de Virgílio é uma classificação figurada dos três "estilos"; cada um dos três setores da roda reúne um conjunto homogêneo de termos e de símbolos:

Eneida	*Bucólicas*	*Geórgicas*
gravis stylus	*humilis stylus*	*mediocrus stylus*
miles dominans	*pastor otiosus*	*agricola*
Hector, Ajax	*Tityrus, Meliboeus*	*Triptolemus*
equus	*ovis*	*bos*
gladius	*baculus*	*aratrum*
urbs, castrum	*pascua*	*ager*
laurus, cedrus	*fagus*	*pomus*

A.6.6. Sermões, *dictamen*, artes poéticas

O domínio da *Rhetorica* engloba três cânones de regras, três *artes*. 1. *Artes sermonicandi*: são as artes oratórias em geral (objeto da retórica propriamente dita), quer dizer então, essencialmente, os sermões ou discursos parenéticos (exortando à virtude); os sermões podem ser escritos em duas línguas: *sermones ad populum* (para o povo da paróquia), escritos em língua vernácula, e *sermones ad clerum* (para os sínodos, as escolas, os mosteiros), escritos em latim; entretanto, tudo é preparado em latim; o vernáculo não passa de uma tradução; 2. *Artes dictandi, ars dictaminis*, arte epistolar: o crescimento das repartições públicas, a partir de Carlos Magno, acarreta uma teoria da correspondência administrativa: o *dictamen* (trata-se de ditar cartas); o *dictator* é uma profissão reconhecida, que se ensina; o modelo é o *dictamen* da chancelaria papal: o *stylus romanus* tem total primazia; surge uma noção estilística, o *cursus*, qualidade de fluência do texto, captada por meio dos critérios de ritmo e de acentuação; 3. *Artes poeticae*: inicialmente a poesia faz parte do *dictamen* (a oposição *prosa/poesia* fica frouxa durante muito tempo); depois as *artes poeticae* assumem o *rythmicum*, buscam na *Grammatica* o verso latino e começam a visar a "literatura" de imaginação. Dá-se início a um remanejamento estrutural que irá opor, no fim do século XV, a *Primeira Retórica* (ou retórica geral) à *Segunda Retórica* (ou retórica poética), de onde sairão as Artes Poéticas, como a de Ronsard.

Grammatica

A.6.7. Donato e Prisciano

Depois das invasões, os líderes da cultura são celtas, ingleses, francos; têm de aprender a gramática latina; os

Carolíngios consagram a importância da gramática pelas célebres escolas de Fulda, de Saint-Gall e de Tours; a gramática inicia à educação geral, à poesia, à liturgia, às sagradas Escrituras; ela compreende, ao lado da gramática propriamente dita, a poesia, a métrica e certas figuras. – As duas grandes autoridades gramaticais da Idade Média são Donato e Prisciano. 1. Donato (por volta de 350) produz uma gramática sucinta (*ars minor*) que trata das oito partes do discurso, sob forma de perguntas e respostas, e uma gramática desenvolvida (*ars major*). A fortuna de Donato é enorme; Dante coloca-o no paraíso (ao contrário de Prisciano); algumas páginas suas estiveram entre as primeiras impressas, em pé de igualdade com as Escrituras; deu o nome a tratados elementares de gramática, os *donatos*. 2. Prisciano (fim do século V, início do século VI) era da Mauritânia, professor de latim em Bizâncio, alimentado com as teorias gregas e principalmente com a doutrina gramatical dos Estoicos. A sua *Institutio grammatica* é uma gramática normativa (*grammatica regulans*), nem filosófica nem "científica"; é dada sob a forma de dois compêndios: o *Priscianus minor* trata da construção, o *Priscianus major* trata da morfologia. Prisciano dá muitos exemplos tirados do Panteão grego: o homem é cristão, mas o retor pode ser pagão (conhece-se o destino dessa dicotomia). Dante despacha Prisciano para os Infernos, no sétimo círculo, o dos Sodomitas: apóstata, ébrio, louco, mas com reputação de grande sábio. Donato e Prisciano representaram a lei absoluta – salvo quando não concordam com a Vulgata: a gramática não podia ser então mais do que normativa, pois que se acreditava que as "regras" da locução tinham sido inventadas pelos gramáticos –; foram amplamente difundidos por *Commentatores* (como Pierre Hélie) e por gramáticas em versos (de grande voga). – Até o século XII, *Grammatica* compreende a gramática e a poesia, trata ao mesmo tempo da "precisão" e da "imaginação"; das letras, das sílabas, da frase, do período, das figuras, da métrica; deixa muito pouca coisa para a *Rhetorica*: certas figuras. É uma ciência fundamental, ligada a uma *Ethica* (parte da sabedoria humana, enunciada nos textos fora da teologia): "ciência do bem falar e do bem escrever", "berço de toda filosofia", "a primeira ama de leite de todo estudo literário".

A.6.8. Os *Modistae*

No século XII, *Grammatica* volta a ser especulativa (já tinha sido com os Estoicos). Aquilo a que se chama *Gramática especulativa* é o trabalho de um grupo de gramáticos que são chamados de *Modistae*, porque escreveram tratados intitulados *De modis significandi*; muitos eram originários da província monástica da Escandinávia, então chamada *Dacia*, e mais precisamente da Dinamarca. Os Modistas foram denunciados por Erasmo por terem escrito em latim bárbaro, pela desordem das definições, pela excessiva sutileza das distinções; na verdade forneceram as bases da gramática durante dois séculos e nós lhes devemos ainda certos termos especulativos (por exemplo: *instância*). Os tratados dos Modistas têm duas formas: os *modi minores*, cuja matéria é apresentada *modo positivo*, isto é, sem discussão crítica, de maneira breve, clara, bem didática, e os *modi majores*, apresentados sob a forma de *quaestio disputata*, isto é, com o *pró* e o *contra*, mediante perguntas cada vez mais especializadas. Cada tratado compreende duas partes, à maneira de Prisciano: *Etymologia* (morfologia) – o erro de ortografia é de época e corresponde a uma falsa etimologia da palavra *Etimologia* – e *Diasynthetica* (sintaxe), mas é precedido de uma introdução teórica atinente às relações dos *modi essendi* (o ser e suas propriedades) com os *modi intelligendi* (tomada de posse do ser em seus aspectos) e com os *modi significandi* (nível de linguagem). Os *modi significandi* compreendem, por sua vez, dois estratos: 1. a *designação* corresponde aos *modi signandi*; os seus elementos são: *vox*, o significante sonoro, e *dictio*, palavra-conceito, semantema genérico (em *dolor, doleo*, é a ideia de dor); os *modi signandi* não pertencem ainda ao gramático: *vox*, o significante fônico, depende do *philosophus naturalis* (diríamos: o foneticista), e *dictio*, remetendo a um estado inerte da palavra que ainda não está animado de nenhuma relação, escapa ao lógico da língua (pertenceria ao que chamaríamos de lexicografia); 2. atinge-se o nível dos *modi significandi* quando se apõe à designação um sentido intencional; nesse nível, a palavra, opaca na *dictio*, é dotada de uma relação, é captada como "*constructibile*": insere-se na unidade superior da frase; agora sim é da competência do gramático especulativo, do lógico da língua. Assim, longe de recriminar os Modistas, como às vezes se fez, por terem reduzido a língua a uma nomenclatura, deve-se felicitá-los por terem feito exatamente o contrário: para eles, a língua não começa na *dictio* e no *significatum*, isto é, na palavra-signo, mas no *consignificatum* ou *constructibile*, isto é, na relação, no intersigno: um privilégio fundador é concedido à sintaxe, à flexão, à recção, e não ao semantema, numa palavra, à *estruturação*, que seria talvez a melhor maneira de traduzir *modus significandi*. Existe pois certo parentesco entre os Modistas e certos estruturalistas modernos (Hjelmslev e a glossemática, Chomsky e a competência): a língua é uma estrutura e essa estrutura é de algum modo "garantida" pela estrutura do ser (*modi essendi*) e pela do espírito (*modi intelligendi*): há uma *grammatica universalis*; isto era novidade, porque se acreditava geralmente que havia tantas gramáticas quantas línguas: *Grammatica una et eadem est secundum substantiam in omnibus linguis, licet accidentaliter varietur. Non ergo grammaticus sed philosophus proprias naturas rerum diligenter considerans... grammaticam invenit.* (A gramática é uma e a mesma quanto à substância em todas as línguas, ainda que possa variar por acidentes. Não é pois o gramático, mas o filósofo que, pelo exame da natureza das coisas, descobre a gramática.)

Logica (ou *Dialectica*)

A.6.9. *Studium* e *Sacerdotium*

Logica domina do século XII ao XIII: rechaça a *Rhetorica* e absorve a *Grammatica*. Essa luta tomou a forma de um conflito de escolas. Na primeira metade do século XII, as escolas de Chartres desenvolvem principalmente o ensino de *Grammatica* (no sentido amplo a que nos referimos): é o *studium*, de orientação literária; opostamente, a escola de Paris desenvolve a filosofia teológica: é o *sacerdotium*. Dá-se a vitória de Paris sobre Chartres, do *sacerdotium* sobre o *studium*: *Grammatica* é absorvida pela *Logica*; isso vem acompanhado de um recuo da literatura pagã, de um gosto pronunciado pela língua vernácula, de uma retirada do humanismo, de um movimento em direção das disciplinas lucrativas (medicina, direito). *Dialectica* alimentou-se inicialmente nos *Tópicos* de Cícero e na obra de Boécio, primeiro introdutor de Aristóteles; depois, nos séculos XII e XIII, depois da segunda penetração (maciça) de Aristóteles, em toda a lógica aristotélica que diz respeito ao silogismo dialético[9].

---

9. Ao indicar algumas fontes antigas da Idade Média, é preciso lembrar-se de que o *fundo* intertextual, "hors concours", por assim dizer, é sempre Aristóteles, e até, em certo sentido, Aristóteles contra Platão. Platão foi transmitido parcialmente por Santo Agostinho e alimenta, no século XII, a escola de Chartres (escola "literária", oposta à escola de Paris, logicista, aristotélica) e a abadia de São Vítor; entretanto, no século XIII, as únicas traduções verdadeiras são as do Fédon e do Médon, aliás pouco conhecidas. Nos séculos XV e

A. 6.10. A *disputatio*

Dialectica é uma arte do discurso vivo, do discurso a dois. Esse diálogo nada tem de platônico, não se trata de uma sujeição principial do amado ao mestre; o diálogo aqui é agressivo, tem por escopo uma vitória que não é predeterminada: é uma batalha de silogismos, Aristóteles encenado por dois parceiros. Assim, a *Dialectica* confundiu-se finalmente com um exercício, um modo de exposição, uma cerimônia, um esporte, a *disputatio* (que poderia chamar-se: colóquio de opositores). O procedimento (ou o protocolo) é a do *Sic et Non*: sobre uma questão, reúnem-se depoimentos contraditórios; o exercício coloca em presença um oponente e um respondente; o respondente é em geral o candidato: responde às objeções levantadas pelo oponente; como nos concursos do Conservatório, o oponente está de serviço: é um colega ou é indicado compulsoriamente: coloca-se a tese, o oponente a contesta (*sed contra*), o candidato responde (*respondeo*): a conclusão é dada pelo mestre que preside. A *disputatio* invade tudo[10], é um esporte: os mestres disputam

---

XVI, trava-se uma luta aguda contra Aristóteles, em nome de Platão (Marsilio Ficino e Giordano Bruno). – Quanto a Aristóteles, entrou na Idade Média duas vezes: uma primeira vez, nos séculos V e VI, parcialmente, por Marciano Capella, as *Categorias* de Porfírio, Boécio; uma segunda vez, com força, nos séculos XII e XIII: no século IX, toda a obra de Aristóteles havia sido traduzida em árabe; no século XII, estão disponíveis traduções integrais, quer do grego, quer do árabe: é a intrusão maciça dos *Analíticos II*, dos *Tópicos*, das *Refutações*, da *Física* e da *Metafísica*; Aristóteles é cristianizado (Santo Tomás). A terceira entrada de Aristóteles será a da sua *Poética*, no século XVI, na Itália, no século XVII, na França.

10. Até a morte de Cristo na Cruz é assimilada ao roteiro da *Disputatio* (alguns hoje achariam sacrílega essa redução da Paixão a um exercício de escola; outros pelo contrário admirarão a liberdade de espírito da Idade Média, que não tolhia com nenhum tabu o "drama" do intelecto): *Circa tertiam vel sextam ascendunt magistri [in theologia] cathedram suam ad disputandum et querunt*

entre si, diante dos estudantes, uma vez por semana; os estudantes disputam por ocasião dos exames. Argumenta-se sob permissão solicitada por gesto ao mestre-presidente (há em Rabelais um eco paródico desses gestos). Tudo isso é codificado, ritualizado num tratado que regulamenta minuciosamente a *disputatio*, para impedir a discussão de desviar: a *Ars obligatoria* (século XV). O material temático da *disputatio* vem da parte argumentativa da Retórica aristotélica (pelos *Tópicos*); comporta as *insolubilia*, proposições muito difíceis de demonstrar, as *impossibilia*, teses que se mostram a todos como impossíveis, as *sophismata*, clichês e paralogismos, que servem ao geral das *disputationes*.

A.6.11. Sentido neurótico da *disputatio*

Se se quisesse avaliar o sentido neurótico de tal exercício, seria preciso, por certo, remontar à *machè* dos gregos,

---

unam questionem. Cui questioni respondet unus assistentium. Post cujus responsionem magister determinat questionem, et quando vult ei defferre et honorem facere, nihil aliud determinat quam quod dixerat respondens. Sic fecit hodie Christus in cruce, ubi ascendit ad disputandum; et proposuit unam questionem Deo Patri: Eli, Eli, lamma sabachtani; Deus, Deus meus, quid me dereliquisti? Et Pater respondit: Ha, Fili mi, opera manuum tuarum ne despicias: non enim Pater redemit genus humanum sine te. Et ille respondens ait: Ha, Pater, bene determinasti questionem meam. Non determinabo eam post responsionem tuam. Non sicut ego volo, sed sicut tu vis. Fiat voluntas tua.
(Cerca da terceira ou sexta hora, os mestres [em teologia] sobem à cátedra para disputar e propor uma questão. A essa questão responde um dos assistentes. Na sequência de sua resposta, o mestre conclui a questão e, quando quer conceder-lhe uma honra, não conclui outra coisa senão aquilo que o respondente havia dito. Assim fez um dia o Cristo sobre a cruz, onde havia subido para disputar: propôs uma questão a Deus Pai: *Eli, Eli, lamma sabachtani*; Deus, Deus meu, por que me abandonaste? E o Pai respondeu: meu Filho, não desprezes as obras de tuas mãos, pois o Pai não pôde redimir o gênero humano sem ti. E o Cristo respondeu: meu Pai, concluíste bem a minha questão. Não a concluirei após a tua resposta. Não seja como eu quero, mas como tu queres. Faça-se a tua vontade.)

essa espécie de sensibilidade conflitual que torna intolerável ao grego (depois ao ocidental) *toda situação em que o sujeito é posto em contradição consigo mesmo*: basta acuar um parceiro a se contradizer para *reduzi*-lo, eliminá-lo, anulá-lo: Cálicles (no *Górgias*) para de responder, em vez de se contradizer. O silogismo é a arma mesma que permite essa *liquidação*, é a faca que não se deixa cortar e que corta: os dois contendores são dois carrascos que tentam castrar-se um ao outro (de onde o episódio mítico de Abelardo, o castrante-castrado). Tão viva, a explosão neurótica teve de ser codificada, a ferida narcísica limitada: colocou-se a lógica em esporte (como se coloca hoje "em futebol" a reserva conflitual de tantos povos, principalmente os subdesenvolvidos ou oprimidos): é a *erística*. Pascal viu esse problema: quer evitar a contradição radical do outro consigo mesmo; quer "retomá"-lo sem feri-lo de morte, mostrar-lhe que é preciso apenas "completar" (e não renegar). A *disputatio* desapareceu, mas o problema das *regras* (lúdicas, cerimoniais) do jogo verbal permanece: como disputamos hoje, em nossos escritos, nos colóquios, nos encontros, nas conversas e até nas "cenas" da vida privada? Resolvemos o caso do silogismo (mesmo disfarçado)? Só uma análise do discurso intelectual poderá responder um dia com precisão[11].

A.6.12. Reestruturação do *Trivium*

Viu-se que as três artes liberais mantinham entre si uma luta pela predominância (em proveito da *Logica*): realmente é o sistema do Trivium, em suas flutuações, que é significativo. Os contemporâneos tiveram consciência disso: alguns

---

11. Chaïm Perelman e L. Olbrechts-Tyteca, *Tratado da argumentação*, São Paulo, Martins Fontes, 1996.

tentaram reconstituir a seu modo o conjunto da cultura falada. Hugo de São Vítor (1096-1141) opõe às ciências teóricas, práticas e mecânicas, as ciências lógicas: *Logica* abrange o *Trivium* em sua totalidade: é toda a ciência da linguagem. São Boaventura (1221-1274) tenta disciplinar todos os conhecimentos submetendo-os à Teologia; em particular, *Logica,* ou ciência da interpretação, compreende *Grammatica* (expressão), *Dialectica* (educação) e *Rhetorica* (persuasão); uma vez mais, ainda que seja para opô-la à natureza e à graça, a linguagem absorve todo o mental. Mas principalmente (pois isso prepara o futuro), desde o século XII, algo a que se há de chamar *Letras* se separa da filosofia; para João de Salisbury, *Dialectica* opera em todas as disciplinas em que o resultado é abstrato; *Rhetorica* ao contrário recolhe aquilo de que não cuida a *Dialectica*: ela é o terreno da *hipótese* (em antiga retórica, a hipótese se opõe à tese como o contingente ao geral[12]), quer dizer, tudo que implica circunstâncias concretas (quem? o quê? quando? por quê? como?); assim aparece uma oposição que terá uma grande fortuna mítica (que ainda dura): a do concreto e do abstrato: as Letras (falando de *Rhetorica*) serão concretas, a Filosofia (falando de *Dialectica*) será abstrata.

A.7. Morte da retórica

A.7.1. A terceira entrada de Aristóteles: a *Poética*

Vimos que Aristóteles entrara duas vezes no Ocidente: uma vez no século VI por intermédio de Boécio, uma vez no século XII a partir dos árabes. Entra pela terceira vez: por

---

12. Cf. *infra*, B.1.25.

sua *Poética*. Essa *Poética* é pouco conhecida na Idade Média, a não ser por textos reduzidos e deformantes; mas em 1498 é publicada em Veneza a primeira tradução latina feita a partir do original; em 1503, a primeira edição em grego; em 1550, a *Poética* de Aristóteles é traduzida e comentada por um grupo de eruditos italianos (Castelvetro, Scaliger – de origem italiana –, bispo de Veda). Na França, o texto mesmo é pouco conhecido: é por meio do italianismo que ele irrompe na França do século XVII: a geração de 1630 reúne os devotos de Aristóteles. A *Poética* traz para o classicismo francês o seu elemento principal: uma teoria da verossimilhança; esta é o código da "criação" literária, cujos teóricos são os autores, os críticos. A Retórica, que tem por objetivo principal o "escrever bem", o estilo, fica restrita ao ensino, onde, aliás, triunfa: é o domínio dos professores (jesuítas).

A.7.2. Triunfante e moribunda

A retórica está triunfante: reina sobre o ensino. A retórica está moribunda: restrita a esse setor, cai pouco a pouco num grande descrédito intelectual. Esse descrédito é trazido pela promoção de um valor novo, a evidência (dos fatos, das ideias, dos sentimentos), que se basta a si mesmo e que dispensa a linguagem (ou pensa dispensá-la), ou pelo menos pretende só se servir dela como de um *instrumento*, de uma mediação, de uma expressão. Essa "evidência" toma, a partir do século XVI, três direções: uma evidência pessoal (no protestantismo), uma evidência racional (no cartesianismo), uma evidência sensível (no empirismo). A retórica, se ainda a toleram (no ensino jesuítico), já não é absolutamente uma lógica, mas apenas uma *cor*, um ornato, sobre o qual se vela de maneira estreita em nome da "naturalidade". Certamente havia em Pascal alguma postulação desse novo espírito, pois que é a ele que se deve a Antirretórica do humanismo moderno;

ELEMENTOS 41

o que Pascal pede é uma retórica (uma "arte de persuadir") mentalista, sensível, como por instinto, à complexidade das coisas (à "finura"); a eloquência consiste não em aplicar ao discurso um código exterior, mas em tomar consciência do pensamento que nasce em nós, a fim de poder reproduzir esse movimento quando falamos com o outro, levando-o assim à verdade, como se ele mesmo, por si mesmo, a descobrisse; a *ordem* do discurso não tem características intrínsecas (clareza ou simetria); depende da natureza do pensamento, ao qual, para ser "reta", deve conformar-se a linguagem.

A.7.3. O ensino jesuítico da retórica

No final da Idade Média, como se viu, o ensino da retórica ficou um pouco sacrificado: subsistia no entanto em alguns colégios, na Inglaterra e na Alemanha. No século XVI, essa herança se organiza, assume forma estável, primeiro no ginásio São Jerônimo, mantido em Liège por jesuítas. Esse colégio é imitado em Estrasburgo e em Nîmes: fica assim lançada a forma de ensino na França durante três séculos. Quarenta colégios seguem logo o modelo jesuítico. O ensino ministrado é codificado em 1586 por um grupo de seis Jesuítas: é a *Ratio studiorum*, adotada em 1600 pela Universidade de Paris. Essa *Ratio* consagra a predominância das "humanidades" e da retórica latina; invade a Europa inteira, mas o seu grande sucesso está na França; a força dessa nova *Ratio* vem por certo do fato de haver, na ideologia por ela legalizada, identidade de uma disciplina escolar, de uma disciplina de pensamento e de uma disciplina de linguagem. Nesse ensino humanista, a Retórica é a matéria nobre, domina tudo. Os únicos prêmios escolares são os prêmios de retórica, de tradução e de memória, mas o prêmio de Retórica, atribuído no fim de um concurso especial, indica o primeiro aluno, que será chamado a partir de então (títulos significativos) de *imperator* ou de *tribuno* (não nos esqueçamos de que a palavra é um poder – e mesmo um poder político). Até 1750, afora as ciências, a eloquência constitui o único prestígio; nessa época de declínio dos jesuítas, a retórica recebe algum novo impulso da franco-maçonaria.

A.7.4. Tratados e Manuais

Os códigos de retórica são numerosíssimos, pelo menos até o fim do século XVIII. Muitos (no século XVI e no século XVII) são escritos em latim; são manuais escolares redigidos por jesuítas, particularmente pelos padres Nuñez, Susius e Soarez. A *Instituição* do padre Nuñez, por exemplo, compreende cinco livros: exercícios preparatórios, as três partes principais da retórica (a invenção, a ordenação e o estilo) e uma parte moral (a "sabedoria"). Entrementes, as retóricas em língua vernácula se multiplicam (só citaremos aqui algumas francesas). No fim do século XV, as retóricas são principalmente poéticas (artes de fazer versos, ou artes de segunda retórica); devem citar-se: Pierre Fabri, *Grand et vrai art de pleine rhétorique* (seis edições de 1521 a 1544) e Antoine Foclin (Fouquelin), *Rhétorique française* (1555), que traz uma classificação clara e completa das figuras. Nos séculos XVII e XVIII, até por volta de 1830, dominam os tratados de Retórica; esses tratados representam em geral: 1. a retórica paradigmática (as "figuras"); 2. a retórica sintagmática (a "construção oratória"); esses dois componentes são sentidos como necessários e complementares, a tal ponto que um *digest* comercial de 1806 reúne as duas retóricas mais célebres: as Figuras, por Dumarsais, e a construção oratória, por Du Batteux. Citemos os mais comuns desses tratados. Para o século XVII, é sem dúvida a *Retórica* do P. Bernard Lamy (1675): um tratado completo da palavra, útil "não somente nas escolas, mas também em toda a vida, *quando se compra, quando se vende*"; repousa, evidentemente, no princípio de exterioridade da linguagem e do pensamento: tem-se um "quadro" na mente, vai-se "externá-lo" com palavras. Para o século XVIII, o tratado mais célebre (e, além disso, o mais inteligente) é o de Dumarsais (*Tratado dos tropos,* 1730); Dumarsais, pobre, sem sucesso em vida, frequentou o círculo irreligioso D'Holbach, foi enciclopedista; seu livro, mais do que uma retórica, é uma linguística da mudança de sentidos. No fim do século XVIII e no início do XIX, publicam-se ainda muitos tratados clássicos, absolutamente indiferentes ao abalo e à mutação da Revolução Francesa (Blair, 1783; Gaillard, 1807: *La rhétorique des demoiselles* [A retórica das donzelas]; Fontanier, 1827 – recentemente republicado e apresentado por G. Genette). No século XIX, a retórica não sobrevive senão artificialmente, sob a proteção dos regulamentos oficiais; o título mesmo dos tratados e manuais se altera de maneira significativa: 1881, F. de Caussada, *Rhétorique et genres littéraires* [Retórica e gêneros literários]; 1889, Prat, *Éléments de rhétorique et de littérature* [Elementos de retórica e de literatura]: a Literatura ainda dá passagem à retórica, enquanto não a sufoca completamente; mas a antiga retórica, na agonia, sofre a concorrência das "psicologias do estilo".

A.7.5. Fim da Retórica

Entretanto, dizer de maneira plena que a Retórica morreu seria poder precisar pelo que ela foi substituída, pois – isso se viu bastante bem por este percurso diacrônico – a Retórica deve sempre ser lida no jogo estrutural de suas vizinhas (Gramática, Lógica, Poética, Filosofia): é o jogo do sistema, não cada uma de suas partes em si, que é historicamente significativo. Sobre este problema, serão notadas, para terminar, algumas orientações de pesquisa. 1. Seria preciso fazer a lexicologia atual da palavra: onde ela passa? Recebe ainda conteúdos originais, interpretações pessoais, vindos de escritores, não de retores (Baudelaire e a retórica profunda, Valéry, Paulhan); mas principalmente, seria preciso reorganizar o campo atual de suas conotações: pejorativas aqui[13], analíticas ali[14], revalorizantes acolá[15], a fim de delinear o processo ideológico da antiga retórica. 2. No ensino, o fim dos tratados de retórica é, como sempre, neste caso, difícil de datar: em 1926, um jesuíta de Beirute escreveu ainda um tratado de retórica em árabe; em 1938, um belga, M. J. Vuillaume, publica ainda um manual de retórica; e as classes de Retórica e de Retórica Superior desapareceram há muito pouco tempo. 3. Em que medida exata e sob que reservas a ciência da linguagem encampou o domínio da antiga retórica? Houve primeiro passagem a uma psicoestilística (ou estilística da expressividade[16]); mas hoje, para onde foi rechaçado o mentalismo linguístico? De toda a retórica, Jakobson só reconheceu duas figuras, a metáfora e a metonímia, para

---

13. (A sofística do *não* entre os místicos: "para estar em tudo cuidai para não estar para nada em nada".) "Por um paradoxo facilmente explicável, essa lógica destrutiva agrada aos conservadores: é que ela é inofensiva; abolindo *tudo*, não toca *em nada*. Privada de eficácia, no fundo não passa de uma retórica. Algumas sensibilidades manuseadas, algumas operações efetuadas com a linguagem, não é isso que vai mudar o curso do mundo." (Sartre, *Saint-Genet*, p. 191.)

14. Kristeva, *Sèméiotikè*, Paris, Éd. du Seuil, 1969. [Coleção "Points", 1978.]

15. *Rhétorique génerale*, pelo grupo μ, Paris, Larousse, 1970. [Éd. du Seuil, col. "Points", 1982.]

16. "O desaparecimento da Retórica tradicional criou um vazio nas humanidades e a estilística já fez uma longa caminhada para preencher esse vazio. Na realidade, não seria totalmente falso descrever a estilística como uma 'nova retórica' adaptada aos modelos e às exigências dos estudos modernos em linguística e em literatura." (S. Ullmann, *Language and Style*, p. 130.)

fazer delas o emblema dos dois eixos da linguagem; para alguns, o formidável trabalho de classificação operado pela antiga retórica parece ainda utilizável, principalmente se aplicado em campos marginais da comunicação ou da significação tal como a imagem publicitária[17], onde ainda não é usado. Em todo caso, essas avaliações contraditórias mostram bem a ambiguidade atual do fenômeno retórico: objeto prestigioso de inteligência e de penetração, sistema grandioso que toda uma civilização, em sua maior amplitude, aprimorou para classificar, isto é, para pensar a linguagem, instrumento de poder, lugar de conflitos históricos, cuja leitura é apaixonante se precisamente se recolocar esse objeto na história múltipla em que se desenvolveu; mas também objeto ideológico, caindo na ideologia pelo avanço dessa "outra coisa" que o substituiu, e obrigando hoje a uma indispensável distância crítica.

B. A REDE

B.0.1. A exigência de classificação.

Todos os tratados da Antiguidade, principalmente pós-aristotélicos, mostram uma obsessão pela classificação (o próprio termo *partitio* oratória o atesta): A retórica se apresenta abertamente como uma classificação (de materiais, de regras, de partes, de gêneros, de estilos). A própria classificação constitui objeto de um discurso: anuncia o plano do tratado, discussão cerrada da classificação proposta pelos predecessores. A paixão pela classificação mostra-se sempre como bizantina a quem dela não participa: por que discutir

---

17. Ver particularmente: Jacques Durand, "Rhétorique et image publicitaire", *Communications*, nº 15, 1970.

tão acirradamente sobre o lugar da *propositio*, ora colocada no fim do exórdio, ora no início da *narratio*? Entretanto, no mais das vezes, e é normal, a oposição taxinômica implica uma opção ideológica: há sempre um *escopo* no lugar das coisas: *dize-me como classificas e te direi quem és*. Não se pode pois adotar, como aqui se fará, para fins didáticos, uma classificação única, canônica, que "esquecerá" voluntariamente as numerosas variações cujo objeto é o plano da *technè rhetorikè*, sem antes dizer uma palavra sobre essas flutuações.

B.0.2. Os pontos de partida das classificações

A apresentação da Retórica se faz essencialmente segundo três diferentes pontos de partida (estou simplificando). 1. Para Aristóteles, a estação inicial é a *technè* (instituição especulativa de um poder de produzir o que pode ser ou não ser); a *technè* (*rhetorikè*) gera quatro tipos de operações, que são as partes da *arte* retórica (e não as partes do discurso, da *oratio*): *a. Pisteis*, estabelecimento das "provas" (*inventio*); *b. Taxis*, distribuição dessas provas ao longo do discurso, segundo determinada ordem (*dispositio*); *c. Lexis*, formalização verbal (no nível da frase) dos argumentos (*elocutio*); *d. Hypocrisis*, a encenação do discurso total por um orador que deve fazer-se ator (*actio*). Essas quatro operações são examinadas três vezes (pelo menos no que diz respeito à *inventio*); do ponto de vista do emissor da mensagem, do ponto de vista do destinatário, do ponto de vista da própria mensagem[18]. De conformidade com a noção de *technè* (é um poder), o ponto de partida aristotélico põe em primeiro plano a *estruturação* do discurso (operação ativa) e relega ao segundo plano a *estrutura* (o discurso como produto).

---

18. Cf. *supra*, A.4.2.

2. Para Cícero, a estação inicial é a *doctrina dicendi*, isto é, não mais a *technè* especulativa, mas um saber ensinado com finalidades práticas; a *doctrina dicendi*, do ponto de vista taxinômico, gera: *a.* uma energia, um trabalho, *vis oratoris*, de que dependem as operações previstas por Aristóteles; *b.* um produto, ou, se preferir, uma forma, a *oratio*, à qual se ligam as partes de extensão de que se compõe; *c.* um assunto, ou, se preferir, um conteúdo (um tipo de conteúdo), a *quaestio*, de que dependem os gêneros de discursos. Assim tem início certa autonomia da obra com relação ao trabalho que a produziu. 3. Conciliador e pedagogo, Quintiliano combina Aristóteles e Cícero; sua estação inicial é mesmo a *technè*, mas é uma *technè* prática e pedagógica, não especulativa; ela alinha: *a.* as operações (*de arte*) – que são aquelas de Aristóteles e de Cícero; *b.* o operador (*de artifice*); *c.* a própria obra (*de opere*) (estes dois últimos temas são comentados, mas não subdivididos).

B.0.3. A motivação da classificação: o lugar do plano

Pode-se situar com precisão a motivação dessas flutuações taxinômicas (mesmo quando parecem ínfimas): é o lugar do lugar, da *dispositio*, da ordem das partes do discurso: a que relacionar essa *dispositio*? Duas opções são possíveis: ou se considera o "plano" como uma "ordenação" (e não como uma ordem já pronta), como um ato criativo de distribuição da matéria, numa palavra, um trabalho, uma estruturação, e é relacionado então com a preparação do discurso; ou então se toma o plano em seu estado de produto, de estrutura fixa e, neste caso, é relacionado com a obra, com a *oratio*; ou então é um *dispatching* de materiais, uma distribuição, ou então, é uma grade, uma forma estereotipada. Numa palavra, a ordem seria ativa, criadora, ou passiva, criada? Cada opção teve os seus representantes, que a levaram ao limite: alguns relacionam a *dispositio* com a *probatio* (descoberta de provas); outros a relacionam com a *elocutio*: é uma simples forma verbal. Sabe-se a amplidão que assumiu este problema no limiar dos tempos modernos: no século XVI, Ramus, violentamente antiaristotélico (a *technè* é uma sofisticação contrária à natureza), separa radicalmente a *dispositio* da *inventio*: a ordem é independente da descoberta dos argumentos: *primeiro* a busca dos argumentos, *em seguida* o seu agrupamento, chamado *método*. No século XVII, os golpes decisivos contra a retórica decadente foram desfechados justamente contra a reificação do plano, da *dispositio*, tal como acabara por concebê-la uma retórica do produto (e não da produção): Descartes descobre a coincidência entre a invenção e a ordem, não mais nos retores, mas nos matemáticos; e, para Pascal, a ordem tem um valor criativo, basta para fundar o novo (não pode ser uma grade já pronta, exterior e precedente): "Não se diga que eu nada disse de novo: a disposição da matéria é nova." A relação entre a *ordem de invenção* (*dispositio*) e a *ordem de apresentação* (*ordo*), e principalmente o desvio e a orientação (contradição, inversão) das duas ordens paralelas, tem sempre um alcance teórico: é toda uma concepção da literatura que está a cada vez em jogo, como atesta a análise exemplar que Poe fez de seu próprio poema, *o Corvo*: partindo, para escrever a obra, da *última coisa aparentemente recebida* pelo leitor (recebida como "ornamento"), a saber, o efeito triste do *nevermore* (*e/o*), depois remontando daí até a invenção da história e da forma métrica.

B.0.4. A máquina retórica

Se, esquecendo essa motivação ou pelo menos optando resolutamente pelo ponto de partida aristotélico, suprimirmos de algum modo as subclassificações da Antiga Retórica, obter-se-á uma distribuição canônica das diferentes partes da *technè*, uma rede, uma árvore, ou antes um grande cipó que desce de patamar em patamar, ora dividindo um elemento genérico, ora juntando partes esparsas. Essa rede é uma *montagem*. Pensa-se em Diderot e na máquina de fazer meias: "Pode-se olhá-la como um só e único raciocínio de que a fabricação do produto é a conclusão..." Na máquina de Diderot, o que se enfia na entrada é a matéria têxtil, o que se encontra na saída são meias. Na "máquina" retórica, o que se coloca no início, mal emergindo de uma afasia nativa, são matérias brutas de raciocínio, fatos, um "tema"; o que se encontra no fim é um discurso completo, estruturado, totalmente armado para a persuasão.

B.0.5. As cinco partes da *technè rhetorikè*

Nossa linha de partida será pois constituída por diferentes operações mães da *technè* (entende-se pelo que precede que ligaremos a ordem das partes, a *dispositio*, à *technè* e não à *oratio*: foi o que fez Aristóteles). Em sua maior extensão, a *technè rhetorikè* compreende cinco *operações* principais; há que se insistir na natureza *ativa, transitiva, programática, operatória* dessas divisões: não se trata de elementos de uma estrutura, mas de atos de uma estruturação progressiva, como bem o mostra a forma verbal (por verbos) das definições [ver quadro na página seguinte].

As três primeiras operações são as mais importantes (*Inventio, Dispositio, Elocutio*); cada uma suporta uma rede ampla e sutil de noções, e as três alimentaram a retórica para além da Antiguidade (principalmente a *Elocutio*). As duas últimas (*Actio* e *Memoria*) foram bem depressa sacrificadas, desde quando a retórica não mais teve como objeto apenas os discursos falados (declamados) de advogados ou de políticos, ou de "conferencistas" (gênero de epidíctica), mas também, e depois quase exclusivamente, as "obras" (escritas).

1.	INVENTIO Euresis	*invenire quid dicas*	encontrar o que dizer
2.	DISPOSITIO Taxis	*inventa disponere*	ordenar o que se encontrou
3.	ELOCUTIO Lexis	*ornare verbis*	acrescentar o ornamento das palavras, das figuras
4.	ACTIO Hypocrisis	*agere et pronuntiare*	representar o discurso como um ator: gestos e dicção
5.	MEMORIA mném	*memoriae andare*	recorrer à memória

Ninguém duvida, entretanto, de que essas duas partes apresentam grande interesse: a primeira (*Actio*) porque remete a uma dramaturgia da palavra (isto é, a uma histeria e a um ritual); a segunda, porque postula um nível dos estereótipos, um intertextual fixo, transmitido mecanicamente. Mas, como estas duas últimas operações estão ausentes da obra (contrariamente à *oratio*), e como, mesmo entre os Antigos, não ocasionaram nenhuma classificação (mas somente breves comentários), serão eliminadas, aqui, da máquina retórica. Nossa árvore compreenderá, pois, somente três troncos: 1. *Inventio*; 2. *Dispositio*; 3. *Elocutio*. Precisemos, entretanto, que entre o conceito de *technè* e esses três pontos de partida interpõe-se um patamar: o dos materiais "substanciais" do discurso: *Res* e *Verba*. Não acho que se deva traduzir simplesmente por Coisas e Palavras. *Res*, diz Quintiliano, são *quae significantur*, e *Verba*: *quae significant*; em suma, no nível do discurso, os significados e os significantes. *Res* é aquilo que já está prometido ao sentido, constituído desde o início com material de significação; *Verbum* é a forma que vai já procurar o sentido para cumpri-lo. É o paradigma *res/verba* que conta, é a relação, a complementariedade, o intercâmbio, não a definição de cada termo. – Como a *Dispositio* diz respeito ao mesmo tempo ao material (*res*) e às formas discursivas (*verba*), o primeiro ponto de partida de nossa árvore, a primeira épura de nossa máquina deve inscrever-se assim:

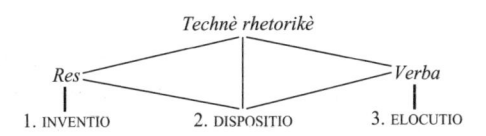

```
              Technè rhetorikè
      Res ＜＿＿＿｜＿＿＿＞ Verba
       |           |           |
    1. INVENTIO  2. DISPOSITIO  3. ELOCUTIO
```

B.1. A *inventio*

B.1.1. Descoberta e não invenção

A *inventio* remete menos a uma invenção (dos argumentos) do que a uma descoberta: tudo já existe, basta reencontrá-lo: é uma noção mais "extrativa" do que "criativa". Isso é corroborado pela designação de um "lugar" (a Tópica), de onde se pode extrair os argumentos e aonde se deve levá-los: a *inventio* é uma caminhada (*via argumentorum*). Essa ideia da *inventio* implica dois sentimentos: por um lado, uma confiança muito segura no poder de um método, de uma via: se se lançar a rede das formas argumentativas sobre o material com boa técnica, está-se seguro de apanhar o conteúdo de um excelente discurso; por outro, a convicção de que o espontâneo, o ametódico não apanham nada: ao poder da palavra final corresponde um nada de palavra original; o homem não pode falar sem ser parido por sua palavra, e para esse parto há uma *technè* particular, a *inventio.*

B.1.2. Convencer/comover

Da *inventio* partem duas grandes vias, uma lógica, outra psicológica: *convencer* e *comover*. Convencer (*fidem facere*) requer um aparelho lógico ou pseudológico a que se chama, globalmente, *probatio* (domínio das "Provas"): trata-se de, pelo raciocínio, fazer uma violência justa no espírito do ouvinte, cujo temperamento, cujas disposições psicológicas não são então levados em conta: as provas têm a sua força própria. Comover (*animos impellere*) consiste, ao contrário, em pensar a mensagem probatória não em si, mas segundo o seu destino, o humor de quem deve recebê-lo, em mobilizar provas subjetivas, morais. Desceremos inicialmente o longo caminho da *probatio* (*convencer*), para voltar, em seguida, ao segundo termo da dicotomia de partida (*comover*). Todas essas "descidas" serão retomadas graficamente, sob forma de uma árvore, em anexo.

B.1.3. Provas dentro da técnica e provas fora da técnica

Pisteis, as provas? Manteremos a palavra por hábito, mas há, entre nós, uma conotação científica cuja ausência mesma define as *pisteis* retóricas. Seria melhor dizer: razões probantes, vias de persuasão, meios de crédito, mediadores de confiança (*fides*). A divisão binária de *pisteis* é célebre: existem razões que estão fora da *technè* (*pisteis atechnoi*) e as razões que fazem parte da *technè* (*pisteis entechnoi*), em latim: *probationes inartificiales/artificiales*; em francês (B. Lamy): *extrinsèques/intrinsèques* [em português: *extrínsecas/intrínsecas*]. Essa oposição não será difícil de compreender se nos lembrarmos bem do que é uma *technè*: uma instituição especulativa dos meios de produzir aquilo que pode ser ou não ser, quer dizer, que não é científico (necessário) nem natural. As provas *fora da technè* são, pois, aquelas que escapam à liberdade de criar o objeto contingente; encontram-se fora do orador (do operador de *technè*); são razões inerentes à natureza do objeto. As provas *dentro da technè* dependem, ao contrário, do poder de raciocínio do orador.

B.1.4. Provas fora da *technè*

Que ação tem o orador sobre as provas *atechnoi*? Não pode conduzi-las (induzir ou deduzir); pode apenas, porque elas são "inertes" em si, arranjá-las, valorizá-las por uma disposição metódica. Quais são elas? São fragmentos de real que entram diretamente na *dispositio*, mediante um simples fazer-valer, não por uma transformação; ou ainda: são elementos do "dossiê" que se podem inventar (deduzir) e que são fornecidos pela própria causa, pelo cliente (estamos por enquanto no puro judicial). Essas *pisteis atechnoi* são classificadas da seguinte forma; há: 1. os *praejudicia*, sentenças anteriores, a jurisprudência (o problema está em destruí-los sem atacá-los de frente); 2. os *rumores*, o testemunho público, o *consensus* de toda uma cidade; 3. as confissões sob tortura (*tormenta, quaesita*): nenhum sentimento moral, mas um sentimento social com relação à tortura: a Antiguidade reconhecia o direito de torturar os escravos, não os homens livres; 4. as peças (*tabulae*): contratos, acordos, transações entre particulares, até às relações forçadas (roubo, assassínio, assalto, afronta); 5. o juramento (*jusjurandum*): é o elemento de todo um jogo combinatório, de uma tática, de uma linguagem: pode-se aceitar jurar ou recusar, aceita-se ou recusa-se o juramento do outro etc.; 6. os testemunhos (*testimonia*): são essencialmente – pelo menos para Aristóteles – testemunhos nobres, oriundos quer de poetas antigos (Sólon citando Homero para apoiar as pretensões de Atenas sobre Salamina), quer de provérbios, quer de contemporâneos notáveis; são pois preferencialmente "citações".

B.1.5. Sentido das *atechnoi*

As provas "extrínsecas" são próprias ao judiciário (os *rumores* e os *testimonia* podem servir ao deliberativo e à epidíctica); mas pode-se imaginar que elas servem no particular, para julgar uma ação, saber se se deve louvar etc. É o que fez Lamy. Daí essas provas extrínsecas poderem alimentar representações fictícias (romance, teatro); é preciso no entanto cuidar que não são *índices*, que fazem parte, estes, de um arrazoado; são simplesmente os elementos de um dossiê que vem do exterior, de um real já institucionalizado; em literatura, essas provas serviriam para compor *romances-dossiês* (encontraram-se alguns), que renunciariam a qualquer escrita amarrada, a qualquer representação seguida e dariam apenas fragmentos do real já constituídos em linguagem pela sociedade. É bem o sentido das *atechnoi*: são elementos *constituídos* da linguagem social, que entram diretamente no discurso, sem serem *transformados* por nenhuma operação técnica do orador, do autor.

B.1.6. Provas dentro da *technè*

A esses fragmentos da linguagem social dados diretamente, no estado bruto (ressalvada a valorização de um arranjo), opõem-se os *arrazoados* que dependem, estes sim, inteiramente do poder do orador (*pisteis entechnoi*). *Entechnos* quer dizer aqui: que pertence a uma *prática* do orador, pois o material é *transformado* em força persuasiva por uma operação lógica. Essa operação, rigorosamente, é dupla: indução e dedução. As *pisteis entechnoi* se dividem então em dois tipos: 1. o *exemplum* (indução); 2. o *entimema* (dedução); trata-se, evidentemente, de uma indução e de uma dedução não científicas, mas simplesmente "públicas" (para o público). Essas duas vias são impositivas: todos os oradores, para produzir a persuasão, demonstram mediante exemplos ou mediante entimemas; não há outros meios afora esses (Aristóteles). Entretanto uma espécie de diferença quase estética, uma diferença de estilo, introduziu-se entre o exemplo e o entimema: o *exemplum* produz uma persuasão mais suave, mais bem aceita pelo vulgo; é uma força luminosa, incentivando o prazer que é inerente a toda comparação; o entimema, mais poderoso, mais vigoroso, produz uma força violenta, perturbadora, beneficia-se da energia do silogismo; opera um verdadeiro rapto, é a prova, com toda a força da sua pureza, de sua essência.

B.1.7. O *exemplum*

O *exemplum* (*paradeigma*) é a indução retórica: procede-se de um particular a outro particular pelo elo implícito do geral: de um objeto infere-se a classe; depois, dessa classe, defere-se outro objeto[19]. O *exemplum* pode ter qualquer dimensão, pode ser uma palavra, um fato, um conjunto de fatos e a narração desses fatos. É uma similitude persuasiva, um argumento por analogia: encontram-se bons *exempla*, se se tiver o dom de enxergar as analogias – e também, claro, os contrários[20]. Como indica o seu nome grego, está no sentido do paradigmático, do metafórico. Desde Aristóteles, o *exemplum* se subdivide em real e fictício; o fictício se subdivide em *parábola* e *fábula*; o *real* cobre exemplos históricos, mas também mitológicos, por oposição não ao imaginário,

---

19. Exemplo de *exemplum* dado por Quintiliano: "Tocadores de flauta que se tinham retirado de Roma foram chamados de volta por um decreto do Senado; com maior razão deve-se chamar de volta grandes cidadãos com grandes méritos na República e que a desgraça dos tempos forçara ao exílio": elo geral da cadeia indutiva: a classe de pessoas úteis, expulsas e chamadas de volta.

20. *Exemplum a contrario*: "Esses quadros, essas estátuas que Marcelo entregava a inimigos, Verres os tomava dos aliados." (Cícero)

mas àquilo que a gente mesmo inventa; a *parábola* é uma comparação curta[21], a *fábula* (*logos*) um conjunto de ações. Isso indica a natureza narrativa do *exemplum*, que vai expandir-se historicamente.

B.1.8. A figura exemplar: a *imago*

No início do século I a.C., aparece uma nova forma de *exemplum*: a personagem exemplar (*eikon, imago*) indica a encarnação de uma virtude numa figura: *Cato illa virtutum viva imago* (Cícero). Estabelece-se um repertório dessas "*imagines*" para o uso das escolas de retores (Valério Máximo, durante o império de Tibério: *Factorum ac dictorum memorabilium libri novem*), seguido mais tarde de uma versão em versos. Essa coleção de figuras teve imensa fortuna na Idade Média; a poesia erudita propõe o cânone definitivo dessas personagens, verdadeiro Olimpo de arquétipos que Deus colocou na marcha da história; a *imago virtutis* inclui por vezes personagens bem secundárias, fadadas a uma imensa fortuna, tais como Amiclas, o bateleiro que transportou "César e sua fortuna" do Epiro a Brindisi, no decorrer de uma tempestade (= pobreza e sobriedade); existem numerosas "*imagines*" na obra de Dante. O próprio fato de se ter podido constituir um repertório de *exempla* destaca bem o que se poderia chamar de vocação estrutural do *exemplum*: é um trecho destacável, que comporta expressamente um sentido (retrato heroico, narrativa hagiográfica; compreende-se pois que se possa segui-lo até mesmo na escrita ao mesmo tempo descontínua e alegórica da grande imprensa contemporânea: Churchill, João XXIII, são "*imagines*", exemplos destinados

---

21. Exemplo de parábola tirado de um discurso de Sócrates: não se deve escolher os magistrados tirando à sorte, como não se faz com os atletas e os pilotos.

a persuadir-nos de que é preciso ser corajoso, de que é preciso ser bom.

B.1.9. *Argumenta*

Diante do *exemplum*, modo persuasivo por indução, existe o grupo de modos por dedução, os *argumenta*. A ambiguidade da palavra *argumentum* é aqui significativa. O sentido antigo e usual é: tema de uma fábula cênica (argumento de uma comédia de Plauto), ou ainda: ação articulada (por oposição a *muthos*, conjunto de ações). Para Cícero, é ao mesmo tempo "algo fictício que poderia acontecer" (o plausível) e uma "ideia verossimilhante utilizada para convencer", aquilo cujo alcance lógico Quintiliano precisa melhor: "maneira de provar uma coisa por outra, de confirmar o que é duvidoso por aquilo que não o é". Assim aparece uma duplicidade importante: a de um "arrazoado" ("toda forma de arrazoado público", diz um retor) impuro, facilmente dramatizável, que participa a um só tempo do intelectual, do lógico e do narrativo (não encontramos essa ambiguidade em numerosos ensaios modernos?). O aparato dos *argumenta* que começa aqui e vai esgotar até o fim toda a *probatio* abre-se para uma obra maior, tabernáculo da prova dedutiva, o *entimema*, que às vezes é dito *commentum, commentatio*, tradução literal do grego *enthumema* (toda reflexão que se tenha na mente), mas, no mais das vezes, por uma sinédoque significativa: *argumentum*.

B.1.10. O entimema

O entimema recebeu duas significações sucessivas (que não são contraditórias). 1. Para os aristotélicos, é um silogismo fundamentado em verossimilhanças ou em sinais, e não sobre algo de verdadeiro ou de imediato (como é o caso do silogismo científico); o entimema é um *silogismo retórico*, desenvolvido unicamente *no nível do público* (como se diz: colocar-se no nível de alguém), a partir do *provável*, isto é, a partir daquilo que o público pensa; é uma dedução cujo valor é concreto, colocado em vista de uma *apresentação* (é uma espécie de espetáculo aceitável), por oposição à dedução abstrata, feita unicamente pela análise: é um arrazoado público, manipulado facilmente por homens incultos. Em virtude dessa origem, o entimema obtém a persuasão, não a demonstração; para Aristóteles, o entimema é suficientemente definido pelo caráter *verossimilhante* de suas premissas (o verossimilhante admite contrários); daí a necessidade de se definir e classificar as premissas do entimema[22]. 2. Desde Quintiliano e com total triunfo na Idade Média (desde Boécio), uma nova definição prevalece: o entimema é definido não pelo conteúdo de suas premissas, mas pelo caráter elíptico de sua articulação: é um silogismo incompleto, um silogismo encurtado: não tem "nem tantas partes nem partes tão distintas quanto o silogismo filosófico": pode-se suprimir uma das duas premissas ou a conclusão: é então um silogismo truncado pela supressão (no enunciado) de uma proposição cuja realidade aparece aos homens incontestável e que é, por essa razão, simplesmente "retida na mente" (*en thumô*). Se se aplicar essa definição ao silogismo, senhor de toda a cultura (ele nos repete estranhamente a nossa morte) – e embora a sua premissa não seja simplesmente provável, o que não poderia fazer dele um entimema no sentido 1 –, pode-se ter os seguintes entimemas: *o homem é mortal, portanto Sócrates é mortal*; *Sócrates é mortal porque os homens são mortais*; *Sócrates é um homem, portanto mortal* etc.

---

22. Cf. *infra*, B.1.13, 14, 15, 16.

Poder-se-ia preferir a esse exemplo fúnebre este outro mais atual, proposto por Port-Royal: "Todo corpo que reflete a luz por todos os lados é áspero; ora, a lua reflete a luz por todos os lados; logo, a lua é um corpo áspero": e todas as formas entimemáticas que se podem extrair dele (a lua é áspera porque reflete a luz por todos os lados etc.). Esta segunda definição do entimema é de fato principalmente a da *Lógica* de Port-Royal, e vê-se muito bem por que (ou como): o homem clássico acredita que o silogismo é todo feito na mente ("o número de três proposições é bastante proporcional à extensão da nossa mente"); se o entimema é um silogismo imperfeito, só pode sê-lo *no nível da linguagem* (que não é o da "mente"): é um silogismo perfeito na mente, mas imperfeito na expressão; em suma, é um acidente de linguagem, um desvio.

B.1.11. Metamorfoses do entimema

Eis algumas variedades de silogismos retóricos: 1. o *prossilogismo*, encadeamento de silogismos em que a conclusão de um passa a ser a premissa do seguinte; 2. o *sorite* (*soros*, o monte), acumulação de premissas ou sequência de silogismos truncados; 3. o epiquirema (conforme foi comentado na Antiguidade), ou silogismo desenvolvido, em que cada premissa vem acompanhada de sua prova; a estrutura epiquiremática pode estender-se a todo um discurso em cinco partes: proposição, razão da maior, assumpção ou menor, prova da menor, complexão ou conclusão: A... pois... Ora, B... pois... Logo C[23]; 4. o *entimema aparente*, ou arrazoado baseado

---

23. Um epiquirema expandido: todo o *Pro Milone* de Cícero: 1. é permitido matar aqueles que nos armam ciladas; 2. provas tiradas da lei natural, do direito dos povos, de *exempla*; 3. ora, Clodius armou ciladas para Milon; 4. provas tiradas dos fatos; 5. logo, era permitido a Milon matar Clodius.

numa espécie de passe de mágica, um jogo de palavras; 5. a *máxima* (*gnomè, sententia*): forma muito elíptica, monódica, é um fragmento de entimema cujo restante fica virtual: "Nunca se deve dar aos filhos um excesso de saber (pois eles colheriam a inveja de seus concidadãos)[24]". Evolução significativa, a *sententia* emigra da *inventio* (do arrazoado, da retórica sintagmática) para a *elocutio*, para o estilo (figuras de ampliação e de redução); na Idade Média, ela desabrocha, contribuindo para formar um tesouro de citações sobre todos os temas de sabedoria: frases, versos gnômicos decorados, colecionados, classificados por ordem alfabética.

B.1.12. Prazer no entimema

Já que o silogismo retórico é feito para o público (e não sob a visão da ciência), as considerações psicológicas são pertinentes, e Aristóteles insiste nisso. O entimema tem os encantos de uma caminhada, de uma viagem: parte-se de um ponto que não precisa ser provado e daí vai-se rumo a outro ponto que precisa sê-lo; tem-se o sentimento agradável (ainda que provenha de uma força) de descobrir algo novo por uma espécie de contágio natural, de capilaridade que estende o conteúdo (o opinável) em direção do desconhecido. Entretanto, para produzir todo o prazer que pode dar, essa caminhada tem de ser vigiada: o arrazoado não pode ser tomado

---

24. A máxima (*gnomè, sententia*) é uma forma que exprime o geral, mas apenas um geral que tem por objeto ações (o que pode ser escolhido ou evitado); para Aristóteles, a base da *gnomè* é sempre o *eikos*, de acordo com a definição dada por ele de entimema pelo *conteúdo* das premissas; mas, para os clássicos, que definem o entimema pelo "truncamento", a máxima é essencialmente um "abreviado": "às vezes também acontece que se encerram duas proposições em uma só proposição: a sentença entimemática" (ex.: Mortal, não conserves um ódio imortal).

de muito longe e não se deve passar por todos os escalões para concluir: isso seria cansativo (o epiquirema deve ser utilizado apenas em ocasiões especiais); porque é preciso contar com a ignorância dos ouvintes (a ignorância é precisamente aquela incapacidade de inferir por numerosos degraus e de seguir por muito tempo um raciocínio); ou melhor: é preciso explorar essa ignorância dando ao ouvinte a sensação de que ele sozinho, por sua força mental, a fez acabar; o entimema não é um silogismo truncado por carência, degradação, mas porque é preciso deixar ao ouvinte o prazer de fazer tudo na construção do argumento: é um pouco o prazer que se tem de completar sozinho os claros de uma determinada rede (criptogramas, jogos, palavras cruzadas). Port-Royal, embora sempre julgasse a linguagem deficiente com relação ao espírito – e o entimema é um silogismo de linguagem –, reconhece esse prazer do raciocínio incompleto: "Essa supressão [de uma parte do silogismo] acalenta a vaidade daqueles a quem se fala, deixando alguma coisa por conta de sua inteligência e abreviando o discurso, ela o torna mais forte e vivaz"[25]; vê-se entretanto a mudança moral (em comparação com Aristóteles): o prazer do entimema está menos relacionado com uma autonomia criativa do ouvinte do que com uma excelência da *concisão*, dada triunfalmente como o sinal de um *superávit* do pensamento sobre a linguagem (o pensamento ganha da linguagem por um corpo de vantagem): "uma das principais belezas de um discurso é estar ele cheio de sentido e *dar azo ao espírito de formar um pensamento mais extenso do que é a expressão...*".

---

25. Exemplo de abreviado bem sucedido: este verso da *Medeia* de Ovídio, "que contém um entimema elegantíssimo": *Servare potui, perdere an possim rogas?* Pude conservar-te, poderia portanto perder-te. (Quem pode conservar pode perder; ora, pude conservar-te; logo, poderia perder-te.)

B.1.13. As premissas entimemáticas

O lugar de onde partimos para percorrer o agradável caminho do entimema são as premissas. Tal lugar é conhecido, certo, mas não é a certeza científica: é a nossa certeza humana. Que temos então como certo? 1. o que é apreendido pelos sentidos, o que vemos e ouvimos: os índices seguros, *tekmeria*; 2. o que é apreendido pelo sentido, aquilo a respeito do que os homens estão geralmente de acordo, o que ficou estabelecido por leis, o que entrou para o uso ("existem os deuses", "deve-se honrar os pais" etc.): são as verossimilhanças, *eikota*, ou, genericamente, o verossimilhante (*eikos*); 3. entre esses dois tipos de "certeza" humana, Aristóteles coloca uma categoria mais vaga: os *semeia*, os signos (uma coisa que serve para fazer entender outra, *per quod alia res intelligitur*).

B.1.14. O *tekmerion*, o índice seguro

O *tekmerion* é o índice seguro, o signo necessário, ou ainda "o signo indestrutível", aquele que é o que é e que não pode ser de outro modo. Uma mulher deu à luz: é o índice seguro (*tekmerion*) de que teve comércio com um homem. Essa premissa aproxima-se muito daquela que inaugura o silogismo científico, embora se esteie apenas numa universalidade de experiência. Como sempre, quando se exuma esse velho material lógico (ou retórico) fica-se surpreso de ver que ele funciona com perfeita naturalidade nas obras da cultura dita de massa – a ponto de poder-se indagar se Aristóteles não é o filósofo dessa cultura e, por conseguinte, não fundamenta a crítica que pode agir sobre ela; essas obras mobilizam geralmente "evidências" físicas que servem de partida para raciocínios implícitos, para certa percepção racional do desenrolar-se do entrecho. Em *Goldfinger*, há uma eletrocução pela água: isso é conhecido, não precisa ser fundamentado, é uma premissa "natural", um *tekmerion*; noutra passagem (do mesmo filme) uma mulher morre porque o seu corpo foi aurificado; aqui, é preciso saber que a tinta de ouro impede a pele de respirar e portanto provoca a asfixia: isso, sendo raro, precisa ser fundamentado (por uma explicação); não é pois um *tekmerion*, ou pelo menos está "destacado" até uma certeza antecedente (a asfixia mata). É óbvio que os *tekmeria* não possuem, historicamente, a estabilidade tranquila que Aristóteles lhes atribui: o "certo" público depende do "saber" público e este varia com o tempo e as sociedades; para retomar o exemplo de Quintiliano (e desmenti-lo), garantem-me que certas populações não estabelecem determinação entre o parto e a relação sexual (a criança está dormindo dentro da mãe e Deus a desperta).

B.1.15. O *eikos*, o verossimilhante

O segundo tipo de "certeza" (humana, não científica) que pode servir de premissa ao entimema é o verossimilhante, noção capital aos olhos de Aristóteles. É uma ideia que repousa geralmente sobre o julgamento que os homens construíram para si mesmos mediante experiências e induções imperfeitas (Perelman propõe chamá-la de *preferível*). Na verossimilhança aristotélica existem dois núcleos: 1. a ideia de *geral*, no que ela se opõe à ideia de *universal*: o universal é necessário (é atributo da ciência); o geral não é necessário; é um "geral" humano, determinado em suma estatisticamente pela opinião do maior número; 2. a possibilidade de contrariedade; sem dúvida o entimema é recebido pelo público como um silogismo certo, parece partir de uma opinião em que se acredita "firme como ferro"; mas, com relação à ciência, o verossimilhante admite, sim, o contrário: nos limites da experiência humana e da vida moral, que são aquelas do *eikos*, o contrário nunca é impossível: não se pode prever de maneira segura (científica) as resoluções de um ser livre: "quem está com boa saúde verá o dia de amanhã", "um pai ama os filhos", "um roubo cometido sem arrombamento da casa deve ter sido cometido por alguém familiar" etc.: que seja, mas o contrário é sempre possível; o analista, o retórico bem sente a força dessas opiniões, mas com toda honestidade mantém-nos à distância introduzindo-os por um *esto* (*seja*) que o exime de responsabilidade aos olhos da ciência, onde o contrário nunca é possível.

B.1.16. O *semeion*, o signo

O *semeion*, terceiro ponto de partida possível do entimema, é um índice mais ambíguo, menos seguro do que o *tekmerion*. Marcas de sangue levam a supor um assassínio, mas não é certo: o sangue pode provir de um sangramento do nariz, ou de um sacrifício. Para que o signo seja probante, são necessários outros signos concomitantes; ou ainda: para que o signo cesse de ser polissêmico (o *semeion* é de fato o signo polissêmico), é necessário recorrer a todo um contexto. Atalante não era virgem, pois que corria pelos bosques com rapazes: para Quintiliano, isso não prova nada; a proposição é mesmo tão incerta que ele rechaça o *semeion* para fora da *technè* do orador: este não pode captar o *semeion* para transformá-lo, por conclusão entimêmica, em certeza.

B.1.17. Prática do entimema

Na medida em que o entimema é um arrazoado "público", era lícito estender a sua prática para além do judiciário e é possível encontrá-lo fora da retórica (e da Antiguidade). O próprio Aristóteles estudou o *silogismo prático*, ou entimema, que tem como conclusão um ato de decisão; a premissa maior é constituída por uma máxima corrente (*eikos*);

na menor, o agente (por exemplo, eu mesmo) constata que se encontra na situação abrangida pela maior; conclui por uma decisão comportamental. Como acontece então que tão amiúde a conclusão contradiga a maior e que a ação resista ao conhecimento? É porque, bem frequentemente, da maior para a menor, existe um desvio: a menor implica sub-repticiamente outra maior: "Beber álcool é prejudicial ao homem; ora, eu sou um homem; logo, não devo beber" e, no entanto, apesar desse belo entimema, eu bebo; é que me refiro "de leve" a outra maior: o borbulhante e o gelado matam a sede; refrescar-se faz bem (maior muito conhecida da publicidade e das conversas de bar). Outra extensão possível do entimema: nas linguagens "frias" e razoáveis, ao mesmo tempo distantes e públicas, tais como as linguagens institucionais (a diplomacia pública, por exemplo): tendo os estudantes chineses feito uma manifestação diante da embaixada americana em Moscou (março de 1965), tendo sido reprimida a manifestação pela polícia russa, e tendo o governo chinês protestado contra essa repressão, uma nota soviética responde ao protesto chinês com um belo epiquirema, digno de Cícero[26]: 1. premissa maior: *eikos*, opinião geral: *existem normas diplomáticas, respeitadas por todos os países*; 2. prova da maior: *os próprios chineses respeitam, em seu país, essas normas de acolhida*; 3. premissa menor: *ora, os estudantes chineses, em Moscou, violaram essas normas*; 4. prova da menor: é a narrativa da manifestação (*injúrias, vias de fato e outros atos previstos pelo código penal*); 5. a conclusão não é enunciada (é um entimema), mas está clara: é a própria nota como rejeição do protesto chinês: o adversário foi posto em contradição com o *eikos* e consigo mesmo.

---

26. Cf. *supra*, B.1.11.

B.1.18. O lugar, *topos*, *locus*

Uma vez caracterizadas as classes de premissas entimemáticas, é preciso ainda mobiliar essas classes, encontrar premissas: já se têm as grandes formas, mas como inventar os conteúdos? É sempre a mesma questão angustiante levantada pela Retórica e que esta tenta resolver: *o que dizer?* Daí a importância da resposta, atestada pela amplidão e a fortuna dessa parte da *Inventio* que está encarregada de fornecer conteúdos para o arrazoado e que começa agora: a *Tópica*. As premissas podem de fato ser tiradas de certos *lugares*. Que é um lugar? É, diz Aristóteles, aquilo em que coincide uma pluralidade de arrazoados oratórios. Os lugares, diz Port-Royal, são "certos grandes itens gerais aos quais se pode relacionar todas as provas que são utilizadas nas diversas matérias tratadas"; ou ainda (Lamy): "opiniões gerais que fazem aqueles que as consultam relembrar todas as faces pelas quais se pode considerar um assunto". Entretanto, a abordagem metafórica do lugar é mais significativa do que a sua definição abstrata. Usaram-se muitas metáforas para definir o lugar. Primeiro, por que *lugar*? Porque, diz Aristóteles, para lembrar-se das coisas, basta reconhecer o lugar em que elas se encontram (o lugar é pois o elemento de uma associação de ideias, de um condicionamento, de um adestramento, de uma mnemotécnica); os lugares não são pois os próprios argumentos, mas os compartimentos em que se alojam. Daí toda imagem associando a ideia de um espaço e a de uma reserva, de uma localização e de uma extração: uma *região* (em que se pode encontrar argumentos), um *veio de tal mineral*, um *círculo*, uma *esfera*, uma *fonte*, um *poço*, um *arsenal*, um *tesouro*, e mesmo um *nicho de pombas* (W. D. Ross); "Os lugares, diz Dumarsais, são as células em que toda gente pode ir pegar, por assim dizer, a matéria de um discurso e argumentos sobre toda espécie de temas." Um logicista escolástico, explorando a natureza doméstica do lugar, compara-o a uma etiqueta que indica o conteúdo de um recipiente (*pyxidum indices*); para Cícero, os argumentos, provindo dos lugares, apresentar-se-ão por si mesmos para a causa a tratar "como as letras para as palavras a escrever": os lugares formam então essa reserva muito particular que constitui o alfabeto: um corpo de formas desprovidas de sentido em si mesmas, mas que concorrem para o sentido por seleção, arranjo, atualização. Com relação ao lugar, que é a *Tópica*? Parece que se podem distinguir três definições sucessivas, ou pelo menos três orientações do termo. A Tópica é – ou foi: 1. um método; 2. uma grade de formas vazias; 3. uma reserva de formas preenchidas.

B.1.19. A Tópica: um método

Originalmente (segundo as *Topica* de Aristóteles, anteriores à sua Retórica), a Tópica foi uma coletânea de lugares comuns da dialética, isto é, do silogismo baseado no provável (intermediário entre a ciência e a verossimilhança); depois Aristóteles fez dela um método, mais prático do que a dialética: aquele que "nos coloca em condição, sobre qualquer assunto proposto, de fornecer conclusões tiradas das razões verossimilhantes". Esse sentido metódico conseguiu durar, ou pelo menos ressurgir, ao longo da história retórica: é então a arte (saber organizado com vistas ao ensino: *disciplina*) de encontrar argumentos (Isidoro), ou ainda: um conjunto de "meios curtos e fáceis para encontrar a matéria de discorrer mesmo sobre assuntos que são inteiramente desconhecidos" (Lamy) – compreendem-se as suspeitas da filosofia com relação a semelhante método.

B.1.20. A Tópica: uma grade

O segundo sentido é o de uma grade de formas, de um percurso quase cibernético ao qual é submetida a matéria que se quer transformar em discurso persuasivo. Deve-se imaginar as coisas assim: dá-se um *tema* (*quaestio*) ao orador; para encontrar argumentos, o orador "desloca" o tema ao longo de uma grade de formas vazias: do contato do tema com cada casa (cada "lugar") da grade (da Tópica) surge uma ideia possível, uma premissa de entimema. Na Antiguidade, existiu uma versão pedagógica desse procedimento: a *chrie* (*chreia*), ou exercício "útil", era uma prova de virtuosismo, imposta aos alunos, que consistia em fazer passar um tema por uma série de lugares: *quis? quid? ubi? quibus auxiliis? cur? quomodo? quando?* Inspirando-se em tópicas antigas, Lamy, no século XVII, propõe a grade seguinte: o gênero, a diferença, a definição, a enumeração das partes, a etimologia, os conexos (campo associativo do radical), a comparação, a repugnância, os efeitos, as causas etc. Suponhamos que tenhamos de fazer um discurso sobre a literatura: a gente "seca" (motivo não falta), mas, felizmente, dispomos da tópica de Lamy: podemos então, pelo menos, fazer-nos perguntas e tentar responder a elas: a que "gênero" vinculamos a literatura? arte? discurso? produção cultural? Se é uma "arte", qual é a diferença em relação às outras artes? Quantas partes atribuir-lhe e quais? Que nos inspira a etimologia da palavra? Qual sua relação com os vizinhos morfológicos (*literário*, *literal*, *letras*, *letrado* etc.)? Com que a literatura está numa relação de repugnância? o Dinheiro? a Verdade? etc.[27]

---

27. Essas grades tópicas são estúpidas; não têm nenhuma relação com a "vida", a "verdade"; teve-se razão de bani-las do ensino moderno etc.: certamente: mas ainda seria preciso que os "temas" de trabalhos (de lições de casa, de dissertação) sigam esse belo movimento. No momento em que estou escrevendo isto, ouço que um dos "temas" do último *baccalauréat* (no sistema escolar

A conjunção da grade com a *quaestio* é semelhante à do tema com os predicados, do sujeito com os atributos: a "tópica atributiva" conhece o apogeu nas tabelas dos Lullistas (*ars brevis*): os atributos gerais são espécies de lugares. – Vê-se o alcance da grade tópica: as metáforas que dizem respeito ao lugar (*topos*) são bastante indicativas para nós: os argumentos *escondem-se, estão encolhidos* em regiões, profundezas, bases de onde é preciso chamá-los, despertá-los: a Tópica dá à luz o *latente*: é uma forma que articula conteúdos e produz assim fragmentos de sentido, unidades inteligíveis.

B.1.21. A Tópica: uma reserva

Os *lugares* são, em princípio, formas vazias; mas essas formas tiveram bem cedo tendência para se preencher sempre da mesma maneira, a carregar conteúdos, primeiro contingentes, depois repetidos, reificados. A Tópica tornou-se uma reserva de estereótipos, de temas consagrados, de "trechos" completos que são colocados quase obrigatoriamente no tratamento de qualquer assunto. Daí a ambiguidade histórica da expressão *lugares-comuns* (*topoi koinoi, loci communi*): 1. são formas vazias comuns a todos os argumentos (quanto mais vazias são, mais são comuns[28]); 2. são estereótipos, proposições repetidas. A Tópica, reserva plena: esse sentido não é de forma alguma o que foi dado por Aristóteles, mas já era o dos sofistas: estes haviam sentido a necessidade de ter uma tabela das coisas de que se fala comumente e sobre as quais não há razão para ficar "travado". Essa reificação

---

francês, exame a que podem submeter-se os alunos que terminam o curso secundário; título que se obtém com a aprovação nesse exame [N. T.]) era algo como: *Ainda é necessário respeitar os idosos?* Para esse tema estúpido, tópica indispensável.

28. Cf. *infra*, B.1.23.

da Tópica prosseguiu regularmente, por cima de Aristóteles, através dos autores latinos; ela triunfou na neorretórica e foi absolutamente generalizada na Idade Média. Cúrcio fez um recenseamento desses temas obrigatórios, acompanhados de seu tratamento fixo. Eis alguns desses lugares reificados (na Idade Média): 1. o *topos* da modéstia afetada: todo orador deve declarar que sucumbe ao peso do assunto, que é incompetente, que certamente não é por falsa vaidade que está dizendo isso etc. (*excusatio propter infirmitatem*[29]); 2. *topos* do *puer senilis*: é o tema mágico do adolescente dotado de uma sabedoria perfeita ou do ancião provido da beleza e da graça da juventude; 3. *topos* do *locus amoenus*: a paisagem ideal, Elíseos ou Paraíso (árvores, bosques, fontes e prados) forneceu um bom número de "descrições" literárias[30], mas a sua origem está no judiciário: toda relação demonstrativa de uma causa obrigava ao *argumentum a loco*: era preciso fundamentar as provas na natureza do lugar em que se havia dado a ação; a topografia invadiu em seguida a literatura (de Virgílio a Barrès); uma vez reificado, o *topos* passa a ter um conteúdo fixo, independente do contexto: oliveiras e leões são colocados em regiões nórdicas: *a paisagem é destacada do lugar*, porque a sua função é de constituir um signo universal, o da Natureza: a paisagem é o signo cultural da Natureza; 4. os *adunata* (*impossibilia*): esse *topos* descreve como bruscamente compatíveis fenômenos, objetos e seres contrários, funcionando essa conversão paradoxal

---

29. A *excusatio propter infirmitatem* mantém-se ainda abundantemente em nossos escritos. Testemunho dessa *excusatio* farsista de Michel Cournot (*Le Nouvel Observateur*, 4 de março de 1965): "Eu não ri esta semana, tenho o Evangelho como assunto e, por que não dizer de imediato, não estou à altura... etc."

30. Cf. *ekphrasis*, A.5.2.

como o signo inquietante de um mundo "invertido": *o lobo foge diante de carneiros* (Virgílio); esse *topos* floresce na Idade Média, em que permite criticar a época: é o tema resmungão e velhote do "tudo já terá sido visto", ou ainda do *cúmulo*[31]. Todos esses *topoi*, e antes mesmo da Idade Média, são trechos destacáveis (prova de sua forte reificação), mobilizáveis, transportáveis: são elementos de uma combinatória sintagmática; sua colocação estava submetida a uma única restrição: não podiam ser inseridos na *peroratio* (peroração), que é inteiramente contingente, pois deve resumir a *oratio*. Entretanto, desde então e mesmo hoje, quantas conclusões estereotipadas!

B.1.22. Algumas Tópicas

Voltemos à nossa Tópica-grade, pois ela é que nos permite retomar a "descida" de nossa árvore retórica, da qual é um grande lugar distributivo (de *dispatching*). A Antiguidade

---

31. Dois exemplos de *adunata*:

> *Dellile:*
> "Em breve se unirá ao negro corvo a andorinha;
> Em breve aos seus amores a infiel pombinha
> Longe do leito conjugal irá sem susto
> Levar sua alma e fé ao gavião mais frusto."
> *Théophile de Viau:*
> "Esse riacho sobe até a fonte,
> Um boi escala um campanário,
> O sangue escorre desse monte,
> Acoplam-se um áspide e uma ursa
> No alto de um velho torreão
> Serpente rasga um gavião;
> O fogo está a arder no gelo,
> É negro o sol, nem posso vê-lo,
> E vejo a lua descambar,
> A árvore sai de seu lugar."

e o classicismo produziram várias tópicas, definidas quer pelo agrupamento afinitário dos lugares, quer pelo dos temas. No primeiro caso, pode-se citar a Tópica geral de Port-Royal, inspirada no logicista alemão Clauberg (1654); a Tópica de Lamy, que já citamos, deu uma ideia do que seja: há os lugares de gramática (etimologia, *conjugata*), os lugares de lógica (gênero, próprio, acidente, espécie, diferença, definição, divisão), os lugares de metafísica (causa final, causa eficiente, efeito, todo, partes, termos opostos); é evidentemente uma tópica aristotélica. No segundo caso, que é uma Tópica por temas, podem citar-se as seguintes: 1. a *Tópica oratória* propriamente dita; compreende de fato três tópicas: uma tópica dos arrazoados, uma tópica dos costumes (*ethè*: inteligência prática, virtude, afeição, dedicação) e uma tópica das paixões (*pathè*: cólera, amor, temor, vergonha e seus contrários); 2. uma *tópica do risível*, parte de uma retórica possível do cômico; Cícero e Quintiliano enumeraram alguns lugares do risível: defeitos físicos, defeitos do espírito, incidentes, exteriores etc.; 3. uma *tópica teológica*: esta compreende as diferentes fontes em que os teólogos podem ir buscar os seus argumentos: Escrituras, Padres da Igreja, Concílios etc.; 4. uma *tópica sensível* ou *tópica da imaginação*; está esboçada em Vico: "Os fundadores da civilização [alusão à anterioridade da Poesia] entregaram-se a uma *tópica sensível*, em que uniam as propriedades, as qualidades ou as relações dos indivíduos ou das espécies e as utilizavam concretamente para formar o seu gênero poético"; Vico fala, noutra passagem, de "*universais da imaginação*"; pode-se ver nessa tópica sensível um ancestral da crítica temática, a que procede por categorias, não por autores: a de Bachelard, em suma: o ascencional, o cavernoso, o torrencial, o rebrilhante, o dormente etc., são "lugares" a que se submetem as "imagens" dos poetas.

B.1.23. Os lugares-comuns

A Tópica propriamente dita (tópica oratória, aristotélica), aquela que depende dos *pisteis entechnoi*, por oposição à tópica dos caracteres e à das paixões, compreende duas partes, duas subtópicas: 1. uma tópica geral, a dos lugares-comuns; 2. uma tópica aplicada, a dos lugares especiais. Os *lugares-comuns* (*topoi koinoi*, *loci communissimi*) têm para Aristóteles um sentido bem diferente do que atribuímos a essa expressão (sob a influência do terceiro sentido da palavra *Tópica*[32]). Os lugares-comuns não são estereótipos plenos, mas, ao contrário, lugares formais: sendo gerais (o geral é próprio ao verossimilhante), são comuns a todos os assuntos. Para Aristóteles, esses lugares-comuns são, no total, em número de três: 1. o *possível/impossível*; confrontados com o tempo (passado, futuro), esses termos levantam uma questão tópica: pode a coisa ter sido feita ou não, poderá ser ou não? Esse lugar pode aplicar-se às relações de contrariedade: se foi possível que uma coisa começasse, é possível que ela acabe etc.; 2. *existente/não existente* (ou *real/não real*); como o precedente, este lugar pode confrontado com o tempo: se uma coisa pouco apta para advir adveio entretanto, aquela que é mais apta certamente adveio (passado); aqui estão reunidos materiais de construção: é provável que neste lugar se construirá uma casa (futuro); 3. *mais/menos*: é o lugar da grandeza e da pequenez; seu móvel principal é "com maior razão": existem fortes probabilidades para que X tenha espancado os vizinhos, tendo em vista que ele espanca até o pai. – Ainda que os lugares-comuns, por definição, sejam sem especificidade, cada um convém mais a um dos três gêneros oratórios: o *possível/impossível* convém bastante ao

---

32. Cf. *supra*, B.1.21.

deliberativo (é possível fazer isto?), o *real/não real* ao judicial (aconteceu o crime?), o *mais/menos* à epidíctica (elogio ou crítica).

B.1.24. Os lugares especiais

Os lugares especiais (*eidè, idia*) são lugares próprios a assuntos determinados; são verdades particulares, proposições especiais, aceitas por todos; são as verdades experimentais ligadas à política, ao direito, às finanças, à marinha, à guerra etc. Entretanto, como esses lugares se confundem com a prática de disciplinas, de gêneros, de assuntos particulares, não se pode enumerá-los. O problema teórico deve entretanto ser levantado. A sequência de nossa árvore vai pois consistir em confrontar a *inventio*, tal como a conhecemos até aqui, e a especificidade do conteúdo. Essa confrontação é a *quaestio*.

B.1.25. A tese e a hipótese: *causa*

A *quaestio* é a forma da especialidade do discurso. Em todas as operações colocadas idealmente pela "máquina" retórica, introduz-se uma nova variável (que é, a bem dizer, quando se trata de *fazer* o discurso, a variável de partida): o conteúdo, o ponto a debater, enfim, o referencial. Esse referencial, contingente por definição, pode no entanto ser classificado em duas grandes formas, que constituem os dois grandes tipos de *quaestio*: 1. a *proposição* ou *tese* (*thesis, propositum*): é uma questão geral, "abstrata", diríamos hoje, mas precisada, referida (sem o que ela não caberia entre os lugares especiais), sem todavia (e aí está a sua marca) nenhum parâmetro de lugar ou de tempo (por exemplo: *Deve-se casar?*); 2. a *hipótese* (*hypothesis*): é uma questão particular, implicando fatos, circunstâncias, pessoas, enfim, um tempo e um lugar (por exemplo: *X deve casar-se?*) – vê-se que, em retórica, as palavras *tese* e *hipótese* têm um sentido bastante diferente daquele a que estamos habituados. Ora, a hipótese, este ponto a debater temporalizado e localizado, tem outro nome, este prestigioso: a hipótese é a *causa*. *Causa* é o *negotium*, um caso, uma combinação de contingências variadas; um ponto problemático em que está empenhado algo contingente e particularmente tempo. Como há três "tempos" (passado, presente, futuro), teremos pois três tipos de *causa*, e cada tipo corresponderá a um dos três gêneros oratórios que já conhecemos: ei-los pois estruturalmente fundamentados, situados em nossa árvore retórica. Pode-se apontar os seus atributos:

Gêneros	Auditório	Finalidade	Objeto	Tempo	Arrazoado[33]	Lugares--comuns
1. DELIBERATIVO	membros de uma assembleia	aconselhar/ desaconselhar	inútil/ nocivo	futuro	*exempla*	possível/ impossível
2. JUDICIÁRIO	juízes	acusar/ defender	justo/ injusto	passado	entimemas	real/ não real
3. EPIDÍCTICO	espectadores, público	louvar/ censurar	belo/ feio	presente	comparação amplificante[34]	mais/ menos

B.1.26. *Status causae*

Dos três gêneros acima, é o judicial que melhor foi comentado na Antiguidade; a árvore retórica prolonga-o para além de seus vizinhos. Os lugares especiais do judicial chamam-se *status causae*. O *status causae* é o âmago da *quaestio*,

---

33. Trata-se de uma dominante.
34. É uma variedade de indução, um *exemplum* orientado para a exaltação da pessoa louvada (por comparações implícitas).

o ponto a ser julgado; é aquele momento em que se produz o primeiro choque entre os adversários, as partes; em previsão desse conflito, o orador deve buscar o *ponto de apoio* da *quaestio* (daí as palavras *stasis*, *status*). Os *status causae* excitaram fortemente a paixão taxinômica da Antiguidade. A classificação mais simples enumera três *status causae* (trata-se sempre das *formas* que o contingente pode assumir): 1. a *conjectura*: aconteceu ou não (*an sit*)? É o primeiro lugar por ser o resultado imediato de um primeiro conflito de asserções: *fecisti/non feci: an fecerit?* (Fizeste? Não fiz. Seria ele quem fez?); 2. a definição (*quid sit*): qual é a qualificação legal do fato, sob que nome (jurídico) colocá-lo? Seria um crime? um sacrilégio? 3. a qualidade (*quale sit?*): o fato é permitido? útil? desculpável? É a ordem das circunstâncias atenuantes. A esses três lugares, acrescenta-se às vezes um quarto lugar, a ordem de procedimento: é o estado (*status*) de recusa (domínio da Cassação). – Colocados os *status causae*, a *probatio* está esgotada; passa-se da elaboração teórica do discurso (a retórica é uma *technè*, uma prática especulativa) ao discurso mesmo; chega-se então ao ponto em que a "máquina" do orador, do *ego*, deve articular-se com a máquina do adversário que, por sua parte, terá feito o mesmo trajeto, o mesmo trabalho. Essa articulação, essa embreagem é evidentemente conflitual: é a *disceptatio*, ponto de atrito das duas partes.

B.1.27. As provas subjetivas ou morais

Percorrida toda a *probatio* (conjunto das provas lógicas, submetidas à finalidade de *convencer*), é necessário voltar à primeira dicotomia que abriu o campo da *Inventio* e remontar às provas subjetivas ou morais, aquelas que dependem do *comover*. Chegamos ao departamento da Retórica psicológica. Não há dúvida de que dois nomes a dominam:

Platão (é preciso encontrar tipos de discursos adaptados a tipos de almas) e Pascal (é preciso encontrar o movimento interior ao pensamento do outro). Quanto a Aristóteles, reconhece uma retórica psicológica, mas como continua a fazê-la depender de uma *technè*, fica sendo uma psicologia "projetada": a psicologia, tal como toda gente a imagina: não "o que há na cabeça" do público, mas aquilo que o público acredita que os outros têm na cabeça: é um *endoxon*, uma psicologia "verossímil", oposta à psicologia "verdadeira", como o entimema se opõe ao silogismo "verdadeiro" (demonstrativo). Antes de Aristóteles, alguns tecnógrafos recomendavam que se levassem em conta estados psicológicos tais como o dó; mas Aristóteles inovou ao classificar cuidadosamente as paixões, não segundo o que elas são, mas segundo o que se acredita que elas sejam: ele não as descreve cientificamente, mas procura os argumentos que se podem utilizar em função das ideias do público sobre as paixões. As paixões são expressamente premissas, lugares; a "psicologia" retórica de Aristóteles é uma descrição do *eikos*, do verossímil passional. As provas psicológicas dividem-se em dois grandes grupos: *ethè* (os caracteres, os tons os jeitos) e *pathè* (as paixões, os sentimentos, os afetos).

B.1.28. *Ethè*, os caracteres, os tons

Ethè são os atributos do orador (e não os do público, *pathè*): são os traços de caráter que o orador deve *mostrar* ao auditório (pouco importa a sua sinceridade) para causar boa impressão: são os *jeitos*. Não se trata pois de uma psicologia expressiva, mas de uma psicologia imaginária (no sentido psicanalítico): eu devo significar o que quero ser *para o outro*. Eis por que – na perspectiva dessa psicologia teatral – é melhor falar de *tons* do que de caracteres: *tom* no sentido musical e ético que a palavra tinha na música grega.

O *ethos* é, no sentido próprio, uma conotação: o orador enuncia uma informação e, *ao mesmo tempo*, diz: eu sou isto, não sou aquilo. Para Aristóteles, existem três "jeitos", cujo conjunto constitui a autoridade pessoal do orador: 1. *phronèsis*: é a qualidade daquele que delibera bem, que pesa bem os *prós* e os *contra*: é uma sabedoria objetiva, um bom senso exibido; 2. *aretè*: é a exibição de uma franqueza que não teme as consequências e se exprime mediante asserções diretas, impregnadas de uma lealdade teatral; 3. *eunoia*: trata-se de não entrar em choque, não provocar, ser simpático, entrar numa cumplicidade complacente com relação ao auditório. Em suma, enquanto está falando e desenvolvendo o protocolo das provas lógicas, o orador deve dizer continuamente: sigam-me (*phronesis*), estimem-me (*aretè*) e gostem de mim (*eunoia*).

B.1.29. *Pathè*, os sentimentos

Pathè são os afetos de quem ouve (e não mais do orador), tais como pelo menos ele imagina. Aristóteles não os assume senão na perspectiva de uma *technè*, isto é, como prótases de elos argumentativos: distância que ele aponta pelo *esto* (*admitamos que*) que precede a descrição de cada paixão e que, como vimos, é o operador do "verossímil". Cada "paixão" é localizada em seu *habitus* (as disposições gerais que a favorecem), segundo o seu objeto (por quem ela é sentida) e segundo as circunstâncias que suscitam a "cristalização" (*cólera/calma, ódio/amizade, temor/confiança, inveja/emulação, ingratidão/reconhecimento* etc.). É preciso insistir nisso, pois marca a profunda modernidade de Aristóteles e faz dele o patrono sonhado de uma sociologia da cultura dita de massa: todas essas paixões são tomadas voluntariamente *em sua banalidade*: a cólera é o que toda gente pensa da cólera, a paixão nunca é senão o que dela se diz:

algo de intertextual puro, de "citação" (assim a entendiam Paolo e Francesca que só se amaram por terem lido os amores de Lancelot). A psicologia retórica é pois exatamente o contrário de uma psicologia redutora, que buscasse ver o que há *por trás* daquilo que as pessoas dizem e que pretendesse reduzir a cólera, por exemplo, a *outra coisa*, algo mais oculto. Para Aristóteles, a opinião do público é o dado primeiro e último; não há nele nenhuma ideia hermenêutica (de descriptamento); para ele, as paixões são pedaços de linguagem já prontos que o orador deve simplesmente conhecer bem; daí a ideia de uma *tabela de paixões*, não como uma coleção de essências, mas como um agrupamento de opiniões. Aristóteles substitui (por antecipação) a psicologia redutora (que prevalece hoje) por uma psicologia classificatória, que distingue "linguagens". Pode parecer muito elementar (e sem dúvida falso) dizer que os jovens se encolerizam mais facilmente do que os idosos; mas essa elementaridade (e esse erro) se tornará interessante se compreendermos que tal proposição é apenas um elemento dessa *linguagem geral do outro* que Aristóteles reconstitui, de acordo talvez com o arcano da filosofia aristotélica: *"a opinião universal é a medida do ser"* (*Et. Nic.* X.2.1173 a 1).

B.1.30. *Semina probationum*

Assim termina o campo ou a rede da *Inventio*, preparação heurística do material do discurso. Deve-se agora abordar a própria *Oratio*: a ordem de suas partes (*Dispositio*) e sua verbalização (*Elocutio*). Quais são as relações "programáticas" da *Inventio* com a *Oratio*? Quintiliano o diz com uma palavra (com uma imagem): recomenda que se semeie já na *narratio* (isto é, antes da parte argumentativa propriamente dita) alguns germes de provas (*semina quaedam probationum spargere*). Da *Inventio* para a *Oratio*, existe então relação de *disseminação*: deve-se lançar, depois calar, retomar, fazer surgir mais adiante. Noutras palavras, os materiais da *Inventio* já são pedaços de linguagem, postos num estado de *reversibilidade*, que agora é preciso inserir numa ordem fatalmente irreversível, que é a do discurso. Daí vem a segunda grande operação da *technè*: a *Dispositio*, ou tratamento das injunções de sucessão.

B.2. A *Dispositio*

Vimos que a situação da *Dispositio* (*Taxis*) na *technè* dava prosseguimento a um jogo importante. Sem retomar esse problema, definir-se-á a *dispositio* como o arranjo (quer no sentido ativo, operacional, quer no sentido passivo, reificado) das grandes partes do discurso. A melhor tradução talvez seja *composição*, lembrando que a *compositio*, em latim, é outra coisa: ela remete unicamente à ordenação das palavras no interior da frase; quanto à *conlocatio*, designa a distribuição dos materiais no interior de cada parte. Segundo uma sintagmática aumentativa, tem-se pois: o nível da frase (*compositio*), o nível da parte (*conlocatio*), o nível do discurso (*dispositio*). As grandes partes do discurso foram estabelecidas muito cedo por Corax[35] e a sua distribuição não variou quase nada desde então: Quintiliano enuncia cinco partes (desdobra a terceira parte em *confirmatio* e *refutatio)*; Aristóteles, quatro: é esta divisão que se adotará aqui.

B.2.1. A *egressio*

Antes de enumerar as partes fixas, é necessário indicar a existência facultativa de uma parte móvel: a *egressio* ou

---

35. Cf. *supra*, A.1.2.

digressio: é um trecho de aparato, fora do assunto ou que a ele se liga de maneira muito vaga, cuja função é ressaltar o brilho do orador; trata-se, com frequência, do elogio de lugares ou de pessoas (por exemplo, o elogio da Sicília, no *Verres* de Cícero). Esta unidade móvel, sem classificação e, por assim dizer, volátil – origem da *ekphrasis* da neorretórica –, é um operador de espetáculo, espécie de cunha, de assinatura da "linguagem soberana" (a *kurosis* de Górgias, a "poética" de Jakobson). Da mesma forma, entretanto, que um quadro sempre é assinado no mesmo lugar, a *digressio* acabou por colocar-se mais ou menos regularmente entre a *narratio* e a *confirmatio*.

B.2.2. Estrutura paradigmática das quatro partes

A *Dispositio* parte de uma dicotomia que já era, noutros termos, a da *Inventio*: *animos impellere* (comover)/*rem docere* (informar, convencer). O primeiro termo (apelo aos sentimentos) cobre o *exórdio* e o *epílogo*, isto é, as duas partes extremas do discurso. O segundo termo (apelo ao fato, à razão) cobre a *narratio* (relação dos fatos) e a *confirmatio* (estabelecimento das provas ou vias de persuasão), isto é, as duas partes medianas do discurso. A ordem sintagmática não acompanha, pois, a ordem paradigmática, e está-se lidando com uma construção em quiasmo: duas faixas de "passional" enquadram um bloco demonstrativo:

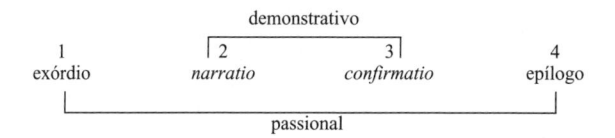

```
                    demonstrativo
                  ┌─────────────────┐
     1            │ 2            3  │      4
   exórdio        │ narratio  confirmatio │    epílogo
     └────────────────────────────────────────┘
                       passional
```

Trataremos das quatro partes segundo a ordem paradigmática: exórdio/epílogo, narração/confirmação.

B.2.3. O início e o fim

A solenização dos inícios e dos fins, das inaugurações e dos fechamentos, é um fenômeno que vai além da retórica (ritos, protocolos, liturgias). A oposição entre o exórdio e o epílogo, sob formas bem constituídas, tem certamente algo de arcaizante; assim, ao se desenvolver, ao se secularizar, o código retórico foi levado a tolerar discursos sem exórdio (no gênero deliberativo), segundo a regra *in medias res*, e mesmo a recomendar fins abruptos (por exemplo, Isócrates). Em sua forma canônica, a oposição *início/fim* comporta um desnivelamento: no exórdio, o orador deve engajar-se com prudência, reserva, moderação; no epílogo, não precisa mais se conter, engaja-se a fundo, põe em cena todos os recursos do grande jogo patético.

B.2.4. O proêmio

Na poesia arcaica, a dos aedos, o *prooimon* (proêmio) é aquilo que vem antes do canto (*oimè*): é o prelúdio dos tocadores de lira que, antes do concurso, ensaiam o dedilhado e aproveitam desse momento para conciliar as boas graças do júri (vestígios em *Os mestres cantores* de Wagner). O *oimè* é uma velha balada épica: o recitante começava a contar a história num momento afinal arbitrário: poderia "tomá-la" antes ou depois (a história é "infinita"); as primeiras palavras *cortam* o fio virtual de uma narrativa sem origem. Essa arbitrariedade do início era marcada pelas palavras: *ex ou* (*a partir do quê*): eu começo a partir daqui; o aedo da Odisseia pede à Musa para cantar a volta de Ulisses "*a partir do momento que lhe apraza*". A função do proêmio é, pois, de algum modo, exorcizar a arbitrariedade de todo início. Por que começar por isto e não por aquilo? De acordo com que razão cortar pela palavra aquilo a que Ponge (autor de *Proemas*) chama o "*magma analógico bruto*"? É preciso dar a essa faca uma suavização, a essa anarquia um protocolo de decisão: é o *prooimon*. Sua função evidente é *criar intimidade*, como se começar a falar, encontrar a linguagem, fosse correr o risco de despertar o desconhecido, o escândalo, o monstro. Em cada um de nós há uma solenidade terrificante em "romper" o silêncio (ou a *outra* linguagem), a não ser para alguns faladores que se atiram na palavra como Gribouille e a "tomam" à força, em qualquer lugar: é o que se chama de "espontaneidade". Assim é, talvez, o fundo de onde procede o exórdio retórico, a inauguração regulada do discurso.

B.2.5. O exórdio

O exórdio compreende canonicamente dois momentos.
1. A *captatio benevolentiae*, ou iniciativa de sedução com relação aos ouvintes, de quem se trata de conciliar imediatamente as boas graças mediante uma prova de cumplicidade. A *captatio* foi um dos elementos mais estáveis do sistema retórico (floresce ainda na Idade Média e até em nossos dias); segue um modelo muito elaborado, codificado segundo a classificação das *causas*: a via de sedução varia conforme a relação entre a causa e a *doxa*, a opinião corrente, normal:
a. se a causa se identificar com a *doxa*, se se tratar de uma causa "normal", de bom tom, não será útil submeter o juiz a nenhuma sedução, a nenhuma pressão; é o gênero *endoxon, honestum*; *b.* se a causa for de algum modo neutra com relação à *doxa*, será necessária uma ação positiva para quebrar a inércia do juiz, despertar a sua curiosidade, fazê-lo ficar atento (*attentum*); é o gênero *adoxon, humile*; *c.* se a causa for ambígua, se, por exemplo, duas *doxai* entram em conflito, será necessário obter o favor do juiz, torná-lo *benevolum*, fazer com que se incline para um lado; é o gênero *amphidoxon, dubium*; *d.* se a causa for emaranhada, obscura, será preciso levar

o juiz a segui-lo como guia, como iluminador, torná-lo *docilem*, receptivo, maleável; é o gênero *dysparakoloutheton, obscurum*; e. finalmente, se a causa for extraordinária, suscitar o espanto situando-se muito longe da *doxa* (por exemplo, sustentar uma causa contra um pai, um ancião, uma criança, um cego, ir contra a *human touch**), já não será suficiente uma ação difusa junto ao juiz (uma conotação), far-se-á necessário um verdadeiro remédio, mas que esse remédio seja entretanto indireto, pois não se deve enfrentar, chocar abertamente o juiz: é a *insinuatio*, fragmento autônomo (e não mais o simples tom) que se coloca depois do início: por exemplo, fingir estar impressionado pelo adversário. Tais são os modos da *captatio benevolentiae*. 2. A *partitio*, segundo momento do exórdio, anuncia as divisões que serão adotadas, o plano que será seguido (pode-se multiplicar as *partitiones*, colocar uma no início, outra no fim de cada parte); a vantagem, diz Quintiliano, é que nunca se acha longo aquilo de que se anuncia o termo.

B.2.6. O epílogo

Como saber se um discurso está terminando? Isso é tão arbitrário quanto o início. É necessário um sinal do fim, um sinal do fechamento (assim acontece em alguns manuscritos: *"aqui finda a gesta que Toroldus recitou"*). Esse sinal foi racionalizado sob o álibi do prazer (o que provaria a que ponto os Antigos estavam conscientes do "tédio" provocado por seus discursos!). Aristóteles indicou isso, não a propósito do epílogo, mas a propósito do período: o período é uma frase "agradável", porque é o contrário daquela que não acaba nunca; é desagradável, ao contrário, não pressentir nada,

---

* Em inglês no texto. (N. T.)

não ver o fim de nada. O epílogo (*peroratio, conclusio, cumulus*, coroamento) comporta dois níveis: 1. o nível das "coisas" (*posita in rebus*); trata-se de retomar e resumir (*enumeratio, rerum repetitio*); 2. o nível dos "sentimentos" (*posita in affectibus*): esta conclusão patética, lacrimejante, era pouco usual na Grécia, onde um oficial de justiça impunha silêncio ao orador que fizesse vibrar por muito tempo a corda da sensibilidade; mas em Roma, o epílogo dava azo a uma grande exibição de teatro, ao gesto do advogado: desvendar o réu rodeado de seus parentes e filhos, exibir um punhal ensanguentado, ossos tirados da ferida: Quintiliano passa em revista todos esses truques.

B.2.7. A *narratio*

A *narratio* (*diegesis*) é certamente a narrativa dos fatos empenhados na causa (pois que *causa* é a *quaestio* enquanto ela está penetrada de contingente), mas essa narrativa é concebida unicamente do ponto de vista da prova, é "a exposição persuasiva de uma coisa feita ou pretensamente feita". A narração não é pois uma narrativa (no sentido romanesco e como que desinteressado do termo), mas uma prótase argumentativa. Ela tem, consequentemente, duas características obrigatórias: 1. a sua nudez: sem digressões, sem prosopopeia, sem argumentação direta; não há *technè* própria à *narratio*; ela deve ser apenas *clara, verossímil, breve*; 2. a sua funcionalidade: é uma preparação para a argumentação; a melhor preparação é aquela cujo sentido fica escondido, na qual as provas estão disseminadas em estado de germes inaparentes (*semina probationum*). A *narratio* comporta dois tipos de elementos: os fatos e as descrições.

B.2.8. *Ordo naturalis/ordo artificialis*

Na retórica antiga, a exposição dos fatos está submetida a uma única regra estrutural: a de que o encadeamento seja verossímil. Mais tarde, na Idade Média, quando a Retórica foi completamente separada do judicial, a *narratio* se tornou um gênero autônomo e a disposição de suas partes (*ordo*) passou a ser um problema teórico: é a oposição entre a *ordo naturalis* e a *ordo artificialis*. "Toda ordem, diz um contemporâneo de Alcuíno, é ou natural ou artificial. A ordem é natural se se contam os fatos na mesma ordem em que se deram; a ordem é artificial se se parte, não do início do que aconteceu, mas do meio." É o problema do *flash-back*. A *ordo artificialis* obriga a um recorte pronunciado na sequência dos fatos, visto que se trata de obter unidades móveis, reversíveis; implica ou produz um inteligível particular, fortemente exibido, pois que destrói a "natureza" (mítica) do tempo linear. A oposição entre as duas "ordens" pode atingir não mais os fatos, mas as partes mesmas do discurso: a *ordo naturalis* é então aquela que respeita a norma tradicional (exórdio, *narratio*, *confirmatio*, epílogo), a *ordo artificialis* é aquela que altera essa ordem atendendo às circunstâncias; paradoxalmente (e esse paradoxo é certamente frequente), *naturalis* quer dizer cultural, e *artificialis* quer dizer *espontâneo, contingente, natural*.

B.2.9. As descrições

Ao lado do eixo propriamente cronológico – ou diacrônico, ou diegético –, a *narratio* admite um eixo aspectual, durativo, formado por uma sequência flutuante de estases: as *descrições*. Essas descrições foram fortemente codificadas. Houve principalmente: as *topografias*, ou descrições de lugares; as *cronografias*, ou descrições de tempos, de períodos, de idades; as *prosopografias*, ou retratos. Conhece-se a fortuna desses "trechos" na nossa literatura, fora do judicial. – Há que se sublinhar, finalmente, para terminar o que se refere à *narratio*, que o discurso pode comportar às vezes uma segunda narração; tendo sido a primeira muito breve, é retomada depois em pormenores ("Eis como, em seus pormenores, se deu aquilo que acabei de lhes dizer"): é a *epidiegesis*, a *repetita narratio*.

B.2.10. A *confirmatio*

À *narratio*, ou exposição dos fatos, sucede a *confirmatio*, ou exposição dos argumentos: é aí que são enunciadas as "provas" elaboradas no decurso da *inventio*. A *confirmatio* (*apodexis*) pode comportar três elementos: 1. a *propositio* (*prothesis*): é uma definição compactada da causa, do ponto a debater; ela pode ser simples ou múltipla, isso depende do número de itens a debater ("Sócrates foi acusado de corromper a juventude e de introduzir novas superstições"); 2. a *argumentatio*, que é a exposição das razões probantes; nenhuma estruturação particular é recomendada, afora esta: deve-se começar pelas razões fortes, continuar pelas fracas, e terminar por algumas provas fortíssimas; 3. por vezes, no final da *confirmatio*, o discurso seguido (*oratio continua*) é interrompido por um diálogo bem vivo com o advogado adverso ou com uma testemunha: o outro irrompe no monólogo: é a *altercatio*. Esse episódio oratório era desconhecido dos gregos; prende-se ao gênero da *Rogatio*, ou interrogação acusatória ("*Quousque tandem, Catilina...*").

B.2.11. Outros recortes do discurso

A codificação fortíssima da *Dispositio* (cuja marca profunda permanece na pedagogia do "plano") bem atesta que o humanismo, em sua forma de pensar a linguagem, preocupou-se fortemente com o problema das unidades sintagmáticas. A *Dispositio* é um recorte entre outros. Eis alguns desses recortes, partindo das unidades maiores: 1. O discurso em sua totalidade pode formar uma unidade, se for contraposto a outros discursos; é o caso das classificações por gêneros e por estilos; é também o caso das *figuras temáticas*, quarto tipo de figuras, depois dos tropos, das figuras de palavras e das figuras de pensamento: a *figura temática* abrange toda a *oratio*: Dionísio de Halicarnasso distingue três delas: *a.* a *direta* (dizer o que se quer dizer); *b.* a *oblíqua* (discurso desviado: Bossuet advertindo os reis, *sob coloração* de religião); *c.* a *contrária* (antífrase, ironia); 2. as partes da *Dispositio* (já as conhecemos); 3. o trecho, o fragmento, a *ekphrasis* ou *descriptio* (também as conhecemos); 4. na Idade Média, o *articulus* é uma unidade de desenvolvimento: numa obra de conjunto, coletânea de *Disputationes* ou *Summa*, dá-se um resumo da questão disputada (introduzido por *utrum*); 5. o *período* é uma frase estruturada segundo um modelo orgânico (com começo e fim); tem pelo menos dois membros (elevação e descenso, *tasis* e *apotasis*) e no máximo quatro. Abaixo (e na verdade a partir do período), começa a frase (oração), objeto da *compositio*, operação técnica que faz parte da *Elocutio*.

B.3. A *Elocutio*

Uma vez encontrados os argumentos e distribuídos em grandes blocos nas partes do discurso, resta "colocá-los em palavras": é essa a função desta terceira parte da *technè rethorikè* que se chama *lexis* ou *elocutio*, a que se tem o hábito de reduzir abusivamente a retórica, em razão do interesse manifestado pelos Modernos pelas figuras de retórica, parte (mas apenas parte) da *Elocutio*.

B.3.1. Evolução da *Elocutio*

A *Elocutio*, de fato, desde as origens da Retórica, evoluiu muito. Ausente da classificação de Corax, ela apareceu quando Górgias quis aplicar critérios estéticos (vindos da Poesia) à prosa; Aristóteles trata dela menos abundantemente do que do restante da retórica; desenvolve-se principalmente com os latinos (Cícero, Quintiliano), desabrocha em espiritualidade com Dionísio de Halicarnasso e o Anônimo do *Peri Hupsous* e acaba por absorver toda a Retórica, identificada unicamente sob as espécies das "figuras". No entanto, em seu estado canônico, a *Elocutio* define um campo que abrange *toda* a linguagem: inclui ao mesmo tempo a nossa gramática (até o âmago da Idade Média) e aquilo a que chamamos a *dicção*, o teatro da voz. A melhor tradução de *Elocutio* talvez seja, não *elocução* (demasiado restrita), mas *enunciação*, ou, mais estritamente, *locução* (atividade locutória).

B.3.2. A grade

As classificações internas da *Elocutio* foram numerosas, sem dúvida por duas razões: primeiro, porque essa *technè* teve de atravessar diferentes idiomas (grego, latim, línguas românicas), e cada um deles podia adaptar a natureza das "figuras"; em seguida, porque a promoção crescente dessa parte da retórica obrigou a reinvenções terminológicas (fato patente na enunciação delirante das figuras). Vamos aqui simplificar essa grade. A oposição *mater* é a existente entre o paradigma e o sintagma: 1. *escolher* as palavras (*electio, eglogè*); 2. *reuni-las* (*synthesis, compositio*).

B.3.3. As "cores"

A *electio* implica que se pode, na linguagem, substituir um termo por outro: a *electio* é possível porque a sinonímia faz parte do sistema da língua (Quintiliano): o locutor pode substituir um significante por outro; pode até, nessa substituição, produzir um sentido segundo (conotação). Todos os tipos de substituição, quaisquer que sejam a sua amplidão e maneira, são *Tropos* ("conversões"), mas o sentido da palavra fica geralmente reduzido para poder opô-lo a "Figuras". Os termos realmente gerais, que abrangem indiferentemente todas as classes de substituições, são *"ornamentos"* e *"cores"*. Essas duas palavras mostram-nos bem, por suas conotações mesmas, como os Antigos concebiam a linguagem: 1. há uma base nua, um nível próprio, um estado normal da comunicação, a partir do qual se pode elaborar uma expressão mais complicada, *ornamentada*, dotada de uma *distância* maior ou menor com relação ao solo original. Esse postulado é decisivo, pois parece que ainda hoje ele determina todas as tentativas de revigorar a retórica: recuperar a retórica é fatalmente acreditar na existência de um *afastamento* entre dois estados de linguagem: inversamente, condenar a retórica é algo que sempre se faz em nome da recusa da hierarquia das linguagens, entre as quais não se admite mais do que uma "hierarquia flutuante", e não fixa, fundamentada em natureza; 2. a camada segunda (retórica) tem uma função de animação; o estado "próprio" da linguagem é inerte, o estado segundo é "vivo": cores, luzes, flores (*colores, lumina, flores*); os ornamentos ficam do lado da paixão, do corpo; tornam a palavra desejável; há uma *venustas* da linguagem (Cícero); 3. as *cores* são às vezes colocadas "para poupar ao pudor o embaraço de uma exposição demasiado nua" (Quintiliano); noutras palavras, como eufemismo possível, a *cor* indexa o tabu, o da "nudez" da linguagem: como o rubor que avermelha um rosto, a *cor* expõe o desejo escondendo o objeto: é a própria dialética da roupa (*schema* quer dizer indumentária; *figura*, aparência).

B.3.4. A fúria taxinômica

Aquilo que chamamos com o termo genérico de figuras de retórica, mas que, com todo rigor histórico, e para evitar a ambiguidade entre *Tropos* e *Figuras* seria melhor chamar de "ornamentos", foi durante séculos, e é ainda hoje, objeto de uma verdadeira fúria de classificação, indiferente às zombarias que logo surgiram. Parece que nada mais se pode fazer senão nomear e classificar essas figuras de retórica: centenas de termos, com as formas mais banais (*epíteto, reticência*) ou muito bárbaras (*anantapodóton, epanadiplose, tapinose* etc.), dezenas de agrupamentos. Por que essa fúria de recorte, de denominação, essa espécie de atividade inebriada de linguagem sobre a linguagem? Por certo (esta é pelo menos uma explicação estrutural) porque a retórica tenta *codificar a palavra* (e não mais a língua), quer dizer, o espaço mesmo onde, em princípio, o código cessa. Esse problema foi visto por Saussure: que fazer com os combinados estáveis de palavras, com os sintagmas fixos, que participam ao mesmo tempo da língua e da fala, da estrutura e da combinação? É na medida em que a retórica prefigurou uma linguística da fala (diferente da estatística), o que é uma contradição nos termos, que ela se esfalfou para conter numa rede cada ver mais fina as "maneiras de falar", o que era pretender dominar o indominável: a própria miragem.

B.3.5. Classificação dos ornamentos

Todos os ornamentos (centenas) foram, desde sempre, repartidos em grupos binários: *tropos/figuras, tropos gramaticais/tropos retóricos, figuras de gramática/figuras de retórica, figuras de palavras/figuras de pensamento, tropos/figuras de dicção*. De um autor para outro, as classificações são contraditórias: os *tropos* se opõem aqui às *figuras*, e ali fazem parte delas; a hipérbole é um tropo para Lamy, uma figura de pensamento para Cícero etc. Uma palavra sobre as três oposições mais frequentes: 1. *Tropos/figuras*: é a mais antiga das distinções, a da Antiguidade; no Tropo, a conversão de sentido atinge uma unidade, uma palavra (por exemplo, a catacrese: *pá** do moinho, o *braço* da poltrona); na Figura, a conversão exige várias palavras, todo um pequeno sintagma (por exemplo, a perífrase: *as comodidades da conversação***). Essa oposição corresponderia, em linhas gerais, à oposição entre o sistema e o sintagma. 2. *Gramática/Retórica*: os Tropos de gramática são conversões de sentido que passaram a integrar o uso corrente, a ponto de não se "sentir" mais o ornamento: *eletricidade* (metonímia para *luz elétrica*), *uma casa risonha* (metáfora banalizada), ao passo que os tropos da retórica são ainda percebidos como um uso fora do comum: *a lavagem da natureza*, para o Dilúvio (Tertuliano), *a neve do teclado* etc. Essa oposição corresponderia, no geral, à existente entre a denotação e a conotação. 3. *Palavras/Pensamento*: a oposição entre as figuras de palavras e as figuras de pensamento é a mais banal: as figuras de palavras existem onde a figura desapareceria se fossem mudadas as palavras (assim é o anacoluto, que é determinado apenas pela ordem das palavras: *O nariz de Cleópatra, se fosse mais curto, a face do mundo...*); as figuras de pensamento subsistem sempre, sejam quais forem as palavras que se decida empregar (assim a antítese: *Eu sou a ferida e a faca* etc.); esta terceira oposição é mentalista, põe em jogo significados e significantes, podendo uns existir sem os outros.

---

* Em francês: *l'aile du moulin*, literalmente: *a asa do moinho*. (N. T.)

** A perífrase francesa "*les commodités de la conversation*", utilizada para designar as cadeiras – que permitem que se converse comodamente – pertence à linguagem do preciosismo, tão criticada por Molière em suas comédias (cf. *Les précieuses ridicules* e outras peças). (N. T.)

– É possível ainda conceber outras classificações de figuras e, a bem dizer, pode-se adiantar que não há ninguém que se envolva com retórica que não seja tentado a classificar por sua vez e a seu modo as figuras. Falta-nos ainda, entretanto, (mas talvez seja impossível produzi-la) uma classificação puramente operacional das principais figuras: os dicionários de retórica nos permitem de fato saber facilmente o que é um *cleuasma*, uma *epanalepse*, uma *paralipse*, permitem passar do nome, frequentemente muito hermético, ao exemplo; mas nenhum livro nos permite fazer o trajeto inverso, ir da frase (encontrada num texto) ao nome da figura; quando leio "*tanto mármore a tremer sob tanta sombra*", que livro me dirá que se trata de um *hipalage* se eu já não souber? Falta-nos um instrumento indutivo, útil quando se quer analisar os textos clássicos segundo a sua própria metalinguagem.

B.3.6. Retomada de algumas figuras

Não se trata, evidentemente, de fornecer uma lista dos "ornamentos" reconhecidos pela antiga retórica sob a denominação geral de "figuras": existem dicionários de retórica. Creio ser útil, entretanto, lembrar a definição de umas dez figuras, tomadas ao acaso, a fim de dar uma perspectiva concreta a estas poucas observações sobre a *electio*. 1. A *aliteração* é uma repetição aproximada das consoantes de um sintagma curto (*o zelo de Lázaro*); quando são os timbres que se repetem, temos a *apofonia* (*Il pleure dans mon coeur comme il pleut sur la ville**). Sugeriu-se que a aliteração não é tão frequentemente intencional como os críticos e estilistas têm tendência a crer; Skinner demonstrou que nos sonetos de Shakespeare as aliterações não ultrapassam aquilo

---

* Esses versos de Paul Verlaine podem ser traduzidos por: *Chora em meu coração qual chove na cidade*. (N. T.)

que se pode esperar da frequência normal das letras e grupos de letras. 2. O *anacoluto* é uma ruptura de construção, às vezes errônea (*Além do aspecto de um grande exército, os macedônios, se admiraram quando...*). 3. A *catacrese* se dá quando a língua, não possuindo um termo "próprio", precisa usar um "figurado" (a *asa* da xícara). 4. A *elipse* consiste em suprimir elementos sintáticos no limite do que pode afetar a inteligibilidade (*eu te amava inconstante, o que fiel não faria?*); a elipse foi muitas vezes reputada como representando um estado "natural" da língua: seria o modo "normal" da palavra, na pronúncia, na sintaxe, no sonho, na linguagem infantil.* 6. A *hipérbole* consiste em exagerar: seja por aumento (*auxese: ir mais depressa do que o vento*), seja por diminuição (*tapinose: mais devagar do que uma tartaruga*). 7. A *ironia* ou *antífrase* consiste em dar a entender coisa diferente daquilo que se diz (é uma conotação); como diz F. de Neufchateau: "*Ela escolhe as palavras: parecem afáveis./ Mas o tom que lhes põe dá-lhes outro sentido.*" 8. A *perífrase* é na origem um desvio de linguagem que se faz para evitar uma notação tabu. Se a perífrase é depreciada, chama-se *perissologia*. 9. A *reticência* ou *aposiopese* indica uma interrupção do discurso devida a uma mudança brusca de paixão (o *Quos ego* virgiliano). 10. A *suspensão* retarda o enunciado, mediante acréscimo de incisas, antes de resolvê-lo: é um *suspense* no nível da frase.

B.3.7. O *Próprio* e o *Figurado*

Todo o edifício das "figuras" repousa, como se viu, na ideia de que existem duas linguagens, uma própria e outra

---

* Há um salto aqui, no único texto de que dispomos, de 4 para 6. Pode-se supor que no item 5 devia estar colocada a *sinédoque*, em que a parte é dita pelo todo. (N. E. Fr.)

figurada, e de que, consequentemente, a Retórica, em sua parte elocutória, é um quadro de *desvios* de linguagem. Desde a Antiguidade, as expressões metarretóricas que atestam essa crença são inumeráveis: na *elocutio* (terreno das figuras), as palavras são *"transportadas"*, *"desviadas"*, *"afastadas"* para longe de seu *habitat* normal, familiar. Aristóteles vê nisso um gosto pelo desarraigamento: é preciso "afastar-se das construções comuns (...): experimentamos com relação a isso as mesmas impressões que na presença de estrangeiros: há que se dar ao estilo um ar estrangeiro, pois o que vem de longe excita a admiração". Existe, pois, uma relação de *estranhamento* entre as "palavras correntes" que cada um de nós (mas quem é esse "nós"?) utiliza, e as "palavras insignes", palavras estranhas ao uso cotidiano: "barbarismos" (palavras dos povos estrangeiros), neologismos, metáforas etc. Para Aristóteles, precisa-se de uma mistura das duas terminologias, pois se se utilizar apenas palavras correntes, tem-se um discurso *baixo*, e se se utilizar unicamente palavras insignes, tem-se um discurso *enigmático*. De *nacional/estrangeiro* e *normal/estranho*, a oposição deslizou para *próprio/figurado*. O que é o sentido próprio? "É a primeira significação da palavra" (Dumarsais): "Quando a palavra significa aquilo para o que foi primitivamente estabelecida." Entretanto o sentido próprio não pode ser o sentido muito antigo (o arcaísmo provoca estranhamento), mas o sentido *imediatamente anterior à criação da figura*: o próprio, o verdadeiro é, uma vez mais, o *antes* (o Pai). Na Retórica clássica, o *antes* achou-se *naturalizado*. Daí o paradoxo: como o sentido próprio pode ser o sentido "natural" e o sentido figurado o sentido "original"?

B.3.8. Função e origem das figuras

Pode-se distinguir aqui dois grupos de explicações. 1. *Explicações pela função*: *a.* a segunda linguagem provém da necessidade de eufemizar, de contornar os tabus; *b.* a segunda linguagem é uma técnica de *ilusão* (no sentido da pintura: perspectiva, sombras, "trompe-l'oeil"); ela redistribui as coisas, fá-las mostrar-se diferentes do que são, ou como são, mas de maneira impressiva; *c.* há um prazer inerente à associação de ideias (diríamos: um ludismo). 2. *Explicações pela origem*: essas explicações partem do postulado de que as figuras existem "na natureza", quer dizer, no "povo" (Racine: "Basta escutar uma disputa entre as mulheres da mais vil condição: que abundância nas figuras! Elas são pródigas de metonímia, catacrese, hipérbole etc."); e F. de Neufchateau: "Na cidade, na corte, nos campos, no Mercado,/ A eloquência do coração pelos tropos se exala."[36] Como então conciliar a origem "natural" das figuras e a sua posição secundária, posterior, no edifício da linguagem? A resposta clássica é que a arte *escolhe* as figuras (em função de uma boa avaliação de sua distância, que deve ser *mensurada*), não as cria; em suma, o figurado é uma combinação artificial de elementos naturais.

B.3.9. Vico e a poesia

A partir desta última hipótese (as figuras têm origem "natural"), podem distinguir-se ainda dois outros tipos de explicações. O primeiro é mítico, romântico, no sentido bem amplo do termo: a língua "própria" é pobre, não basta para todas as necessidades, mas é suplementada pela irrupção de outra linguagem, "essas divinas eclosões do espírio que os gregos chamavam de *Tropos*" (V. Hugo); ou ainda (Vico, retomado por Michelet), sendo a Poesia a linguagem original,

---

36. "À la ville, à la cour, dans les champs, à la Halle / L'éloquence du coeur par les tropes s'exhale."

as quatro grandes figuras arquetípicas foram inventadas *na ordem*, não por escritores, mas pela humanidade em sua idade poética: *Metáfora*, depois *Metonímia*, depois *Sinédoque*, depois *Ironia*; na origem elas eram empregadas *naturalmente*. Como então passaram a ser figuras de "retórica"? Vico dá uma resposta muito estrutural: quando nasceu a abstração, isto é, quando a "figura" se viu presa numa oposição paradigmática com outra linguagem.

B.3.10. A linguagem das paixões

A segunda explicação é psicológica: é a de Lamy e dos clássicos: as Figuras são a linguagem da paixão. A paixão deforma o ponto de vista sobre as coisas e obriga a palavras particulares: "Se os homens concebessem todas as coisas que se apresentam à sua mente, simplesmente, como são em si mesmas, todos falariam delas da mesma maneira: os geômetras têm quase todos a mesma linguagem." (Lamy) Essa visão é interessante, pois se as figuras são os "morfemas" da paixão, pelas figuras podemos conhecer a taxinomia clássica das paixões, e principalmente a da paixão amorosa, de Racine a Proust. Por exemplo: a *exclamação* corresponde ao rapto brusco da palavra, à afasia emotiva; a *dúvida*, a *dubitação* (nome de uma figura), à tortura das incertezas de comportamento (Que fazer? Isto? Aquilo?), à difícil leitura dos "signos" emitidos pelo outro; a *elipse*, à censura de tudo aquilo que incomoda a paixão; a *paralipse* (dizer que não se vai dizer o que finalmente se dirá), à retomada da cena, ao demônio de ferir; a *repetição*, à insistência obsessional dos "direitos certos"; a *hipotipose*, à cena que se apresenta com vivacidade, à fantasia interior, ao roteiro mental (desejo, ciúme) etc. Compreende-se melhor, a partir daí, como o figurado pode ser uma linguagem ao mesmo tempo *natural* e *segunda*: é natural porque as paixões estão na natureza; é segunda porque a moral exige que essas mesmas paixões, embora "naturais", estejam distanciadas, colocadas na região da Culpa; é porque, para um Clássico, a "natureza" é má, que as figuras de retórica são ao mesmo tempo fundamentadas e suspeitas.

B.3.11. A *compositio*

Voltemos agora à primeira oposição, a que serve de ponto de partida para a rede da *Elocutio*: à *electio*, campo substitutivo dos ornamentos, opõe-se a *compositio*, campo associativo das palavras na frase. Não se tomará partido quanto à definição linguística da "frase": para nós ela é apenas a unidade de discurso intermediária entre a *pars orationis* (grande parte da *oratio*) e a *figura* (grupo pequeno de palavras). A Retórica antiga codificou dois tipos de "construções": 1. uma construção "geométrica": é a do período (Aristóteles): "uma frase que tem por si só começo, fim e uma extensão que se possa abarcar com facilidade"; a estrutura do período depende de um sistema interno de *commas* (toques) e de *colons* (membros); o número deles é variável e discutível; em geral, pedem-se 3 ou 4 *colons*, submetidos à oposição (1/3 ou 1-2/3-4); a referência desse sistema é vitalista (o vaivém da respiração) ou esportiva (o período reproduz a elipse do estádio: uma ida, uma curva, uma volta); 2. uma construção "dinâmica" (Dionísio de Halicarnasso): a frase é então concebida como um período sublimado, vitalizado, transcendido pelo "movimento"; não se trata de uma ida e de uma volta, mas de uma subida e de uma descida; essa espécie de "swing" é mais importante do que a escolha das palavras: depende de uma espécie de sentido inato do escritor. Esse "movimento" tem três modos: *a.* selvagem, sacudido (Píndaro, Tucídides); *b. suave*, encaixado, azeitado (Safo, Isócrates, Cícero); *c. misto*, reserva dos casos flutuantes.

Assim termina a rede retórica – visto que decidimos deixar de lado as partes da technè rhetorikè *propriamente teatrais, histéricas,* ligadas à voz*:* actio *e* memoria. *A menor conclusão histórica (além do que haveria alguma ironia em codificar eu próprio a segunda metalinguagem que se acabou de usar por uma* peroratio *vinda da primeira) excederia a intenção puramente didática desta simples apostila. Todavia, ao deixar a antiga Retórica, eu gostaria de dizer o que me resta pessoalmente desta viagem memorável (descida do tempo, descida da rede, como de um rio duplo). "O que me resta" quer dizer: as indagações que me vêm desse antigo império para o meu trabalho presente e que, tendo abordado a Retórica, já não posso evitar.*

Em primeiríssimo lugar, a convicção de que muitos traços de nossa literatura, de nosso ensino, de nossas instituições de linguagem (e existe sequer uma instituição sem linguagem?) seriam aclarados ou compreendidos diferentemente se se conhecesse a fundo (isto é, se não se censurasse) o código retórico que deu sua linguagem à nossa cultura; nem uma técnica, nem uma estética, nem uma moral da Retórica são mais possíveis, mas uma história? *Sim, uma história da Retórica (como pesquisa, como livro, como ensino) é hoje necessária, alargada por uma nova maneira de pensar (linguística, semiologia, ciência histórica, psicanálise, marxismo).*

Em seguida, essa ideia de que há uma espécie de acordo obstinado entre Aristóteles (de onde saiu a Retórica) e a cultura dita de massa, como se o aristotelismo, morto desde a Renascença como filosofia e como lógica, morto como estética desde o romantismo, sobrevivesse no estado degradado, difuso, inarticulado, na prática cultural das sociedades ocidentais – prática fundamentada, através da democracia, numa ideologia "do maior número", da norma majoritária, da opinião corrente: tudo indica que uma espécie de vulgata aristotélica ainda define um tipo de Ocidente

trans-histórico, uma civilização (a nossa) que é a da endo-
xa*: como evitar essa evidência que Aristóteles (poética, lógica, retórica) fornece a toda a linguagem, narrativa, descritiva, argumentativa, que é veiculada pela "comunicação de massa", uma grade analítica completa (a partir da noção de "verossimilhança") e que ele representa essa homogeneidade otimizada de uma metalinguagem e de uma linguagem-objeto que pode definir uma ciência aplicada? Em regime democrático, o aristotelismo seria então a melhor das sociologias culturais.*

Finalmente esta verificação, bastante perturbadora em sua forma contracta, de que toda a nossa literatura, formada pela Retórica e sublimada pelo humanismo, saiu de uma prática político-judicial (a menos que se sustente o contrassenso que limita a Retórica às "figuras"): lugar onde os conflitos mais brutais, de dinheiro, de propriedade, de classes, são assumidos, contidos, domesticados e mantidos por um direito de Estado; lugar onde a instituição regulamenta a palavra fingida e codifica todo e qualquer recurso ao significante; lugar onde nasce a nossa literatura. É por isso que, derrubar a Retórica para o rol de um objeto completa e simplesmente histórico, reivindicar, sob o nome de texto, *de* escrita, *uma nova prática da linguagem, e nunca se separar da ciência revolucionária, são um só e mesmo trabalho.*

Communications, nº 16, 1970.

Em apêndice

S.E.L.F., sessão de 14 de novembro de 1964.
A classificação estrutural das figuras de retórica.

A Retórica pode ser definida como o plano de conotação da língua; os significados do Signo retórico foram constituídos durante longo tempo pelos diferentes "estilos" reconhecidos pelo código e hoje pelo conceito mesmo de literatura; seus significantes, formados de unidades de diferentes tamanhos (principalmente maiores do que o monema), correspondem em grande parte às figuras de retórica.

As figuras podem classificar-se em dois grandes grupos; o primeiro, ou grupo das *metábolas*, compreende todos os conotadores que comportam uma conversão semântica; tomemos a metáfora: *a viajante noturna* = *velhice*; a cadeia semântica se estabelece da seguinte maneira: Ste^1 (*/viajante noturna/*) = Sdo^1 ("*viajante noturna*") = Sdo^2 ("*velhice*") = Ste^2 (*/velhice/*); nessa cadeia, a conversão conserva Ste^1 = Sdo^2; a forma canônica da cadeia corresponde à maioria das figuras conhecidas (metáfora, metonímia, antífrase, litote, hipérbole), que só se diferenciam pela natureza da relação entre Sdo¹ e Sdo²; essa relação pode ser definida por referência a diferentes métodos (análise lógica, análise sêmica, análise contextual); a cadeia semântica pode comportar dois casos aberrantes: 1. $Ste^2 = 0$; é o caso da catacrese, em que a palavra "própria" falta na própria língua; 2. $Ste^1 = Ste^2$; é o caso dos trocadilhos ou jogos de palavras.

O segundo grupo, ou grupo das *parataxes*, compreende todos os acidentes codificados que podem afetar uma sequência sintagmática "normal" (A B,C,D...): desvio (anacoluto), decepção (aposiopese), retardamento (suspensão), defecção (elipse, assíndeto), amplificação (repetição), simetria (antítese, quiasmo).

Le français moderne, janeiro de 1966.

INTRODUÇÃO À ANÁLISE ESTRUTURAL DAS NARRATIVAS*

Inumeráveis são as narrativas do mundo. É de início uma variedade prodigiosa de gêneros, eles próprios distribuídos entre substâncias diferentes, como se toda matéria fosse boa para o homem confiar-lhe a sua narrativa: a narrativa pode ter como suporte a linguagem articulada, oral ou escrita, a imagem, fixa ou móvel, o gesto e a mistura ordenada de todas essas substâncias; está presente no mito, na lenda, na fábula, no conto, na novela, na epopeia, na história, na tragédia, no drama, na comédia, na pantomima, no quadro pintado (pense-se na *Santa Úrsula* de Carpaccio), nos vitrais, no cinema, nas histórias em quadrinhos, nas notícias de jornal, na conversa. Além disso, sob essas formas quase infinitas, a narrativa está presente em todos os tempos,

---

* A *Introdução à análise estrutural das narrativas* já foi recolhida em dois volumes da coleção de bolso "Points", *Poétique du récit* [Poética da narrativa] (1977) e *L'analyse structurale du récit* [A análise estrutural da narrativa], Communications, nº 8 (1981). Se resolvemos retomá-la aqui, é porque pertence exatamente ao *corpus* da *Aventura semiológica*, constitui um de seus momentos mais fecundos, e porque sem ela, a pesquisa de R. B. semiólogo não estaria sendo apresentada por inteiro, naquilo que ela teve de mais decisivo. (N. Ed. Fr.)

em todos os lugares, em todas as sociedades; a narrativa começa com a própria história da humanidade; não há, nunca houve em lugar nenhum povo algum sem narrativa; todas as classes, todos os grupos humanos têm as suas narrativas, e muitas vezes essas narrativas são apreciadas em comum por homens de culturas diferentes, até mesmo opostas[37]: a narrativa zomba da boa e da má literatura: internacional, trans-histórica, transcultural, a narrativa está sempre presente, como a vida.

Deverá tal universalidade da narrativa levar a concluir que seja ela insignificante? Será ela tão genérica que nada temos a dizer a respeito, a não ser descrever modestamente algumas de suas variedades, bem particulares, como fez às vezes a história literária? Mas essas mesmas variedades, como dominá-las, como fundamentar o nosso direito de as distinguir, de as reconhecer? Como opor o romance à novela, o conto ao mito, o drama à tragédia (isso já foi feito mil vezes) sem fazer referência a um modelo comum? Esse modelo está implicado por toda palavra sobre a mais particular, a mais histórica das formas narrativas. É legítimo pois que, longe de abdicar de toda ambição de falar da narrativa, sob pretexto de tratar-se de um fato universal, se tenha tido periodicamente interesse pela forma narrativa (desde Aristóteles); e é normal que dessa forma o estruturalismo nascente faça uma de suas primeiras preocupações; não se trata para ele de dominar o infinito das palavras, chegando a descrever a "língua" donde elas se originaram e a partir da qual se pode gerá-las? Diante do infinito das narrativas, da multiplicidade dos pontos de vista segundo os quais se pode falar delas (histórico, psicológico, sociológico, etnológico, estético etc.), o analista encontra-se mais ou menos na mesma situação de

---

37. Isto não é verdade, é necessário lembrar, nem para a poesia nem para o ensaio, tributários do nível cultural dos consumidores.

Saussure, colocado diante da heterocliticidade da linguagem e buscando retirar da anarquia aparente das mensagens um princípio de classificação e um foco de descrição. Para não sair do período atual, os formalistas russos, Propp, Lévi-Strauss ensinaram a delimitar o dilema seguinte: ou a narrativa é uma simples e interminável repetição de acontecimentos, e nesse caso não se pode falar dela senão confiando na arte, no talento ou no gênio do contista (do autor) – todas as formas míticas do acaso[38] –, ou então ela possui em comum com outras narrativas uma estrutura acessível à análise, por maior que seja a paciência necessária para enunciá-la; porque há um abismo entre o aleatório mais complexo e a combinação mais simples, e ninguém pode combinar (produzir) uma narrativa sem se referir a um sistema implícito de unidades e de regras.

Onde buscar então a estrutura da narrativa? Nas narrativas, é evidente. *Todas* as narrativas? Muitos comentaristas, que admitem a ideia de uma estrutura narrativa, não podem resignar-se entretanto a separar a análise literária do modelo das ciências experimentais: eles pedem intrepidamente que se aplique à narração um método puramente indutivo e que se comece por estudar todas as narrativas de um gênero, de uma época, de uma sociedade, para depois passar ao esboço de um modelo geral. Essa maneira sensata de ver é utópica. A própria linguística, que tem apenas umas três mil línguas para abranger, não consegue isso; sabiamente, ela se fez dedutiva e é aliás a partir desse dia que ela verdadeiramente se constituiu e progrediu a passos de gigante, chegando até a

---

38. Existe, sem dúvida, uma "arte" do contista: é o poder de gerar narrativas (mensagens) a partir da estrutura (do código); essa arte corresponde à noção de *performance* em Chomsky, e essa noção está bem longe do "gênio" de um autor, concebido romanticamente como um segredo indivisível, dificilmente explicável.

prever fatos que ainda não tinham sido descobertos[39]. Que dizer então da análise narrativa, colocada diante de milhões de narrações? Ela está forçosamente condenada a um procedimento dedutivo; está obrigada a conceber primeiro um modelo hipotético de descrição (que os linguistas americanos chamam de "teoria"), a descer em seguida pouco a pouco, partindo desse modelo, rumo às espécies que, ao mesmo tempo, dele participam ou se afastam: é somente no nível dessas conformidades e desses desvios que ela encontrará, munida então de um instrumento único de descrição, a pluralidade das narrativas, sua diversidade histórica, geográfica, cultural[40].

Para descrever e classificar a infinidade de narrativas é pois necessária uma "teoria" (no sentido pragmático que se acabou de indicar), e é em buscá-la, em esboçá-la que é preciso, de início, trabalhar. A elaboração dessa teoria pode ser muito facilitada se, desde o começo, o pesquisador se submete a um modelo que lhe forneça os primeiros termos e os primeiros princípios. No estado atual da pesquisa, parece razoável[41] dar à análise estrutural da narrativa, como modelo fundador, a própria linguística.

---

39. Veja-se a história do *a* hitita, postulado por Saussure e descoberto de fato cinquenta anos mais tarde, em E. Benveniste, *Problèmes de linguistique générale*, Paris, Gallimard, 1966, p. 35.

40. Lembremos as condições atuais da descrição linguística "... A estrutura linguística é sempre relativa não somente aos dados do *corpus*, mas também à teoria gramatical que descreve esses dados." (E. Bach, *An Introduction to Transformational Grammars*, Nova York, 1964, p. 29.) E o seguinte, de Benveniste (*Problèmes de linguistique générale, op. cit.*, p. 119): "... Reconheceu-se que a linguagem devia ser descrita como uma estrutura formal, mas que essa descrição exigia antecipadamente o estabelecimento de procedimentos e critérios adequados e que em suma a realidade do objeto não fosse separável do método próprio para defini-lo."

41. Mas não imperativo (veja-se Cl. Bremond, "La logique des possibles narratifs", *Communications*, nº 8, 1966, mais lógica do que linguística). (Paris, Éd. du Seuil, coleção "Points", 1981.)

I. A LÍNGUA DA NARRATIVA

1. Para além da frase

A linguística, como se sabe, para na frase: é a última unidade com que ela acha dever ocupar-se; se, de fato, a frase, sendo uma ordem e não uma série, não deve reduzir-se à soma das palavras que a compõem, e constitui por isso mesmo uma unidade original, um enunciado, ao contrário, não é outra coisa senão a sucessão das frases que o compõem: do ponto de vista da linguística, o discurso nada tem que não se encontre na frase: "A frase, diz Martinet, é o menor segmento que seja perfeitamente e integralmente representativo do discurso."[42] A linguística não poderia pois se propor um objeto superior à frase, porque, para além da frase, nunca há nada que não sejam outras frases: uma vez descrita a flor, o botânico não pode ocupar-se em descrever o ramalhete.

E é evidente, no entanto, que o próprio discurso (como conjunto de frases) é organizado e que, por essa organização, ele se mostra como a mensagem de uma outra língua, superior à língua dos linguistas[43]: o discurso tem as suas unidades, as suas regras, a sua "gramática": para além da frase e embora composto unicamente de frases, o discurso deve ser naturalmente o objeto de uma segunda linguística. Essa linguística do discurso teve, durante muito tempo, um nome glorioso: era a Retórica; mas em consequência de todo um jogo histórico, tendo a retórica passado para o campo das

---

42. "Reflexões sobre a frase", *Language and Society (Mélanges Jansen)*, Copenhague, 1961, p. 113.
43. É óbvio, como observou Jakobson, que entre a frase e o além-frase existem transições: a coordenação, por exemplo, pode agir para adiante da frase.

belas letras e tendo as belas letras se separado do estudo da linguagem, foi necessário retomar recentemente o problema do início: a nova linguística do discurso ainda não está desenvolvida, mas está pelo menos postulada, pelos próprios linguistas[44]. Esse fato é muito significativo: embora constituindo um objeto autônomo, é a partir da linguística que o discurso deve ser estudado; se é preciso formular uma hipótese de trabalho para uma análise cuja tarefa é imensa e cuja matéria é infinita, o mais razoável é postular uma relação homóloga entre a frase e o discurso, na medida em que uma mesma organização formal regula, ao que parece, todos os sistemas semióticos, sejam quais forem as suas substâncias e dimensões: o discurso seria uma grande "frase" (cujas unidades poderiam não ser necessariamente frases), assim como a frase, mediante algumas especificações, é um pequeno "discurso". Essa hipótese se harmoniza bem com certas proposições da antropologia atual: Jakobson e Lévi-Strauss fizeram notar que a humanidade podia definir-se pelo poder de criar sistemas secundários, "multiplicadores" (ferramentas que servem para fabricar outras ferramentas, dupla articulação da linguagem, tabu do incesto que permite a dispersão das famílias) e o linguista soviético Ivanov supõe que as linguagens artificiais só puderam ser adquiridas após a linguagem natural: como o importante, para os homens, é poder utilizar vários sistemas de sentidos, a linguagem natural ajuda a elaborar as linguagens artificiais. É pois legítimo postular entre a frase e o discurso uma relação "secundária" – a que se chamará homológica, para respeitar o caráter puramente formal das correspondências.

---

44. Veja-se sobretudo: Benveniste, *Problèmes de linguistique générale*, op. cit., cap. X. – Z. S. Harris, *"Discourse Analysis"*, Language, 28, 1952, p. 1-30. – N. Ruwet [*Langage, musique, poésie*, Paris, Éd. du Seuil, 1972, p. 151-75].

A língua geral da narrativa, evidentemente, não é senão um dos idiomas oferecidos à linguística do discurso[45], e submete-se, em consequência, à hipótese homológica: estruturalmente, a narrativa participa da frase, sem nunca poder reduzir-se a uma soma de frases: a narrativa é uma grande frase, como toda frase constativa é, de certa maneira, o esboço de uma pequena narrativa. Embora disponham nela de significantes originais (frequentemente muito complexos), reencontram-se de fato na narrativa, ampliadas e transformadas à sua medida, as principais categorias do verbo: os tempos, os aspectos, os modos, as pessoas; além disso, os "sujeitos", eles próprios opostos aos predicados verbais, não deixam de se submeter ao modelo frasal: a tipologia actancial proposta por A. J. Greimas[46] encontra na multidão das personagens da narrativa as funções elementares da análise gramatical. A homologia que se sugere aqui não tem apenas um valor heurístico: implica uma identidade entre a linguagem e a literatura (na medida em que seja esta uma espécie de veículo privilegiado da narrativa): já não é praticamente possível conceber a literatura como uma arte que se desvinculasse de qualquer relação com a linguagem, logo que se tivesse servido dela como de um instrumento para exprimir a ideia, a paixão ou a beleza: a linguagem não cessa de acompanhar o discurso oferecendo-lhe o espelho de sua própria estrutura: não faz a literatura, singularmente hoje, uma linguagem das condições mesmas da linguagem[47]?

---

45. Seria justamente uma das tarefas da linguística do discurso fundar uma tipologia dos discursos. Pode-se reconhecer, provisoriamente, três grandes tipos de discursos: metonímico (narrativa), metafórico (poesia lírica, discurso sapiencial), entimemático (discursivo intelectual).

46. Cf. *infra*, III, 1.

47. Há que se lembrar aqui a intuição de Mallarmé, formada no momento em que ele projetava um trabalho de linguística: "A linguagem pareceu-lhe o instrumento da ficção: seguirá o método da linguagem (determiná-la). A

2. Os níveis de sentido

A linguística fornece desde o início à análise estrutural da narrativa um conceito decisivo, porque, dando conta imediatamente daquilo que é essencial em todo sistema de sentidos, a saber, a sua organização, permite a uma só vez enunciar como uma narrativa não é uma simples soma de proposições e classificar a massa enorme de elementos que entram na composição de uma narrativa. Tal conceito é o de *nível de descrição*[48].

Uma frase, como se sabe, pode ser descrita, linguisticamente, em vários níveis (fonético, fonológico, gramatical, contextual); esses níveis estão numa relação hierárquica, pois, se cada um tem suas próprias unidades e suas próprias correlações, obrigando, para cada um deles, a uma descrição independente, nenhum nível pode, por si só, produzir sentidos: toda unidade pertencente a certo nível só adquire sentido se puder integrar-se num nível superior: um fonema, embora perfeitamente descritível, em si mesmo nada quer dizer; só participa do sentido quando inserido na palavra; e a própria palavra deve integrar-se na frase[49].

---

linguagem refletindo-se. Enfim a ficção lhe parece ser o procedimento mesmo do espírito humano – é ela que põe em jogo qualquer método, e o homem está reduzido à vontade." (*Oeuvres complètes* [Obras completas], Paris, Gallimard, "Pléiade", p. 851.) Lembrar-se de que, para Mallarmé: "a Ficção ou Poesia" (*ibid.*, p. 335).

48. "As descrições linguísticas nunca são monovalentes. Uma descrição não é exata ou falsa, é melhor ou pior, mais ou menos útil." (M. A. K. Halliday, "Linguistique générale et linguistique appliquée", *Études de linguistique appliquée*, 1, 1962, p. 12).

49. Os níveis de integração foram postulados pela escola de Praga (v. J. Vachek, *A Prague School Reader in Linguistics*, Indiana Univ. Press, 1964, p. 468), e retomados desde então por muitos linguistas. É, na nossa opinião, Benveniste quem deles deu a análise mais esclarecedora (*Problèmes de linguistique générale*, op. cit., cap. X).

A teoria dos níveis (tal como enunciada por Benveniste) fornece dois tipos de relações: distribucionais (se as relações estão situadas em um mesmo nível), integrativas (se são tomadas de um nível para outro). Daí vem que as relações distribucionais não bastam para dar conta do sentido. Para conduzir uma análise estrutural, é preciso antes distinguir várias instâncias de descrição e colocar essas instâncias numa perspectiva hierárquica (integrativa).

Os níveis são operações[50]. É pois normal que a linguística, ao progredir, tenda a multiplicá-los. A análise do discurso não pode ainda trabalhar senão sobre níveis rudimentares. À sua maneira, a retórica tinha atribuído ao discurso pelo menos dois planos de descrição: a *dispositio* e a *elocutio*[51]. Em nossos dias, em sua análise da estrutura do mito, Lévi-Strauss já precisou que as unidades constitutivas do discurso mítico (mitemas) só adquirem significação porque estão agrupadas em pacotes e esses mesmos pacotes se combinam[52]; e T. Todorov, retomando a discussão dos formalistas russos, propõe trabalhar sobre dois grandes níveis, eles próprios subdivididos: a *história* (o argumento), compreendendo uma lógica de ações e uma "sintaxe" das personagens, e o *discurso*, compreendendo os tempos, os aspectos e os modos da narrativa[53]. Qualquer que seja o número de níveis que se proponha e qualquer que seja a definição que se lhes dê, não se pode duvidar de que a narrativa seja uma hierarquia

---

50. "Em termos algo vagos, um nível pode ser considerado como um sistema de símbolos, regras etc., que deve ser usado para representar as expressões." (E. Bach, *An Introduction...*, *op. cit.*, p. 57-8.)

51. A terceira parte da retórica, a *inventio*, não dizia respeito à linguagem: tratava das *res*, não dos *verba*.

52. *Anthropologie structurale*, p. 233. [Paris, Plon, 195]

53. "Les catégories du récit littéraire", *Communications*, nº 8, 1966. [Col. "Points", 1981.]

de instâncias. Compreender uma narrativa não é apenas acompanhar o desenrolar da história, é também reconhecer "estágios", projetar os encadeamentos horizontais do "fio" narrativo sobre o eixo implicitamente vertical; ler (ouvir) uma narrativa não é apenas passar de uma palavra para outra, é também passar de um nível a outro. Tome-se aqui um tipo de apólogo: em *A carta roubada*, Poe analisou com acuidade o fracasso do delegado de polícia, incapaz de encontrar a carta: suas investigações eram perfeitas, diz ele, "*no âmbito da especialidade*": o delegado não omitia nenhum lugar, "saturava" completamente o nível da "perquisição"; mas, para encontrar a carta, protegida por sua evidência, era preciso passar a outro nível, substituir a pertinência do ladrão pela do policial. Da mesma maneira, por mais completa que tente ser a "perquisição" exercida sobre o conjunto horizontal de relações narrativas, para ser eficiente, ela precisa também dirigir-se "verticalmente": o sentido não está "no fim" da narrativa, ele a perpassa; tão evidente quanto a *carta roubada*, ele não escapa menos que ela a qualquer exploração unilateral.

Será necessário tatear ainda muito, antes de se poder ter segurança quanto aos níveis da narrativa. Aqueles que vamos propor aqui constituem um perfil provisório, cuja vantagem é ainda quase exclusivamente didática: permitem situar e agrupar os problemas, sem estar em desacordo, acreditamos, com as poucas análises que já se fizeram. Propõe-se distinguir na obra narrativa três níveis de descrição; o nível das "*funções*" (no sentido que a palavra tem em Propp e em Bremond), o nível das "*ações*" (no sentido que a palavra tem em Greimas quando fala das personagens como actantes), e o nível da "*narração*" (que é, em suas linhas gerais, o nível do "discurso" em Todorov). Não esquecer que esses três níveis estão ligados entre si segundo um modo de integração progressiva: uma função só tem sentido na medida em que tem lugar na ação geral de um actante; e essa ação mesma recebe o seu sentido último do fato de ela ser narrada, confiada a um discurso que tem o seu próprio código.

II. AS FUNÇÕES

1. A determinação das unidades

Como todo sistema é a combinação de unidades cujas classes são conhecidas, há que primeiro se recortar a narrativa e determinar os segmentos do discurso narrativo que se possam distribuir em um pequeno número de classes; numa palavra, é preciso definir as menores unidades narrativas.

Segundo a perspectiva integrativa que foi aqui definida, a análise não pode se contentar com uma definição puramente distribucional das unidades: é necessário que o sentido seja desde o início o critério da unidade: é o caráter funcional de certos segmentos da história que faz deles unidades: daí o nome de "funções" que de imediato se deu a essas primeiras unidades. Desde os Formalistas russos[54], constitui-se em unidade todo segmento da história que se apresenta como o termo de uma correlação. A alma de toda função é, por

---

54. Veja-se particularmente B. Tomachevski, *Thématique* (1925), in *Théorie de la littérature*, Paris, Éd. du Seuil, 1965. – Pouco mais tarde, Propp definia a função como "a ação de uma personagem, definida do ponto de vista de sua significação no desenrolar da intriga" (*Morphologie du conte*, Paris, Éd. du Seuil, col. "Points", 1970, p. 31). Veja-se também a definição de T. Todorov: "O sentido (ou a função) de um elemento da obra é sua possibilidade de entrar em correlação com outros elementos dessa obra e com a obra inteira" ["Les catégories du récit littéraire", *artigo citado*] e as precisões acrescentadas por A. J. Greimas, que acaba por definir a unidade por sua relação paradigmática, mas também por seu lugar no interior da unidade sintagmática de que faz parte.

assim dizer, o seu germe, aquilo que lhe permite semear a narrativa com um elemento que irá amadurecer mais tarde, no mesmo nível, ou noutra parte, noutro nível: se em *Un coeur simple* [*Um coração simples*], Flaubert nos informa, em dado momento, aparentemente sem insistir, que as filhas do subdelegado de Pont l'Évêque possuíam um papagaio, é porque esse papagaio irá ter, em seguida, uma grande importância na vida de Félicité: o enunciado desse pormenor (qualquer que seja a sua forma linguística) constitui portanto uma função, ou unidade narrativa.

Numa narração, tudo é funcional? Tudo, até o mínimo detalhe, tem um sentido? A narração pode ser integralmente recortada em unidades funcionais? Como logo se verá, existem por certo vários tipos de funções, porque existem vários tipos de correlações. Isso não impede que nunca uma narrativa seja feita a não ser de funções: tudo nela tem diferentes graus, significa. Isso não é uma questão de arte (da parte do narrador), é uma questão de estrutura: na ordem do discurso, o que é notado é, por definição, notável: mesmo quando um detalhe parecesse irredutivelmente insignificante, rebelde a toda função, ainda assim ele a teria para terminar o próprio sentido do absurdo ou do inútil: tudo tem sentido ou nada tem. Poder-se-ia dizer de outra maneira que a arte não conhece o ruído (no sentido informacional do termo)[55]: é um sistema puro, não há, não há nunca unidade perdida[56],

---

55. É sob esse aspecto que ela não é "a vida", que só conhece comunicações "emaranhadas". O "emaranhado" (aquilo além do que não se pode ver) pode existir em arte, mas nesse caso a título de elemento codificado (Watteau, por exemplo); ainda assim esse "emaranhado" é desconhecido do código escrito: a escrita é fatalmente nítida.

56. Pelo menos em literatura, onde a liberdade de notação (em consequência do caráter abstrato da linguagem articulada) acarreta uma responsabilidade bem mais forte do que nas artes "analógicas", como o cinema.

por mais longo, mais frouxo, mais tênue que seja o fio que a liga a níveis da história[57].

A função é evidentemente, do ponto de vista linguístico uma unidade de conteúdo: é "o que quer dizer" um enunciado que o constitui em unidade funcional[58], não a maneira como isso é dito. Esse significado constitutivo pode ter significantes diferentes, muitas vezes bastante complicados: se me enunciam (em *Goldfinger*) que "*James Bond viu um homem de uns cinquenta anos*" etc., a informação encerra ao mesmo tempo duas funções, de pressão desigual: por um lado, a idade da personagem integra-se em certo retrato (cuja "utilidade" para o resto da história não é nula, mas difusa, retardada), e, por outro, o significado imediato do enunciado é que Bond não conhece o seu futuro interlocutor: a unidade implica então uma correlação muito forte (abertura de uma ameaça e obrigação de identificar). Para determinar as primeiras unidades narrativas, é pois necessário nunca perder de vista o caráter funcional dos segmentos que se examinam, e admitir de antemão que eles não coincidirão fatalmente com as formas que reconhecemos tradicionalmente nas diferentes partes do discurso narrativo (ações, cenas, parágrafos, diálogos, monólogos interiores etc.), ainda menos com classes "psicológicas" (comportamentos, sentimentos, intenções, motivações, racionalizações das personagens).

---

57. A funcionalidade de uma narrativa é mais ou menos imediata (portanto aparente), segundo o nível em que ela opera: quando as unidades estão colocadas no mesmo nível (no caso do suspense, por exemplo), a funcionalidade é muito perceptível; muito menos quando a função está saturada no nível narracional: um texto moderno, fracamente significativo no plano anedótico, só encontra a sua grande força de sentido no plano da escrita.

58. "As unidades sintáticas (para além da frase) são na realidade unidades de conteúdo." (A. J. Greimas, *Sémantique structurale*, Paris, Larousse, 1966, VI, 5.) – A exploração do nível funcional faz parte, pois, da semântica geral.

Do mesmo modo, pois que a "língua" da narrativa não é a língua da linguagem articulada – embora muitas vezes a tenha como suporte –, as unidades narrativas serão substancialmente independentes das unidades linguísticas: elas poderão sem dúvida coincidir, mas ocasionalmente, não sistematicamente; as funções serão representadas ora por unidades superiores à frase (grupos de frases de tamanhos diversos, até a obra no seu total), ora inferiores (o sintagma, a palavra, e até mesmo, na palavra, apenas certos elementos literários[59]); quando nos é dito que, estando de guarda em seu gabinete do Serviço Secreto e, ouvindo tocar o telefone, "*Bond pegou um dos quatro receptores*", o monema *quatro* constitui por si só uma unidade funcional, pois remete a um conceito necessário ao conjunto da história (o de uma alta técnica burocrática); na verdade, a unidade narrativa não é neste caso a unidade linguística (a palavra), mas apenas o seu valor conotado (linguisticamente, a palavra /quatro/ não quer dizer nunca "quatro"); isso explica que certas unidades funcionais possam ser inferiores à frase, sem deixar de pertencer ao discurso: elas ultrapassam então, não a frase, à qual permanecem materialmente inferiores, mas o nível de denotação, que pertence, como a frase, à linguística propriamente dita.

2. Classes de unidades

Essas unidades formais têm de ser repartidas em um pequeno número de classes formais. Se se quiser determinar

---

59. "Não se deve partir da palavra como de um elemento indivisível da arte literária, tratá-la como o tijolo com que se constrói um edifício. Ela pode ser decomposta em 'elementos verbais' muito mais finos." (J. Tynianov, citado por T. Todorov, *Langages*, 1, 1966, p. 18.)

essas classes sem recorrer à substância do conteúdo (substância psicológica, por exemplo), é preciso de novo considerar os diferentes níveis de sentido: certas unidades têm por correlatos unidades de mesmo nível; ao contrário, para saturar os outros, é preciso passar para outro nível. Daí, já de início, duas grandes classes de funções, umas distribucionais, outras integrativas. As primeiras correspondem às funções de Propp, retomadas principalmente por Bremond, mas que consideramos aqui de maneira infinitamente mais detalhada do que esses autores; é a elas que se reservará o nome de *"funções"* (ainda que as outras unidades sejam, também, funcionais); esse modelo já é clássico desde a análise de Tomachevski: a compra de um revólver tem como correlato o momento em que ele será utilizado (e se não for utilizado, a notação ficará transformada em signo de veleitarismo etc.); tirar o telefone do gancho tem por correlato o momento em que se desligará; a intrusão do papagaio na casa de Félicité tem por correlato o episódio da empalhação, da adoração, etc. A segunda grande classe de unidades, de natureza integrativa, compreende todos os *"índices"* (no sentido bem geral do termo[60]), a unidade remete então não a um ato complementar e consequente, mas a um conceito mais ou menos difuso, necessário no entanto ao sentido da história: índices caracteriais concernentes às personagens, informações relativas a sua identidade, notações de "atmosfera" etc.; a relação entre a unidade e seu correlato já não é então distribucional (muitas vezes vários índices remetem ao mesmo significado e sua ordem de aparição no discurso não é necessariamente pertinente), mas integrativa; para entender "para que serve" uma notação indicial, é preciso passar a um nível superior (ação das personagens ou narração), pois é só aí que se

---

60. Essas designações, como as que seguem, podem ser todas provisórias.

resolve o índice; o poder administrativo que está por trás de Bond, indexado pelo número de aparelhos de telefone, não tem nenhuma incidência sobre a sequência de ações em que Bond se engaja ao aceitar a comunicação; ele só toma sentido no nível de uma tipologia geral dos actantes (Bond está do lado da ordem); os índices, pela natureza de algum modo vertical de suas relações, são unidades verdadeiramente semânticas pois, contrariamente às "funções" propriamente ditas, remetem a um significado, não a uma "operação"; a sanção dos índices está "mais acima", às vezes é até virtual, fora do sintagma explícito (o "caráter" de uma personagem pode nunca ser mencionado, mas continuamente indexado), é uma sanção paradigmática; ao contrário, a sanção das "funções" nunca está "mais adiante", é uma sanção sintagmática[61]. *Funções* e *Índices* recobrem pois outra distinção clássica: as Funções implicam *relata* metonímicas; os Índices, *relata* metafóricas; aquelas correspondem a uma funcionalidade do fazer; estas, a uma funcionalidade do ser[62].

Essas duas grandes classes de unidades, Funções e Índices, já deveriam permitir certa classificação das narrativas. Algumas narrativas são fortemente funcionais (tais como os contos populares) e, no extremo oposto, algumas outras são fortemente indiciais (tais como os romances "psicológicos"); entre esses dois polos, toda uma série de formas intermediárias, tributárias da história, da sociedade, do gênero. Mas não é só isso: no interior de cada uma dessas duas grandes classes, pode-se de imediato determinar duas subclasses de

---

61. Isso não impede que *finalmente* a exposição sintagmática das funções possa abranger relações paradigmáticas entre funções separadas, como se admite desde Lévi-Strauss e Greimas.

62. Não se pode reduzir as Funções a ações (verbos) e os Índices a qualidades (adjetivos), pois há ações que são indiciais, sendo "signos" de um caráter, de uma atmosfera etc.

unidades narrativas. Para retomar a classe das Funções, nem todas as suas unidades têm a mesma "importância"; algumas constituem verdadeiros gonzos da narrativa (ou de um fragmento da narrativa); outras não fazem mais que "preencher" o espaço narrativo que separa as funções-gonzos: chamemos as primeiras de *funções cardinais* (ou *núcleos*) e as segundas, em vista de sua natureza completiva, de *catálises*. Para que uma função seja cardinal, basta que a ação a que ela se refere abra (ou mantenha, ou feche) uma alternativa consequente para a continuação da história, enfim, que inaugure ou conclua uma incerteza; se, num fragmento da narrativa, *o telefone toca*, é igualmente possível que se atenda ou que não se atenda, o que não deixará de levar a história por duas vias diferentes. Em contrapartida, entre duas funções cardinais, é sempre possível dispor noções subsidiárias, que se aglomeram em torno de um núcleo ou de outro, sem modificar-lhes a natureza alternativa: o espaço que separa "*o telefone tocou*" de "*Bond atendeu*" pode estar saturado por uma multidão de pequenos incidentes ou pequenas descrições: "*Bond dirigiu-se para a mesa, pegou um receptor, colocou o cigarro no cinzeiro*" etc. Essas catálises permanecem funcionais na medida em que entram em correlação com o núcleo, mas sua funcionalidade é atenuada, unilateral, parasita: é que se trata no caso de uma funcionalidade puramente cronológica (descreve-se o que separa dois momentos da história), ao passo que, no laço que une duas funções cardinais, investe-se uma funcionalidade dupla, ao mesmo tempo cronológica e lógica: as catálises não passam de unidades consecutivas, as funções cardinais são ao mesmo tempo consecutivas e consequentes. Tudo faz pensar, de fato, que a mola propulsora da atividade narrativa seja a confusão mesma entre a consecução e a consequência, pois aquilo que vem *depois* é lido na narrativa como *causado por*; a narrativa seria, nesse caso, uma aplicação sistemática do erro lógico denunciado pela escolástica sob a fórmula *post hoc, ergo propter hoc*, que bem poderia ser o lema do Destino, de que a narrativa não é mais do que a "língua"; e são as funções cardinais que realizam esse "esmagamento" da lógica e da temporalidade. Essas funções podem ser, à primeira vista, insignificantes; o que as constitui não é o espetáculo (a importância, o volume, a raridade ou a força da ação enunciada), é, se assim se pode dizer, o risco: as funções cardinais são os momentos de risco da narrativa; entre esses pontos de alternativa, entre esses "*dispatchers*", as catálises dispõem zonas de segurança, repousos, luxos; esses "luxos" entretanto não são inúteis: do ponto de vista da história, há que se repetir, a catálise pode ter uma funcionalidade fraca, mas não nula: ainda que fosse puramente redundante (com relação ao seu núcleo), não participaria menos da economia da mensagem; mas não é o caso: uma notação, aparentemente expletiva, tem sempre uma função discursiva: ela acelera, retarda, retoma o discurso, resume, antecipa, às vezes desencaminha[63]: como o notado sempre se mostra como notável, a catálise desperta continuamente a tensão semântica do discurso, diz continuamente: houve, vai haver sentido; a função constante da catálise é pois, em todo caso, uma função fática (para retomar o termo de Jakobson); mantém o contato entre o narrador e o narratário. Digamos que não se pode suprimir um núcleo sem alterar a história, mas que não se pode tampouco suprimir uma catálise sem alterar o discurso. Quanto à segunda grande classe de unidades narrativas (os Índices), classe integrativa, as unidades que aí se encontram têm em comum poder ser saturadas (completadas) somente no nível das personagens ou da narração;

---

63. Valéry falava dos "signos delatórios". O romance policial usa muito essas unidades que "desencaminham".

fazem parte de uma relação *paramétrica*[64] cujo segundo termo, implícito, é contínuo, extensivo a um episódio, uma personagem ou uma obra inteira; pode-se entretanto distinguir *índices* propriamente ditos, remetendo a um caráter, a um sentimento, a uma atmosfera (por exemplo, de suspeição), a uma filosofia, e *informações*, que servem para identificar, para situar no tempo e no espaço. Dizer que Bond está de guarda num escritório cuja janela aberta deixa ver a lua entre as pesadas nuvens que passam é indexar uma noite de verão tempestuosa, e essa dedução mesma forma um índice atmosferial que remete ao clima pesado, angustiante de uma ação que não se conhece ainda. Os índices sempre têm pois significados implícitos; os informantes, ao contrário, não têm, pelo menos no nível da história: são dados puros, imediatamente significantes. Os índices implicam uma atividade de deciframento; trata-se, para o leitor, de aprender a conhecer um caráter, uma atmosfera; os informantes trazem um conhecimento já pronto; sua funcionalidade, como a das catálises, é portanto fraca, mas não é tampouco nula: seja qual for a sua "opacidade" com relação ao resto da história, o informante (por exemplo, a idade precisa de uma personagem) serve para autenticar a realidade do referente, para enraizar a ficção no real: é um operador realista e, por isso, possui uma funcionalidade incontestável, não no nível da história, mas no nível do discurso[65].

---

64. N. Ruwet chama elemento paramétrico um elemento que é constante durante toda a duração de uma peça musical (por exemplo, o tempo de um alegro de Bach, o caráter monódico de um solo).

65. G. Genette distingue duas espécies de descrições: ornamental e significativa (ver: "Frontières du récit", [*Communications*, nº 8, 1966; col. "Points", 1981] e *Figures II*, Paris, Éd. du Seuil, 1969 [col. "Points", 1979]). A descrição significativa deve evidentemente ser ligada no nível da história e a descrição ornamental ao nível do discurso, o que explica ter ela formado durante muito tempo um "pedaço" da retórica perfeitamente codificado: a *descriptio* ou *ekphrasis*, exercício muito apreciado pela neorretórica.

Núcleos e catálises, índices e informantes (uma vez mais, pouco importam os nomes), tais são, ao que parece, as primeiras classes entre as quais se podem repartir as unidades do nível funcional. É preciso completar essa classificação com duas observações. Em primeiro lugar, uma unidade pode pertencer, ao mesmo tempo, a duas classes diferentes: tomar um uísque (num *hall* de aeroporto) é uma ação que pode servir de catálise à notação (cardinal) de *esperar*, mas é também e ao mesmo tempo o índice de certa atmosfera (modernidade, descontração, lembrança etc.): noutras palavras, certas unidades podem ser mistas. Todo um jogo é assim possível na economia da narrativa; no romance *Goldfinger*, Bond, devendo realizar uma busca no quarto de seu adversário, recebe uma gazua de seu comanditário: a notação é uma pura função (cardinal); no filme, esse detalhe é mudado: Bond rouba, numa brincadeira, o molho de chaves de uma camareira que não protesta; a notação já não é apenas funcional, mas também indicial; remete ao caráter de Bond (desenvoltura e sucesso com as mulheres). Em segundo lugar, há que se notar (o que será aliás retomado adiante) que as outras classes de que se acaba de falar podem ser submetidas a outra distribuição, mais conforme até com o modelo linguístico. As catálises, os índices e os informantes têm na verdade uma característica comum: são *expansões* com relação ao núcleo: os núcleos (isto se verá em breve) formam conjuntos acabados de termos pouco numerosos, são regidos por uma lógica, são ao mesmo tempo necessários e suficientes; dada essa armadura, as outras unidades vêm preenchê-la segundo um modo de proliferação em princípio infinito; como se sabe, é o que acontece com a frase, feita de proposições simples, complicadas ao infinito por duplicações, enchimentos, envolvimentos etc.: como a frase, a narrativa é infinitamente catalisável. Mallarmé dava tal importância a esse tipo de estrutura que fez dela o seu poema *Jamais un coup de dés* [Nunca um lance de dados...], que bem pode ser considerado, com seus "núcleos" e seus "ventres", suas "palavras-núcleos" e suas "palavras-rendas", como o emblema de toda narrativa – de toda linguagem.

3. A sintaxe funcional

Como, segundo que "gramática", essas unidades se encadeiam umas às outras ao longo do sintagma narrativo? Quais são as regras de combinação funcional? Os informantes e os índices podem combinar livremente entre si: assim é, por exemplo, o retrato, que justapõe sem coerção dados de estado civil e traços de temperamento. Uma relação de implicação simples une as catálises e os núcleos: uma catálise implica necessariamente a existência de uma função cardinal a que deva se ligar, mas não reciprocamente. Quanto às funções cardinais, é uma relação de solidariedade que as une: uma função desse tipo obriga a uma outra do mesmo tipo e reciprocamente. É esta última relação que é preciso considerar com mais vagar: primeiro, porque ela define o arcabouço mesmo da narração (as expansões podem ser supressas, os núcleos nunca); em seguida, porque ela preocupa principalmente aqueles que procuram estruturar a narrativa.

Já se frisou acima que, por sua própria estrutura, a narrativa instituía uma confusão entre a consecução e a consequência, o tempo e a lógica. Essa ambiguidade é que constitui o problema central da sintaxe narrativa. Existe uma lógica intemporal por trás do tempo da narrativa? Ainda há pouco essa questão dividia os pesquisadores. Propp, cuja análise, como se sabe, abriu caminho para os estudos atuais, faz absoluta questão de manter a irredutibilidade da ordem cronológica: o tempo é, a seu ver, o real, e por essa razão parece necessário enraizar o conto no tempo. O próprio Aristóteles, entretanto, ao opor a tragédia (definida pela unidade de ação) à história (definida pela pluralidade das ações e pela unidade do tempo), já atribuía primazia ao lógico com relação ao cronológico[66]. É o que fazem todos os pesquisadores atuais (Lévi-Strauss, Greimas, Bremond, Todorov), que certamente poderiam todos subscrever (divergindo embora sobre outros pontos) a proposição de Lévi-Strauss: "A ordem de sucessão cronológica se reabsorve numa estrutura matricial atemporal."[67] A análise atual tende, com efeito, a "descronologizar" o conteúdo narrativo e a "relogificá-lo", a submetê-lo àquilo que Mallarmé chamava, a propósito da língua francesa, "os primitivos raios da lógica"[68]. Ou, mais precisamente – pelo menos é esse nosso desejo –, a tarefa consiste em chegar-se a dar uma descrição estrutural da ilusão cronológica; cabe à lógica narrativa dar conta do tempo narrativo. Poder-se-ia dizer de outro modo que a temporalidade não é senão uma classe estrutural da narrativa (do discurso), exatamente como, na língua, o tempo existe apenas sob a forma de sistema; do ponto de vista da narrativa, aquilo que chamamos de tempo não existe, ou pelo menos não existe senão funcionalmente, como elemento de um sistema semiótico: o tempo não pertence ao discurso propriamente dito, mas ao referente; a narrativa e a língua só conhecem um tempo semiológico; o "verdadeiro" tempo é uma ilusão referencial, "realista", como mostra o comentário

---

66. *Poétique*, 1459 a.
67. Citado por Cl. Bremond, "Le message narratif", *Communications*, nº 4, 1964. [*Logique du récit* [Lógica da narrativa], Paris, Éd. du Seuil, 1973.]
68. *Quant au livre* [Quanto ao livro], in *Oeuvres complètes, op. cit.*, p. 386.

de Propp, e é com base nisso que a descrição estrutural deve tratar dele[69].

Qual é então a lógica que impõe coesão às principais funções da narrativa? É isso que se procura estabelecer ativamente e que até aqui foi o mais amplamente debatido. Remeteremos pois às contribuições de A. J. Greimas, Cl. Bremond e T. Todorov no número 8 da revista *Communications* (1966), que tratam todas da lógica das funções. Três direções principais de pesquisa vêm à luz, expostas por T. Todorov. A primeira via (Bremond) é propriamente lógica: trata-se de reconstituir a sintaxe dos comportamentos humanos postos em ação na narrativa, reconstituir o trajeto das "escolhas" a que, em cada ponto da história, esta ou aquela personagem está fatalmente submetida[70], e de aclarar assim o que se poderia chamar de lógica energética[71], pois que ela capta as personagens no momento em que estas escolhem agir. O segundo modelo é linguístico (Lévi-Strauss, Greimas): a preocupação essencial desta pesquisa é encontrar nas funções oposições paradigmáticas, visto que essas oposições, conforme o princípio jakobsoniano do "poético", se "estendem" ao longo da trama da narrativa (ver-se-ão entretanto os novos desenvolvimentos pelos quais Greimas corrige ou completa o paradigmatismo das funções). A terceira via,

---

69. A seu modo, como sempre perspicaz mas inexplorado, Valéry enunciou o estatuto do tempo narrativo: "A crença no tempo como agente e fio condutor está fundamentada *no mecanismo da memória e no do discurso combinado.*" (*Tel Quel*, II, p. 348 [Paris, Gallimard, 1943]; o grifo é nosso): a ilusão é, na realidade, produzida pelo próprio discurso.

70. Esta concepção lembra uma colocação de Aristóteles: a *proairesis*, escolha racional das ações a praticar, fundamenta a *práxis*, ciência prática que não produz nenhuma obra distinta do agente, contrariamente à *poiesis*. Nesses termos, dir-se-á que a análise tenta reconstituir a *práxis* interior da narrativa.

71. Esta lógica, baseada na alternativa (*fazer isto ou aquilo*), tem o mérito de dar conta do processo de dramatização que geralmente está sediado na narrativa.

esboçada por Todorov, é algo diferente, pois instala a análise no nível das "ações" (isto é, das personagens), buscando estabelecer as regras pelas quais a narrativa combina, varia e transforma certo número de predicados de base.

Não se trata de escolher entre essas hipóteses de trabalho; elas não são rivais, mas concorrentes, situadas atualmente, aliás, em plena elaboração. O único complemento que nos permitiremos acrescentar aqui diz respeito às dimensões da análise. Mesmo que se coloquem de lado os índices, os informantes e as catálises, permanece ainda numa narrativa (principalmente quando se trata de um romance, e não mais de um conto) grande número de funções cardinais; muitas não podem ser dominadas pelas análises que acabam de ser citadas, que trabalharam até agora sobre as grandes articulações da narrativa. É preciso no entanto prever uma descrição suficientemente fina para dar conta de *todas* as unidades da narrativa, de seus menores segmentos; as funções cardinais, lembremos, não podem ser determinadas por sua "importância", mas somente pela natureza (duplamente implicativa) de suas relações: um "telefonema", por mais fútil que pareça, por um lado, comporta ele próprio algumas funções cardinais (tocar, tirar o fone do gancho, falar, desligar) e, por outro lado, tomado em bloco, é preciso relacioná-lo, pelo menos passando de um detalhe a outro, às grandes articulações do entrecho. A cobertura funcional da narrativa impõe uma organização de revezamentos, cuja unidade de base só pode ser um pequeno agrupamento de funções, a que se chamará aqui (seguindo Cl. Bremond) uma *sequência*.

Uma sequência é uma sucessão lógica de núcleos, unidos entre si por uma relação de solidariedade[72]: a sequência

---

72. No sentido hjelmsleviano da dupla implicação: dois termos se pressupõem um ao outro.

abre-se quando um de seus termos não tem antecedente solidário e fecha-se quando outro de seus termos não tem mais consequente. Para tomar um exemplo intencionalmente fútil, o da consumação: pedir uma comida ou bebida, recebê-la, consumi-la, pagá-la, essas diferentes funções constituem uma sequência evidentemente fechada, pois não é possível fazer preceder algo à comanda ou seguir algo ao pagamento sem sair do conjunto homogêneo "*Consumação*". A sequência é de fato sempre denominável. Determinando as grandes funções do conto, Propp, depois Bremond, já foram levados a denominá-las (*Fraude, Traição, Luta, Contrato, Sedução* etc.); a operação denominativa é igualmente inevitável para sequências fúteis, o que se poderia chamar de "microssequências", aquelas que formam muitas vezes o grão mais fino do tecido narrativo. Seriam essas denominações da competência apenas do analista? Noutras palavras, elas são puramente metalinguísticas? Sem dúvida que são, pois que tratam do código da narrativa, mas pode-se imaginar que elas fazem parte de uma metalinguagem interior do próprio leitor (ou do ouvinte), que capta toda sequência lógica de ações como um todo nominal: ler é denominar; escutar não é apenas perceber uma linguagem, é também construí-la. Os títulos de sequências são bastante análogos àquelas *palavras-coberturas* (*cover-words*) das máquinas de traduzir, que abrangem de maneira aceitável uma grande variedade de sentidos e de nuanças. A língua da narrativa, que está em nós, comporta já de início essas rubricas essenciais: a lógica fechada que estrutura uma sequência está indissoluvelmente ligada ao seu nome: toda função que inaugura uma *sedução* impõe, desde a sua aparição, no nome que ela faz surgir, o processo inteiro da sedução, tal como aprendemos de todas as narrativas que formaram em nós a língua da narrativa.

Por menor que seja a sua importância, como é composta de um pequeno número de núcleos (isto é, na realidade, de "*dispatchers*"), a sequência comporta sempre momentos de risco, e é isso que justifica a sua análise: poderia parecer derrisório constituir como sequência a sucessão lógica dos pequenos atos que compõem o oferecimento de um cigarro (*oferecer, aceitar, acender, fumar*); mas é que, justamente, em cada um desses pontos, uma alternativa, portanto uma liberdade de sentidos, é possível: Du Pont, o comanditário de James Bond, oferece-lhe fogo com seu isqueiro, mas Bond recusa; o sentido dessa bifurcação é que Bond teme instintivamente que o isqueiro contenha uma armadilha[73]. A sequência é, pois, se quiser, uma *unidade lógica ameaçada*: é isso que a justifica *a minimo*. Está fundamentada também *a maximo*: fechada sobre suas funções, subsumida sob um nome, a própria sequência constitui uma unidade nova, pronta para funcionar como simples termo de outra sequência, mais ampla. Eis uma microssequência: *estender a mão, apertá-la, soltá-la*; essa *Saudação* torna-se uma simples função: por um lado, assume o papel de um índice (moleza de Du Pont e repugnância de Bond) e, por outro lado, forma globalmente o termo de uma sequência mais ampla, denominada *Encontro*, cujos outros termos (*aproximação, parada, interpelação, saudação, instalação*) podem ser eles próprios microssequências. Toda uma rede de sub-rogações estrutura assim a narrativa, das menores matrizes às maiores funções. Trata-se no caso, é claro, de uma hierarquia que permanece interior ao nível funcional: é somente quando tiver sido possível ampliar a narrativa, passando de um elemento a outro,

---

73. É muito possível encontrar, mesmo nesse nível infinitesimal, uma oposição de modelo paradigmático, senão entre dois termos, pelo menos entre dois polos da sequência: a sequência *Oferecimento de cigarro* expõe, suspendendo-o, o paradigma *Perigo/Segurança* (posto em evidência por Chtcheglov em sua análise do ciclo de Sherlock Holmes), *Desconfiança/Proteção, Agressividade/Amicabilidade*.

do cigarro de Du Pont ao combate de Bond contra Goldfinger, que a análise funcional estará terminada: a pirâmide das funções toca então no nível seguinte (o das Ações). Há portanto ao mesmo tempo uma sintaxe interior às sequências e uma sintaxe (sub-rogante) das sequências entre si. O primeiro episódio de *Goldfinger* toma assim um andamento "estemático":

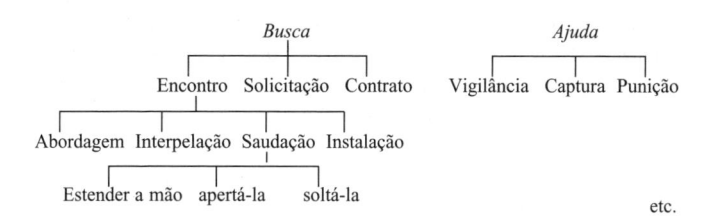

```
                    Busca                            Ajuda
           ┌──────────┼──────────┐          ┌──────────┼──────────┐
         Encontro Solicitação Contrato   Vigilância Captura Punição
    ┌────────┼────────┬────────┐
Abordagem Interpelação Saudação Instalação
    ┌────────┼────────┐
Estender a mão apertá-la soltá-la
                                                                      etc.
```

Essa representação é evidentemente analítica. Já o leitor percebe uma sucessão linear de termos. Mas o que é preciso notar é que os termos de várias sequências podem perfeitamente imbricar-se uns nos outros: uma sequência nem está terminada que, já, intercalando-se, o termo inicial de uma nova sequência pode surgir: as sequências deslocam-se em contraponto[74]; funcionalmente, a estrutura da narrativa apresenta-se em forma de fuga: é assim que a narrativa, ao mesmo tempo, "possui" e "aspira". A imbricação das sequências não pode, com efeito, permitir-se cessar, no interior de uma mesma obra, por um fenômeno de ruptura radical, a menos que os poucos blocos (ou "estemas") estanques que, então, a compõem, sejam de algum modo recuperados no nível superior das Ações (das personagens): *Goldfinger* é composto de três episódios funcionalmente independentes, porque

---

74. Este contraponto foi pressentido pelos Formalistas russos, que esboçaram a sua tipologia; não deixam de ser lembradas as estruturas "arrevesadas" da frase (cf. *infra*, V, 1).

os seus estemas funcionais cessam duas vezes de comunicar: não há nenhuma relação sequencial entre o episódio da piscina e o do Forte-Knox; mas subsiste uma relação actancial, pois as personagens (e por conseguinte a estrutura de suas relações) são as mesmas. Reconhece-se aqui a epopeia ("conjunto de fábulas múltiplas"): a epopeia é uma narrativa quebrada no nível funcional, mas unitária no nível actancial (isto pode verificar-se na *Odisseia* ou no teatro de Brecht). É preciso, pois, coroar o nível das Funções (que fornece a maior parte do sintagma narrativo) por um nível superior, do qual, gradualmente, as unidades do primeiro nível retiram o seu sentido, que é o nível das Ações.

III. AS AÇÕES

1. Rumo a um estatuto estrutural das personagens

Na poética de Aristóteles, a noção de personagem é secundária, inteiramente submetida à noção de ação: pode haver fábulas sem "caracteres", diz Aristóteles, não pode haver caracteres sem fábula. Essa visão foi retomada pelos teóricos clássicos (Vossius). Mais tarde, a personagem, que até então não passava de um nome, o agente de uma ação[75], assumiu uma consistência psicológica, tornou-se um indivíduo, uma "pessoa", um "ser" finalmente, plenamente constituído, ainda quando não fizesse nada e, bem entendido, antes mesmo de agir[76], a personagem deixou de estar subordinada à ação,

---

75. Não esqueçamos que a tragédia clássica ainda conhece apenas "atores", não "personagens".

76. A "personagem-pessoa" domina no romance burguês: em *Guerra e paz*, Nicolau Rostov é já de início um bom rapaz, leal, corajoso, ardente; o príncipe André é um homem de educação esmerada, desencantado etc.: o que lhes acontece os ilustra, não os cria.

encarnou, já de início, uma essência psicológica; essas essências podiam ser submetidas a um inventário, cuja forma mais pura foi a lista de "empregos" do teatro burguês (a coquete, o pai nobre etc.). Desde a sua aparição, a análise estrutural teve a maior repugnância em tratar a personagem como uma essência, nem que fosse apenas para classificá-la; como lembra T. Todorov, Tomachevski chegou até a negar à personagem qualquer importância narrativa, ponto de vista que em seguida ele atenuou. Sem chegar ao ponto de retirar as personagens da análise, Propp reduziu-as a uma tipologia simples, baseada não na psicologia, mas na unidade das ações que a narrativa lhes atribuía (Doador de objeto mágico, Ajudante, Mau etc.).

Desde Propp, a personagem não cessa de impor à análise estrutural da narrativa o mesmo problema: por um lado, as personagens (seja qual for o nome que se lhes dê, *dramatis personae* ou *actantes*) formam um plano de descrição necessário, fora do qual as pequenas "ações" relatadas cessam de ser inteligíveis, de maneira que se pode mesmo dizer que não existe no mundo uma única narrativa sem "personagens"[77], ou pelo menos sem "agentes"; mas, por outro lado, esses "agentes", muito numerosos, não podem ser nem descritos nem classificados em termos de "pessoas", quer porque se considere a "pessoa" como uma forma puramente histórica, restrita a certos gêneros (na verdade os mais bem conhecidos) e, por conseguinte, seja preciso reservar o caso, bastante vasto, de todas as narrativas (contos populares, textos

---

77. Se uma parte da literatura contemporânea voltou-se contra a "personagem", não foi para destruí-la (o que é impossível), foi para despersonalizá-la, o que é totalmente diferente. Um romance aparentemente sem personagens, como *Drama* de Philippe Sollers, repele inteiramente a personagem em benefício da linguagem, mas nem por isso deixa de conservar um jogo fundamental de actantes, em face da ação mesma da palavra. Essa literatura conhece sempre um "sujeito", mas esse "sujeito" é doravante o da linguagem.

contemporâneos) que comportam agentes, mas não pessoas; quer se professe que a "pessoa" nunca é senão uma racionalização crítica imposta por nossa época a puros agentes narrativos. A análise estrutural, muito preocupada com não definir a personagem em termos de essências psicológicas, esforçou-se até o momento presente, através de hipóteses diversas, por definir a personagem não como um "ser", mas como um "participante". Para Cl. Bremond, cada personagem pode ser o agente de sequências de ações que lhe são próprias (*Fraude*, *Sedução*); quando uma mesma sequência comporta duas personagens (caso normal), a sequência comporta duas perspectivas, ou, se preferir, dois nomes (o que é *Fraude* para um é *Logro* para outro); em suma, cada personagem, ainda que secundária, é o herói de sua própria sequência. T. Todorov, ao analisar um romance psicológico (*As ligações perigosas* [*Les liaisons dangereuses*]), parte não das personagens-pessoas, mas das três grandes relações nas quais podem se engajar e que ele chama de predicados de base (amor, comunicação, ajuda); essas relações são submetidas pela análise a duas espécies de regras: de *derivação* quando se trata de dar conta de outras relações e de *ação* quando se trata de descrever a transformação dessas relações no decorrer da história: há muitas personagens nas *Ligações perigosas*, mas "o que delas se diz" (seus predicados) é passível de classificação*. Finalmente, A. J. Greimas propôs descrever e classificar as personagens da narrativa, não segundo aquilo que elas são, mas segundo o que fazem (daí o nome de *actantes*), na medida em que participam dos três grandes eixos semânticos, que se encontram aliás na frase (sujeito, objeto, complemento de atribuição[78], complemento circuns-

---

* Também chamado, indevidamente, de objeto indireto quando o verbo é bitransitivo ou transitivo relativo. (N. T.)

78. *Littérature et signification*, Paris, Larousse, 1967.

tancial*) e que são a comunicação, o desejo (ou a busca) e a provação[79]; como essa participação se ordena por pares, o mundo infinito das personagens fica também submetido a uma estrutura paradigmática (*Sujeito/Objeto, Doador/Destinatário, Adjuvante/Oponente*), projetada ao longo da narrativa; e, como o actante define uma classe, pode se preencher com atores diferentes, mobilizados segundo as regras de multiplicação, de substituição ou de carência.

Essas três concepções têm muitos pontos comuns. O principal, há que se repetir, é definir a personagem por sua participação numa esfera de ações, sendo essas esferas pouco numerosas, típicas, classificáveis; eis por que se chamou aqui o segundo nível de descrição, embora fosse o das personagens, de nível das Ações: a palavra não deve ser entendida aqui no sentido dos pequenos atos que formam o tecido do primeiro nível, mas no sentido das grandes articulações da *práxis* (desejar, comunicar, lutar).

2. O problema do sujeito

Os problemas levantados por uma classificação das personagens da narrativa não estão ainda bem resolvidos. Certo que se está de acordo sobre o fato de que as inumeráveis personagens da narrativa podem ser submetidas a regras de substituição e de que, mesmo no interior de uma obra, uma mesma figura pode absorver personagens diferentes[80]; por

---

* Também chamado de adjunto adverbial. (N. T.)

79. *Sémantique structurale, op. cit.*, p. 129 ss.

80. A psicanálise contribuiu largamente para aumentar a credibilidade dessas operações de condensação. – Mallarmé já dizia a respeito de *Hamlet*: "Comparsas, é preciso haver! pois na ideal pintura da cena, tudo se move segundo uma reciprocidade simbólica de tipos entre si ou relativamente a uma única figura." (*Crayonné au théâtre*, in *Oeuvres complètes, op. cit.*, p. 301.)

outro lado, o modelo actancial proposto por Greimas (e retomado sob perspectiva diferente por Todorov) parece resistir bem à prova de um grande número de narrativas: como todo modelo estrutural, vale menos por sua forma canônica (uma matriz de seis actantes) do que pelas transformações regulamentadas (carências, confusões, duplicações, substituições), a que se presta, deixando assim esperar uma tipologia actancial das narrativas[81]; entretanto, quando a matriz tem um bom poder de classificação (é o caso dos actantes de Greimas), não dá bem conta da multiplicidade das participações, do momento em que são analisadas em termos de perspectivas; e, quando essas perspectivas são respeitadas (na descrição de Bremond), o sistema das personagens fica demasiadamente parcelado; a redução proposta por Todorov evita os dois obstáculos, mas até hoje só atinge uma única narrativa. Tudo isso pode ser harmonizado rapidamente, ao que parece. A verdadeira dificuldade levantada pela classificação das personagens está no lugar (e portanto na existência) do *sujeito* em toda matriz actancial, seja qual for a sua fórmula. *Quem* é o sujeito (o herói) de uma narrativa? Existe – ou não existe – uma classe privilegiada de atores? Nosso romance nos habituou a enfatizar, de um modo ou de outro, às vezes de maneira ardilosa (negativa) uma personagem entre outras. Mas o privilégio está longe de compreender toda a literatura narrativa. Assim, muitas narrativas põem em confronto, em torno de um objetivo, dois adversários, cujas "ações" ficam assim equalizadas; o sujeito é então realmente duplo, sem que se possa reduzi-lo além disso por substituição; talvez até isso seja uma forma arcaica corrente, como

---

81. Por exemplo, as narrativas em que o objeto e o sujeito se confundem numa mesma personagem são as narrativas da busca de si mesmo, da identidade própria (*L'âne d'or* [O asno de ouro]); narrativas em que o sujeito persegue objetos sucessivos (*Madame Bovary*) etc.

se a narrativa, à semelhança de certas línguas, tivesse também conhecido um *dual* de pessoas. Esse duelo* é ainda mais interessante na medida em que aproxima a narrativa da estrutura de certos jogos (bem modernos), em que dois adversários iguais desejam conquistar um objeto posto em circulação por um árbitro; tal esquema lembra a matriz actancial proposta por Greimas, o que não é de admirar se se aceita persuadir-se de que o jogo, sendo uma linguagem, também depende da mesma estrutura simbólica que se encontra na língua e na narrativa: o jogo também é uma frase[82]. Caso se conserve uma classe privilegiada de atores (o sujeito da busca, do desejo, da ação), é necessário pelo menos flexibilizá-la submetendo esse actante às categorias mesmas da pessoa, não psicológica, mas gramatical: uma vez mais, será preciso aproximar-se da linguística para poder descrever e classificar a instância pessoal (*eu/tu*) ou apessoal (*ele*) singular, dual ou plural, da ação. Serão – talvez – as categorias gramaticais da pessoa (acessíveis em nossos pronomes) que darão a chave do nível accional. Mas, como essas categorias não podem definir-se senão em relação à instância do discurso e não à da realidade[83], as personagens, como unidades do nível actancial, só encontrarão seu sentido (sua inteligibilidade) se forem integradas no terceiro nível da descrição, que denominaremos aqui nível da Narração (por oposição às Funções e às Ações).

---

* R. Barthes joga, aqui, com o duplo sentido da palavra francesa *duel* que, conforme o caso, corresponde, em português, a "dual" (categoria gramatical de número, existente em certas línguas, e que corresponde a duas unidades) ou a "duelo" (combate, disputa). (N. T.)

82. A análise do ciclo de James Bond, feita por U. Eco, em *Communications*, nº 8 [Col. "Points", 1981], refere-se mais ao jogo do que à linguagem.

83. Vejam-se as análises da pessoa apresentadas por Benveniste, in *Problèmes de linguistique générale, op. cit.*

IV. A NARRAÇÃO

1. A comunicação narrativa

Da mesma forma que existe, no interior da narrativa, uma grande função de troca (repartida entre um doador e um beneficiário), assim também, homologamente, a narrativa, como objeto, é o móvel de uma comunicação: há um doador da narrativa, há um donatário da narrativa. Como se sabe, na comunicação linguística, *eu* e *tu* são absolutamente pressupostos um pelo outro; do mesmo modo, não pode haver narração sem narrador e sem ouvinte (ou leitor). Isso talvez seja banal, e no entanto ainda mal explorado. Por certo, o papel do emissor foi abundantemente parafraseado (estuda-se o "autor" de um romance, sem se perguntar, aliás, se ele é de fato o "narrador"), mas, quando se passa ao "leitor", a teoria literária é muito mais pudica. De fato, o problema não está em fazer a introspecção dos motivos do narrador nem dos efeitos que a narração produz sobre o leitor; está em descrever o código através do qual narrador e leitor são significados ao longo da própria narrativa. Os signos do narrador parecem à primeira vista mais visíveis e mais numerosos do que os signos do leitor (uma narrativa diz mais vezes *eu* do que *tu*); na verdade, os segundos apenas são mais arredios do que os primeiros; assim, cada vez que o narrador, parando de "representar", relata fatos que conhece perfeitamente mas que o leitor ignora, produz-se, por carência significante, um signo de leitura, pois não teria sentido que o narrador desse a si mesmo a informação: "*Leo era o dono dessa empresa*[84]", diz-nos um romance em primeira pessoa:

---

84. *Double Bang à Bangkok*. A frase funciona como uma "olhadela" para o leitor, como que se virando para ele. Ao contrário, o enunciado "*Assim, Leo acabara de sair*" é um signo do narrador, pois faz parte de um arrazoado feito por uma "pessoa".

isso é um signo do leitor, próximo daquilo a que Jakobson chama a função conativa da comunicação. Na ausência de levantamento, deixaremos de lado por enquanto os signos da recepção (embora igualmente importantes), para dizer uma palavra a respeito dos signos da narração[85].

Quem é o doador da narrativa? Três concepções parecem ter sido enunciadas até hoje. A primeira considera que a narrativa é emitida por uma pessoa (no sentido plenamente psicológico do termo); essa pessoa tem um nome, é o autor, em quem se permutam sem cessar a "personalidade" e a arte de um indivíduo perfeitamente identificável, que toma periodicamente da pena para escrever uma história: a narrativa (particularmente o romance) não passa então da expressão de um *eu* que lhe é exterior. A segunda concepção faz do narrador uma espécie de consciência total, aparentemente impessoal, que emite a história de um ponto de vista superior, o de Deus[86]: o narrador é ao mesmo tempo interior às suas personagens (pois sabe tudo que se passa nelas) e exterior (pois que nunca se identifica mais com uma personagem do que com outra). A terceira concepção, a mais recente (Henry James, Sartre), defende que o narrador deve limitar sua narrativa àquilo que as personagens podem observar ou saber: tudo acontece como se as personagens fossem, cada uma por sua vez, emissoras da narrativa. Essas três concepções são igualmente embaraçosas na medida em que parecem todas ver no narrador e nas personagens pessoas reais, "vivas" (conhece-se o indefectível poder deste mito literário), como se a narrativa se determinasse originalmente

---

85. Todorov trata, aliás, da imagem do narrador e da imagem do leitor ["Les catégories du récit littéraire", *artigo citado*].

86. "Quando é que se escreverá no ponto de vista de uma *pilhéria superior*, isto é, como Deus os vê lá do alto?" (Flaubert, *Préface à la vie d'écrivain* [Prefácio à vida de escritor], Paris, Éd. du Seuil, 1965, p. 91).

em seu nível referencial (trata-se de concepções igualmente "realistas"). Ora, pelo menos no nosso modo de ver, narrador e personagens são essencialmente "seres de papel"; o autor (material) de uma narrativa não pode ser confundido em nada com o narrador desse texto[87]; os signos do narrador são imanentes à narrativa e, por conseguinte, perfeitamente acessíveis à análise semiológica; mas para decidir que o próprio autor (quer ele se mostre, se esconda ou se apague) dispõe de "signos" que iria semeando ao longo de sua obra, seria preciso supor entre a "pessoa" e sua linguagem uma relação sinalética que faz do autor um sujeito pleno e da narrativa a expressão instrumental dessa plenitude: ao que não se pode resolver a análise estrutural: *quem fala* (na narrativa) não é *quem escreve* (na vida) e *quem escreve* não é *quem é*[88].

De fato, a narração propriamente dita (ou código do narrador) não conhece, como aliás a língua, senão dois sistemas de signos: pessoal e a-pessoal; esses dois sistemas não se beneficiam necessariamente de marcas linguísticas ligadas à pessoa (*eu*) e à não pessoa (*ele*); pode haver, por exemplo, narrativas, ou pelo menos episódios, escritos em terceira pessoa e cuja instância verdadeira entretanto seja a primeira pessoa. Como decidir? Basta "rewrite" a narrativa (ou a passagem) do *ele* em *eu*: na medida em que essa operação não acarreta nenhuma outra alteração do discurso que não seja a própria troca dos pronomes gramaticais, é certo que se permanece num sistema da pessoa: toda a parte inicial de *Goldfinger*, escrita embora em terceira pessoa, é na realidade

---

87. Distinção tanto mais necessária, na escala que nos diz respeito, quanto, historicamente, uma massa considerável de narrativas são sem autor (narrativas orais, contos populares, epopeias confiadas a aedos, a recitantes etc.).

88. J. Lacan: "O sujeito de quem falo quando falo é acaso o mesmo que aquele que fala?"

falada por James Bond; para que a instância mude, é necessário que o "rewriting" se torne impossível; assim, a frase: "ele avistou um homem de uns cinquenta anos, com um jeito jovem etc." é perfeitamente pessoal a despeito do *ele* (Eu, James Bond, avistei um homem de uns cinquenta anos etc.), mas o enunciado narrativo "o barulhinho do gelo batendo no copo pareceu dar a Bond uma brusca inspiração" não pode ser pessoal, em razão do verbo "parecer", que se torna signo de a-pessoal (e não o *ele*). É certo que o a-pessoal é o modo tradicional da narrativa, sendo que a língua elaborou todo um sistema temporal, próprio à narrativa (articulado sobre o aoristo[89]), destinado a desvincular o presente de quem fala: "Na narrativa, diz Benveniste, ninguém fala." No entanto a instância pessoal (sob formas mais ou menos disfarçadas) invadiu pouco a pouco a narrativa, sendo a narração relacionada ao *hic et nunc* da locução (é a definição do sistema pessoal); assim vemos hoje numerosas narrativas, e das mais correntes, mesclar a um ritmo extremamente rápido, muitas vezes nos limites de uma mesma frase, o pessoal e o a-pessoal; tal é a frase de *Goldfinger*:

Seus olhos	*pessoal*
cinza-azulado	*a-pessoal*
estavam fixados nos de Du Pont que	
não sabia que semblante tomar	*pessoal*
pois aquele olhar fixo comportava uma mistura	
de candura, de ironia e de autodepreciação	*a-pessoal*

A mistura de sistemas é evidentemente sentida como uma facilidade. Essa facilidade pode chegar até ao engodo; um romance policial de Agatha Christie (*O mistério de Sittaford*) só consegue manter o enigma trapaceando sobre a

---

89. E. Benveniste, *Problèmes de linguistique générale, op. cit.*

pessoa da narração: uma personagem é descrita do interior, enquanto ela já é o assassino[90]; tudo se passa como se, numa mesma pessoa, houvesse uma consciência de testemunha, imanente ao discurso, e uma consciência de assassino, imanente ao referente: o torniquete abusivo dos dois sistemas é a única coisa que permite manter o enigma. Compreende-se então que, no outro polo da literatura, se faça do rigor do sistema escolhido uma condição necessária da obra – sem entretanto conseguir sempre honrá-la até o fim.

Esse rigor – buscado por alguns escritores contemporâneos – não é forçosamente um imperativo estético; aquilo a que se chama romance psicológico é geralmente marcado por uma mistura dos dois sistemas, mobilizando sucessivamente os signos da não pessoa e os da pessoa; a "psicologia" não pode de fato – paradoxalmente – acomodar-se a um puro sistema da pessoa, pois reduzindo toda a narrativa à só instância do discurso, ou, se preferir, ao ato de locução, é o próprio conteúdo da pessoa que está ameaçado: a pessoa psicológica (de ordem referencial) não tem nenhuma relação com a pessoa linguística, que jamais é definida por disposições, intenções ou traços, mas apenas por seu lugar (codificado) dentro do discurso. É esta pessoa formal que se esforça hoje por falar; trata-se de uma subversão importante (o público aliás tem a impressão de que não se escrevem mais "romances") pois visa a fazer passar a narrativa, da ordem puramente constativa (que ocupava até agora) à ordem performativa, segundo a qual o sentido de uma palavra é o ato mesmo que a profere[91]; hoje, escrever já não é "contar", é

---

90. Modo pessoal: "Parecia até a Burnaby que nada parecia mudado" etc. – O procedimento é ainda mais grosseiro em *O assassinato de Roger Ackroyd*, pois que o assassino no caso diz francamente *eu*.

91. A respeito do performativo, cf. T. Todorov, "As categorias da narrativa literária", *artigo citado*. – O exemplo clássico de performativo é o enunciado:

dizer que se conta, e relacionar todo o referente ("o que se diz") a esse ato de elocução; é por isso que uma parte da literatura contemporânea não é mais descritiva, mas transitiva, esforçando-se por realizar na palavra um presente tão puro que todo o discurso se identifique com um ato que o liberte, ficando todo o *logos* reduzido – ou estendido – a uma *lexis*[92].

2. Situação de narrativa

O nível narracional é pois ocupado pelos signos da narratividade, o conjunto dos operadores que reintegram funções e ações na comunicação narrativa, articulada em seu doador e em seu donatário. Alguns desses signos já foram estudados nas literaturas orais, conhecem-se certos códigos de recitação (fórmulas métricas, protocolos convencionais de apresentação), e sabe-se que o "autor" não é quem inventa as mais belas histórias, mas aquele que melhor domina o código cujo uso partilha com seus ouvintes: nessas literaturas, o nível narracional é tão nítido, suas regras tão estritas, que é difícil conceber um "conto" privado dos signos codificados da narrativa ("*Era uma vez*" etc.). Em nossas literaturas escritas, bem cedo foram identificadas as "formas do discurso" (que são na verdade signos de narratividade): classificação dos modos de intervenção do autor, esboçada por Platão, retomada por Diomedes[93], codificação dos inícios e

---

Eu declaro guerra, que não "constata" nem "descreve" nada, mas esgota o sentido no seu próprio proferimento (contrariamente ao enunciado: *O rei declarou guerra*, que é constativo, descritivo).

92. A respeito da oposição entre *logos* e *lexis*, veja-se G. Genette, "Frontières du récit", *artigo citado*.

93. *Genus activum vel imitativum* (sem intervenção do narrador no discurso: teatro, por exemplo); *genus ennarativum* (só o poeta tem a palavra: sentenças, poemas didáticos); *genus commune* (mistura dos dois gêneros: a epopeia).

dos fins de narrativas, definição dos diferentes estilos de representação (a *oratio directa*, a *oratio indirecta*, com os seus *inquit*, a *oratio tecta*[94]), estudo dos "pontos de vista" etc. Todos esses elementos fazem parte de um nível narracional. Há que se acrescentar-lhes evidentemente a escrita em seu conjunto, pois o seu papel não é "transmitir" a narrativa, mas exibi-la.

É de fato numa exibição da narrativa que vêm integrar-se as unidades dos níveis inferiores: a forma última da narrativa, como narrativa, transcende seus conteúdos e suas formas propriamente narrativas (funções e ações). Isso explica que o código narracional seja o último nível que nossa análise pode atingir, a menos que saia fora do objeto-narrativa, isto é, a menos que transgrida a regra de imanência que a embasa. A narração não pode realmente receber seu sentido senão do mundo que dela se serve: além do nível narracional, começa o mundo, isto é, outros sistemas (sociais, econômicos, ideológicos), cujos termos já não são apenas as narrativas, mas elementos de outra substância (fatos históricos, determinações, comportamentos etc.). Da mesma forma que a linguística para na frase, a análise da narrativa para no discurso: é preciso passar depois para outra semiótica. A linguística conhece esse gênero de fronteiras, que já postulou – se não explorou – sob o nome de *situação*. Halliday define a "situação" (com relação a uma frase) como o conjunto dos fatos linguísticos não associados[95]; Prieto, como "o conjunto de fatos conhecidos pelo receptor no momento do ato sêmico e independentemente deste"[96]. Do mesmo modo pode-se dizer que a narrativa é tributária de uma "situação de

---

94. H. Sörensen, in *Mélanges Jansen*, op. cit., p. 150.
95. M. A. K. Halliday, "Linguistique générale et linguistique appliquée", art. citado, p. 6.
96. L. J. Pietro, *Principes de noologie*, Mouton, 1964, p. 36.

narrativa", conjunto de protocolos segundo os quais a narrativa é consumida. Nas sociedades ditas "arcaicas", a situação de narrativa é fortemente codificada[97]; a literatura de vanguarda é hoje a única que ainda sonha com protocolos de leitura, espetaculares em Mallarmé, que queria que o livro fosse recitado em público segundo uma combinatória precisa, tipográficos para Buttor que tenta que o livro seja acompanhado de seus próprios signos. Mas, para o corriqueiro, nossa sociedade escamota tão cuidadosamente quanto possível a codificação da situação de narrativa: são incontáveis os procedimentos de narração que tentam naturalizar a narrativa que vai seguir, fingindo dar-lhe como causa uma oportunidade natural e, por assim dizer, "desinaugurá-la": romances por cartas, manuscritos pretensamente encontrados, autor que encontrou o narrador, filmes que colocam a sua história na apresentação inicial. A repugnância em exibir os seus códigos marca a sociedade burguesa e a cultura de massa que dela surgiu: para uma e para outra são necessários signos que não tenham aparência de signos. Isso não é, entretanto, senão um epifenômeno estrutural: por mais familiar, por mais negligente que seja hoje o ato de abrir um romance, um jornal, ou de ligar um aparelho de televisão, nada pode impedir que esse ato modesto instale em nós, de repente e em sua totalidade, o código narrativo de que vamos precisar. O nível narracional possui assim um papel ambíguo: contíguo à situação de narrativa (e às vezes até incluindo-a), abre para o mundo onde a narrativa se desfaz (se consome); mas ao mesmo tempo, coroando os níveis anteriores, ele fecha a narrativa, constitui-a definitivamente como palavra de uma língua que prevê e carrega a sua própria metalinguagem.

---

97. O conto, lembrava L. Sebag, pode ser dito a qualquer momento e em qualquer lugar, não a narrativa mítica.

V. O SISTEMA DA NARRATIVA

A língua propriamente dita pode ser definida pelo concurso de dois processos fundamentais: a articulação, ou segmentação, que produz unidades (é a *forma*, segundo Benveniste), a integração, que recolhe essas unidades em unidades de uma categoria superior (é o *sentido*). Esse processo duplo se encontra na língua da narrativa; ela também conhece uma articulação e uma integração, uma forma e um sentido.

1. Distorção e expansão

A forma da narrativa é essencialmente marcada por dois poderes: o de distender os seus signos ao longo da história, e o de inserir nessas distorções expansões imprevisíveis. Esses dois poderes aparecem como liberdades; mas o que é próprio da narrativa é justamente incluir esses "desvios" em sua língua[98].

A distorção dos signos existe na língua, onde Bally a estuda, com relação ao francês e ao alemão[99]; há distaxia, desde que os signos (de uma mensagem) não são mais simplesmente justapostos, desde que a linearidade (lógica) é perturbada (o predicado, por exemplo, precedendo o sujeito). Uma forma notável de distaxia encontra-se quando as partes de um mesmo signo são separadas por outros signos ao longo da cadeia da mensagem (por exemplo, a negação *ne jamais* [*não nunca*] e o verbo *a pardonné* [*perdoou* (palavra por

---

98. Valéry: "O romance aproxima-se formalmente do sonho; pode-se defini-los um e outro pela consideração desta curiosa propriedade: *todos os seus desvios lhes pertencem.*"
99. Ch. Bally, *Linguistique générale et linguistique française*, Berna, 4ª ed., 1965.

palavra: *tem perdoado*)] em: *elle ne nous a jamais pardonné* [*ela não nos perdoou nunca* (ou, palavra por palavra: *ela não nos tem nunca perdoado*)]: estando o signo fracionado, seu significado fica repartido por vários significantes, distantes uns dos outros, e cada um dos quais, tomado separadamente, não pode ser compreendido. Como já foi visto a propósito do nível funcional, é exatamente o que acontece na narrativa: as unidades de uma sequência, embora formem um todo no nível dessa mesma sequência, podem ser separadas umas das outras pela interseção de unidades que vêm de outras sequências: já se disse, a estrutura do nível funcional apresenta-se em forma de fuga[100]. Segundo a terminologia de Bally, que opõe as línguas sintéticas, em que predomina a distaxia (tal como o alemão), às línguas analíticas, que respeitam mais a linearidade lógica e monossêmica (tal como o francês), a narrativa seria uma língua fortemente sintética, fundamentada essencialmente numa sintaxe do encaixe e do envolvimento: cada ponto da narrativa irradia em várias direções ao mesmo tempo: quando James Bond pede um uísque enquanto espera o avião, esse uísque, como índice, tem um valor polissêmico, é uma espécie de núcleo simbólico que reúne vários significados (modernidade, riqueza, ócio); mas, como unidade funcional, o pedido do uísque deve percorrer, de um elemento a outro, numerosos pontos de contato (consumação, espera, atraso etc.) para chegar a seu sentido final: a unidade é "tomada" por toda a narrativa, mas também a narrativa só se "mantém" pela distorção e pela irradiação de suas unidades.

---

100. Cf. Lévi-Strauss (*Anthropologie structurale*, op. cit., p. 234): "Relações provenientes do mesmo bloco podem aparecer em intervalos afastados, quando nos colocamos num ponto de vista diacrônico." – A. J. Greimas insistiu no afastamento das funções (*Sémantique structurale*, op. cit.).

A distorção generalizada dá à língua da narrativa sua característica própria: fenômeno de pura lógica, pois que se fundamenta numa relação, muitas vezes distante, e mobiliza uma espécie de confiança na memória intelectiva, substitui continuamente pelo sentido a cópia pura e simples dos eventos relatados; segundo a "vida", é pouco provável que, num encontro, o fato de sentar-se não venha logo em seguida a um convite para tomar um lugar; na narrativa, essas unidades, contíguas de um ponto de vista mimético, podem estar separadas por uma longa sucessão de inserções pertencentes a esferas funcionais totalmente diferentes: assim se estabelece uma espécie de *tempo lógico*, que tem pouca relação com o tempo real, sendo sempre firmemente mantida a pulverização aparente das unidades sob a lógica que une os núcleos da sequência. O "suspense" não passa, evidentemente, de uma forma privilegiada, ou, se preferir, exasperada da distorção: por um lado, mantendo uma sequência aberta (pelos procedimentos enfáticos do retardamento e da retomada), reforça o contato com o leitor (ouvinte), detém uma função manifestamente fática; e, por outro lado, oferece-lhe a ameaça de uma sequência incompleta, de um paradigma aberto (se, como acreditamos, toda sequência tem dois polos), isto é, com uma perturbação lógica, e essa perturbação é que é consumida com angústia e prazer (maiores na medida em que, finalmente, ela é reparada); o "suspense" é pois um jogo com a estrutura, destinado, por assim dizer, a colocá-la em risco e a glorificá-la: constitui um verdadeiro *thrilling* do inteligível: respeitando a ordem (e não mais a série) em sua fragilidade, realiza a ideia mesma da língua: aquilo que se mostra mais patético é também o mais intelectual: o "suspense" captura pelo "espírito" e não pelas "tripas"[101].

---

101. J. P. Faye, a propósito do *Baphomet* de Klossowski: "Raramente a ficção (ou a narrativa) desvendou tão claramente o que é sempre, forçosamente: uma experimentação do 'pensamento' sobre a 'vida'." (*Tel Quel*, nº 22, p. 88.)

O que pode ser separado pode também ser preenchido. Distendidos, os núcleos funcionais apresentam espaços intercalares que podem ser preenchidos quase infinitamente; pode-se preencher os seus interstícios com um grande número de catálises; todavia, neste caso, pode intervir uma nova tipologia, pois a liberdade de catálise pode ser regulada segundo o conteúdo das funções (algumas funções estão mais expostas do que outras à catálise; a *Espera*, por exemplo[102]), e segundo a substância da narrativa (a escrita tem possibilidades de diérese – e portanto de catálise – bem superiores às de um filme: pode-se "cortar" um gesto recitado muito mais facilmente do que o mesmo gesto visualizado[103]. O poder de catálise da narrativa tem como corolário o seu poder elíptico. Por um lado, uma função (*ele tomou uma refeição substancial*) pode economizar todas as catálises virtuais que contém (os pormenores da refeição)[104]; por outro lado, é possível reduzir uma sequência a seus núcleos, e uma hierarquia de sequências a seus termos superiores, sem alterar o sentido da história: uma narrativa pode ser identificada, mesmo quando se reduza o sintagma total aos seus actantes e às suas grandes funções, tais como resultam do assumir progressivo das unidades funcionais[105]. Noutras palavras, a narrativa submete-se ao *resumo* (o que outrora se chamava de

---

102. A *Espera* só tem logicamente dois núcleos: 1º espera colocada; 2º espera satisfeita ou frustrada; mas o primeiro núcleo pode ser amplamente catalisado, por vezes até indefinidamente (*En attendant Godot* [*Esperando Godot*]): ainda outra vez um jogo, neste caso extremo, com a estrutura.

103. Valéry: "Proust divide – e dá-nos a sensação de poder dividir infinitamente – aquilo que outros escritores têm o hábito de ultrapassar."

104. Neste caso ainda, há especificações conforme a substância: a literatura tem um poder elíptico inigualável – que o cinema não tem.

105. Esta redução não corresponde forçosamente ao recorte do livro em capítulos; parece, ao contrário, que, cada vez mais, os capítulos têm como papel instalar rupturas, quer dizer, suspenses (técnica do folhetim).

argumento). À primeira vista, isso acontece com qualquer discurso; mas cada discurso tem seu tipo de resumo; o poema lírico, por exemplo, não sendo senão a vasta metáfora de um só significado[106], resumi-lo é dar esse significado, e a operação é tão drástica que faz desaparecer a identidade do poema (resumidos, os poemas líricos se reduzem aos significados *Amor* e *Morte*): daí a convicção de que não se pode resumir um poema. Ao contrário, o resumo da narrativa (se conduzido de acordo com os critérios estruturais) mantém a individualidade da mensagem. Noutras palavras, a narrativa é *traduzível*, sem dano fundamental: o que não é traduzível se determina apenas no último nível, narracional: os significantes de narratividade, por exemplo, dificilmente podem passar do romance ao filme, que só conhece o tratamento pessoal muito excepcionalmente[107], e a última camada do nível narracional, a saber, a escrita, não pode passar de uma língua a outra (ou passa muito mal). A tradutibilidade da narrativa resulta da estrutura de sua língua; por um caminho inverso, seria portanto possível encontrar essa estrutura distinguindo e classificando os elementos (diversamente) traduzíveis e intraduzíveis de uma narrativa: a existência (atual) de semióticas diferentes e concorrentes (literatura, cinema, *comics*, radiodifusão) facilitaria muito esta via de análise.

---

106. N. Ruwet (Langage, Musique, Poésie, *op. cit.*, p. 199): "O poema pode ser compreendido como o resultado de uma série de transformações aplicadas à proposição 'Eu te amo'." Ruwet alude justamente, neste caso, à análise do delírio paranoico apresentada por Freud a respeito do presidente Schreber (*Cinco psicanálises*).

107. Uma vez mais, não há nenhuma relação entre a "pessoa" gramatical do narrador e a "personalidade" (ou a subjetividade) que um diretor coloca em seu modo de representar uma história: a *câmera-eu* (identificada continuamente com o olho de uma personagem) é um fato excepcional na história do cinema.

2. Mimesis e sentido

Na língua da narrativa, o segundo processo importante é a integração: o que foi disjuntado em determinado nível (uma sequência, por exemplo) é rejuntado, na maioria das vezes, em nível superior (sequência de um alto grau hierárquico, significado total de uma dispersão de índices, ação de uma classe de personagens); a complexidade de uma narrativa pode comparar-se à de um organograma, capaz de integrar voltas atrás e saltos para frente; ou, mais exatamente, é a integração, sob formas variadas, que permite compensar a complexidade, aparentemente incontrolável, das unidades de um nível; é ela que permite orientar a compreensão de elementos descontínuos, contíguos e heterogêneos (tais como são dados pelo sintagma que, este, só conhece uma dimensão: a sucessão); se chamarmos, com Greimas, *isotopia* a unidade de significação (aquela, por exemplo, que impregna um signo e seu contexto), diremos que a integração é um fator de isotopia: cada nível (integrativo) dá a sua isotopia às unidades do nível inferior, impede que o sentido "oscile" – o que aconteceria fatalmente se não se percebesse a diferença dos níveis. Entretanto, a integração narrativa não se apresenta de modo serenamente regular, como uma bela arquitetura que conduzisse por meandros simétricos de uma infinidade de elementos simples a algumas poucas massas complexas; muito frequentemente, uma mesma unidade pode ter dois correlatos, um num nível (função de uma sequência), outro em outro (nível remetendo a um actante); a narrativa apresenta-se assim como uma sucessão de elementos mediatos e imediatos, fortemente imbricados; a distaxia orienta uma leitura "horizontal", mas a integração lhe impõe uma leitura "vertical": há uma espécie de "coxear" estrutural, como um jogo incessante de potenciais, cujas quedas variadas dão à narrativa o seu "tônus" ou a sua energia: cada unidade é captada em seu afloramento e em sua profundidade, e é assim que a narrativa "caminha": pelo concurso dessas duas vias, a estrutura se ramifica, prolifera, descobre-se – e se retoma: o novo nunca cessa de ser regular. Existe, sem dúvida, uma liberdade da narrativa (como há uma liberdade de todo locutor, diante da língua), mas essa liberdade é literalmente *limitada*: entre o código forte da língua e o código forte da narrativa, estabelece-se, se assim se pode dizer, um vazio: a frase. Se se tenta abarcar o conjunto de uma narrativa escrita, vê-se que ela parte do mais codificado (o nível fonemático, ou mesmo merismático), vai-se estendendo progressivamente até a frase, ponta extrema da liberdade combinatória, depois começa de novo a retesar-se, partindo dos pequenos grupos de frases (microssequências), ainda muito livres, até as grandes ações, que formam um código forte e restrito: a criatividade da narrativa (pelo menos sob a sua aparência mítica de "vida") se situaria assim *entre dois códigos*, o da linguística e o da translinguística. É por isso que se pode dizer paradoxalmente que a *arte* (no sentido romântico do termo) é um caso de enunciados de pormenor, ao passo que a *imaginação* é domínio do código: "Em suma, dizia Poe, ver-se-á que o homem engenhoso é sempre cheio de imaginativa e que o homem *verdadeiramente* imaginativo nunca é outra coisa senão um analista..."[108]

É preciso, pois, dar um desconto sobre o "realismo" da narrativa. Ao receber um telefonema no escritório onde está de guarda, Bond "pensa", diz-nos o autor: "*As comunicações com Hong Kong são sempre tão más e tão difíceis de obter.*" Ora, nem o "pensamento" de Bond nem a má qualidade da

---

108. *Double assassinat dans la rue Morgue* [Os assassinatos da rua Morgue], tradução francesa de Charles Baudelaire [Paris, NRF; Livre de Poche, 1969].

comunicação telefônica são a verdadeira informação: essa contingência talvez faça com que a cena pareça "viva", mas a informação verdadeira, a que germinará depois, é a localização do telefonema, a saber, *Hong Kong*. Assim, em toda narrativa, a imitação permanece contingente[109], a função da narrativa não é "representar", é constituir um espetáculo que para nós permanece ainda muito enigmático, mas que não pode ser de ordem mimética; a "realidade" de uma sequência não está no seguimento "natural" das ações que a compõem, mas na lógica que aí se expõe, se arrisca e se satisfaz; poder-se-ia dizer de outra maneira que a origem de uma sequência não é a observação da realidade, mas a necessidade de variar e de ultrapassar a primeira *forma* que é oferecida ao homem, a saber, a repetição: uma sequência é essencialmente um todo no interior do qual nada se repete; a lógica tem aqui um valor emancipador – e toda a narrativa com ela; é possível que os homens reinjetem permanentemente na narrativa aquilo que conheceram, aquilo que viveram; mas isso se faz numa forma que, esta pelo menos, triunfou da repetição e instituiu o modelo de um devir. A narrativa não mostra, não imita; a paixão que pode nos inflamar na leitura de um romance não é a de uma "visão" (de fato, não "vemos" nada); é aquela do sentido, isto é, de uma ordem superior da relação, que possui, também ela, as suas emoções, esperanças, ameaças, triunfos: "o que se passa" na narrativa não é, do ponto de vista referencial (real), literalmente, *nada*[110],

---

109. G. Genette ["Frontières du récit", *artigo citado*] tem razão de reduzir a *mimesis* aos pedaços de diálogos relatados; ainda os diálogos encerram sempre uma função inteligível, e não mimética.

110. Mallarmé (*Crayonné au théâtre*, in *Oeuvres complètes*, *op. cit.*, p. 296): "... Uma obra dramática mostra a sucessão dos exteriores do ato, sem que em nenhum momento conserve realidade e sem que se passe, afinal de contas, nada."

o que acontece é a linguagem, sozinha, a aventura da linguagem, cuja chegada nunca para de ser festejada. Embora não se saiba muito mais sobre a origem da narrativa do que sobre a da linguagem, pode-se razoavelmente adiantar que a narrativa é contemporânea do monólogo, criação, parece, posterior à do diálogo; em todo caso, sem querer forçar a hipótese filogenética, pode ser significativo que seja no mesmo momento (pelos três anos de idade) que o homenzinho "inventa" de uma só vez a frase, a narrativa e o Édipo.

Communications, nº 8, 1966.

AS SUCESSÕES DE AÇÕES

Sabe-se que, segundo as primeiras análises estruturais da narrativa, um conto é um encadeamento sistemático de ações, distribuídas entre um pequeno número de personagens e cuja função é idêntica de uma história a outra. Ao analisar algumas centenas de contos eslavos, Vladimir Propp teve o mérito de estabelecer a constância dos elementos (personagens e ações) e das relações (encadeamento das ações) que constitui com certeza a *forma* do conto popular. Essa forma permanece, entretanto, em Propp um *esquema*, um desenho sintagmático, oriundo, por abstração, dos caminhos percorridos pela ação em contos diversos. Lévi-Strauss e Greimas, completando e retificando Propp, tentaram estruturar esse caminhar, juntando em pares as ações da série narrativa, separadas no decorrer do conto por outras ações e por certa distância temporal, mas ligadas entre si por uma relação paradigmática de oposições (por exemplo: *falta advinda ao herói/recuperação dessa falta*). Bremond finalmente estudou a relação lógica das ações narrativas, na medida em que essa relação remete a certa lógica dos comportamentos humanos, trazendo à luz, por exemplo, certa estrutura constante do *estratagema* ou da *fraude*, episódios muito frequentes no conto[111].

Gostaríamos de acrescentar uma contribuição para esse problema, que é, sem dúvida alguma, fundamental para a análise estrutural da narrativa, analisando sequências de ações, recolhidas não mais em contos populares, mas na narrativa literária: os exemplos que serão aqui apresentados foram tirados de uma novela de Balzac, *Sarrasine* – publicada em *Scènes de la vie parisienne* [*Cenas da vida parisiense*] –, sem que haja qualquer espécie de preocupação com a arte balzaquiana ou mesmo com a arte realista: tratar-se-á unicamente de *formas* narrativas, não de traços históricos nem de performances de autor.

Para começar, duas observações. Em primeiro lugar, esta: a análise dos contos permitiu destacarem-se as grandes ações, as articulações primordiais da história (contratos, provas ou aventuras por que passa o herói); mas na narrativa literária, uma vez identificadas essas grandes ações (supondo que seja fácil), resta uma multidão de ações miúdas, de aparência muitas vezes fútil e como que maquinal (*bater uma porta, travar uma conversa, marcar um encontro* etc.): deve-se acaso considerar essas ações subsidiárias como uma espécie de fundo insignificante e subtraí-las à análise sob pretexto de que *é evidente e natural* que o discurso as enuncie para fazer a ligação entre duas ações principais? Não, pois seria prejulgar a estrutura final da narrativa, seria inclinar essa estrutura num sentido unitário, hierárquico; pensamos,

---

111. Veja-se particularmente: A. J. Greimas, "Éléments pour une théorie de l'interprétation du récit mythique", *Communications*, nº 8, 1966, pp. 28-59 [col. "Points", 1981; e *Du sens*, Paris, Éd. du Seuil, 1970]; Cl. Bremond, "Le message narratif", *Communications*, nº 4, 1964, p. 4-32 [*Logique du récit*, Paris, Éd. du Seuil, 1973]; e "La logique des possibles narratifs", *Communications*, nº 8, 1966, p. 60-76 [col. "Points", 1981].

ao contrário, que *todas* as estruturas de uma narrativa, por mais insignificantes que pareçam, devem ser analisadas, integradas a uma ordem que convém descrever: no texto (contrariamente à narrativa oral), nenhum traço de palavra é insignificante.

A segunda observação é a seguinte: muito mais do que no conto popular, as séries de ações da narrativa literária são tomadas num fluxo abundante de outros "detalhes", outros traços que não são em nada *ações*; ou são índices psicológicos denotando a característica de uma personagem, ou de um lugar, ou então jogos de conversação através dos quais os parceiros procuram encontrar-se, convencer-se ou enganar-se, ou então notações que o discurso adianta para levantar, retardar ou resolver enigmas, ou então reflexões gerais provindas de um saber ou de uma sabedoria, ou então, finalmente, invenções de linguagem (como a metáfora) que a análise deve integrar geralmente no campo simbólico da obra. Nenhum desses traços é "espontâneo" nem "insignificante"; cada um recebe a sua autoridade e familiaridade de um conjunto sistemático de "modos de pensar", isto é, de repetições e de regras coletivas, ou ainda de um grande código cultural: Psicologia, Ciência, Sabedoria, Retórica, Hermenêutica etc. Nessa profusão de outros signos, os comportamentos das personagens (desde que se liguem em séries coerentes) dependem de um código particular de uma lógica das ações que, por certo, estrutura profundamente o texto, dá-lhe o andamento "legível", a aparência de racionalidade narrativa, o que os Antigos chamavam de *verossimilhança*, mas está longe de ocupar toda a superfície significante da narrativa literária: páginas a fio, é possível que *nada aconteça* (isto é, que nenhuma ação seja enunciada) e, por outro lado, um ato consequente pode estar separado de seu antecedente por uma grande massa de signos oriundos de outros códigos que não o código acional. E, além disso, não se deve esquecer que ações podem ser enunciadas apenas a título de *índices* de um caráter (*ele tinha o hábito de...*): elas são então ligadas entre si por um processo de acumulação, não por uma ordem lógica, ou pelo menos o lógico a que remetem é de ordem psicológica e não de ordem pragmática.

Reservado o que acima foi dito (que representa uma parte enorme da narrativa literária), não é menos verdade que no texto clássico (anterior ao corte da modernidade) certo número de informações acionais ligadas entre si por uma ordem *lógico-temporal* (*isto* que vem depois *daquilo* é também a sua consequência), organizadas por isso mesmo em séries ou sequências individualizadas (por exemplo: 1. *chegar a uma porta*; 2. *bater na porta*; 3. *ver alguém que aparece*), cujo desenvolvimento interno (ainda que estivesse imbricado em outras sequências paralelas) garante à história o seu andamento e faz da narrativa um organismo processivo, em devir rumo ao seu "fim" ou à sua "conclusão".

Como chamar esse código geral das ações narrativas, algumas das quais parecem importantes, dotadas de grande densidade romanesca (*assassinar, raptar uma vítima, fazer uma declaração de amor* etc.), e outras muito fúteis (*abrir uma porta, sentar-se* etc.), a fim de distingui-lo dos outros códigos de cultura que investem no texto (essa distinção só tem evidentemente um valor analítico, pois o texto apresenta todos os códigos misturados e como que *trançados*)? Referindo-me a um termo do vocabulário aristotélico (Aristóteles é afinal de contas o pai da análise estrutural das obras), propus[112] chamar este código das ações narrativas de *código proairético*. Ao estabelecer a ciência da ação ou *práxis*, Aristóteles, de fato, fá-la preceder de uma disciplina anexa, a

---

112. Em um livro consagrado à análise estrutural de *Sarrasine*. [*S/Z*, Paris, Éd. du Seuil, 1970; col. "Points", 1976.]

proairesis, ou faculdade humana de deliberar antecipadamente o final de um ato, de *escolher* (é o sentido etimológico), entre os dois termos de uma alternativa, aquele que se vai realizar. Ora, a cada núcleo da série de ações, a narrativa também (melhor falar da narrativa e não do autor, pois está-se referindo aqui a uma *língua* narrativa e não a uma performance do contista) "escolhe" entre várias possibilidades e essa escolha compromete a cada instante o próprio futuro da história: com toda evidência, a história mudará segundo se abra ou não a porta em que se bateu etc. (essa estrutura alternativa foi particularmente estudada por Cl. Bremond); é óbvio que, colocada a cada ação diante de uma alternativa (dar-lhe tal ou tal prosseguimento), a narrativa sempre escolhe o termo que lhe é proveitoso, isto é, *que garante a sua sobrevivência como narrativa*; nunca a narrativa marca um termo (enunciando-o como se cumprindo) que apague a história, a faça dar meia-volta: existe de certo modo um verdadeiro instinto de conservação da narrativa que, de duas saídas possíveis implicadas pela ação enunciada, escolhe sempre a saída que faz a história "retomar-se"; não é inútil lembrar essa evidência, banal mas na verdade pouco estudada, porque a *arte* narrativa (que é performance, aplicação de um código) consiste precisamente em dar a essas determinações estruturais (que só têm em vista a "salvação" da narrativa e não a de tal ou tal de suas personagens) a caução (o álibi) de móveis costumeiramente psicológicos, morais, passionais etc.: ali onde a narrativa escolhe a sua própria sobrevivência, é a personagem que parece escolher seu próprio destino: o instinto de conservação de uma fica disfarçado debaixo da aparência de liberdade da outra: a *economia* narrativa (tão estritamente impositiva quanto a economia monetária) sublima-se em livre-arbítrio humano. Essas são as implicações do termo *proairetismo* que proponho aplicar a toda ação narrativa implicada numa série coerente e homogênea.

É ainda necessário saber como se pode constituir essas séries, como se decide que uma ação faz parte desta e não daquela série. Na realidade, essa constituição da série está estreitamente ligada à sua denominação; e, inversamente, a sua análise está ligada ao desdobramento do nome que lhe foi encontrado: é porque posso subsumir espontaneamente ações diversas tais como *partir, viajar, chegar, ficar*, sob o nome geral de *Viagem*, que a sucessão toma consistência e se individualiza (opõe-se a outras sucessões, a outros nomes); inversamente, é porque certa experiência prática me persuade de que sob o termo *Encontro* se dispõe geralmente uma sucessão de atos tais como *propor, aceitar, cumprir* que, tendo-me sido sugerido esse termo de um modo ou de outro pelo texto, tenho algum direito de observar-lhe particularmente o esquema sequencial; isolar as sequências (da massa significante do texto, cujo caráter heteróclito já se apontou) é ordenar as ações sob nomes genéricos (*Encontro, Viagem, Excursão, Assassínio, Rapto* etc.); analisar essas sequências é desdobrar esse nome genérico em seus componentes. Pode parecer leviano que a simples *nomeação* seja um critério suficiente de constituição do fenômeno a observar, deixado à discrição totalmente subjetiva do analista e, para dizer tudo, pouco "científico"; não é dizer a cada sequência: você existe porque eu a nomeio; e eu a nomeio assim porque o faço ao meu bel-prazer? A isso se deve responder que a ciência da narrativa (se ela existe) não pode obedecer aos critérios das ciências exatas ou experimentais; a narrativa é uma atividade de linguagem (de significação ou de simbolização) e é em termos de linguagem que deve ser analisada: *nomear* é então para o analista uma operação tão bem fundada, tão homogênea a seu objeto, quanto medir para o geômetra, pesar para o químico, examinar ao microscópio para o biólogo. Além disso, o nome que se encontra para a sequência (e que a constitui) é uma testemunha sistemática, pois ele próprio procede da vasta atividade de classificação em que a língua consiste; se chamo tal sequência de *Rapto*, é porque a própria língua classificou, dominou a diversidade de certas ações sob um conceito único que ela me transmite e cuja coerência assim autentica; o *rapto* que eu constituo a partir dos farrapos de ação esparsos no texto coincide então com todos os raptos que li; o nome é a marca exata, irrefutável, tão consistente quanto um fato científico, de certo *já escrito*, *já lido*, *já feito*; encontrar o nome não é portanto de forma alguma uma operação fantasista, deixada à mercê de meu capricho apenas; encontrar o nome é encontrar esse *já* que constitui o código, é garantir a comunicação do texto e de todas as outras narrativas que fazem a língua narrativa, pois o trabalho linguístico ou semiológico não pode jamais consistir senão em encontrar a *passagem* que estabelece a comunicação entre o anterior da linguagem e o presente do texto. Finalmente, ao nomear a sequência, o analista não faz mais do que reproduzir, de maneira mais aplicada e mais arrazoada, o próprio trabalho do leitor, e sua "ciência" lança as suas raízes numa fenomenologia da leitura: ler uma narrativa é na verdade (no ritmo puxado pela leitura) organizá-la em farrapos de estruturas, é fazer um esforço em direção dos nomes que "resumem" mais ou menos a sucessão profusa das notações, é praticar em si, no momento mesmo em que se "devora" a história, ajustamentos nominais, é domesticar continuamente a novidade do que se lê por nomes conhecidos, provindos do vasto código anterior da leitura: é porque em mim, bem depressa, certos índices fazem surgir o nome *Assassínio* que a minha recepção do conto é efetivamente uma *leitura*, e não a simples percepção de frases cujo sentido linguístico eu compreendesse, mas não o sentido narrativo: ler é nomear (razão por que se poderia chegar até a dizer, pelo menos com relação a certos textos modernos: ler é escrever).

Sem pretender abranger toda a lógica acional e nem mesmo pretender que essa lógica seja una, tentemos reduzir algumas sequências proairéticas a um pequeno número de relações simples; poder-se-á assim ter uma primeira ideia de certo andamento racional da narrativa clássica.

1. *Consecutivo.* Na narrativa (e talvez seja esta a sua marca), não há sucessão pura: o temporal é penetrado imediatamente de lógico, o *consecutivo* é ao mesmo tempo algo *consequente*[113]: o que vem *depois* parece ser produzido pelo que vem *antes*. Entretanto, na decomposição de certos movimentos, aproxima-se do temporal puro: assim acontece com a percepção de um objeto, uma pintura, por exemplo, (*lançar um olhar ao redor/avistar o objeto*). O caráter fracamente lógico dessas sequências (aliás raras) vê-se bem no fato de que cada termo, em suma, não faz mais do que repetir o precedente, como numa série (que não é uma estrutura): *sair de um primeiro lugar* (uma sala, por exemplo)/*sair de um segundo lugar* (o edifício que contém essa sala); entretanto, a lógica está muito próxima, sob forma de uma relação de implicação: para "observar", *é preciso* primeiro "ver"; para "entrar numa sala", *é preciso* primeiro "entrar no edifício"; com mais razão se o movimento implica um retorno (*Excursão*, *Passeio amoroso*): a estrutura parece então muito tênue (a força de ser elementar): é a de *ida e volta*; mas basta imaginar que um termo não seja notado para medir o escândalo lógico de que então a narrativa se faria portadora: *a viagem sem retorno* (pela mera carência de um termo da sucessão) é um dos incidentes mais significantes que possa ser dado para contar.

2. *Consequencial.* É a relação clássica entre duas ações das quais uma é a determinação da outra (mas ainda aqui,

---

113. Cf. "Introduction à l'analyse structurale des récits", *Communications*, nº 8, 1966. [E *supra*, p. 103.]

simétrica e inversamente à relação anterior, no mais das vezes, o vínculo causal vê-se penetrado de temporalidade); a articulação consequencial é evidentemente uma das mais ricas pois que suporta de algum modo a "liberdade" da narrativa: que uma consequência seja positiva ou negativa, e toda a sorte da história fica mudada.

3. *Volitivo*. Uma ação (por exemplo, *vestir-se*) é precedida de uma notação de intenção ou de vontade (*querer vestir-se, decidir vestir-se*); neste caso ainda a relação pode desviar-se, a vontade pode ser cortada de seu cumprimento (*querer vestir-se e não o fazer*), se um incidente provindo de uma segunda sequência perturba a evolução lógica da primeira (o importante para nós é que esse incidente é sempre anotado).

4. *Reativo*. Uma ação (por exemplo: *tocar*) é seguida de sua reação (*gritar*); esta é uma variedade do esquema sequencial, mas o modelo é, neste caso, mais nitidamente biológico.

5. *Durativo*. Depois de ter anotado o começo ou a duração de uma ação (ou de um estado), o discurso anota a sua interrupção ou cessação: *dar uma gargalhada/interromper-se; estar escondido/sair do esconderijo; meditar/ser despertado de seu devaneio* etc. Uma vez mais, é a banalidade mesma dessas sucessões que é significante; pois, se acontecesse à narrativa não anotar o fim de um estado ou de uma ação, produzir-se-ia um verdadeiro escândalo narrativo; a notação de interrupção aparece como uma verdadeira injunção da língua narrativa, ou ainda, transposta para o plano do discurso, uma dessas *rubricas obrigatórias* de que fala Jakobson a respeito da linguagem.

6. *Equipolente*. Um pequeno número de sucessões (reduzidas como se fez para os seus núcleos) não fazem mais do que realizar oposições inscritas no léxico; assim em *perguntar/responder* (ou *levantar uma questão/verificar*); os dois

termos estão sem dúvida ligados por uma relação lógica de implicação simples (responde-se porque se perguntou), mas a estrutura é a de um *complemento* formal, tal como se encontra nos pares lexicais de contrários.

Há certamente outras relações lógicas nas sucessões de ações e, por outra parte, as seis relações apontadas podem sem dúvida reduzir-se e formalizar-se mais; o importante, para a análise, é menos a natureza do vínculo lógico do que a necessidade de sua notação; a narrativa *deve* notar os dois termos da relação, sob pena de se tornar "ilegível". Ora, se o vínculo lógico mostra-se menos pertinente do que a sua expressão, é porque a lógica a que se refere a narrativa outra coisa não é senão uma lógica do *já lido*: o estereótipo (proveniente de uma cultura secular) é a verdadeira razão do mundo narrativo, inteiramente construído sobre os vestígios que a experiência (muito mais livresca do que prática) deixou na memória do leitor e que a constituem. Assim pode-se dizer que a sequência perfeita, aquela que propicia ao leitor a mais forte certeza lógica, é a sequência mais "cultural", onde se encontram imediatamente toda uma soma de leituras e de conversações; assim é (na novela de Balzac) a sequência *Carreira*: *subir a Paris / entrar na casa de um grande mestre / deixar o mestre / ganhar um prêmio / ser consagrado por um grande crítico / viajar para a Itália*: quantas vezes não foi essa sequência impressa em nossa memória? A lógica narrativa, há que se reconhecer, outra coisa não é senão o desenvolvimento do *provável* aristotélico (opinião comum e não verdade científica); é portanto normal que, quando se quis legalizar essa lógica (sob forma de injunções e de valores estéticos), tenha sido ainda uma noção aristotélica que os primeiros teóricos clássicos da narrativa puseram à frente: a de *verossimilhança*.

Resta dizer de que maneira a sucessão de ações está presente no texto:

1. A análise precedente teve como objeto alguns núcleos lógicos, e poderia fazer acreditar que as sucessões, ligadas, muito embora, por definição, a uma ordem sintagmática, têm uma estrutura binária (paradigmática), mas isso seria uma ilusão analítica. Se se aceitar como critério da sucessão a sua aptidão para ser nomeada (isto é, para ser abrangida por um termo genérico provindo do léxico como cultura), é preciso admitir sucessões cujo número de termos é muito variável. Quando a sucessão denota uma operação trivial, fútil, seus termos são, em geral, pouco numerosos; dá-se o contrário quando remete a um grande modelo romanesco (*Passeio amoroso, Assassínio, Rapto* etc.). Além disso, nessas grandes sequências, podem superpor-se estruturas diversas: por exemplo: o discurso pode entremear a denotação de fatos "reais" (na sucessão lógico-temporal) e os termos ordinários da *dispositio* retórica (anúncio, partes, resumo), o que alonga a sequência sem dispersá-la; o discurso pode também colocar dois ou três termos principais (e diferentes) e repetir várias vezes cada um deles (variando o seu significante): uma personagem, ao sabor de determinada situação, pode *esperar / frustrar-se / compensar*, mas a esperança, a frustração e a compensação são repetidas várias vezes (ao ritmo das reflexões do sujeito e com a ajuda do *flash-back*); finalmente, não se deve esquecer que a repetição dos termos (causa de uma proliferação da sucessão) pode ter um valor semântico (estar dotada de um conteúdo próprio, como repetição); é o caso das sequências *Perigo* e *Ameaça*, em que a multiplicação de um mesmo termo (*correr um perigo, receber uma ameaça*) tem valor de opressão dramática.

2. Em geral, a análise estrutural da narrativa não classifica as ações (chamadas de *funções* por Propp) antes de as ter especificado pela personagem que é seu agente ou seu paciente; nessas condições, a análise deveria notar que as sucessões quase sempre são representadas por dois ou três

parceiros; numa sucessão como *agir/reagir*, há evidentemente dois agentes distintos; mas esse caso é um grau ulterior da análise; do ponto de vista de uma estruturação simples (que nos tem ocupado aqui), é legítimo (e sem dúvida produtivo) considerar o termo acional como um verbo despojado de todo processo pessoal e tomado, ao contrário, em seu estado semântico puro (aliás, o semantismo de certos verbos já implica em si a dualidade de agentes; assim acontece com *juntar se*).

3. Uma sucessão, desde que seja um pouco longa, pode comportar sucessões subsidiárias, que são inseridas no seu desenvolvimento geral, como "subprogramas" (que se chamavam "briques" [tijolos] em cibernética). A sequência *Narrar* pode, em determinado momento, comportar o termo *Encontro* (*marcar encontro para contar a história*); esse termo pode, por sua vez, comportar uma sequência (*pedir um encontro / aceitá-lo / recusá-lo / comparecer a ele* etc.). A rede acional é de fato constituída, principalmente, por uma substituição amplificante ou redutora, segundo os casos: ora o discurso *decompõe* um termo e produz assim uma nova sucessão de ações; ora ele *resume* várias operações sob uma só palavra: essa liberdade de oscilação é própria da linguagem articulada (ela é muito mais vigiada na linguagem cinematográfica, por exemplo).

4. Quando uma sucessão parece apresentar certo ilogismo, basta, na maioria das vezes, levar mais adiante a análise e executar certas substituições elementares para restituir à sucessão a sua racionalidade. Na sequência *Narrar*, o termo *aceitar o encontro proposto* vale como *aceitar que lhe seja contada a história em questão*; se uma "lacuna" aparece entre a ordem de contar uma história e o efeito dessa história (sobre quem a ouviu), é que o ato de narrar, sem ser denotado explicitamente, é representado pelo próprio texto da

história: o termo faltante é então toda a história, significada como tal pelas aspas que abrem o enunciado.

5. Essas substituições (essas "restituições", dever-se-ia dizer) se impõem porque é constante que, na narrativa clássica, a sucessão tenda a abranger tão completamente quanto possível o acontecimento relatado: há uma espécie de obsessão narrativa em cercar o fato pelo maior número possível de determinações: *Narrar*, por exemplo, será precedido a um só tempo das *condições* e das *causas* do ato; o fato (ou o núcleo acional em que ele se exprime) é continuamente alongado por seus precedentes (o caso típico desse processo é o *flash-back*). Do ponto de vista acional, o princípio da arte narrativa (poderíamos dizer: sua ética) é o *complemento*: trata-se de produzir um discurso que melhor satisfaça uma exigência de *completude* e evite para o leitor o "horror do vazio".

Essas poucas observações sobre certo nível da narração (que comporta muitos outros níveis) têm por objetivo introduzir (sob a forma de uma espécie de inventário prévio de evidências) a um problema preciso: que é necessário para que uma narrativa seja "legível"? Quais são as condições estruturais da "legibilidade" de um texto? Tudo o que foi levantado aqui pode parecer "evidente"; mas se essas condições da narrativa parecem "naturais", é porque existe virtualmente, em vazio, uma antinatureza da narrativa (de que sem dúvida certos textos modernos constituem a experiência inovadora): palmilhando a racionalidade elementar das sucessões de ações, aproxima-se dos *limites* da narrativa, para além dos quais começa uma arte nova, que é a da transgressão narrativa. Ora, a sucessão de ações é de algum modo a depositária privilegiada dessa legibilidade: é pela pseudológica de suas sequências de ações que uma narrativa nos parece "normal" (legível); essa lógica, como já foi dito, é empírica, não se pode relacioná-la a uma "estrutura" da mente humana;

o que nela importa é que garanta à sucessão dos acontecimentos contados uma *ordem irreversível* (lógico-temporal): *é a irreversibilidade que faz a legibilidade da narrativa clássica*. Compreende-se então que a narrativa se subverta (se modernize) intensificando em sua estrutura geral o trabalho da reversibilidade. Ora, o nível reversível por excelência é o dos símbolos (o sonho, por exemplo, esquiva-se da ordem lógico-temporal). Enquanto obra romântica, o texto de Balzac a que fizemos alguma referência está historicamente situado na encruzilhada do acional e do simbólico: ele representa bem a *passagem* da legibilidade simples, marcada por uma irreversibilidade estrita das ações (de tipo clássico), a uma legibilidade complexa (ameaçada), submetida a forças de dispersão e de reversibilidade dos elementos simbólicos, destruidores do tempo e da racionalidade.

> 1969, In *Patterns of Literary Style*
> ed. por Joseph Strelka.
> *Copyright*: The Pennsylvania
> State University Press,1971.
> Inédito em francês.

2
DOMÍNIOS

SAUSSURE, O SIGNO, A DEMOCRACIA

A língua popular, o próprio Rousseau empregam "traisait" em vez de "trayait": é que se conjuga "traire" segundo o modelo de "plaire", que, no imperfeito, faz "plaisait"*. Isso é uma proporção em quatro termos, que Saussure chama de *analogia* (*analogia* de fato quer dizer *proporção*, mas hoje falaríamos antes de uma *homologia*).

A analogia, pensa Saussure, é a mola fundamental, o ser da língua: "O papel da analogia é imenso"; "O princípio de analogia é fundamentalmente idêntico ao do mecanismo da língua." Essa precedência é tratada por Saussure num tom apaixonado: da analogia, Saussure celebra a força, a virtude, a sabedoria; ele a eleva à categoria de um princípio criador, demiúrgico, e remodela assim a hierarquia linguística do seu tempo: o enxamear de fenômenos analógicos é muito mais

---

* Barthes opõe aqui a forma de uso popular do imperfeito do indicativo do verbo "traire" (ordenhar) que, por analogia, segue o modelo do verbo "taire" (calar, silenciar), afastando-se assim da norma culta francesa; algo semelhante ao que acontece na variante "caipira" do português brasileiro, em que é utilizada a forma "ponhava" (imperfeito do indicativo do verbo "pôr"), por analogia com os verbos regulares, em vez de "punha", como pede a norma culta. (N. T.)

importante, pensa ele, do que as mudanças de sons (que era o cavalo de batalha da linguística anterior); durante séculos de evolução, os elementos da língua são conservados (simplesmente: distribuídos de modo diferente); Saussure exalta a resistência, a estabilidade, a identidade da língua (ele sempre teve tendência a absorver a diacronia na sincronia), e a razão dessa permanência é a analogia: "A analogia é eminentemente conservadora"; "As inovações da analogia são mais aparentes do que reais. A língua é uma roupa coberta de remendos feitos com o seu próprio tecido": quatro quintos do francês são indo-europeus. A analogia coloca na língua uma eternidade.

Essa promoção entusiástica da analogia deixa ler, por trás, uma hostilidade profunda ao genetismo. Com Saussure, há mudança epistemológica: o analogismo toma o lugar do evolucionismo, a imitação substitui a derivação. Não se diga, como toda gente, que "armazeneiro" vem de "armazém"; diga-se antes que "armazém/armazeneiro" se formou sobre o modelo "prisão/prisioneiro". Não se diga que a ciência etimológica tem por objetivo "remontar" de uma forma atual a uma forma original; contente-se em colocar a palavra numa configuração de termos vizinhos, numa rede de relações, que o Tempo – é esse o seu magro poder – não faz mais que deformar topologicamente.

É fácil entrever a ideologia de tal concepção (na realidade, muitas vezes, nada mais *diretamente* ideológico do que a linguística). Por um lado, a promoção da analogia vai ao encontro de toda uma sociologia da Imitação, codificada, na época, por Tarde (que Saussure certamente leu, mais do que Durkheim), e que concorda muito bem com o início da sociedade de massa; na ordem cultural, e singularmente na da indumentária, as classes médias começam a apropriar-se dos valores burgueses imitando-os; a Moda, imitação apaixonada de uma inovação que é continuamente alcançada, é o triunfo dessa imitação social (ela obriga a burguesia a se afirmar fora da Moda, na simples, mas difícil "distinção"); Saussure, como muitos de seus contemporâneos, de Spencer a Mallarmé, ficou impressionado com a importância da Moda, que ele chama, no campo da linguagem, de *inter-course*. Por outro lado, eternizando a língua, Saussure de algum modo se desembaraça da Origem (daí a sua indiferença com relação à etimologia): a língua não é tomada num processo de filiação, a herança fica desvalorizada; a atitude científica deixa de ser explicativa (filial, buscando a causa, a anterioridade), torna-se descritiva: o espaço da palavra já não é o de uma ascendência ou de uma descendência, é o de uma colateralidade: os elementos da língua – seus indivíduos – já não são filhos, mas concidadãos uns dos outros: a língua, no seu próprio devir, já não é uma senhoria, mas uma democracia: os direitos e os deveres das palavras (que formam em suma o seu sentido) são limitados pela coexistência, a coabitação de indivíduos iguais[1].

Onipotente, o princípio de analogia tem, entretanto, em Saussure, uma causa: ele decorre do estatuto do signo; na língua, o signo é "arbitrário", nenhum laço natural liga o significante e o significado, e essa arbitrariedade deve ser compensada por uma força de estabilização, que é a analogia; pois que o signo não se mantém naturalmente "de pé" (sua verticalidade significante é falaciosa), ele tem de se apoiar, para durar, nos seus entornos; as relações de vizinhança (de

---

1. Chomsky, como se sabe, opôs-se ao princípio saussuriano da analogia – em nome de outro princípio, o da criatividade. Nisso se encontra uma nova opção ideológica; para Chomsky, importa distinguir o homem do animal e da máquina; essa distinção deve ser respeitada *tanto nas ciências quanto no governo*; daí esse mesmo movimento que ao mesmo tempo fundamenta a linguística chomskiana e a oposição de Chomsky ao Estado autoritário, tecnocrata e belicista.

concidadania) vão tomar o lugar das relações de significação, o contrato vai substituir a natureza periclitante, porque incerta. Relembremos este trajeto, que tomou, em Saussure, o aspecto de um pequeno drama científico, de tanto que o linguista sofreu, parece, com as lacunas da significação, antes de chegar a colocar às claras a sua teoria do valor.

Saussure vê os signos sob a forma de indivíduos divididos, isolados e fechados; são verdadeiras mônadas; cada uma encerra no seu círculo – no seu ser – um significante e um significado: é a significação. Surgem então dois embaraços: por um lado, se ela fosse articulada apenas sobre as mônadas, a língua nada mais seria do que uma coleção morta de signos, uma nomenclatura – o que evidentemente ela não é; por outro lado, se se reduz o sentido à relação vertical e como que fechada de um significante e de um significado, como essa relação não é natural, não se pode entender a estabilidade da língua: "Uma língua [se não passar de uma coleção de mônadas] é radicalmente impotente para se defender dos fatores que deslocam de instante a instante a relação entre o significante e o significado. Essa é uma das consequências da arbitrariedade do signo"; portanto, se nos limitássemos ao campo da significação, o Tempo, a Morte ameaçariam sem cessar a língua; esse risco é o fruto de uma espécie de Pecado Original – de que Saussure nunca parece consolar-se: a arbitrariedade do signo. Como seria bonito, esse tempo, essa ordem, esse mundo, essa língua em que um significante, sem a ajuda de nenhum contrato humano, de nenhuma socialidade, valesse em toda a eternidade por seu significado, em que o salário fosse o "justo" prêmio do trabalho, em que o papel-moeda valesse para sempre o seu peso em ouro! Porque se trata aqui de uma meditação geral sobre a troca: para Saussure, o Sentido, o Trabalho e o Ouro são significados do Som, do Salário e da Nota: *o Ouro do Significado!* É esse o grito de todas as

Hermenêuticas, essas semiologias que param na significação; para elas, o significado *fundamenta* o significante, exatamente como, em boa finança, o ouro fundamenta a moeda; concepção propriamente de De Gaulle: *conservemos o lastro-ouro* e *sejam claros*, essas eram as duas palavras de ordem do general.

O pequeno drama de Saussure é que, contrariamente aos conservadores soberbos, ele não confia nem no Signo nem no Ouro; ele vê bem que a ligação do papel com o ouro, do significante com o significado, é móvel, precária; nada a garante; fica à mercê das vicissitudes do tempo, da História. Em sua ideia da significação, Saussure está, basicamente, no mesmo ponto da crise monetária atual: o ouro e seu substituto factício, o dólar, estão desmoronando: sonha-se com um sistema em que as moedas se sustentariam entre si, sem referência a um lastro natural: Saussure é, em suma, "europeu".

Finalmente, Saussure, com mais sorte do que os políticos atuais da Europa, encontrou esse sistema de sustentação. Partindo da constatação de que a frase funciona de modo diferente da simples justaposição, ao longo da cadeia falada, de signos fechados sobre si mesmos, e de que é preciso outra coisa para que a linguagem "pegue", ele descobre o valor: pode então sair do impasse da significação: sendo incerta, frágil, a relação com o significado (com o ouro), o sistema inteiro (da língua, da moeda) se estabiliza pela sustentação dos significantes entre si (das moedas entre si).

Que é o valor? Inútil relembrar, o *Curso* de Saussure é explícito nesse ponto. Demos apenas um exemplo, que não será o dos manuais de linguística (*sheep/mutton*): nos lavabos da universidade de Genebra vê-se uma inscrição muito particular (embora muito oficial): as duas portas, cuja dualidade obrigatória consagra geralmente a diferença dos sexos, estão ali sinalizadas, uma com "*Cavalheiros*", a outra com

"Professores". Reduzida à sua pura significação, a inscrição não tem nenhum sentido: não seriam os professores "cavalheiros"? É no plano do valor que a oposição, tão aberrante quanto moral, se explica: dois paradigmas entram em colisão, dos quais só se leem as ruínas: *cavalheiros*/senhoras // *professores*/estudantes: no jogo da língua é de fato o valor (e não a significação) que detém a carga sensível, simbólica e social: neste caso, a da segregação, docente e sexual.

Na empreitada saussuriana, o valor é o conceito redentor, que permite salvar a perenidade da língua e superar aquilo que se deve chamar de *angústia fiduciária*. Saussure tem da linguagem uma concepção que está muito próxima da de Paul Valéry – ou reciprocamente: pouco importa: eles nada conheceram um do outro. Para Valéry também, o comércio, a linguagem, a moeda e o direito são definidos por um mesmo regime, o da reciprocidade: não podem se manter sem um contrato social, pois só o contrato pode corrigir a falta de lastro. Na linguagem, essa falta obcecou Saussure (mais inquieto do que Valéry): a arbitrariedade do signo não ameaça introduzir a cada instante na linguagem o Tempo, a Morte, a Anarquia? Daí a necessidade vital para a língua, e por trás dela para a sociedade (necessidade ligada à sua sobrevivência), de estabelecer um sistema de regras: regras econômicas, regras democráticas, regras estruturais (da analogia e do valor), que aparentam todos esses sistemas a um jogo (o jogo de xadrez, metáfora central da linguística saussuriana): a língua se aproxima do sistema econômico a partir do momento em que este abandona o lastro-ouro, e do sistema político a partir do momento em que a sociedade passa da relação *natural* (eterna) do príncipe e dos seus súditos ao contrato social dos cidadãos entre si. O modelo da linguística saussuriana é a democracia: não tiremos argumento da situação biográfica de Saussure, notável genebrino, pertencente a uma das mais antigas democracias da Europa e, nessa nação, à cidade de Rousseau; indiquemos apenas a homologia incontestável que, no nível epistemológico, liga o contrato social e o contrato linguístico.

Existe outro Saussure, como se sabe: o dos *Anagramas*. Este já *ouve* a modernidade no formigar fônico e semântico dos versos arcaicos: então, nada mais de contrato, de clareza, de analogia, de valor: o ouro do significado é substituído pelo ouro do significante, metal não mais monetário mas poético. Sabe-se quanto essa escuta enlouqueceu Saussure, que parece assim ter passado a vida entre a angústia do significado perdido e o retorno terrificante do significante puro.

Le discours social [O discurso social]
nº 3-4, abril de 1973,
"Socialidade da escrita".

A COZINHA DOS SENTIDOS

Uma roupa, um carro, uma iguaria, um gesto, um filme, uma música, uma imagem publicitária, uma mobília, uma manchete de jornal, eis aí, aparentemente, objetos completamente heterogêneos.

Que podem ter em comum? Pelo menos o seguinte: todos são signos. Quando me movimento na rua – ou na vida – e encontro esses objetos, aplico a todos, às vezes sem me dar conta, uma mesma atividade, que é a de certa *leitura*: o homem moderno, o homem das cidades, passa o tempo a ler. Lê primeiro e principalmente imagens, gestos, comportamentos: tal carro me diz o *status* social do proprietário, tal roupa me diz exatamente a dose de conformismo ou de excentricidade do seu portador, tal aperitivo (uísque, pernod ou vinho branco com cassis) o estilo de vida do meu hóspede. Mesmo quando se trata de um texto escrito, é-nos continuamente proposta uma segunda mensagem nas entrelinhas da primeira: se leio, em manchete com letras garrafais: *Paulo VI tem medo*, isso quer dizer também: *se você ler a continuação, saberá por quê*.

Todas essas "leituras" são importantes demais na nossa vida, implicam demasiados valores sociais, morais, ideológicos para que uma reflexão sistemática não tente assumi-las: é essa reflexão que, por enquanto pelo menos, chamamos de *semiologia*. Ciência das mensagens sociais? das mensagens culturais? das informações segundas? Apanhado de tudo que é "teatro" no mundo, da pompa eclesiástica à cabeleira dos Beatles, do pijama de gala aos certames da política internacional? Pouco importa no momento a diversidade ou a flutuação das definições.

O que conta é poder submeter uma massa enorme de fatos aparentemente anárquicos a um princípio de classificação, e é a significação que fornece esse princípio: ao lado das diversas determinações (econômicas, históricas, psicológicas), será preciso doravante prever uma nova qualidade do fato: o sentido.

O mundo está cheio de signos, mas esses signos não têm todos a bela simplicidade das letras do alfabeto, das tabuletas do código de trânsito ou dos uniformes militares: são infinitamente mais complicados. Na maioria das vezes, nós os vemos como se fossem informações "naturais"; encontrou-se uma metralhadora tcheca nas mãos dos rebeldes congoleses: aí está uma informação incontestável; entretanto, na medida mesmo em que não se faz menção, ao mesmo tempo, do número de armas americanas em uso entre os governistas, a informação se torna um signo segundo, ela *patenteia* uma escolha política.

Decifrar os signos do mundo sempre quer dizer lutar com certa inocência dos objetos. Todos nós, franceses, entendemos tão "naturalmente" o francês que nunca nos vem à cabeça a ideia de que a língua francesa é um sistema complicadíssimo e muito pouco "natural" de signos e de regras: da mesma maneira, é necessária uma constante sacudida da observação para ajustar o foco não sobre o conteúdo das mensagens, mas sobre a sua feitura: enfim, o semiólogo, como o linguista, deve entrar na "cozinha do sentido".

Isso constitui uma empreitada imensa. Por quê? Porque um sentido nunca se pode analisar de modo isolado. Se estabeleço que o *blue-jeans* é o signo de certo dandismo adolescente, ou o cozido, fotografado por determinada revista de luxo, o de uma rusticidade bastante teatral, e mesmo se multiplico essas equivalências para constituir listas de signos como as colunas de um dicionário, não terei descoberto absolutamente nada. *Os signos são constituídos por diferenças.*

No início do projeto semiológico, pensou-se que a principal tarefa era, segundo a palavra de Saussure, estudar a vida dos signos no seio da vida social e, consequentemente, reconstituir sistemas semânticos de objetos (indumentária, alimentação, imagens, rituais, protocolos, músicas etc.). Isso está por fazer. Mas, ao avançar nesse projeto já imenso, a semiologia encontra novas tarefas; por exemplo, estudar essa operação misteriosa pela qual uma mensagem qualquer se impregna de um sentido segundo, difuso, em geral ideológico, a que se chama "*sentido conotado*": se leio num jornal a seguinte manchete: "*Em Bombaim reina uma atmosfera de fervor que não exclui nem o luxo nem o triunfalismo*", recebo por certo uma informação literal sobre a atmosfera do Congresso Eucarístico; mas percebo também certo estereótipo de frase, feito de um sutil balanceamento de negações, que me remete a uma espécie de visão equilibrante do mundo: esses fenômenos são constantes, é preciso desde já estudá-los em grande escala com todos os recursos da linguística.

Se as tarefas da semiologia aumentam sem cessar, é que de fato descobrimos cada vez mais a importância e a extensão da significação no mundo; a significação torna-se o modo de pensar do mundo moderno, algo como o "fato" constituiu precedentemente a unidade de reflexão da ciência positiva.

Le Nouvel Observateur,
10 de dezembro de 1964.

SOCIOLOGIA E SÓCIO-LÓGICA
*A propósito de dois livros recentes
de Claude Lévi-Strauss*

Ao estudar a organização psicossocial de certas aldeias de lona, instaladas por clubes de férias em alguns pontos do litoral mediterrâneo, um jovem sociólogo francês[2] fez a seguinte observação: a estrutura dessas aldeias artificiais, a distribuição interior de seus "lugares", meio funcionais, meio cerimoniais, parece indiferente à paisagem em que se desenvolvem: nada impede que se instale uma aldeia completa, com suas tendas, seus locais de refeição, de dança, de conversação, de jogos e de banhos, num sítio desolado, com formas monstruosas: não há manifestamente nenhum conflito entre a função festiva da aldeia de férias e a austeridade, a desarmonia mesma do sítio que a acolhe. Um exemplo assim certamente interessaria a Cl. Lévi-Strauss: não superficialmente, porque existe analogia de objeto entre a aldeia de lona e a aldeia "primitiva", mas porque uma e outra são construídas segundo determinada relação de espaço, isto é, segundo

---

2. Henri Raymond, em trabalho inédito. Veja-se entretanto do mesmo autor, sobre esse assunto: "Recherches sur un village de vacances", *Rev. franç. de sociologie*, julho-setembro de 1960, p. 323-33.

certa lógica, e porque essa lógica implica num e noutro caso toda uma representação do mundo, atestando assim que existe por toda parte, da Austrália "primitiva" ao Mediterrâneo "civilizado", uma responsabilidade das formas. Pois se é fundamentada a observação de Henri Raymond, se a aldeia de Iona, fato moderno mais do que qualquer outro que assim está ligado a uma sociologia do lazer, pode definir-se, fora de qualquer determinação geográfica ou psicológica, como uma organização de funções, há obrigação de se proceder a análises de um tipo novo, e nascimento possível de uma sociologia estrutural (ou pelo menos encontro da etnologia e da sociologia no âmago de uma antropologia estrutural). Em que condições? É o que se deve examinar.

Os dois últimos livros de Claude Lévi-Strauss, *Le totémisme aujourd'hui* [*O totemismo hoje*][3] e *La pensée sauvage* [*O pensamento selvagem*][4] são convites para esse exame (por mais rápido que deva ser aqui): o primeiro porque, a despeito de seu objeto propriamente etnológico (o totemismo), investe contra uma das atitudes constantes da ciência contemporânea, que consiste em atribuir maior importância aos conteúdos dos símbolos sociais do que às suas formas; o segundo porque, além do aprofundamento e do alargamento do pensamento estrutural de que dá testemunho, sugere e esboça, em vários trechos, análises de fatos modernos, de dependência propriamente sociológica (a bricolagem, a arte contemporânea, a alimentação, os nomes próprios, a indumentária). O sociólogo, ou, para falar mais amplamente, o analista da sociedade contemporânea dispõe, pois, aqui, de princípios de pesquisa e de exemplos que pode confrontar com a sua própria reflexão.

---

3. Paris, PUF, col. "Mythes et Religions", 1962.
4. Paris, Plon, 1962.

Viu-se que a aldeia de Iona constituía um excelente objeto de análise estrutural, na medida em que a sua construção (e por consequência o seu uso) implicava uma sócio-lógica, que cabe ao analista reconstituir. Esse exemplo seria singular? Quais são os objetos da sociedade moderna que se oferecem à análise estrutural? Qual poderia ser o terreno de uma sociologia das funções (no sentido lógico do termo)? Aqui é o postulado do método que responde por si mesmo: é provável que, para Cl. Lévi-Strauss, todas as "produções" humanas, objetos, ritos, artes, instituições, papéis desempenhados, usos, nunca cheguem ao consumo sem ser submetidos pela própria sociedade à mediação do intelecto: não há nenhuma *práxis* de que o espírito humano não se tenha apossado, que ele não recorte, não reconstitua sob a forma de um sistema de práticas[5]. Se o intelecto é um mediador soberano, se ele impõe necessariamente uma forma à matéria e aos atos que a transformam ou a consomem (mas essa forma varia evidentemente com as sociedades), não há nenhuma razão para excluir da análise estrutural qualquer objeto que seja, se ele for social (mas acaso existem outros?): o que quer que se lhe apresente, o analista deve encontrar aí o rastro do espírito, o trabalho coletivo que foi realizado pelo pensamento para submeter o real a um sistema lógico de formas; quer se trate de uma aldeia, de uma roupa, de uma refeição, de uma festa, de um uso, de uma função, de uma ferramenta, de uma instituição ou de um ato, mesmo criador, se for normalizado, que todos esses elementos do material social pertençam a uma

---

5. "Sem questionar o incontestável primado das infraestruturas, acreditamos que, entre *práxis* e práticas, se intercala sempre um mediador, que é o esquema conceitual por cuja operação uma matéria e uma forma, desprovidas uma e outra de existência independente, se realizam como estruturas, isto é, como seres ao mesmo tempo empíricos e inteligíveis." (*La pensée sauvage*, op. cit., p. 173.)

sociedade "primitiva", histórica ou moderna, todos se inscrevem nessa sócio-lógica, postulada, chamada e em muitos pontos fundada pela obra de Cl. Lévi-Strauss. Em suma, no essencial das superestruturas, nada pode separar em direito a etnologia da sociologia e da história (com a condição de que ela cesse de ser ligada apenas aos acontecimentos): é porque o inteligível está por toda parte que não pode haver em ciências humanas objetos reservados; é porque a sociedade, seja ela qual for, se empenha em estruturar imediatamente o real que a análise estrutural é necessária.

A etnologia estrutural elaborada por Cl. Lévi-Strauss implica pois, por seu método e fins, uma universalidade de campo que a faz encontrar todos os objetos da sociologia. É preciso entretanto observar (sem retomar um debate antigo[6]) que o objeto sociológico difere do objeto etnológico em dois pontos (só se fala aqui das diferenças de interesse estrutural). Primeiro, o seguinte: aquilo a que se chama *massificação* parece pôr em xeque o método estrutural na medida em que o número, ao que parece, não pode ser dominado senão por métodos estatísticos: onde a análise estrutural procura desvios qualitativos (entre unidades), a sociologia estatística procura médias; a primeira visa à exaustividade, a segunda à globalidade. É necessário ainda precisar aquilo que o número modifica. A sociedade de massa se caracteriza pela multiplicação mecânica de cada modelo que elabora: um jornal, um automóvel, um mantô são reproduzidos em milhões de exemplares; a mesma aldeia de lona se reencontra em dez pontos do Mediterrâneo. Mas se os modelos originais são em número reduzido (e é o caso), nada, a bem dizer, impede a sua estruturação: estruturar (será ainda preciso repetir?)

---

6. Sobre as relações entre a etnologia, a antropologia e a sociologia, cf. Cl. Lévi-Strauss, *Anthropologie structurale*, Paris, Plon, 1958, cap. XVII.

não consiste absolutamente em contar unidades, mas em levantar diferenças; pouco importa, do ponto de vista do inteligível, que o número de carros Citroën 2 CV* exceda em muito o dos Facel-Vega; o que conta, para compreender não o mercado de automóveis, mas a "imagem" automóvel, é que esses dois modelos existam através de um corpo (um "sistema") de diferenças institucionais[7]. Em razão disso, uma sociologia estrutural teria possibilidade de respeitar muito mais do que outra os traços finos, aberrantes, desviantes, da sociologia de massa, que a sociologia estatística considera insignificantes: não é porque um fenômeno é raro que significa menos; pois aquilo que significa, não é o fenômeno em si, é a sua relação com outros fenômenos, antagônicos ou correlativos; a sociologia estatística implica em maior ou menor grau uma sociologia da normalidade; o que se pode ao contrário esperar de uma sociologia estrutural é que ela seja verdadeiramente uma sociologia da totalidade, pois, a seus olhos, uma relação, mesmo que una elementos raros, não pode ser "excepcional": existem muito menos loucos do que homens sensatos; mas o que conta muito, *em primeiro lugar*, é que a sociedade comporta institucionalmente uma relação de exclusão[8]; a boa literatura é um produto de consumo raro; mas o que conta é que a própria sociedade estabeleça uma relação estrutural entre duas literaturas: a boa e a má: o que define a "boa" literatura não é *em primeiro*

---

* Citroën 2 CV (dois cavalos fiscais de força): modelo de carro extremamente popular na França até os anos 1970. (N. T.)

7. Volta-se a encontrar aqui a distinção saussuriana entre a Língua (Langue), sistema abstrato de injunções, e a Fala (Parole), processo de atualização da Língua.

8. Cf. Michel Foucault, *Histoire de la folie* [*História da loucura*], Paris, Plon, 1963. – A relação de exclusão pode ser diversamente preenchida pelas sociedades e épocas, e o número aí não tem nenhum valor estrutural: não é necessariamente a minoria que é excluída.

lugar um conteúdo estético, é determinado lugar num sistema geral de produções escritas. Bastaria pois fazer um levantamento dos modelos, pouco numerosos, que as nossas sociedades lançam maciçamente em circulação para obter o corpo de formas, de relações em seguida, graças ao qual a sociedade torna inteligível para si mesma as suas literaturas ou os seus automóveis, ou, mais exatamente, torna o mundo inteligível por meio de seus automóveis e literaturas.

Naturalmente, o número de compradores do 2 CV e do Facel-Vega não é indiferente: tem importância decisiva quando se trata de estudar a economia do mercado automobilístico e o tipo de vida dos consumidores. Mas, de um ponto de vista estrutural, não é um signo, é apenas um índice: o número de compradores do 2 CV lembra o uso particular de uma palavra, cuja repetição no discurso "trai" a situação, o humor, e até mesmo, se quiser, o inconsciente do locutor; o fato de que uma determinada sociedade prefira, a preços iguais, tal modelo de carro a tal outro não informa sobre a estrutura, mas sobre o jeito particular como um grupo social (os compradores do modelo) se serve dessa estrutura. Eis por que, paradoxalmente, as relações entre a sociedade de classes e a sociedade de massa certamente não poderão ser analisadas senão no nível de uma sociologia estrutural que terá sabido distinguir entre o *sentido* dos modelos globais e o seu consumo particular.

Há outro ponto, entretanto, em que as sociedades etnológicas e sociológicas diferem de maneira mais consequente, parece, do que no que se refere ao número. As sociedades ditas primitivas são sociedades sem escrita. Segue-se que a escrita e todas as formas institucionais de discurso que dela derivam servem para definir na sua especialidade mesma as sociedades sociológicas (inclusive, é claro, as sociedades históricas): a sociologia é a análise das sociedades "escreventes". Isso não é absolutamente restringir o seu papel: é difícil imaginar, o que quer que seja, na sociedade moderna, que não passe, em dado momento, pela mediação da escrita; não somente a escrita partilha todas as funções a cargo, noutros casos, da comunicação oral (mitos, narrativas, informações, jogos), mas também se desempenha vigorosamente a serviço de outros meios de comunicação: a serviço da imagem (na imprensa ilustrada), a serviço dos próprios objetos (os objetos "encontram" a escrita no nível do catálogo e da publicidade que são, não há dúvida, poderosos fatores de estruturação[9]). Ora, a escrita tem por função constituir reservas de linguagem; essas reservas estão fatalmente ligadas a certa solidificação da comunicação linguística (pôde-se falar de uma reificação da linguagem[10]): a escrita gera *escritas*, ou, se preferir, "literaturas", e é através dessas escritas ou literaturas que a sociedade de massa traduz sua realidade em instituições, práticas, objetos e até em acontecimentos, pois que o acontecimento é doravante sempre *escrito*. Noutras palavras, há sempre um momento em que a sociedade de massa acaba por estruturar o real através da linguagem, pois que ela "escreve" não somente o que outras sociedades "falam" (narrativas), mas também aquilo que estas se contentam em fabricar (ferramentas) ou "agir" (ritos, costumes). Ora, a linguagem, como se sabe, já é ela própria uma estrutura – e das mais fortes que há. A sociedade de massa estrutura então o real de duas maneiras concomitantes: produzindo-o e escrevendo-o; um automóvel é ao mesmo tempo elemento de uma estrutura "automóvel" e o objeto de um discurso (publicidade, conversação, literatura); oferece-se à inteligência por duas vias: a das formas e a das palavras.

---

9. A Publicidade foi até agora pensada em termos de motivação, não em termos de significação.
10. Cf. J. Gabel, *La fausse conscience*, Paris, Éd. de Minuit, 1962, p. 127 e 209.

Determinar a relação dessas duas estruturas seria capital: a escrita confirma, dobra ou contraria a versão agráfica do inteligível já fornecida pelas próprias práticas? A aldeia de lona real (ou pelo menos material) será a mesma aldeia de lona do prospecto e das conversações? Noutros termos, teria a linguagem, nas sociedades com escrita, uma função de pura denotação ou, ao contrário, de conotação complexa? No segundo caso, a análise estrutural não poderia fazer outra coisa senão desenvolver, por assim dizer, uma sociologia da conotação, cujo material seria evidentemente linguístico, e cujo objeto seria a estrutura segunda que a sociedade impõe, escrevendo, a um real que ela já estrutura quando o fabrica.

Resta o problema do método. De que se trata? De encontrar o sistema ou os sistemas de classificação de uma sociedade[11]: cada sociedade classifica os objetos à sua maneira, e essa maneira constitui o próprio inteligível que ela se proporciona: a análise sociológica deve ser estrutural, não porque os objetos sejam estruturados "em si", mas porque as sociedades não cessam de os estruturar[12]; a taxinomia seria em suma o modelo heurístico de uma sociologia das superestruturas. Ora, como ciência geral, a taxinomia não existe; existem sem dúvida taxinomias parciais (botânicas, zoológicas, mineralógicas), mas, além de serem essas classificações temporárias (e nada ilustra melhor o caráter histórico e ideológico dos modelos de classificação, a ponto de uma história das formas, que ainda está por fazer, ter talvez tanto a aprender quanto a história dos conteúdos sobre a qual há tanto acirramento), elas ainda não foram observadas no nível de nossa sociedade de massa: nada sabemos da maneira

---

11. "Como Durkheim parece ter entrevisto às vezes, é numa sócio-lógica que reside o fundamento da sociologia." (*La pensée sauvage, op. cit.*, p. 101.)

12. "A estruturação possuiria... uma eficácia intrínseca, quaisquer que fossem os princípios e os métodos de que se inspire." (*Ibid.*, p. 19.)

como essa sociedade classifica, reparte, junta, opõe os objetos inumeráveis que produz, e cuja produção mesma é um ato imediato de classificação; fica pois por reconstituir um número grande de taxinomias particulares, mas também edificar, a partir daí, por assim dizer, uma taxinomia das taxinomias: porque, se há realmente sociedade de massa, é preciso admitir que sempre há ou contágio de um modo padrão de classificação para uma infinidade de objetos, ou correspondências homológicas entre vários modos de classificação.

Quais são as classificações que a pesquisa taxinômica pode produzir? Não são forçosamente aquelas que o "bom senso" nos propõe (embora essas classificações do "bom senso" tenham elas próprias a sua significação). Ao tratar dos alimentos modernos, classificamos os produtos segundo uma tipologia racional: frutas de um lado, bebidas do outro etc.[13]: essa é uma classificação preguiçosa, verbal (trata-se de uma tipologia linguística que determina grupos sempre que existe um termo genérico); mas Cl. Lévi-Strauss bem o mostra, pode-se operar outros agrupamentos: certa "lógica da percepção" levará a agrupar de um lado a cereja silvestre, a canela, a baunilha e o xerez, e do outro o chá do Canadá, a lavanda, a banana, retomando aliás nessas associações os resultados da análise química, pois que esta detecta em cada grupo um elemento comum (aqui o aldeído e ali os ésteres)[14]. Seria exatamente a tarefa de uma taxinomia "sociológica" encontrar os sistemas de objetos que a sociedade consome, através da linguagem, além dela, e por vezes talvez contra ela. Se, sob esse ponto de vista, nada se sabe ainda da ordem de nossas

---

13. Trata-se, no geral, de uma classificação "comercial", cuja unidade seria a loja especializada. Mas sabe-se que, com os armazéns polivalentes, uma nova classificação alimentícia está em vias de produzir-se.

14. *La pensée sauvage, op. cit.*, p. 20.

representações alimentícias[15], a cor já pode fornecer algumas observações; Cl. Lévi-Strauss tratou disso do ponto de vista etnológico[16]; suas observações são perfeitamente corroboradas por uma análise semântica dos textos de Moda: a despeito das aparências (ela parece manipular uma grande profusão de cores), a Moda contemporânea só conhece dois grandes grupos significantes de cores (eles estão, evidentemente, em oposição): as cores "marcadas" (é o *colorido*) e as cores "neutras"; levado de certo modo por essa oposição, o inteligível pode muito bem dividir uma só e mesma cor: existem pretos brilhantes e pretos foscos, e é esta oposição que significa, não aquela, por exemplo, entre o preto e o branco.

Parece pois que as categorias do inteligível são específicas. Daí o interesse enorme que haveria em encontrá-las. E, sobre esse ponto, a grande contribuição metodológica de Cl. Lévi-Strauss, aquela que encontrará certamente as maiores resistências, pois que toca no tabu formalista, é, se quiser, ter "desprendido" resolutamente as formas dos "conteúdos". É preciso lembrar aqui que não somente a etnologia, mas também uma boa parte da sociologia – na medida em que trata desses problemas – descrevem geralmente as correspondências do sensível com o "resto" (ideias, crenças, afetos) sob a forma de *símbolos* (esse é o termo consagrado pela sociologia); ora, o símbolo se define como a união solitária, se assim se pode dizer, de um significante com um significado, cuja equivalência se lê em profundidade, não sendo cada forma senão a materialização mais ou menos analógica de um conteúdo específico (por exemplo, um arquétipo inconsciente). A análise de Cl. Lévi-Strauss tende a

---

15. Roland Barthes, "Pour une psycho-sociologie de l'alimentation contemporaine", *Annales*, set.-out. de 1961, p. 977-86.
16. *La pensée sauvage*, *op. cit.*, particularmente p. 75.

substituir essa imagem de algum modo profunda da relação entre a superestrutura e a infraestrutura por uma imagem extensiva da relação das formas entre si; ao estudar, na esteira de Cl. Lévi-Strauss, primeiro os "desvios diferenciais" das formas de determinada sociedade, depois a maneira como esses desvios se agrupam, se correspondem segundo certos procedimentos de homologia[17], pode-se esperar atingir não mais imagens dispersas, ao mesmo tempo erráticas e analógicas, do social, mas um corpo estruturado de funções formais, e substituir assim uma sociologia dos *símbolos* por uma sociologia dos *signos*: contrariamente ao símbolo, o signo é de fato definido não por sua relação analógica, e de algum modo natural, com o conteúdo, mas essencialmente por seu lugar dentro do sistema de diferenças (de oposições no plano paradigmático e de associações no plano sintagmático). Esse sistema de signos é que é a marca que uma sociedade imprime no real, no seu real; noutras palavras, a mediação do sensível não se estabelece no nível da imagem parcelar (símbolo), mas de um sistema geral de formas (signos). Ao introduzir a uma sócio-lógica ou, se preferir, a uma semiologia (e não a uma simbólica), a etnologia de Cl. Lévi-Strauss não faz mais do que atacar de frente o problema que sempre perturbou consideravelmente a sociologia das superestruturas, e que é o da mediação que a sociedade dispõe entre o real e as suas imagens; até aqui, essa mediação parece ter sido concebida de uma maneira demasiado curta; o recurso à dialética não impediu os sociólogos historizantes de conceber no fundo a imagem coletiva como uma espécie de produto analógico do real, segundo a ideia implícita de que cada conteúdo determina diretamente a sua forma.

---

17. "Se nos permitirem a expressão, *não são as semelhanças, mas as diferenças que se assemelham*." (*Le totémisme aujourd'hui, op. cit.*, p. 111.)

Cl. Lévi-Strauss convida ao contrário a descrever *in extenso* as formas mediacionais elaboradas pela sociedade e a substituir as antigas cadeias causais, de modelo analógico, por novos sistemas de significação, de modelo homológico. Assim, ao passo que durante muito tempo se interrogou (sem grande resultado) sobre as *razões* que levavam determinado clã a tomar como totem determinado animal (problema simbólico, portanto analógico), Cl. Lévi-Strauss propõe confrontar não o clã e o animal, mas as relações entre os clãs e as relações entre os animais; o clã e o animal desaparecem, um como significado, o outro como significante: é a organização de uns que significa a organização dos outros e a própria relação de significação remete à sociedade real que a elabora. Pode-se imaginar da mesma forma (para sugerir simplesmente que tal método pode aplicar-se a um material contemporâneo) que, num sistema de representações como o das imagens atuais da realeza (cuja importância na imprensa é conhecida), cada "papel" não remete diretamente a um arquétipo, social ou psicológico (o Rei, o Chefe, o Pai), mas é apenas no nível do "mundo" da realeza (família expandida ou "gente"), como sistema formal de papéis, que a significação começa[18].

Parece pois que, em dois pontos pelo menos (especificidade de categorias semânticas e análise formal dos desvios diferenciais), a sócio-lógica postulada por Cl. Lévi-Strauss pode ser estendida, *mutatis mutandis*, das sociedades etnológicas às sociedades sociológicas. Resta o problema da natureza formal dessa lógica. Cl. Lévi-Strauss, seguindo neste caso o modelo linguístico, acha que se trata essencial-

---

18. A "formalização" da família real explicaria então que o papel carismático possa ser indiferentemente confiado a um rei ou a uma rainha, desde que a distribuição formal dos papéis seja respeitada: o casal Elisabeth-Philip é perfeitamente homológico ao casal Shah-Farah.

mente de uma lógica binária[19]: a mente construiria sempre pares de termos antagônicos (do tipo *marcado/não marcado*), mas a substância desses contrários não seria estável e não teria evidentemente valor antropológico: uma sociedade pode opor o branco ao preto, uma outra o preto brilhante ao preto fosco. O binarismo é uma hipótese lógica sedutora: conhece-se o sucesso que teve em fonologia, em cibernética, e talvez mesmo em fisiologia[20]. Entretanto, já surgem limites, impõem-se acomodações; A. Martinet recusa reconhecer ao binarismo das oposições fonológicas um estatuto universal, e R. Jakobson completou o esquema de oposições binárias (*a/b*) acrescentando-lhe dois termos derivados, um neutro (nem *a* nem *b*), outro misto (ao mesmo tempo *a* e *b*); o próprio Cl. Lévi-Strauss muitas vezes reconheceu a importância do termo neutro ou grau zero[21]. Pode-se perguntar (mas isso é apenas uma ideia, nem mesmo uma hipótese) se precisamente em face das sociedades etnológicas cuja lógica seria binária (ainda quando pratiquem o grau zero do signo) as sociedades sociológicas não tenderiam a desenvolver lógicas mais complexas (ou simplesmente menos afirmadas), quer multipliquem o recurso aos termos derivados da oposição-mater, quer tenham o poder de imaginar *séries* de termos, isto é, em suma, paradigmas intensivos, nos quais a língua introduziria um descontínuo totalmente relativo. Seria evidentemente a tarefa essencial de uma sócio-lógica

---

19. Cl. Lévi-Strauss fala da "emergência de uma lógica que opera por meio de oposições binárias e coincide com as primeiras manifestações do simbolismo" (*Le totémisme aujourd'hui, op. cit.*, p. 145).

20. Cf. V. Belevitch, *Langage des machines et langage humain* [Linguagem das máquinas e linguagem humana], Paris, Hermann, 1956, p. 74-5.

21. Particularmente a propósito do *maná* como valor simbólico zero ("Introduction à l'oeuvre de Marcel Mauss", *in* M. Mauss, *Sociologie et anthropologie* [Sociologia e antropologia], Paris, PUF, 1950, p. XLIX ss).

aplicada às sociedades modernas estabelecer, na sua generalidade mais formal, o tipo de lógica, binária, complexa, serial ou outra, de que essas sociedades se servem para pensar o seu real. Restaria, bem entendido, por estabelecer se a complicação ou o abandono do binarismo vêm de que as nossas sociedades tendem a elaborar uma lógica original, ou se, ao contrário, existe aí apenas um modo de mascarar um binarismo real (mas vergonhoso) sob a aparência de uma razão puramente discursiva; a confusão lógica da modernidade poderia então constituir um processo de reificação perfeitamente histórico. Como as sociedades "primitivas" fundam a sua própria lógica para passar da natureza à cultura, assim também, mas inversamente, as sociedades modernas, "embaralhando" a sua lógica, não fariam mais que abrigar-se por trás desse retorno mítico do cultural ao natural, que marca paradoxalmente a maioria das ideologias e das morais de nosso tempo. Se assim é, a análise formal não pode falhar em nada na função humanista do trabalho sociológico, pois que ela se dá como tarefa reencontrar, por trás das razões da sociedade de massa, ou, se preferir, em suas narrativas, a sócio-lógica de que essas razões são a máscara e essas narrativas o veículo.

Porque é preciso ressaltar, em razão do poder do tabu formalista em todo um cantão de nossa sociedade intelectual, o pensamento de Cl. Lévi-Strauss (e por consequência aquilo que pode proporcionar a uma sociologia do inteligível) é um pensamento profundamente responsável. Para condenar a análise formal sob o pretexto de que ela é um "refúgio" longe da história e do social, é preciso primeiro decretar por petição de princípio que a forma é irresponsável. Todo o esforço de Cl. Lévi-Strauss parece estar, ao contrário, em estender o campo da liberdade humana à ordem de funções reputada até agora insignificante, fútil ou fatal. Para ficar apenas nos dois livros a que fizemos referência, o dinamismo desse pensamento e, pois que não pode haver ciência sem ética, sua generosidade profunda se afirmam aqui em vários planos: primeiro, no plano da história: esta oferece poucos pontos de apoio à etnologia: a maneira como Cl. Lévi-Strauss descreveu o contexto histórico das concepções sobre o totemismo é entretanto um modelo de sociologia histórica[22]; em seguida, no plano da própria ética do social: a sócio-lógica elaborada por Cl. Lévi-Strauss não é um jogo mental indiferente aos fins dos homens que a edificam; é, ao contrário, descrita como um esforço levado a cabo por homens a fim de dominar o descontínuo das coisas e para que "a oposição, em vez de ser um obstáculo à integração, sirva antes para produzi-la"[23]; sobre este ponto, a sócio-lógica talvez venha a estar em condição, um dia, de dar conta das ambiguidades éticas da sociedade de massa, alienada do social (e não mais da natureza), e servindo-se entretanto dessa alienação para compreender o mundo; finalmente, no plano mesmo da cultura: na medida em que se aplica aos atos do intelecto, a sociologia a que Cl. Lévi-Strauss convida é uma sociologia do "propriamente humano": ela reconhece aos homens o poder ilimitado de fazer as coisas significarem.

> *Information sur les sciences sociales*,
> [Informação sobre as ciências sociais],
> vol. 1, nº 4, nova série, 12/1962.

---

22. *Le totémisme aujourd'hui, op. cit.*, introdução.
23. *Ibid.*, p. 128.

A MENSAGEM PUBLICITÁRIA

Toda publicidade é uma mensagem: comporta, de fato, uma fonte de emissão, que é a firma a que pertence o produto lançado (e elogiado), um ponto de recepção, que é o público, e um canal de transmissão, que é precisamente aquilo que se chama de suporte de publicidade; e, como a ciência das mensagens é hoje de atualidade, pode-se tentar aplicar à mensagem publicitária um método de análise que nos veio (bem recentemente) da linguística; para isso, é preciso adotar uma posição *imanente* ao objeto que se quer estudar, isto é, abandonar voluntariamente toda observação relativa à emissão ou à recepção da mensagem e colocar-se no nível da própria mensagem: semanticamente, quer dizer, do ponto de vista da comunicação, como é constituído um texto publicitário (a pergunta é também válida para a imagem, mas esta é muito mais difícil de resolver)?

Sabe-se que toda mensagem é a reunião de um plano de expressão ou significante, e de um plano de conteúdo ou significado. Ora, se se examina uma frase publicitária (a análise seria idêntica para textos mais longos), vê-se logo que tal frase contém na realidade *duas* mensagens, cuja imbricação mesma constitui a linguagem publicitária em sua especialidade: é o que se vai verificar a propósito de dois slogans, tomados aqui como exemplos, em razão de sua simplicidade: *Cozinhe de ouro com Astra* e *Um sorvete Gervais e derreter de prazer**.

A primeira mensagem (é, no caso, uma ordem arbitrária de análise) é constituída por uma frase tomada (se fosse possível) em sua literalidade, feita a abstração, precisamente, de sua intenção publicitária; para isolar essa primeira mensagem, basta imaginar algum índio huroniano ou algum marciano, em suma, alguma personagem vinda de outro mundo que desembarcasse de repente no nosso, que conhecesse perfeitamente, por um lado, a nossa língua (pelo menos o vocabulário e a sintaxe, senão a retórica) e, por outro, ignorasse tudo do comércio, da cozinha, da gulodice e da publicidade; dotado magicamente desse conhecimento e dessa ignorância, esse huroniano ou esse marciano receberia uma mensagem perfeitamente clara (mas a nossos olhos, para nós que *sabemos*, absolutamente estranha); no caso de Astra, tomaria como uma ordem literal para pôr-se a cozinhar e como uma garantia indiscutível de que o trabalho culinário assim realizado teria como resultado uma matéria aparentada ao metal chamado ouro; e, no caso de Gervais, ficaria sabendo que a ingestão de determinado sorvete é infalivelmente seguida de uma fusão de todo o ser sob o efeito do prazer. Naturalmente, a intelecção do nosso marciano não leva absolutamente em conta as metáforas da nossa língua; mas essa surdez particular não o impede absolutamente de receber uma mensagem perfeitamente constituída; porque essa mensagem comporta um plano da expressão (é a substância fônica ou gráfica das palavras, são as relações sintáticas da frase

---

* Em francês: *Cuisinez d'or avec Astra* e *Une glace Gervais et fondre de plaisir*. (N. T.)

recebida) e um plano do conteúdo (é o sentido literal dessas mesmas palavras e dessas mesmas relações): enfim, existe certamente aqui, neste primeiro nível, um conjunto suficiente de significantes e esse conjunto remete a um corpo, não menos suficiente, de significados; com relação ao real que se supõe que toda linguagem "traduza", esta primeira mensagem é chamada de mensagem de *denotação*.

A segunda mensagem não tem absolutamente o caráter analítico da primeira; é uma mensagem global, e tira essa globalidade do caráter singular de seu significado: *esse significado é único e sempre o mesmo, em todas as mensagens publicitárias*: é, numa palavra, a excelência do produto anunciado. Pois é certo que, o que quer que se diga literalmente de Astra ou de Gervais, não me dizem *finalmente* senão uma coisa, a saber, que Astra é a melhor das gorduras e que Gervais é o melhor dos sorvetes; esse significado único é de algum modo o fundo da mensagem, esgota inteiramente a intenção de comunicação: a finalidade publicitária está atingida no momento em que essa segunda mensagem é captada. Quanto ao significante desta segunda mensagem (cujo significado é a excelência do produto), qual é ele? São primeiro as marcas de estilo, nascidas da retórica (figuras de estilo, metáforas, cortes de frases, alianças de palavras); mas como essas marcas estão incorporadas à frase literal que já se abstraiu da mensagem total (e por vezes até a impregnaram toda, quando se trata, por exemplo, de uma publicidade rimada ou ritmada), segue-se daí que o significante da segunda mensagem é na realidade formado pela *primeira mensagem em sua totalidade*, razão por que se diz que a segunda mensagem *conota* a primeira (que já vimos ser de simples denotação). Encontramo-nos pois aqui diante de uma verdadeira arquitetura de mensagens (e não diante de uma simples adição ou sucessão): constituída ela própria por uma reunião de significantes e de significados, a primeira mensagem se torna o mero significante da segunda mensagem, segundo uma espécie de movimento desgarrado, pois que um único elemento da segunda mensagem (seu significante) é extensivo à totalidade da primeira mensagem.

Esse fenômeno de "desgarramento" ou de "conotação" é de grande importância, e muito além do fato publicitário em si mesmo: parece, na verdade, que ele está estreitamente ligado à comunicação de massa (cujo desenvolvimento em nossa civilização se conhece): quando lemos o jornal, quando vamos ao cinema, quando assistimos à televisão e ouvimos o rádio, quando resvalamos os olhos sobre a embalagem do produto que compramos, é quase certo que nunca recebemos e captamos outra coisa que não sejam mensagens conotadas. Sem decidir ainda se a conotação é um fenômeno antropológico (comum, sob formas diversas, a todas as histórias e a todas as sociedades), pode-se dizer que estamos, nós, homens do século XX, numa civilização da conotação, e isso nos convida a examinar o alcance ético do fenômeno; a publicidade constitui sem dúvida uma conotação particular (na medida em que é "franca"), não se pode tomar partido, a partir dela, sobre qualquer espécie de conotação; mas, pela própria clareza de sua constituição, a mensagem publicitária permite pelo menos formular o problema e ver como uma reflexão geral pode articular-se com a análise "técnica" da mensagem, tal como vimos de esboçá-la aqui.

Que acontece então quando se recebe uma dupla mensagem, denotada-conotada (é a situação mesma de milhões de indivíduos que "consomem" a publicidade)? Não se deve acreditar que a segunda mensagem (de conotação) está "escondida" debaixo da primeira (de denotação); muito ao contrário, o que percebemos imediatamente (nós que não somos nem huronianos nem marcianos) é o caráter publicitário da mensagem, é o seu segundo significado (Astra, Gervais são produtos maravilhosos): a segunda mensagem não é sub-reptícia (contrariamente a outros sistemas de conotação em que a conotação é infiltrada, como uma mercadoria contrabandeada, na primeira mensagem, que lhe empresta assim a sua inocência). Em publicidade, o que é preciso explicar, ao contrário, é o papel da mensagem de denotação: por que não dizer, simplesmente, sem dupla mensagem: *comprem Astra, Gervais*? Poder-se-ia certamente responder (e talvez seja a opinião dos publicitários) que a denotação serve para desenvolver argumentos, para persuadir, mas é mais provável (e mais conforme às possibilidades da semântica) que a primeira mensagem sirva mais sutilmente para *naturalizar* a segunda: tira-lhe a finalidade interessada, a gratuidade de sua afirmação, a rigidez de sua cominação; ela substitui o convite banal (*comprem*) pelo espetáculo de um mundo em que é *natural* comprar Astra ou Gervais; a motivação comercial fica assim, não mascarada, mas *duplicada* por uma representação muito mais ampla, pois que faz comunicar o leitor com os grandes temas humanos, aqueles mesmos que em todos os tempos assimilaram o prazer a uma perfusão do ser ou a excelência de um objeto à pureza do ouro. Por sua dupla mensagem, a língua conotada da publicidade reintroduz o sonho na humanidade dos compradores: o sonho, quer dizer sem dúvida certa alienação (a da sociedade concorrencial), mas também certa verdade (a da poesia).

É de fato, no caso, a mensagem denotada (que é ao mesmo tempo o significante do significado publicitário) que detém, por assim dizer, a responsabilidade humana da publicidade: se ela é "boa", a publicidade enriquece; se é "má", a publicidade degrada. Mas o que é ser "boa" ou "má", para uma mensagem publicitária? Evocar a eficácia de um *slogan* não é responder, pois as vias dessa eficácia permanecem incertas: um *slogan* pode "seduzir" sem convencer, e no entanto conduzir à compra só por essa sedução; sem ultrapassar o nível linguístico da mensagem, pode-se dizer que a "boa" mensagem publicitária é aquela que condensa em si a retórica mais rica e atinge com precisão (muitas vezes com uma única palavra) os grandes temas oníricos da humanidade, operando assim essa grande liberação das imagens (ou pelas imagens) que define a poesia mesma. Noutras palavras, os critérios da linguagem publicitária são os mesmos da poesia: figuras retóricas, metáforas, jogos de palavras, todos aqueles signos ancestrais, que são os signos *duplos*, alargam a linguagem rumo a significantes latentes e dão assim ao homem que os recebe o poder mesmo de uma experiência de totalidade. Numa palavra, quanto mais uma frase publicitária contiver duplicidade, ou, para evitar uma contradição nos termos, quanto mais ela for múltipla, melhor preencherá a sua função de mensagem conotada; que um sorvete faça "derreter de prazer", e eis aí reunidos, sob um enunciado econômico, a representação literal de uma matéria que derrete (e cuja excelência está ligada ao seu ritmo de fusão) e o grande tema antropológico do aniquilamento pelo prazer; que uma cozinha seja de ouro, e aí está, condensada, a ideia de um valor inestimável e de uma matéria crocante. A excelência do significante publicitário depende assim do poder, que é preciso saber dar-lhe, de *ligar* o leitor à maior quantidade de "mundo" possível: o mundo, quer dizer: experiência de antiquíssimas imagens, obscuras e profundas sensações do corpo, denominadas poeticamente por gerações, sabedoria das relações do homem com a natureza, acesso paciente da humanidade a uma inteligência das coisas através do único poder incontestavelmente humano: a linguagem.

Assim, pela análise semântica da mensagem publicitária, podemos compreender que o que "justifica" uma linguagem não é absolutamente a sua submissão à "Arte" ou à "Verdade", mas, muito ao contrário, a sua duplicidade; ou ainda melhor: que essa duplicidade (técnica) não é de forma alguma incompatível com a franqueza da linguagem, pois essa franqueza depende não do *conteúdo das asserções*, mas do caráter declarado dos sistemas semânticos empenhados na mensagem; no caso da publicidade, o significado segundo (o produto) é sempre exposto claramente por um sistema franco, quer dizer, que deixa ver a sua duplicidade, pois esse sistema *evidente* não é um sistema *simples*. De fato, pela articulação das duas mensagens, a linguagem publicitária (quando "tem êxito") dá-nos abertura para uma representação falada do mundo que o mundo pratica há muitíssimo tempo e que é a "narrativa": toda publicidade *diz* o produto (é a sua conotação) mas *conta* outra coisa (é a sua denotação); é por isso que só se pode colocá-la no rol dos grandes alimentos de nutrição psíquica (segundo a expressão de R. Ruyer) que são para nós a literatura, o espetáculo, o cinema, o esporte, a Imprensa, a Moda; ao tocar o produto pela linguagem publicitária, os homens lhe dão *sentido* e transformam assim o seu simples uso em experiência do espírito.

Les cahiers de la publicité,
nº 7, julho-setembro de 1963.

SEMÂNTICA DO OBJETO

Gostaria de apresentar-lhes algumas reflexões sobre o objeto em nossa civilização, que se chama comumente de civilização técnica; gostaria de colocar essas reflexões no âmbito de uma pesquisa que hoje se desenvolve em vários países sob o nome de semiologia ou ciência dos signos. A semiologia ou, como se diz em inglês, *semiotics*, foi postulada já há cerca de uns cinquenta anos pelo grande linguista genebrino Ferdinand de Saussure, que havia previsto que a linguística um dia não seria mais que um departamento de uma ciência, muito mais geral, dos signos, que ele chamava precisamente de semiologia. Ora, esse projeto semiológico recebeu, de alguns anos para cá, uma atualidade, uma força nova, porque outras ciências, outras disciplinas anexas se desenvolveram consideravelmente, e em particular a teoria da informação, a linguística estrutural, a lógica formal e certas pesquisas de antropologia; todas essas pesquisas concorreram para colocar em primeiro plano a preocupação de uma disciplina semiológica que estudasse como os homens dão sentido às coisas. Até o presente momento, uma ciência estudou como os homens dão sentido aos sons articulados: é a linguística. Mas como os homens dão sentido às coisas que não são sons? É essa exploração que permanece atualmente como preocupação dos pesquisadores. Se ela ainda não deu passos decisivos, é por várias razões; primeiro porque só se estudaram, neste plano, códigos extremamente rudimentares, que não são de interesse sociológico, como, por exemplo, o código de trânsito; em seguida, porque tudo que significa no mundo está sempre, em maior ou menor grau, misturado com linguagem: nunca se têm sistemas significantes de objetos em estado puro; a linguagem intervém sempre, como polia de transmissão, principalmente nos sistemas de imagens, como títulos, legendas, artigos; é por isso que não é correto dizer que estamos exclusivamente na civilização da imagem. É então nesse quadro geral de uma pesquisa semiológica que eu gostaria de lhes apresentar algumas reflexões, rápidas e sumárias, sobre a maneira como os objetos podem significar no mundo contemporâneo. E aqui quero precisar imediatamente que atribuo um sentido muito forte à palavra *significar*; não se deve confundir *significar* e *comunicar*: *significar* quer dizer que os objetos não veiculam apenas informações, caso em que eles comunicariam, mas constituem também sistemas estruturados de signos, isto é, essencialmente sistemas de diferenças, oposições e contrastes.

E em primeiro lugar, como definiremos os objetos (antes de ver como podem significar)? Os dicionários dão definições vagas do objeto: o objeto é aquilo que se oferece à vista, é aquilo que é pensado com relação ao sujeito que pensa, enfim, como diz a maioria dos dicionários, o objeto é *alguma coisa*, definição que não nos ensina nada, a menos que tentemos ver quais são as conotações da palavra *objeto*. Quanto a mim, eu veria dois grandes grupos de conotações; de início, um primeiro grupo constituído por aquilo que eu chamaria de conotações existenciais do objeto. O objeto, muito rapidamente, toma a nossos olhos a aparência ou a existência de algo que é inumano, que teima em existir, um pouco contra o homem; nesta perspectiva, há numerosos desenvolvimentos, numerosos tratamentos literários do objeto: em *La nausée* [*A náusea*] de Sartre, páginas célebres são dedicadas a essa espécie de insistência do objeto em estar fora do homem, em existir fora do homem, provocando um sentimento de náusea do narrador diante dos troncos de árvore num jardim público, ou de sua própria mão. Em outro estilo, o teatro de Ionesco faz-nos assistir a uma espécie de proliferação extraordinária dos objetos: os objetos invadem o homem, que não pode se defender e que fica, de certo modo, asfixiado por eles. Há também um tratamento mais estético do objeto, apresentado como possuidor de uma espécie de essência a ser reconstituída, e é esse tratamento que se encontra quer nos pintores de naturezas-mortas, quer no cinema de alguns diretores, cujo estilo consiste exatamente em refletir sobre o objeto (estou pensando em Bresson); no que se costuma chamar de Novo Romance, há também um tratamento particular do objeto, descrito com precisão em sua estrita aparência. Nessa direção, vemos pois que há sempre uma escapada do objeto em direção do infinitamente subjetivo; e por isso mesmo, basicamente, todas essas obras tendem a mostrar que o objeto desenvolve para o homem uma espécie de absurdo, e que ele tem de algum modo o sentido de um contrassenso; ele está presente para dizer que não tem sentido; assim, mesmo sob essa perspectiva, encontramo-nos num clima de algum modo semântico. Há também outro grupo de conotações sobre as quais me apoiarei na sequência de minha exposição: são as conotações "tecnológicas" do objeto. O objeto se define então como o que é fabricado; é a matéria acabada, estandardizada, formada e normalizada; isto é, submetida a normas de fabricação e de qualidade; o objeto é então definido principalmente como um elemento de consumo: certa ideia do objeto é reproduzida em milhões de exemplares no mundo, em milhões de cópias: um telefone, um relógio, um bibelô, um prato, um móvel, uma caneta são verdadeiramente aquilo que chamamos correntemente de objetos; o objeto não mais escapa em direção do infinitamente subjetivo, mas em direção do infinitamente social. É desta última concepção de objeto que eu gostaria de partir.

Geralmente definimos o objeto como "alguma coisa que serve para alguma coisa". O objeto fica, por conseguinte, à primeira vista, inteiramente absorvido numa finalidade de uso, naquilo que chamamos de função. E, pelo fato mesmo, há, espontaneamente sentida por nós, uma espécie de transitividade do objeto: o objeto é o homem agindo sobre o mundo, modificando o mundo, estando no mundo de maneira ativa; o objeto é uma espécie de mediação entre a ação e o homem. Poderíamos observar neste momento, aliás, que não há, por assim dizer, objeto *para nada*; existem por certo objetos apresentados sob a forma de bibelôs inúteis, mas esses bibelôs têm sempre uma finalidade estética. O paradoxo que eu queria apontar é que esses objetos que têm sempre, em princípio, uma função, uma utilidade, um uso, nós achamos que os vivemos como instrumentos puros, quando de fato veiculam outras coisas, são também outra coisa: veiculam sentido; noutras palavras, o objeto serve efetivamente para alguma coisa, mas serve também para comunicar informações; o que poderíamos resumir numa frase, dizendo que sempre há um sentido que transborda do uso do objeto. Pode-se imaginar um objeto mais funcional do que um telefone? Entretanto, a aparência de um telefone sempre teve um sentido independente de sua função: um telefone branco transmite certa ideia de luxo ou de feminilidade; existem telefones burocráticos, telefones fora de moda, que transmitem a ideia de certa época (1925); enfim, o telefone em si é suscetível de fazer parte de um sistema de objetos-signos; da mesma forma, uma caneta alardeia necessariamente certo sentido de riqueza, de simplicidade, de seriedade, de fantasia etc.; os pratos, nos quais comemos, têm também sempre um sentido e, quando não têm, quando fingem não ter, pois bem, acabam por ter o sentido de não ter sentido nenhum. Por conseguinte, não há nenhum objeto que escape do sentido.

Quando é que se produz essa espécie de semantização do objeto? Quando começa a significação do objeto? Estaria tentado a dizer que isso se produz logo que o objeto é produzido e consumido por uma sociedade de homens, logo que ele é fabricado, normalizado; aqui abundariam os exemplos históricos; por exemplo, sabemos que os antigos soldados da república romana costumavam jogar sobre os ombros uma coberta para proteger-se da chuva, das intempéries, do vento, do frio; naquele momento, evidentemente, essa roupa como objeto não existia ainda, não tinha nome, não tinha sentido; estava reduzida a um simples uso; mas a partir do dia em que se cortaram cobertas, em que foram tratadas em série, em que lhes deram uma forma padronizada, em que encontraram um nome para elas, essa vestimenta sem nome passou a ser a "pênula", nesse momento essa vaga coberta passou a ser o veículo de um sentido que foi "militarizado". Todos os objetos que fazem parte de uma sociedade têm um sentido; para encontrar objetos privados de sentido, seria preciso imaginar objetos perfeitamente improvisados; ora, a bem dizer, eles não existem; uma página célebre de Cl. Lévi-Strauss em *La pensée sauvage* diz-nos que a bugiganga, a invenção do objeto por um bugigangueiro, por um amador, é, ela própria, busca e imposição de um sentido ao objeto; para encontrar objetos absolutamente improvisados, seria preciso chegar a estados completamente associais; pode-se imaginar que um maltrapilho, por exemplo, ao improvisar calçados com papel de jornal, produz um objeto perfeitamente livre; mas nem mesmo isso é; bem depressa esse papel de jornal se tornará exatamente o *signo* do maltrapilho. Em suma, a função de um objeto torna-se sempre, pelo menos, o próprio signo dessa função: nunca há objetos, em nossa sociedade, sem uma espécie de suplemento de função, uma ligeira ênfase que faz com que os objetos pelo menos se signifiquem sempre a si mesmos. Por exemplo, por mais que eu precise realmente telefonar e para isso precise ter um telefone em cima da minha mesa, isso não impede que, aos olhos de certas pessoas que virão me visitar, que não me conhecem muito bem, esse telefone funcione como um signo, o signo de que eu sou um homem que precisa ter contatos em sua profissão; e mesmo esse copo de água, que realmente usei, porque estava realmente com sede, pois bem, apesar de tudo, não posso fazer nada para impedir que ele funcione como o signo mesmo do conferencista.

Como qualquer signo, o objeto está na encruzilhada de duas coordenadas, de duas definições. A primeira dessas coordenadas é aquilo que eu chamaria de uma coordenada simbólica: todo objeto tem, se assim se puder dizer, uma profundidade metafórica, remete a um *significado*; o objeto sempre tem pelo menos um significado. Tenho uma série de imagens: são imagens tiradas da publicidade: você vê que ali há um abajur, e compreendemos de imediato que esse abajur significa a noite, o noturno, mais exatamente; se você tem uma publicidade para as massas italianas (falo de uma publicidade francesa), é evidente que o tricolor (verde amarelo e vermelho) funciona como o signo de certa italianidade; portanto, primeira coordenada, a coordenada simbólica, constituída pelo fato de que todo objeto é pelo menos o significante de um significado. A segunda coordenada é aquilo que eu chamaria de coordenada de classificação, ou coordenada taxinômica (a taxinomia é a ciência da classificação); não vivemos sem ter em nós, mais ou menos conscientemente, certa classificação dos objetos, que nos é imposta ou sugerida por nossa sociedade. Essas classificações de objetos são importantíssimas nas grandes empresas, ou nas grandes indústrias, onde se trata de saber como classificar todas as peças, todos os parafusos de uma máquina nos depósitos, e onde é preciso, portanto, adotar critérios de classificação; existe outra ordem de fatos em que a classificação dos objetos é muito importante, e é uma ordem muito cotidiana: é a loja de departamentos; na loja de departamentos, há também certa ideia de classificação dos objetos, e essa ideia, evidentemente, não é gratuita, comporta certa responsabilidade; outro exemplo da importância da classificação dos objetos é a enciclopédia; a partir do momento em que se queira fazer uma enciclopédia, se não se optar pela classificação das palavras por ordem alfabética, está-se obrigado a adotar uma classificação dos objetos.

Uma vez assim estabelecido que o objeto é sempre um signo, definido por duas coordenadas, uma coordenada profunda, simbólica, e uma coordenada extensa, de classificação, gostaria de dizer agora algumas palavras sobre o sistema semântico dos objetos propriamente dito; serão observações prospectivas, pois de fato a pesquisa ainda está por fazer de modo sério. Existe, de fato, um enorme obstáculo ao estudo do sentido dos objetos, e a esse obstáculo chamarei obstáculo da evidência: se devemos estudar o sentido dos objetos, devemos dar a nós mesmos uma espécie de sacudida, de afastamento, para objetivar o objeto, estruturar a sua significação: para isso, há um meio que todo semanticista do objeto pode empregar, e que consiste em recorrer a uma ordem de representações em que o objeto fica entregue ao homem de um modo ao mesmo tempo espetacular, enfático e intencional, que é a publicidade, o cinema ou ainda o teatro. Para os objetos tratados pelo teatro, lembrarei que há indicações preciosas, de uma extrema riqueza de inteligência, nos comentários de Brecht sobre certo número de encenações; o comentário mais famoso concerne à encenação de *Mãe Coragem*, em que Brecht explica muito bem o tratamento longo e complicado a que é preciso submeter certos objetos da encenação para fazê-los significar tal conceito; pois a lei do teatro é que não basta que o objeto representado seja real, é preciso também que o sentido seja de algum modo destacado da realidade: não basta apresentar ao público uma roupa de taverneira realmente usada para que signifique a usura; é preciso que você invente, você, o diretor, os signos da usura.

Se, pois, se recorresse a esses tipos de *corpus* bastante artificiais, mas muito preciosos, como o teatro, o cinema e a publicidade, poder-se-ia então isolar, no objeto representado, significantes e significados. Os significantes do objeto são naturalmente unidades materiais, como todos os significantes de qualquer sistema de signos, isto é, das cores, das formas, dos atributos, dos acessórios. Indicarei aqui dois estados principais do significante, por ordem crescente de complexidade.

Primeiro, um estado puramente simbólico; é o que acontece, como já disse, quando um significante, isto é, um objeto, remete a um único significado; é o caso dos grandes símbolos antropológicos, como a cruz, por exemplo, ou o crescente, e é provável que a humanidade disponha neste caso de uma reserva finita de grandes objetos simbólicos, reserva antropológica, ou pelo menos muito amplamente histórica, que depende, portanto, de uma espécie de ciência, ou, em todo caso, de disciplina que se poderia chamar a *simbólica*; essa simbólica foi, em geral, muito bem estudada pelas sociedades passadas, através de obras de arte que a põem em prática; mas será que nós a estudamos realmente, ou será que nos dispomos a estudá-la na nossa sociedade atual? Caberia perguntar-se o que resta desses grandes símbolos numa sociedade tecnicista como a nossa; será que esses grandes símbolos desapareceram, ou se transformaram, ou se ocultaram? São questões que poderíamos levantar para nós mesmos. Penso, por exemplo, numa propaganda que se vê às vezes nas estradas francesas. É a propaganda de uma marca de caminhões; é um exemplo bastante interessante porque o publicitário que concebeu essa tabuleta fez má publicidade, exatamente porque não pensou o problema em termos de signos; querendo indicar que os caminhões duravam muito, representou a palma de uma mão barrada com uma espécie de cruz; para ele, tratava-se de indicar a linha da vida do caminhão; mas estou persuadido de que, em função das regras mesmas da simbólica, a cruz na mão é sentida como o símbolo da morte: mesmo na ordem prosaica da publicidade, seria preciso procurar a organização dessa antiquíssima simbólica.

Outro caso de relação simples – continuamos na relação simbólica entre o objeto e um significado –, é o caso de todas as relações *deslocadas*: entendo com isso que um objeto captado em sua totalidade, ou, se se tratar de publicidade, dado em sua totalidade, só significa, entretanto, por um de seus atributos. Tenho muitos exemplos: uma laranja, embora representada inteira, só significará a qualidade do *suculento* e *que mata a sede*: é o *suculento* que é significado pela representação do objeto, não é todo o objeto: existe pois um deslocamento do signo. Quando se representa uma cerveja, não é essencialmente a cerveja que constitui a mensagem, é o fato de ela estar gelada: há também neste caso deslocamento. É o que se poderia chamar de deslocamento não mais metafórico, mas por metonímia, isto é, por deslizamento de sentido. Esses tipos de significações metonímicas são extremamente frequentes no mundo dos objetos; é um mecanismo importantíssimo por certo, pois o elemento significante é então ao mesmo tempo perceptível – recebemo-lo de modo perfeitamente claro – e, no entanto, de algum modo mergulhado naturalizado naquilo que se poderia chamar de o *ser-aí* do objeto. Chega-se assim a uma espécie de definição paradoxal do objeto: uma laranja é, nesse modo enfático da publicidade, *o suculento mais a laranja*; a laranja está sempre presente como objeto natural para sustentar uma de suas qualidades que se torna o seu signo.

Depois da relação puramente simbólica, há que se examinar todas as significações que estão ligadas a coleções de objetos, a pluralidades organizadas de objetos; são os casos em que o sentido não nasce de um objeto, mas de um agrupamento inteligível de objetos: o sentido fica de algum modo estendido. É preciso tomar cuidado, aqui, para não comparar o objeto com a palavra em linguística, e a coleção de objetos com a frase; seria uma comparação inexata, porque o objeto isolado já é uma frase; é uma questão que está agora bem elucidada pelos linguistas: a questão das *palavras-frases*; quando você vê, no cinema, um revólver, o revólver não é o equivalente da palavra com relação a um conjunto mais amplo; o revólver é por si uma frase, uma frase muito simples evidentemente, cujo equivalente linguístico seria: *eis aqui um revólver*. Noutras palavras, o objeto nunca está – no mundo em que vivemos – no estado de elemento de uma nomenclatura. As coleções significantes de objetos são numerosas, principalmente na publicidade. Mostrei o homem que está lendo à noite: existem nessa imagem quatro ou cinco objetos significantes, que concorrem para fazer passar um sentido global único, o de distensão, de repouso: há o abajur, há o conforto do suéter de lã grossa, há a poltrona de couro, há o jornal; jornal não é livro, não é tão sério, é distração: tudo isso quer dizer que se pode tomar tranquilamente um café, à noite, sem se enervar. Esses agrupamentos de objetos são *sintagmas*, quer dizer, fragmentos estendidos de signos. A sintaxe dos objetos é, evidentemente, uma sintaxe extremamente elementar. Quando se colocam objetos juntos, não se lhes pode atribuir coordenações tão complicadas quanto na linguagem humana. Na realidade, os objetos – sejam os objetos de figuras, ou objetos reais de um ambiente, ou de uma rua – só estão ligados por uma única forma de conexão, que é a parataxe, isto é, a justaposição pura e simples de elementos. Essa espécie de parataxe dos objetos é extremamente frequente na vida: é o regime a que estão submetidos, por exemplo, todos os móveis de um ambiente. O mobiliário de um ambiente concorre para um sentido final (para um "estilo") unicamente por justaposição de elementos. Veja-se um exemplo: trata-se de uma propaganda para uma marca de chá; é preciso significar não a Inglaterra, pois as coisas são mais sutis, mas a *anglicidade* ou a *britanicidade*, se assim posso dizer, isto é, uma espécie de identidade enfática do inglês: tem-se pois, neste caso, mediante um sintagma minuciosamente composto, a persiana das casas coloniais, a roupa do homem, o bigode, o gosto típico dos ingleses pela marinha e pelo hipismo, que está ali, naqueles navios-bibelôs, naqueles cavalos de bronze e, finalmente, lemos espontaneamente nessa imagem, unicamente pela justaposição de certo número de objetos, um significado extremamente forte, que é justamente essa anglicidade de que eu falava.

Quais são os significados desses sistemas de objetos, quais são as informações transmitidas pelos objetos? Aqui, só se pode dar uma resposta ambígua, pois os significados dos objetos dependem muito não do emissor da mensagem, mas do receptor, isto é, do leitor do objeto. Com efeito, o objeto é polissêmico, quer dizer, oferece-se facilmente a várias leituras de sentido: diante de um objeto há quase sempre várias leituras que são possíveis, e isso não apenas de um leitor para outro, mas também, às vezes, no interior de um mesmo leitor. Noutras palavras, cada homem tem em si, por assim dizer, vários léxicos, várias reservas de leitura, segundo o número de saberes, de níveis culturais de que dispõe. Todos esses graus de saber, de cultura e de situação são possíveis diante de um objeto e de uma coleção de objetos. Pode-se até imaginar que, diante de um objeto ou de uma coleção de objetos, tenhamos uma leitura propriamente individual, que investimos no espetáculo do objeto aquilo que se poderia chamar de nossa própria *psiquê*: sabemos que o objeto pode suscitar em nós leituras de nível psicanalítico. Isso não invalida a natureza sistemática, a natureza codificada do objeto. Sabemos que, mesmo quando descemos ao mais fundo do individual, nem por isso se escapa do sentido. Se se propuser o teste de Rorschach a milhares de indivíduos, chega-se a uma tipologia muito estrita das respostas: quanto mais se pensa estar descendo na reação individual, mais se encontram sentidos de algum modo simples e codificados: seja qual for o nível em que nos coloquemos, nessa operação de leitura do objeto, verificamos que o sentido atravessa sempre de fora a fora o homem e o objeto.

Existem objetos fora do sentido, isto é, casos-limites? Não creio. Um objeto não significante, desde que seja assumido por uma sociedade – e não vejo como ele poderia deixar de sê-lo –, funciona pelo menos como o signo do insignificante, ele significa como insignificante. É um caso que se pode observar no cinema: pode-se encontrar diretores cuja arte toda consiste em sugerir, pelos próprios motivos do argumento, objetos insignificantes; mesmo o objeto insólito não está fora do sentido; ele faz com que se procure o sentido: existem objetos diante dos quais nos perguntamos: *que é isso?* Essa é uma forma ligeiramente traumática, mas essa inquietação finalmente dura pouco, os objetos fornecem por si mesmos certa resposta, e por esse fato mesmo, certa tranquilidade. De modo geral, em nossa sociedade, não há objetos que não acabem por fornecer um sentido e reintegrar-se no grande código dos objetos no qual vivemos.

Operamos uma espécie de decomposição ideal do objeto. Num primeiro tempo (sendo tudo isso meramente operacional), verificamos que o objeto se apresenta sempre a nós como útil, funcional: é apenas um uso, um mediador entre o homem e o mundo: o telefone serve para telefonar, a laranja para as pessoas se alimentarem. Depois, num segundo tempo, vimos que, na realidade, a função suporta sempre um sentido. O telefone indica certo modo de atividade no mundo, a laranja significa a vitamina, o suco vitaminado. Ora, sabemos que o sentido é um processo não de ação, mas de equivalências; noutras palavras, o sentido não tem um valor transitivo; o sentido é de certo modo inerte, imóvel; pode-se então dizer que há no objeto uma espécie de luta entre a atividade de sua função e a inatividade de sua significação. O sentido desativa o objeto, torna-o intransitivo, determina-lhe um lugar fixo naquilo que se poderia chamar de quadro vivo do imaginário humano. Esses dois tempos, a meu ver, não são suficientes para explicar o trajeto do objeto; acrescentarei um terceiro: é o momento em que se produz uma espécie de movimento de retorno que vai trazer de volta o objeto do signo para a função; de maneira entretanto algo particular. Com efeito, os objetos não nos dão de maneira franca, declarada, esse sentido que possuem. Quando lemos uma tabuleta do código de trânsito, recebemos uma mensagem absolutamente clara; essa mensagem não faz o jogo da não mensagem, dá-se verdadeiramente como uma mensagem. Da mesma forma, quando lemos letras impressas, temos a consciência de captar uma mensagem. Inversamente, o objeto que nos sugere um sentido continua entretanto a nossos olhos um objeto funcional: o objeto parece sempre funcional mesmo no momento em que o lemos como um signo. Pensamos que uma capa de chuva serve para proteger da chuva mesmo quando a lemos como o *signo* de uma situação atmosférica. Esta última transformação do signo em função utópica, irreal (a Moda pode propor capas de chuva que não poderiam absolutamente proteger da chuva), é, creio eu, um grande fato ideológico, principalmente em nossa sociedade. O sentido é sempre um fato de cultura, um produto da cultura; ora, em nossa sociedade, esse fato de cultura é continuamente naturalizado, transformado em natureza pela palavra, que nos faz acreditar numa situação puramente transitiva do objeto. Acreditamos estar num mundo prático de usos, de funções, de domesticação total do objeto, e na realidade estamos também, pelos objetos, num mundo do sentido, das razões, dos álibis: a função faz nascer o signo, mas esse signo é transformado no espetáculo de uma função. Acredito que é justamente essa transformação da cultura em pseudonatureza que pode definir a ideologia da nossa sociedade.

Conferência pronunciada em setembro de 1964
na fundação Cini, em Veneza, no âmbito
de um colóquio sobre "A arte e a cultura
na civilização contemporânea".
Publicada no volume
Arte e cultura
nella civiltà contemporanea, organizado por
Piero Nardi. © Sansoni, Florença, 1966.

SEMIOLOGIA E URBANISMO

O assunto desta palestra refere-se a certo número de problemas de semiologia urbana.

Mas devo acrescentar que quem quisesse esboçar uma semiologia da cidade deveria ser ao mesmo tempo semiólogo (especialista dos signos), geógrafo, historiador, urbanista, arquiteto e provavelmente psicanalista. Já que é evidente não ser esse o meu caso – na verdade não sou nenhuma dessas coisas, a não ser semiólogo, e mesmo isso mal chego a ser –, as reflexões que vou apresentar-lhes são reflexões de amador, no sentido etimológico da palavra: amador de signos, aquele que ama os signos, amador de cidades, aquele que ama a cidade. Pois eu amo a cidade e os signos. E esse duplo amor (que provavelmente só faz um) me leva a acreditar, talvez com alguma presunção, na possibilidade de uma semiótica da cidade. Em que condições, ou melhor, com que precauções e com que preliminares uma semiologia urbana será possível?

É esse o tema das reflexões que vou apresentar. Gostaria antes de mais nada de lembrar uma coisa muito conhecida que servirá de ponto de partida: o espaço humano em geral (e não somente o espaço urbano) sempre foi significante. A geografia científica e sobretudo a cartografia moderna podem ser consideradas como uma espécie de obliteração, de censura que a objetividade impôs à significação (objetividade que é uma forma como outra qualquer do imaginário). E, antes de falar da cidade, gostaria de lembrar alguns fatos da história cultural do Ocidente, mais precisamente da antiguidade grega: o *habitat* humano, o "oekumene", tal como podemos entrever através dos primeiros mapas dos geógrafos gregos: Anaximandro, Hecateu, ou através da cartografia mental de um homem como Heródoto, constitui um verdadeiro discurso, com as suas simetrias, oposições de lugares, com suas sintaxes, seus paradigmas. Um mapa do mundo de Heródoto, realizado graficamente, é construído como uma linguagem, como uma frase, como um poema, sobre as oposições: países quentes e países frios, países conhecidos e desconhecidos; em seguida, sobre a oposição entre os homens de um lado, e os monstros e quimeras do outro etc.

Se, do espaço geográfico, passarmos agora ao espaço urbano propriamente dito, lembrarei que a noção de *Isonomia*, forjada para a Atenas do século VI por um homem como Clístenes, é um conceito verdadeiramente estrutural pelo qual apenas o centro é privilegiado, pois que todos os cidadãos têm com ele relações que são ao mesmo tempo simétricas e reversíveis[24]. Nessa época, tinha-se da cidade uma concepção exclusivamente significante, pois o conceito utilitário de uma distribuição urbana baseada nas funções e nos empregos, que prevalece incontestavelmente em nossos dias, aparecerá mais tardiamente. Para mim era uma questão importante lembrar esse relativismo histórico no conceito dos espaços significantes.

---

24. Sobre Clístenes e a Isonomia, cf. P. Leveque e P. Vidal-Naquet, *Clisthène l'Athénien* [Paris, Macula, 1983].

Finalmente, foi num passado recente que um estruturalista como Lévi-Strauss fez, em *Tristes tropiques* [*Tristes trópicos*], semiologia urbana, ainda que em escala reduzida, a propósito de uma aldeia bororo cujo espaço ele estudou segundo uma abordagem essencialmente semântica.

É estranho que, paralelamente a essas concepções fortemente significantes do espaço habitado, as elaborações teóricas dos urbanistas não tenham concedido até hoje, se não estou enganado, senão um lugar bastante reduzido aos problemas da significação[25]. Certo que existem exceções, vários escritores falaram da cidade em termos de significação. Um dos autores que melhor exprimiu essa natureza essencialmente significante do espaço urbano foi, para mim, Victor Hugo. Em *Notre Dame de Paris*, Hugo escreveu um belíssimo capítulo, de uma inteligência finíssima, "Este matará aquele"; este, quer dizer o livro; aquele, quer dizer o monumento. Exprimindo-se assim, Victor Hugo prova ter uma maneira bastante moderna de conceber o monumento e a cidade, verdadeiramente como uma escrita, como uma inscrição do homem no espaço. Esse capítulo de Victor Hugo é dedicado à rivalidade entre dois modos de escrita, a escrita pela pedra e a escrita em papel. Além disso, esse tema pode encontrar a sua atualidade nas proposições sobre a escrita de um filósofo como Jacques Derrida. Entre os urbanistas propriamente ditos, quase não se fala de significação: um único nome emerge, a justo título, o do americano Kewin Lynch, que parece estar mais próximo desses problemas de semântica urbana na medida em que se preocupou com pensar a cidade nos termos da consciência que a capta, isto é, com encontrar a imagem da cidade nos leitores dessa cidade. Mas, na realidade, as pesquisas de Lynch, do ponto de vista semântico,

---

25. Cf. F. Choay, *L'urbanisme: utopie et réalité*, Paris, Éd. du Seuil, 1965.

permanecem bastante ambíguas; por um lado, há na sua obra todo um vocabulário da significação (por exemplo, destina um grande espaço à legibilidade da cidade e essa é uma noção importantíssima para nós) e, como bom semanticista, ele tem o senso das *unidades discretas*: tentou encontrar no espaço urbano as unidades descontínuas que, guardadas as devidas proporções, se pareceriam um pouco com fonemas e com semantemas. Essas unidades, ele as chama de caminhos, cercados, bairros, entrelaçamentos, pontos de referência. São categorias de unidades que poderiam facilmente se tornar categorias semânticas. Mas, por outro lado, a despeito desse vocabulário, Lynch tem da cidade uma concepção que permanece mais gestaltista do que estrutural.

Afora esses autores que se aproximam explicitamente de uma semântica da cidade, assiste-se a uma tomada de consciência crescente das funções dos símbolos no espaço urbano. Em vários estudos de urbanismo que se baseiam em estimativas quantitativas e em questionários de motivação, vê-se despontar apesar de tudo, ainda que seja apenas para memória, o motivo puramente qualitativo da simbolização que é muito usado hoje até para explicar outros fatos. Encontramos, por exemplo, no urbanismo, uma técnica relativamente comum: a simulação; ora, a técnica da simulação conduz, ainda que seja utilizada com uma mentalidade um pouco estrita e empírica, a um aprofundamento do conceito de modelo, que é um conceito estrutural ou pelo menos pré-estrutural.

Noutro estágio desses estudos de urbanismo, manifesta-se a exigência da significação. Descobre-se pouco a pouco que existe uma espécie de contradição entre a significação e uma outra ordem de fenômenos e que, por conseguinte, a significação possui uma especificidade irredutível. Por exemplo, certos urbanistas, ou alguns desses pesquisadores que estudam o planejamento urbano, são obrigados a constatar que, em alguns casos, existe um conflito entre a funcionalidade de uma parte da cidade, digamos de um bairro, e aquilo a que chamarei seu conteúdo semântico (sua potência semântica). Foi assim que observaram com certa ingenuidade (mas talvez seja necessário começar pela ingenuidade) que Roma oferece um conflito permanente entre as necessidades funcionais da vida moderna e a carga semântica que lhe é comunicada por sua história. E esse conflito entre a significação e a função faz o desespero dos urbanistas. Existe, além disso, um conflito entre a significação e a razão, ou pelo menos entre a significação e essa razão calculadora que gostaria que todos os elementos de uma cidade fossem uniformemente abrangidos pelo planejamento, quando é uma evidência sempre maior ser uma cidade um tecido formado não de elementos iguais de que se possam inventariar as funções, mas de elementos fortes e de elementos neutros, ou então, como dizem os linguistas, de elementos marcados e de elementos não marcados (sabe-se que a oposição entre signo e ausência de signo, entre grau pleno e grau zero, constitui um dos grandes processos de elaboração da significação). Com toda evidência, cada cidade possui essa espécie de ritmo; Kewin Lynch já o notara: existe em toda cidade, a partir do momento em que ela é verdadeiramente habitada pelo homem, e feita por ele, esse ritmo fundamental da significação que é a oposição, a alternância e a justaposição de elementos marcados e de elementos não marcados. Finalmente, existe um último conflito entre a significação e a própria realidade, pelo menos entre a significação e essa realidade da geografia objetiva, a dos mapas. Pesquisas conduzidas por psicossociólogos demonstraram que, por exemplo, dois bairros se avizinham se damos crédito ao mapa, isto é, ao "real", à objetividade, ao passo que, a partir do momento em que recebem duas significações diferentes, eles se cindem radicalmente na imagem da cidade: a significação é vivida em oposição completa aos dados objetivos.

A cidade é um discurso, e esse discurso é verdadeiramente uma linguagem: a cidade fala a seus habitantes, falamos nossa cidade, a cidade em que nos encontramos, habitando-a simplesmente, percorrendo-a, olhando-a. Entretanto, o problema é fazer surgir do estágio puramente metafórico uma expressão como "linguagem da cidade". É facílimo metaforicamente falar da linguagem da cidade como se fala da linguagem do cinema ou da linguagem das flores. O verdadeiro salto científico será realizado quando se puder falar da linguagem da cidade sem metáfora. E pode-se dizer que é exatamente o que aconteceu com Freud quando falou por primeiro da linguagem dos sonhos, esvaziando essa expressão do sentido metafórico para dar-lhe um sentido real. Também nós devemos enfrentar esse problema: como passar da metáfora à análise quando falamos da linguagem da cidade? Uma vez mais, é aos especialistas do fenômeno urbano que me refiro pois, ainda que estejam bastante afastados desses problemas de semântica urbana, já notaram entretanto (cito o relatório de uma pesquisa) que "os dados utilizáveis nas ciências sociais apresentam uma forma bem pouco adaptada para uma integração aos modelos". Pois bem, se é com dificuldade que podemos inserir num modelo os dados que nos são fornecidos, a respeito da cidade, pela psicologia, pela sociologia, pela geografia, pela demografia, é porque, precisamente, falta-nos uma última técnica, a dos símbolos. Por conseguinte, temos necessidade de uma nova energia científica para transformar esses dados, passar da metáfora à descrição da significação, e é nisso que a semiologia (no sentido mais amplo do termo) poderá talvez, por um desenvolvimento ainda imprevisível, trazer-nos ajuda. Não pretendo aqui evocar os procedimentos de descoberta da semiologia urbana. É provável que esses procedimentos possam consistir em dissociar o texto urbano em unidades, depois em distribuir essas unidades em classes formais e, em terceiro lugar, em encontrar as regras de combinação e de transformação dessas unidades e desses modelos. Limitar-me-ei a três observações que não possuem uma relação direta com a cidade, mas que poderão orientar de modo útil para uma semiologia urbana, na medida em que estabelecem um rápido balanço da semiologia atual e levam em conta o fato de que, há alguns anos, a "paisagem" semiológica já não é a mesma.

A primeira observação é que o "simbolismo" (que deve ser entendido como o discurso geral concernente à significação) já não é concebido atualmente, pelo menos em regra geral, como uma correspondência regular entre significantes e significados. Noutros termos, uma noção da semântica que era fundamental há alguns anos se tornou caduca; é a noção de léxico, isto é, de um conjunto de listas de significados e de significantes correspondentes. Essa espécie de crise, de usura da noção de léxico, encontra-se em numerosos setores da pesquisa. De início, há a semântica distributiva dos discípulos de Chomsky, como Katz e Fodor, que desferiram um ataque violento contra o léxico. Se sairmos do domínio da linguística para entrar no da crítica literária, veremos que a crítica temática, que prevaleceu durante quinze a vinte anos, pelo menos na França, e que formou o essencial dos estudos daquilo a que chamamos nova crítica, encontra-se, atualmente, limitada, remodelada, em detrimento dos significados que ela se propunha decifrar. No campo da psicanálise, finalmente, não se pode mais falar de um simbolismo termo a termo; essa é evidentemente a parte morta da obra de Freud: um léxico psicanalítico já não é concebível. Isso tudo lançou descrédito sobre a palavra "símbolo", pois esse termo sempre deixou supor até hoje que a relação significante se apoiava no significado, na presença do significado. Pessoalmente, utilizo o termo "símbolo" como relacionando-se a uma organização significante sintagmática e/ou paradigmática,

mas já não semântica: há que se fazer uma distinção muito nítida entre o alcance semântico do símbolo e a natureza sintagmática ou paradigmática desse mesmo símbolo.
Da mesma forma, seria um empreendimento absurdo querer elaborar um léxico das significações da cidade colocando de um lado os lugares, os bairros, as funções, e do outro as significações, ou melhor, colocando de um lado os lugares enunciados como significantes e do outro as funções enunciadas como significados. A lista das funções que podem assumir os bairros de uma cidade é conhecida há muito. Encontram-se, *grosso modo*, umas trinta funções para um bairro de uma cidade (pelo menos para um bairro central da cidade: zona que foi bastante bem estudada do ponto de vista sociológico). Essa lista, por certo, pode ser completada, enriquecida, afinada, mas continuará sendo apenas um nível extremamente elementar para a análise semiológica, um nível que provavelmente deverá ser revisto em seguida: não somente por causa do peso e da pressão exercidos pela história, mas porque, precisamente, os significados são como seres míticos, de uma extrema imprecisão e, em dado momento, tornam-se sempre os significantes de *outra coisa*: os significados passam, os significantes ficam. A caça ao significado só pode constituir então um procedimento provisório. O papel do significado, quando se consegue delimitá-lo, é apenas trazer-nos uma espécie de testemunho sobre um estado definido da distribuição significante. Além disso, é preciso notar que se atribui uma importância cada vez maior ao significado vazio, ao lugar vazio do significado. Noutros termos, os elementos são compreendidos como significantes mais por sua própria posição correlativa do que por seu conteúdo. Assim, Tóquio, que é um dos complexos urbanos mais emaranhados que se possa imaginar do ponto de vista semântico, possui entretanto uma espécie de centro. Mas

esse centro, ocupado pelo palácio imperial que é cercado por um fosso profundo e fica escondido pela vegetação, é vivido como um centro vazio. Em regra mais geral, os estudos realizados sobre o núcleo urbano de diferentes cidades mostraram que o ponto central do centro da cidade (toda cidade possui um centro), que chamamos de "núcleo sólido", não constitui o ponto culminante de nenhuma atividade particular, mas uma espécie de "foco" vazio da imagem que a comunidade tem do centro. Temos também nesse caso um lugar de algum modo vazio, que é necessário à organização do resto da cidade.

A segunda observação é que o simbolismo deve ser definido essencialmente como o mundo dos significantes, das correlações e principalmente das correlações que nunca se pode fechar numa significação plena, numa significação última. Doravante, do ponto de vista da técnica descritiva, a distribuição dos elementos, isto é, dos significantes, esgota de certo modo a descoberta semântica. Isso é verdade para a semântica chomskiana de Katz e de Fodor, e até mesmo para as análises de Lévi-Strauss que se fundamentam na clarificação de uma relação que já não é analógica, mas homológica (é uma demonstração feita em seu livro sobre o totemismo, que é raramente citado). Assim, descobre-se que, quando se quiser fazer a semiologia da cidade, será preciso provavelmente levar mais adiante, e com maior minúcia, a divisão significante. Para isso, faço apelo a minha experiência de amador. Sabemos que, em certas cidades, existem espaços que oferecem uma especialização acurada de funções: é o caso, por exemplo, do suk oriental onde uma rua fica reservada somente para os curtidores de couro e outra para os ourives; em Tóquio, certas partes de um mesmo bairro são muito homogêneas sob o ponto de vista funcional: praticamente, encontram-se ali unicamente bares e lanchonetes, ou lugares de diversão. Pois bem, será preciso ir além desse primeiro aspecto e não limitar a descrição semântica da cidade a essa unidade; será necessário tentar dissociar microestruturas da mesma maneira que se pode isolar pequenos fragmentos de frase num longo período; é pois necessário adquirir o hábito de fazer uma análise bem minuciosa, que conduzirá a essas microestruturas e, inversamente, será preciso habituar-se a uma análise mais ampla, que chegará realmente às macroestruturas. Todos sabemos que Tóquio é uma cidade polinucleada; possui vários núcleos em torno de cinco a seis centros; há que se aprender a diferenciar semanticamente esses centros, que por sinal estão marcados por estações ferroviárias. Noutros termos, mesmo nesse setor, o melhor modelo para o estudo semântico da cidade será fornecido, acredito eu, pelo menos no início, pela frase do discurso. E reencontraremos aqui a velha intuição de Victor Hugo: a cidade é uma escrita; quem se desloca na cidade, isto é, o usuário da cidade (o que todos nós somos), é uma espécie de leitor que, segundo as suas obrigações e os seus deslocamentos, recolhe fragmentos do enunciado para atualizá-los em segredo. Quando nos deslocamos numa cidade, estamos todos na situação do leitor dos *100.000 millions de poèmes* de Queneau, em que se pode achar um poema diferente mudando um único verso; à nossa revelia, somos um pouco esse leitor de vanguarda quando estamos numa cidade.

Finalmente, a terceira observação é que atualmente a semiologia já não coloca a existência de um significado definitivo. Isso quer dizer que os significados são sempre significantes para os outros, e reciprocamente. Na realidade, em qualquer complexo cultural ou mesmo psicológico, encontramo-nos diante de cadeias infinitas de metáforas cujo significado está sempre em recuo ou se torna ele próprio significante. Essa estrutura começa a ser explorada, como sabem, na psicanálise, por J. Lacan, e também no estudo da escrita onde é postulada, senão verdadeiramente explorada.

Se aplicarmos essas ideias à cidade, seremos certamente conduzidos a lançar luz sobre uma dimensão que, devo dizer, nunca vi, pelo menos claramente, citada nos estudos e nas pesquisas de urbanismo. Essa dimensão, eu a chamarei de dimensão *erótica*. O erotismo da cidade é o ensinamento que podemos retirar da natureza infinitamente metafórica do discurso urbano. Utilizo essa palavra erotismo na sua acepção mais ampla: seria derrisório assimilar o erotismo de uma cidade apenas ao bairro reservado a esse tipo de prazer, pois o conceito de lugar de prazer é uma das mistificações mais tenazes da funcionalidade urbana; é uma noção funcional e não uma noção semântica; emprego indiferentemente erotismo ou *socialidade*. A cidade, essencial e semanticamente, é o lugar de encontro com o outro, e é por essa razão que o centro é o ponto de reunião de toda a cidade; o centro da cidade é instituído antes de tudo pelos jovens, pelos adolescentes. Quando estes exprimem a sua imagem da cidade, sempre têm tendência a restringir, a concentrar, a condensar o centro; o centro é vivido como o lugar de troca das atividades sociais e eu diria quase das atividades eróticas no sentido amplo do termo. Melhor ainda, o centro da cidade é sempre vivido como o espaço onde agem e se encontram forças subversivas, forças de ruptura, forças lúdicas. O jogo é um tema que muitas vezes é destacado nas pesquisas sobre o centro; existem na França uma série de pesquisas atinentes à atração de Paris sobre a periferia e, através dessas pesquisas, observou-se que Paris, como centro, para a periferia, era sempre vivida semanticamente como o lugar privilegiado onde está o outro e onde nós mesmos somos o outro, como o lugar onde se brinca. Ao contrário, tudo que não é o centro é exatamente o que não é espaço lúdico, tudo que não é a alteridade: a família, a residência, a identidade. Naturalmente, é preciso, principalmente para a cidade, procurar a cadeia metafórica, a cadeia que substitui Eros.

É preciso procurar mais particularmente do lado das grandes categorias, dos outros grandes hábitos do homem, por exemplo, a alimentação, as compras que são verdadeiramente atividades eróticas na sociedade de consumo. Refiro-me, uma vez mais, ao exemplo de Tóquio: as grandes estações que são o ponto de referência dos bairros principais são também grandes lojas. E é certo que a estação japonesa, a estação-loja, tem fundamentalmente uma significação única e que essa significação é erótica: compra ou encontro. Seria necessário em seguida explorar as imagens profundas dos elementos urbanos. Por exemplo, numerosas pesquisas ressaltaram a função imaginária do *curso** que, em toda cidade, é vivido como um rio, um canal, uma água. Existe uma relação entre a estrada e a água, e sabemos muito bem que as cidades que oferecem maior resistência à significação, e que além do mais muitas vezes apresentam dificuldades de adaptação para os seus habitantes, são justamente as cidades privadas de água, as cidades sem beira-mar, sem espelho d'água, sem lago, sem rio, sem curso de água; todas essas cidades apresentam dificuldades de vida, de legibilidade.

Para terminar, gostaria apenas de dizer o seguinte: nas observações que acabo de expor, não abordei o problema da metodologia. Por que razão? Porque, se se deseja empreender uma semiologia da cidade, a melhor abordagem, a meu ver, como aliás para todo empreendimento semântico, será uma certa ingenuidade do leitor. Deveremos ser numerosos a tentar decifrar a cidade onde nos encontramos, partindo, se for necessário, de uma relação pessoal. Dominando todas essas leituras de diversas categorias de leitores (pois temos

---

* A palavra francesa "*cours*" possui, além das várias acepções da palavra portuguesa "curso" (como foi aqui traduzida), o sentido de "avenida", grande "artéria" urbana. (N. T.)

uma gama completa de leitores, do sedentário ao estrangeiro), elaborar-se-ia assim a língua da cidade. Eis por que direi que o mais importante não é tanto multiplicar as pesquisas ou os estudos funcionais da cidade quanto multiplicar as leituras da cidade, da qual, infelizmente, até agora, só os escritores nos deram alguns exemplos.

Partindo dessas leituras, dessa reconstituição de uma língua ou de um código da cidade, poderemos orientar-nos em direção dos meios de natureza mais científica: busca das unidades, sintaxe etc., mas lembrando-nos sempre de que nunca se deve procurar fixar e tornar rígidos os significados das unidades descobertas, pois, historicamente, esses significados são extremamente imprecisos, recusáveis e indomáveis.

Toda cidade é um pouco construída, feita por nós à imagem do navio *Argos*, do qual cada peça já não era uma peça original, mas que continuava sendo o navio *Argos*, isto é, um conjunto de significações facilmente legíveis e identificáveis. Neste esforço de abordagem semântica da cidade, devemos tentar compreender o jogo dos signos, compreender que qualquer cidade é uma estrutura, mas que nunca se deve tentar, mas que nunca se deve querer preencher essa estrutura.

Pois a cidade é um poema, como muitas vezes se disse, e como Victor Hugo exprimiu melhor do que ninguém, mas não é um poema clássico, um poema centrado no assunto. É um poema que expande o significante, e é essa expansão que finalmente a semiologia da cidade deveria tentar captar e fazer cantar.

> 1967, Conferência organizada pelo Instituto Francês do Instituto de História e de Arquitetura da Universidade de Nápoles e a revista *Op. cit.* Retomado em *L'architecture d'aujourd'hui*, nº 53, dez. de 1970-jan. de 1971.

SEMIOLOGIA E MEDICINA

Os senhores sabem que a palavra semiologia, no sentido que possui nas ciências humanas, foi proposta por Saussure em seu *Cours de linguistique générale* [*Curso de linguística geral*], há cerca de cinquenta anos portanto, como ciência geral dos signos, ciência que não existia ainda, mas de que a linguística, mais tarde, devia ser apenas um departamento. Quando a semiologia proposta por Saussure e desenvolvida depois por outros cientistas constituiu-se em objeto de colóquios internacionais, a palavra foi examinada seriamente, e foi proposto substituí-la pela palavra "semiótica", e isso por uma razão que particularmente nos interessa aqui: a fim de evitar a confusão entre a semiologia de origem linguística e a semiologia médica; é por isso que foi pedido que se designasse a semiologia não médica pelo termo semiótica. Acredito que havia aí um medo ou uma precaução algo vã, porque a palavra "semiologia" no sentido pós-linguístico já se implantou solidamente em nosso vocabulário intelectual, e é sempre um pouco perigoso e um pouco vão dar marcha a ré no emprego das palavras quando já passaram para o uso corrente; de seu lado, o dicionário Littré atesta "sémiologie" ["semiologia"] (sublinho a esse respeito que a forma "séméiologie" é às vezes empregada por certos médicos franceses mas, de acordo com a boa ortodoxia da língua, fazem-no erradamente, pois o ditongo grego *ei* dá sempre *i* em francês: é portanto "sémiologie" que se deve dizer, e não "séméiologie") como termo de medicina; é, diz ele, a parte da medicina que trata dos sinais das doenças; mas atesta também "sémiotique" ["semiótica"] nos textos do século XVI, em Ambroise Paré e, muito mais tarde, em livros de medicina do início do século XIX. Saliento que a palavra "semiótica", na época de Littré, tinha também outro sentido além do médico; podia designar a arte de manobrar as tropas indicando-lhes os movimentos com sinais e não com a voz; tratava-se, neste caso, já, de uma ciência dos signos que não é a da linguagem articulada.

Existe, evidentemente, entre a semiologia geral e a semiologia médica, não apenas identidade de palavra, mas também correspondências sistemáticas, correspondências de sistemas, de estruturas; existe até, talvez, uma identidade de implicações ideológicas, no sentido bem amplo da palavra, em torno da noção mesma de *signo*, que se mostra cada vez mais como noção histórica, ligada a certo tipo de civilização, a nossa. Este último ponto foi tratado por Michel Foucault, que falou do signo médico no livro *Naissance de la clinique* [*Nascimento da clínica*]; deixarei de lado este ponto, primeiro, exatamente porque foi tratado por Foucault, e porque o processo filosófico do signo ultrapassaria o âmbito de nosso debate, que é esclarecer as relações entre o signo médico e o signo linguístico. Limitar-me-ei, portanto, ao problema das correspondências sistemáticas entre as duas semiologias.

Acho muito interessante este problema e esperava, mesmo não sendo médico, poder captar facilmente alguns princípios da semiologia médica nos livros que trazem esse título; esses livros não me trouxeram nada porque são eminentemente técnicos, fora do alcance de minha leitura, e também porque não comportam nenhuma conceitualização da semiologia nem nenhuma teoria da ciência dos signos médicos. Serei portanto obrigado a colocar com muita brevidade uma espécie de quadro ingênuo e, se assim posso dizer, primitivo – o das correspondências rudimentares entre as duas semiologias –, esperando ter a possibilidade de suscitar, justamente, a partir desta exposição, o testemunho dos médicos.

Agruparei estas observações em torno de alguns conceitos de maneira muito simples; primeiro, o próprio conceito de signo. Creio ser conveniente, como disse Foucault e como confirma um dicionário de medicina relativamente recente, distinguir e opor *sintomas* e *signos*. O sintoma, o que é, sob um ponto de vista semiótico? Segundo Foucault, seria a forma sob a qual se apresenta a doença; um dicionário de medicina diz: "Sintoma: fenômeno particular que provoca no organismo o estado de doença"; reconheciam-se antigamente os sintomas objetivos, descobertos pelo médico, e os sintomas subjetivos, apontados pelo paciente. A aceitar-se essa definição – e creio que afinal é importante aceitá-la –, o sintoma seria o real aparente ou o aparente real; digamos, o fenomenal; mas um fenomenal que, precisamente, nada tem ainda de semiológico, de semântico. O sintoma seria o fato mórbido em sua objetividade e em seu descontínuo; é por isso que se pode falar, como se fazia correntemente nos discursos médicos do século XIX, da obscuridade, da confusão dos sintomas; o que não quer dizer obscuridade dos signos, mas, ao contrário, a obscuridade dos fatos mórbidos que ainda não chegam à natureza de signos. Essa definição tem importância porque, se for correta, quer dizer que a palavra "sintoma" não carregou de imediato a ideia de significação, ao contrário da conotação da palavra quando é tomada no sentido metafórico – de fato, quando falamos metaforicamente de "sintoma", no fundo já lhe atribuímos uma ideia semântica. Acreditamos que o sintoma é algo que é para ser decifrado, ao passo que, de fato, parece que, medicamente, a ideia de sintoma não carrega imediatamente a ideia de uma decifração, de um sistema para ser lido, de um significado a ser descoberto; no fundo, não seria mais do que o fato bruto oferecido a um trabalho de decifração, antes que esse trabalho tivesse começado. Se se quisesse prosseguir na analogia com as categorias da semiótica ou da linguística geral, poder-se-ia dizer que o sintoma corresponde àquilo que Hjelmslev chamava de substância do significante, isto é, o significante como substância, como matéria que ainda não foi recortada em unidades significantes.

Em face do sintoma, o signo que faz parte da definição da semiologia médica seria no fundo o sintoma adicionado, suplementado pela consciência organizadora do médico; Foucault insistiu neste ponto: o signo é o sintoma enquanto toma lugar numa descrição; é um produto explícito da linguagem enquanto participa na elaboração do quadro clínico do discurso do médico; o médico seria então aquele que transforma, pela mediação da linguagem – creio ser essencial este ponto –, o sintoma em signo. Se essa definição é aceita, significa que se passou do fenomenal ao semântico. Aqui, duas observações: o signo médico, mediante certas operações de que falaremos logo mais, remete evidentemente a um significado; é nisso que ele é um signo; tem um significado, ou, em todo caso, para vários signos é possível postular um significado; esse significado é nosográfico, é a doença nomeada que se dá através do signo ou dos signos; por conseguinte, no campo médico, está-se tratando com um signo absolutamente ortodoxo do ponto de vista da composição, isto é, com uma espécie de unidade biface, do qual uma face escondida, a ser descoberta e nomeada, é *grosso modo* a doença, e uma face exteriorizada, materializada, dividida eventualmente em vários significantes, está por se construir, interpretar, sintaxizar etc. Segunda observação: o signo, oposto ao sintoma, faz parte do campo do inteligível: passando do sintoma ao signo, o signo médico obriga a um domínio do tempo, a um domínio da doença como duração; nisso se encontraria o próprio princípio da medicina hipocrática; na medida mesma em que é feito para dominar o tempo da doença, o signo médico teria um tríplice valor, ou uma tríplice função; ele é anamnésico, diz o que aconteceu; é prognóstico, diz o que vai acontecer; é diagnóstico, diz o que está acontecendo atualmente. O signo médico seria então comparável aos elementos propriamente estruturantes da frase, isto é, aos elementos sintáticos que ligam os significantes, que os estruturam no desenrolar progressivo do sentido; não estou pensando apenas nos verbos, mas na intemporalidade sintagmática da frase que depende de sua parte sintática, no fato de que uma preposição anuncia, como uma espécie de projeto, outro elemento da frase que será retomado mais tarde: pode-se dizer que, numa frase, a sintaxe é esse poder de dominar o tempo – o tempo próprio da frase e não somente o tempo do real. Noutras palavras, o signo denuncia, define ou pronuncia, mas também anuncia; direi, portanto, que, se o sintoma pertence à substância do significante, o signo pertence de maneira muito grosseira à forma do significante ou implica, em todo caso, a forma do significante. Quanto às noções de sintoma e de signo, é isso.

Outra noção cardeal da semiologia geral é a noção de sistema. O sistema é o campo das correlações do signo. Lembrarei uma oposição banalíssima em semiologia, a da paradigmática e da sintagmática; a paradigmática é o plano das oposições virtuais entre um signo e seus vizinhos diferentes, entre um fenômeno e seus vizinhos virtuais; por exemplo, *p* e *b* estão numa relação paradigmática, visto que, passando de *b* a *p*, opera-se uma mudança de sentido, pois que, em francês pelo menos, *boisson* [bebida] não tem o mesmo sentido que *poisson* [peixe]*; é o plano da oposição virtual entre dois elementos dos quais um só é atualizado na palavra ou na frase que se emprega. Uma paradigmática do signo médico (não sei se ela existe ou se é percebida como tal) consistiria em opor os signos médicos entre si, enquanto essa oposição acarretasse uma mudança da doença; far-se-ia então o inventário dos signos médicos na medida em que cada um deles se opõe a outro signo, acarretando essa oposição uma mudança do significado, isto é, da leitura da doença. Bem mais, o ideal seria poder simplificar ou reduzir essa oposição entre dois signos à presença ou à ausência de um elemento, isto é, ao jogo do marcado e do não marcado. Sabe-se que, em fonologia, pôde-se finalmente reduzir todas as oposições significantes das línguas a espécies de jogos alternativos em que um termo é marcado, o outro não; o termo marcado possui um traço que falta no termo não marcado. Pode-se imaginar que, na semiologia médica, seja possível classificar signos reduzindo-os à presença/ausência de um traço, em certos contextos, bem entendido, tal é a pergunta que deveria ser feita para resolver o problema da paradigmática médica. Parece imediatamente, para um profano, que, em medicina, o signo, se quisermos determiná-lo pela carência ou ausência de um traço, terá necessidade, para significar, de seu lugar, isto é, de um espaço corporal. O signo significa segundo determinado espaço do corpo, a menos que se imagine uma classe de signos médicos sem lugar, isto é, cujo lugar fosse o corpo todo, como, por exemplo, a febre. Vê-se então que a semiologia médica, e é nisso que ela se distingue do mecanismo da língua, precisa, para que o signo opere a sua função significante, de uma espécie de

---

* Teríamos, em português, uma oposição semelhante entre "bote" e "pote", em que a troca do *b* pelo *p* provoca mudança de sentido. (N. T.)

suporte corporal, de um lugar particularizado, o que não é o caso na língua, onde o som fonemático não é suportado por nenhuma matéria que seria independente dele.

Quanto à sintagmática – isto é, ao agrupamento estendido dos signos ou à fasciculação dos signos, sendo vários signos lidos ao mesmo tempo ao longo do corpo ou sucessivamente ao longo do tempo –, é bastante evidente que ela constitui o essencial da semiologia médica: encontra-se aí o mesmo movimento e a mesma hierarquia que na linguística e na semiologia geral, onde o que se mostra mais importante, finalmente, não é a paradigmática, embora seja basicamente o que talvez se tenha descoberto primeiro, mas a sintagmática; é a parte da linguística que, sob o nome de sintaxe, tem sido a mais desenvolvida, a mais estudada, ao passo que a própria semântica não apenas está em atraso, mas até, atualmente, em certo impasse. A sintagmática médica seria então a operacionalização do signo graças a uma operação de combinação. Acrescentemos, também aqui, algumas observações. Primeiro uma pergunta: existem, sob o ângulo médico, signos puros? Com isso entendo: existe, no quadro clínico geral das doenças, um signo, por exemplo, que, por si só, baste para denunciar, para nomear um significado, isto é, uma doença com exclusão de qualquer outra combinação com outros signos? Suponho que sim, pois parece-me que se vê isso justamente na medida em que se atribuem certos signos típicos a certos médicos que os descobriram; talvez, naquele momento, se queira dizer que se está em presença daquele signo típico que, por si só, pode significar fundamentalmente a própria especificidade de uma doença? A partir daí, esse signo único, suficiente, seria o equivalente das palavras-frases na linguagem, das interjeições etc. Mas é evidente que o regime usual é, suponho, o concurso dos signos, isto é, a combinatória ou a sintaxe dos signos, implicando como espaço de leitura o tempo, isto é, a diacronia de aparição dos signos, sendo que isso é evidentemente muito importante. No começo do século XIX, por exemplo, Cabanis tinha formulado perfeitamente essa natureza combinatória dos signos médicos dizendo que, no estado patológico, nunca há mais que um pequeno número de fatos principais, resultando todos os outros da mistura destes e de seus diferentes graus de intensidade, e da ordem em que aparecem, de sua importância respectiva, bastando as suas relações diversas para dar origem a todas as variedades de doenças. Essa é a definição típica de um processo: do poder da combinatória que, com poucos elementos multiplicados, dá, de algum modo, os resultados da leitura. Parece-me que uma configuração estável e repetida dos mesmos signos médicos poderia ser chamada precisamente de *síndrome*, que seria então linguisticamente o equivalente daquilo a que se chama sintagma estereotipado, quer dizer, o grupo de palavras estereotipadas que volta o tempo todo conglomerado da mesma maneira em frases diferentes, e que, por conseguinte, embora seja ele próprio composto a rigor de várias palavras, duas, três ou quatro, oferece absolutamente o mesmo valor funcional que uma só palavra. É, ou pelo menos foi, como se sabe, um dos grandes problemas da linguística, como tratar ao mesmo tempo sistemática, teórica e praticamente – numa palavra, operacionalmente – os sintagmas estereotipados. Quando, por exemplo, se diz em francês *pomme de terre**, essa maneira de falar cria problemas: é evidente que *pomme de terre*, na realidade, é uma palavra, pouco importa que seja concretizada em três termos; mas é uma palavra que cria dificuldades, principalmente quando se trata de tradução

---

* *Pomme de terre*, que significa "batata", se fosse traduzido palavra por palavra, e cada palavra ao pé da letra, daria, em português, "maçã de terra". Mas a unidade de tradução é o sintagma estereotipado e não cada palavra que o compõe. (N. T.)

automática, porque não se pode tratá-la formalmente como uma única palavra. Saussure já tinha visto a dificuldade teórica causada pelos sintagmas estereotipados, na medida em que tendem a constituir estados intermediários entre a paradigmática pura e a sintagmática, pois que são elementos sintagmáticos, uma sequência de palavras que, afinal, têm um valor paradigmático. Aí está portanto, talvez, o que seria a síndrome: o ato de leitura da configuração dos signos, isto é, a captação de certo número de signos médicos como configuração significante, estável, regular, legal, e que remete a um significado que é sempre o mesmo. Ora, é isto precisamente o diagnóstico: um ato de leitura de uma configuração de signos; o dicionário diz: "ato pelo qual o médico, agrupando sintomas mórbidos que o doente oferece, liga-os a uma doença que tem lugar no quadro nosológico".

Aqui se coloca uma nova pergunta, à qual, infelizmente, não posso responder, por falta de conhecimentos médicos: como se poderia definir linguisticamente, estruturalmente, as dificuldades ou os erros de diagnóstico? É certamente possível dar uma definição estrutural das dificuldades encontradas pelo médico ao ler um signo ou signos, ao se enganar sobre signos. Mas em que momento preciso da combinatória existem riscos de dificuldades ou de erros? Seria interessantíssimo, do ponto de vista de uma sistemática dos signos, chegar a precisar isso (sem falar do interesse que a solução desse problema representaria para o doente!).

Uma ou duas observações agora em torno da noção de significado. Sem dúvida, a configuração sintagmática dos signos médicos, dos signos articulados, remete a um significado. Esse significado médico é um lugar, um ponto do quadro nosográfico. O médico liga todos esses sintomas mórbidos, isto é, os signos, a uma doença que tem lugar no quadro nosológico. O lugar do quadro nosológico é então pura e simplesmente um nome, é a doença como nome. Pelo menos assim era de modo certamente indiscutível no início da clínica. É justamente o que Foucault esclareceu ao mostrar o papel da linguagem no nascimento da clínica; no fundo, ler uma doença é dar-lhe um nome; e a partir desse momento – aí é que as coisas se tornam aliás bastante sutis –, há uma espécie de reversibilidade perfeita, que é aquela mesma da linguagem, uma reversibilidade vertiginosa entre o significante e o significado; a doença se define como nome, define-se como concurso de signos: mas o concurso de signos só se orienta e só se realiza no nome da doença, há um circuito infinito. A leitura diagnóstica, isto é, a leitura dos signos médicos, parece destinar-se a nomear: o significado médico nunca existe senão nomeado; volta-se a encontrar aqui o processo do signo, conduzido atualmente por certos filósofos: não podemos manejar os significados de um signo ou dos signos a não ser nomeando esses significados; mas, por esse ato mesmo de nomeação, reconvertemos o significado em significante. O significado torna-se, por sua vez, significante e essa é uma proposição que, na verdade, estrutura toda a modificação da paisagem semiológica há algum tempo, digamos quatro ou cinco anos, na medida em que se compreende melhor agora, sem ver ainda todas as consequências, que o processo do sentido é infinito e que o recuo dos significados é de algum modo interminável; teoricamente, não se pode jamais parar um signo sobre um significado último; a única parada que se poderia dar a um signo em sua leitura é uma parada que vem da prática, mas não do próprio sistema semiológico. Tomemos dois exemplos. Em medicina, o que para essa espécie de recuo ou de conversão do significado em significante é a prática médica, é o fato de que o significado é tomado como nome da doença; converte-se desde então o sistema semiológico em problema de terapêutica, tenta-se curar a doença e, por conseguinte, nesse momento, escapa-se a essa espécie de circuito vertiginoso do significante e do significado, pelo operacional, pela intrusão do operacional que é uma saída fora do sentido. Em linguística é a mesma coisa; num dicionário, cada significante é definido por outros significantes, quer dizer que uma palavra é definida por outras palavras; mas, se se quiser definir essas outras palavras, é preciso recorrer ainda a outras palavras, e nunca se pode parar o circuito do significante e do significado; teoricamente, sistematicamente, um dicionário é um objeto impossível, é um objeto vertiginoso e de certo modo demoníaco. Entretanto os dicionários são úteis e são manejáveis porque, precisamente, em dado momento, paramos esse processo infinito pela intrusão do operacional, isto é, simplesmente paramos numa definição e nos servimos dela para tarefas de tipo prático ou operacional.

Pergunto-me também, a respeito desse problema do significado, se não há casos-limites na semiologia médica, isto é, se não se pode encontrar signos que não remetam de certo modo senão a si mesmos. Por acaso, deparei com uma doença que seria uma espécie de dermatose pigmentar progressiva; ora, se bem entendi, nessa doença, que se significa por pequenas manchas na pele, essas manchas não remeteriam a nada além de si mesmas; não exigem, por conseguinte, nenhum processo de leitura ou de aprofundamento ou de interpretação; a doença seria o próprio signo. Talvez pudéssemos filosofar sobre o fato de que as doenças de pele nunca se reduzem a outra coisa que não seja uma doença dos signos. Se essa espécie de hipótese que estou levantando sobre certos signos médicos fosse mais ou menos verdadeira, seria o equivalente daquilo que em linguística se chama de autonimia – a autonimia, quer dizer a demonstração do signo por si mesmo.

Como conclusão, queria colocar o problema da linguagem de maneira interrogativa. Parece-me que, no espaço clínico (mas repito mais uma vez que a interroguei principalmente através do livro de Foucault, isto é, numa época provavelmente arqueológica da clínica), a doença seja o terreno de uma verdadeira linguagem, visto que há uma substância, o sintoma, e uma forma, o signo (uma ordem biface significante-significado); uma combinatória multiplicadora; um significado nominal como nos dicionários; e uma leitura, o diagnóstico, que é, aliás, como para as línguas, submetida a um aprendizado. A última questão está em saber se tal ordem de signos é realmente uma linguagem; é a questão da *dupla articulação*, pois que parece de fato averiguado que a linguagem articulada humana é essencialmente definida por essa dupla articulação, isto é, pelo fato de que há primeiras unidades que são unidades significativas portadoras cada uma de um sentido, que são *grosso modo* as palavras; e de que cada uma dessas unidades significativas por sua vez pode ser decomposta em unidades distintivas, isto é, em fonemas de que cada elemento já não possui sentido; é porque há essa dupla articulação que as línguas podem ser de uma riqueza incrível com poucos elementos; que, com uns trinta fonemas em média por língua, pode-se construir dicionários de cem mil palavras.

Assim, poder-se-ia perguntar se também a linguagem médica está submetida a uma dupla articulação. Eu diria, em certo sentido, que sim, já que existem unidades distintivas e insignificantes, signos que, por si sós, não chegam a significar, que são combinados em unidades significantes e que, como os fonemas, cada signo pode participar de várias síndromes; tomarei como exemplo um tipo de diagnóstico que se fazia, há cerca de cento e cinquenta anos, através dos quatro signos seguintes: a fraqueza muscular, que podia pertencer à hidropisia; a lividez da cútis, que podia pertencer ao que se chamava de obstruções; as manchas pelo corpo, que podiam pertencer à varíola; e o inchaço das gengivas, que podia ser provocado por acumulações de tártaro; ora, se os senhores destacarem esses signos de certo complexo, dentro do qual estão, e se os juntarem, produzirão outra doença que é o escorbuto, isto é, os senhores têm signos que pertencem a várias doenças, e é unicamente o agrupamento deles que produz uma especificidade mórbida; aí estaria, basicamente, o esquema mesmo da dupla articulação.

A questão final que se pode agora levantar, e que é verdadeiramente uma questão de ordem filosófica, ideológica, seria saber se a linguística e, por conseguinte, a semiologia desses últimos anos não pertencem a certa história do signo, a certa ideologia do signo. Se a natureza semiológica do campo das doenças, e esta é a hipótese de Foucault, corresponde a certa história, então a predominância da noção de signo, a cultura da noção de signo corresponderiam a certa fase ideológica de nossa civilização. Mas então, como se poderia fazer com que houvesse acordo entre uma ciência positiva e uma ciência ideológica, tal como a hermenêutica? No fundo, há, nos termos mesmos da clínica do século XIX, uma hermenêutica médica. Pode uma ciência positiva identificar-se com uma hermenêutica, que está engajada apesar de tudo em determinada visão ideológica do mundo? Na verdade, o exercício de uma ciência positiva, tal como a medicina, não exclui por certo que continuem a circular no seu próprio interior esquemas, digamos míticos, pois que, fundamentalmente, a semiologia médica corresponde bastante bem a certo esquema de tipo animista: a doença é no fundo inteligibilizada como uma pessoa que está primeiro no segredo do corpo, por trás da pele, se assim posso dizer, e que emite sinais, mensagens, que o médico deve receber e interpretar de certo modo como um adivinho que decifra: é na realidade uma mântica. Resta a pergunta final: a medicina de hoje continua ainda sendo verdadeiramente semiológica?

>
> in *Les sciences de la folie* [*As ciências da loucura*], sob a direção de Roger Bastide (publicações do Centro de Psiquiatria Social da École pratique des hautes études), Mouton, 1972.

3
ANÁLISES

A ANÁLISE ESTRUTURAL DA NARRATIVA
A respeito de Atos 10-11

A visão de Cornélio em Cesareia[1]

10 ¹ *Havia em Cesareia um homem por nome Cornélio, centurião na coorte chamada "a Itálica".* ² *Em sua piedade e em seu temor a Deus, que toda a sua casa partilhava, cumulava de generosidades o povo judeu e invocava a Deus em todo tempo.* ³ *Um dia, por volta das três horas da tarde, viu distintamente em visão um anjo de Deus entrar em sua casa e interpelá-lo: "Cornélio!"* ⁴ *Cornélio fixou-o com o olhar e, tomado de temor, respondeu: "O que há, Senhor? – Tuas preces e tuas generosidades erigiram-se em memorial diante de Deus.* ⁵ *E agora, envia alguns homens a Jopé para buscar um certo Simão, a quem chamam Pedro.* ⁶ *Ele está hospedado na casa de outro Simão, calandreiro, que mora numa casa à beira do mar."* ⁷ *Logo que desapareceu o anjo que acabara de falar com ele, Cornélio chamou dois de seus serviçais assim como um soldado de grande piedade, há muito*

---

1. *Tradução ecumênica da Bíblia*, Éd. du Cerf.

tempo sob suas ordens, [8] *deu-lhes todas as informações desejadas e enviou-os a Jopé.*

A visão de Pedro em Jopé

[9] *No dia seguinte, enquanto eles, prosseguindo em seu caminho, aproximavam-se da cidade, Pedro tinha subido ao terraço da casa para rezar; era por volta de meio-dia.* [10] *Mas teve fome e quis comer. Preparavam-lhe uma refeição quando foi surpreendido por um êxtase.* [11] *Ele contempla o céu aberto: de lá descia um objeto indefinível, uma espécie de lona imensa que, por quatro pontas, vinha colocar-se sobre a terra.* [12] *E, no interior, havia todos os animais quadrúpedes e aqueles que rastejam sobre a terra, e aqueles que voam no céu.* [13] *Uma voz dirigiu-se a ele: "Vai, Pedro! Mata e come.* [14] *– Jamais, Senhor, respondeu Pedro. Pois durante toda a minha vida, nunca comi nada de imundo ou impuro."* [15] *E de novo uma voz dirigiu-se a ele, pela segunda vez: "O que Deus tornou puro, tu, não vás declarar imundo!"* [16] *Isso se repetiu por três vezes e o objeto foi logo arrebatado ao céu.*

[17] *Pedro tentou em vão explicar-se a si mesmo o que podia significar a visão que acabara de ter, quando justamente os enviados de Cornélio, que tinham perguntado aqui e ali pela casa de Simão, apresentaram-se no portão.* [18] *Puseram-se a gritar para se assegurar de que Simão, a quem chamam Pedro, estava realmente hospedado naquela casa.* [19] *Pedro continuava preocupado com sua visão, mas o Espírito lhe disse: "Aí estão dois homens que te procuram.* [20] *Desce então e toma com eles a estrada imediatamente, sem nenhum escrúpulo: pois sou eu quem os está enviando."* [21] *Pedro desceu e foi encontrar aquelas pessoas. "Eis-me aqui, disse-lhes. Sou aquele a quem procurais. Qual é a razão da vossa visita?"* [22] *Eles responderam: "Foi o centurião*

Cornélio, homem justo, que teme a Deus, e cuja reputação é boa entre toda a população judia. Um anjo santo revelou-lhe que devia fazer-te ir à casa dele para ouvir-te expor acontecimentos." [23] *Pedro fê-los então entrar e ofereceu-lhes hospitalidade.*

No dia seguinte mesmo, partiu com eles acompanhado por alguns irmãos de Jopé. [24] *E um dia depois, chegava a Cesareia. Cornélio, de seu lado, estava a esperá-los; havia convocado os amigos e os parentes íntimos.* [25] *No momento em que Pedro chegou, Cornélio veio ao seu encontro e caiu a seus pés para prestar-lhe homenagem.* [26] *"Levanta-te!" disse-lhe Pedro, e ajudou-o a levantar-se. "Também eu, não passo de um homem."* [27] *E, enquanto conversava com ele, foi entrando. Descobrindo então numerosa assistência,* [28] *declarou: "Como sabeis, é crime para um judeu ter relações seguidas ou mesmo algum contato com um estrangeiro. Mas, a mim, Deus acabou de me fazer entender que não se devia declarar imundo ou impuro homem nenhum.* [29] *Eis por que foi sem nenhuma reticência que vim quando me mandaste chamar. Mas agora eu gostaria de saber por que razão me fizeste vir."* [30] *E Cornélio respondeu: "Há exatamente três dias neste momento, às três horas da tarde, eu estava em oração em minha casa. De repente uma personagem com roupas esplêndidas apresentou-se diante de mim* [31] *e declarou-me: 'A tua oração encontrou audiência, Cornélio, e de tuas generosidades a memória está presente diante de Deus.* [32] *Envia pois alguém a Jopé para convidar Simão, a quem chamam Pedro, para vir aqui. Ele está hospedado na casa de Simão, o calandreiro, à beira do mar.'* [33] *Na hora, mandei buscar-te e tiveste a grande amabilidade de vir até nós. Agora aqui estamos todos diante de ti para escutar tudo aquilo que o Senhor te encarregou de nos dizer."*

Discurso de Pedro em casa de Cornélio.

³⁴ *Então Pedro abriu a boca e disse: "Dou-me conta, na verdade, de que Deus não é parcial,* ³⁵ *e que, em toda nação, quem quer que o tema e pratique a justiça encontra acolhida junto dele.* ³⁶ *Sua mensagem, ele a enviou aos israelitas: a boa nova da paz por Jesus Cristo, ele que é o Senhor de todos os homens.*

³⁷ *"Vós o sabeis. O acontecimento tomou conta de toda a Judeia; começou pela Galileia, depois do batismo que João proclamava;* ³⁸ *esse Jesus saído de Nazaré, sabeis como Deus lhe conferiu a unção de Espírito Santo e de potência; ele passou por toda parte como benfeitor, curou todos aqueles que o diabo mantinha escravizados, pois Deus estava com ele.*

³⁹ *"E nós outros, homens testemunhas de toda a sua obra sobre o território dos judeus como em Jerusalém. Ele a quem suprimiram dependurando-o no madeiro,* ⁴⁰ *Deus o ressuscitou no terceiro dia, e deu-lhe manifestar a sua presença,* ⁴¹ *não ao povo em geral, mas sim a testemunhas nomeadas de antemão por Deus, a nós que comemos e bebemos com ele depois de sua Ressurreição de entre os mortos.* ⁴² *Finalmente, ele prescreveu-nos proclamar ao povo e levar este testemunho: foi a ele que Deus designou como juiz dos vivos e dos mortos;* ⁴³ *é a ele que todos os profetas rendem o testemunho seguinte: o perdão dos pecados é concedido por seu Nome a quem quer que nele coloque a sua fé."*

Vinda do Espírito Santo sobre os pagãos

⁴⁴ *Pedro ainda estava expondo esses eventos quando o Espírito Santo caiu sobre todos aqueles que tinham escutado a Palavra.* ⁴⁵ *Houve estupor entre os crentes circuncisos que*

haviam acompanhado Pedro: assim, até sobre as nações pagãs, o dom do Espírito Santo era agora derramado! [46] *Ouviam, de fato, essas gentes falar em línguas e celebrar a grandeza de Deus. Pedro retomou então a palavra:* [47] *"Poderia alguém impedir que se batize pela água essa gente que, exatamente como nós, recebeu o Espírito Santo?"* [48] *Deu ordem para que os batizassem em nome de Jesus Cristo e pediram-lhe que ficasse ainda por alguns dias.*

Relato de Pedro em Jerusalém

11 [1] *Os apóstolos e os irmãos estabelecidos na Judeia tinham ouvido dizer que as nações pagãs, por sua vez, acabavam de receber a palavra de Deus.* [2] *Quando Pedro subiu de volta a Jerusalém, os circuncisos tiveram discussões com ele:* [3] *"Entraste, diziam eles, na casa de incircuncisos notórios e comeste com eles!"* [4] *Então Pedro retomou o caso desde o início e o expôs a eles ponto por ponto:*

[5] *"Como eu me encontrasse na cidade de Jope a rezar, vi em êxtase esta visão: do céu descia um objeto indefinível, uma espécie de lona imensa que, por quatro pontos, vinha pousar do céu, e chegou até a mim.* [6] *De olhar fixo nela, examinei-a e vi os quadrúpedes da terra, os animais selvagens, aqueles que rastejam e aqueles que voam no céu.* [7] *Depois ouvi uma voz dizer-me: 'Vai, Pedro! Mata e come.* [8] *– Jamais, Senhor, respondi. Pois em toda a minha vida, nunca nada de imundo ou impuro entrou pela minha boca.'* [9] *Por segunda vez a voz retomou do céu: 'O que Deus tornou puro, tu, não vás declarar imundo!'* [10] *Isso recomeçou por três vezes, depois tudo foi içado ao céu novamente.* [11] *E eis que naquele mesmo instante três homens se apresentaram na casa onde estávamos; tinham sido enviados a mim de Cesareia.*

¹² *O Espírito disse-me que fosse com eles sem nenhum escrúpulo. Os seis irmãos que aqui estão me acompanharam. E entramos na casa do homem em questão.* ¹³ *Contou-nos como tinha visto o anjo apresentar-se em sua casa e dizer-lhe: 'Envia alguém a Jopé para buscar Simão, a quem chamam Pedro.* ¹⁴ *Ele exporá diante de ti os acontecimentos que trarão a salvação para ti e para toda a tua casa.'* ¹⁵ *Mal havia eu tomado a palavra que o Espírito Santo caiu sobre eles como havia feito sobre nós no início.* ¹⁶ *Lembrei-me então desta declaração do Senhor: 'João, dizia ele, deu o batismo de água, mas vós, ireis receber o batismo no Espírito Santo.'* ¹⁷ *Se Deus fez a essa gente o mesmo dom gracioso que para nós por ter acreditado no Senhor Jesus Cristo, era alguém, eu, que podia impedir Deus de agir?"* ¹⁸ *A essas palavras os ouvintes reencontraram a calma e renderam glória a Deus: "Eis que Deus deu também às nações pagãs a conversão que conduz à Vida!"*

A minha tarefa é apresentar o que já chamo comumente de Análise Estrutural da Narrativa. É preciso reconhecer que o nome vem antes da coisa. O que é possível chamar assim atualmente já é um grupo de pesquisa, não é ainda uma ciência nem mesmo, propriamente falando, uma disciplina; pois uma disciplina suporia a existência de um ensino da Análise Estrutural da Narrativa, e ainda não é o caso. A primeira palavra desta apresentação deve ser, então, um aviso para se tomar cuidado: não existe atualmente ciência da narrativa (mesmo que se dê ao nome "ciência" um sentido muito amplo), não existe atualmente "diegetologia". Gostaria de precisar isso e tentar prevenir certas decepções.

Origem da Análise Estrutural da Narrativa

Essa origem é, senão confusa, pelo menos "discutível". Poder-se-á considerá-la como muito distante, se fizermos remontar o estado de espírito que preside à análise da narrativa e dos textos à Poética e à Retórica aristotélicas; menos distante, se nos referirmos à posteridade clássica de Aristóteles, aos teóricos dos gêneros; muito curta, bem curta mesmo, porém mais precisa, se pensarmos que remonta, na forma atual, ao trabalho do que se chama de Formalistas russos, cujas obras foram traduzidas em parte para o francês por Tzvetan Todorov[2]. Esse formalismo russo (esta diversidade nos interessa) compreendia poetas, críticos literários, linguistas, folcloristas, que trabalharam, por volta dos anos 1920-1925, sobre as formas da obra; o grupo foi depois dispersado pelo stalinismo cultural, emigrou para o estrangeiro, principalmente por intermédio do grupo linguístico de Praga. O espírito desse grupo de pesquisa formalista russo está presente essencialmente no trabalho do grande linguista atual Roman Jakobson.

Metodologicamente (e não mais historicamente), a origem da Análise Estrutural da Narrativa está evidentemente no desenvolvimento recente da linguística dita estrutural. A partir dessa linguística, houve uma extensão "poética" pelos trabalhos de Jakobson em direção do estudo da mensagem poética ou mensagem literária; e houve uma extensão antropológica, através dos estudos de Lévi-Strauss sobre os mitos e a maneira como retomou um dos mais importantes formalistas russos para o estudo da narrativa, Vladimir Propp, o folclorista. Atualmente, a pesquisa nessa área faz-se, na França, essencialmente (espero não estar sendo injusto) no âmbito

---

2. T. Todorov, *Théorie de la littérature*, Paris, Éd. du Seuil, 1965.

do Centro de Estudos das Comunicações de Massa, na École pratique des hautes études e no grupo de semiolinguística de meu amigo e colega Greimas. Esse tipo de análise começa a penetrar no ensino universitário, em Vincennes principalmente; no exterior, pesquisadores isolados trabalham nesse sentido, principalmente na Rússia, nos Estados Unidos e na Alemanha. Sublinharei algumas tentativas de coordenação dessas pesquisas: na França, o aparecimento de uma Revista de Poética (no sentido jakobsoniano do termo, bem entendido) dirigida por Tzvetan Todorov e Gérard Genette; na Itália, um colóquio anual sobre a Análise da Narrativa, que acontece em Urbino; finalmente, uma Associação Internacional de Semiologia (isto é, de ciência das significações) acaba de ser criada, em grande escala; já tem a sua revista que se intitula *Semiotica*, em que muitíssimas vezes se tratará de Análise da Narrativa.

Entretanto, essa pesquisa está atualmente submetida a certa dispersão, e essa dispersão é em certo sentido constitutiva da própria pesquisa – pelo menos é assim que a vejo. De início, a pesquisa permanece individual, não por individualismo, mas porque se trata de um trabalho de minúcia: trabalhar o sentido ou os sentidos do texto (pois é isso a Análise Estrutural da Narrativa) não se pode cortar de um ponto de partida fenomenológico: não existe máquina de ler o sentido; existem certamente máquinas de traduzir, que já comportam e comportarão fatalmente máquinas de ler; mas essas máquinas de traduzir, se podem transformar sentidos denotados, sentidos literais, não têm nenhuma possibilidade, evidentemente, de chegar aos sentidos segundos, ao nível conotado, associativo, de um texto; é sempre necessária, de início, uma operação individual de leitura, e a noção de "equipe", nesse plano, permanece, creio eu, ilusória; a Análise Estrutural da Narrativa não pode ser tratada, enquanto disciplina, como a biologia ou mesmo como a sociologia: não há exposição canônica possível, um pesquisador não pode absolutamente falar em nome de outro. Por outro lado, essa pesquisa individual está, no nível de cada pesquisador, em devir: cada pesquisador tem a sua história própria; ele pode variar, tanto mais que a história do estruturalismo circundante é uma história acelerada: os conceitos mudam depressa, as divergências acusam-se depressa, as polêmicas ficam rapidamente muito fortes, e tudo isso evidentemente influi na pesquisa.

Finalmente, permito-me dizê-lo porque este é o meu pensamento verdadeiro: pois que se trata de estudar uma linguagem cultural, a saber, a língua da narrativa, a análise é imediatamente sensível (é preciso que seja lúcida a esse respeito) às suas implicações ideológicas. Atualmente, aquilo que passa por ser "o" estruturalismo é na realidade uma noção bastante sociológica e bastante fabricada, na medida em que se crê ver nele uma escola unitária. Não é absolutamente o caso. No âmbito do estruturalismo francês, em todo caso, existem divergências ideológicas profundas entre os diferentes representantes, que são colocados no mesmo saco estruturalista, por exemplo entre Lévi-Strauss, Derrida, Lacan ou Althusser; existe pois um fracionismo estruturalista e, se se devesse situá-lo (o que não é o meu objetivo), ele se cristalizaria, penso eu, em torno do conceito de "Ciência".

Disse isso para prevenir, tanto quanto possível, uma decepção e para não incitar a colocar demasiada esperança num método científico que é apenas um método e que não é certamente uma ciência. Antes de passar ao texto dos *Atos dos Apóstolos* que nos interessa, gostaria de dar três princípios gerais que poderiam, acho, ser reconhecidos por todos aqueles que se ocupam atualmente com Análise Estrutural da Narrativa. A eles acrescentarei algumas observações a respeito das disposições operacionais da análise.

I. PRINCÍPIOS GERAIS E DISPOSIÇÕES DE ANÁLISE

1. Princípio de formalização

Este princípio, que se poderia também chamar de *princípio de abstração*, deriva da oposição saussuriana entre a *língua* e a *fala*. Consideramos que cada narrativa (lembremos que, no mundo e na história do mundo, e na história de povos inteiros da terra, o número de narrativas produzidas pelo homem é incalculável), cada narrativa dessa massa aparentemente heteróclita de narrativas é a *fala*, no sentido saussuriano, a mensagem de uma língua geral da narrativa. Essa língua da narrativa é identificável, evidentemente, além da língua propriamente dita, daquela que os linguistas estudam. A linguística das línguas nacionais (nas quais se escrevem as narrativas) para na frase, que é a unidade última com que um linguista pode lidar. Além da frase, a estrutura não depende mais da linguística, mas de uma linguística segunda, de uma translinguística, que é o lugar da análise da narrativa: depois da frase, onde várias frases são colocadas juntas. Que acontece então? Ainda não se sabe; acreditou-se sabê-lo durante muito tempo, e era a retórica aristotélica ou ciceroniana que nos informava a esse respeito; mas os conceitos dessa retórica estão ultrapassados, porque eram principalmente conceitos normativos; entretanto, a retórica clássica, embora caduca, ainda não foi substituída. Os próprios linguistas não arriscam fazê-lo; Benveniste deu algumas indicações, extremamente penetrantes como sempre, sobre esse assunto; há também alguns americanos que trabalharam com *speech-analysis*, com análise do discurso; mas essa linguística permanece ainda por construir-se. E a análise da narrativa, a língua da narrativa, faz parte, pelo menos postulativamente, dessa translinguística futura.

Uma incidência prática desse princípio de abstração, em cujo nome buscamos estabelecer uma língua da narrativa, é que não se pode e não se quer analisar um texto em si. É preciso dizê-lo, pois que deverei falar-lhes de um único texto; isso me deixa tolhido, porque a atitude da análise clássica da narrativa não é de se ocupar de um texto isolado; sobre este ponto, existe diferença fundamental entre a Análise Estrutural da Narrativa e aquilo que se chama tradicionalmente de explicação de textos. Para nós, um texto é uma fala que remete a uma língua, é uma mensagem que remete a um código, é uma performance que remete a uma competência – sendo todas essas palavras palavras de linguistas. A Análise Estrutural da Narrativa é fundamentalmente, constitutivamente comparativa: busca formas, não um conteúdo. Quando eu falar do texto dos *Atos*, não se tratará de explicar esse texto, tratar-se-á de se manter diante desse texto como um pesquisador que reúne materiais para edificar uma gramática; para isso o linguista é obrigado a reunir frases, um *corpus* de frases. A análise da narrativa tem exatamente a mesma tarefa, deve reunir narrativas, um *corpus* de narrativas, para tentar extrair delas uma estrutura.

2. Princípio de pertinência

Este segundo princípio tem origem na fonologia. Por oposição à fonética, a fonologia procura estudar não a qualidade intrínseca de cada som emitido em uma língua, a qualidade física e acústica do som, mas estabelecer as diferenças de sons de uma língua, na medida em que essas diferenças de sons remetem a diferenças de sentidos, e somente nessa medida: é o princípio de pertinência; procura-se encontrar diferenças de forma que sejam atestadas por diferenças de conteúdo; essas diferenças são traços pertinentes ou não pertinentes. Gostaria aqui de propor uma precisão, um exemplo e uma espécie de advertência.

Uma *precisão* primeiro sobre a palavra *sentido*: na análise da narrativa, não se busca encontrar significados que eu chamaria de plenos, significados lexicais, sentidos na acepção corrente do termo. Chamamos "sentido" todo tipo de correlação intratextual ou extratextual, isto é, todo traço da narrativa que remete a outro momento da narrativa ou a outro lugar da cultura necessário para se ler a narrativa: todos os tipos de anáfora, de catáfora, enfim, de "diáfora" (se me permitirem esta palavra), todas as ligações, todas as correlações paradigmáticas e sintagmáticas, todos os fatos de significação e também os fatos de distribuição. Repito, o sentido não é então um significado pleno, tal que eu poderia encontrá-lo num dicionário, mesmo que fosse ele da Narrativa; é essencialmente uma correlação, ou o termo de uma correlação, um correlato, ou uma conotação. O sentido para mim (é assim que o vejo na pesquisa), é essencialmente uma *citação*, é o ponto de partida de um código, é o que nos permite partir rumo a um código e o que implica um código, mesmo se esse código (voltarei a isso) não é reconstituído ou não é reconstituível.

Um *exemplo* em seguida: para a Análise Estrutural da Narrativa, pelo menos para mim (mas isso se pode discutir), os problemas de tradução não são sistematicamente pertinentes. Assim, no caso da narrativa da visão de Cornélio e de Pedro, os problemas de tradução não concernem à análise a não ser em certos limites: somente se as diferenças de tradução implicarem uma modificação estrutural, isto é, a alteração de um conjunto de funções ou de uma sequência. Eu queria dar um exemplo, talvez grosseiro: tomemos duas traduções de nosso texto dos *Atos*. A primeira, devo-a à contribuição preciosa de Edgar Haulotte, que preparou essa tradução para a versão ecumênica da Bíblia:

> *"Em sua piedade [trata-se de Cornélio] e em sua reverência para com Deus, que toda a sua casa partilhava, ele cumulava de generosidades o povo judeu, e invocava a Deus em todo tempo."* (Atos, 10, 2.)

Eu havia começado a trabalhar esse texto (sem me colocar nenhum problema de tradução) sobre a antiga versão, aliás belíssima, de Lemaistre de Sacy (século XVII); a mesma passagem dá o seguinte:

> *"Ele era religioso e temente a Deus com toda a sua família, fazia muitas esmolas ao povo, e rezava a Deus incessantemente."*

Pode-se dizer que apenas algumas palavras são comuns aos dois textos e que as estruturas sintáticas são inteiramente diferentes de uma tradução à outra. Ora, no caso presente, isso em nada afeta a distribuição dos códigos e das funções, porque o sentido estrutural da passagem é exatamente o mesmo numa e noutra tradução. Trata-se de um significado de tipo psicológico, ou caracterial, ou mesmo, mais precisamente, sem dúvida evangélico, visto que o Evangelho maneja muito especialmente certo paradigma absolutamente codificado, que é uma oposição em três termos: os circuncisos / os incircuncisos / os "tementes-a-Deus"; estes constituem a terceira categoria, que é neutra (se me permitem este termo linguístico) e que está precisamente no centro de nosso texto: é o paradigma que é pertinente, não as frases com que ele é revestido.

Em contrapartida, se compararmos outros pontos da tradução do padre Haulotte e a de Lemaistre de Sacy, diferenças estruturais aparecem: para Haulotte, o anjo não diz o que Cornélio deve pedir a Pedro, depois de mandar procurá-lo; para Sacy: "O anjo vos dirá o que deveis fazer" (versículo 6);

de um lado, carência; de outro, presença (o mesmo acontece nos versículos 22 e 33). Insisto no fato de que a diferença entre as duas versões tem um valor estrutural, porque a sequência da injunção do anjo está modificada: na versão Sacy, o conteúdo da injunção do anjo está especificado, há uma espécie de vontade de homogeneizar o que é anunciado (a missão de Pedro, missão de palavra) e o que acontecerá: *Pedro trará uma palavra*; não conheço a origem desta versão e não trato dela; o que vejo, é que a versão Sacy racionaliza a estrutura da mensagem, ao passo que, na outra versão, não ficando especificada a injunção do anjo, esta fica vazia, e assim enfatiza a obediência de Cornélio, que manda buscar Pedro por assim dizer cegamente e sem saber por quê; na versão Haulotte, a carência funciona como um traço que opera um suspense, que reforça e enfatiza o suspense da narrativa, o que não era o caso na versão de Sacy, menos narrativa, menos dramática e mais racional.

Finalmente, uma precaução e uma *advertência*: deve-se desconfiar da *naturalidade* das notações. Quando se analisa um texto, a todo instante devemos reagir contra a impressão de evidência, o "isto-é-evidente" daquilo que está escrito. Todo enunciado, por mais fútil e normal que pareça, deve ser avaliado em termos de estrutura por uma prova mental de comutação. Diante de um enunciado, diante de um pedaço de frase, é preciso pensar sempre naquilo que aconteceria se o traço não fosse notado ou se ele fosse diferente. O bom analista da narrativa deve ter uma espécie de imaginação do *contratexto*, imaginação da aberração do texto, daquilo que é narrativamente escandaloso; é preciso ser sensível à noção de "escândalo" lógico, narrativo; por isso mesmo, tem-se mais coragem para assumir o caráter frequentemente muito banal, pesado e evidente, da análise.

3. Princípio da pluralidade

A Análise Estrutural da Narrativa (pelo menos tal como a concebo) não busca estabelecer "o" sentido do texto, nem mesmo busca estabelecer "um" sentido do texto; ela difere fundamentalmente da análise filológica, pois visa a traçar aquilo a que eu chamaria o lugar geométrico, o lugar dos sentidos, o lugar dos possíveis do texto. Do mesmo modo que uma língua é um possível de palavras (uma língua é o lugar possível de certo número de palavras, a bem dizer indefinido), assim também o que a análise quer estabelecer ao buscar a língua da narrativa é o lugar possível dos sentidos, ou ainda o plural do sentido ou o sentido como plural. Quando se diz que a análise busca ou define o sentido como um possível, não se trata de um procedimento ou de uma opção do tipo liberal; para mim, em todo caso, não se trata de determinar liberalmente as condições de possibilidade da verdade, não se trata de um agnosticismo filológico; não considero o possível do sentido como uma espécie de prévia indulgente e liberal a um sentido certo; para mim, o sentido não é uma possibilidade, não é *um* possível, é o *ser mesmo do possível*, é o ser do plural (e não um ou dois ou vários possíveis).

Nessas condições, a análise estrutural não pode ser um método de interpretação; não procura interpretar o texto, propor o sentido provável do texto; não segue um caminhar anagógico rumo à verdade do texto, rumo à estrutura profunda, rumo a seu segredo; e, por conseguinte, difere fundamentalmente daquilo a que se chama crítica literária, que é uma crítica interpretativa, do tipo marxista, ou do tipo psicanalítico. A análise estrutural do texto é diferente dessas críticas, porque não busca o segredo do texto: para ela, todas as raízes do texto estão no ar; não lhe cabe desenterrar essas raízes para encontrar a principal. Bem entendido, se, num texto, houver um sentido, uma monossemia, se houver um processo anagógico, o que é exatamente o caso de nosso texto dos *Atos*, trataremos essa anagogia como um código do texto, entre os outros códigos, e dado como tal pelo texto.

4. Disposições operacionais

Prefiro esta expressão àquela, mais intimidante, de *método*, pois não estou seguro de que possuamos um método; mas há certo número de disposições operacionais na pesquisa, de que é necessário falar. Parece-me (esta é uma posição pessoal que pode mudar) que, se se trabalhar sobre um só texto (anteriormente ao trabalho comparativo de que falei e que é a própria finalidade da Análise estrutural clássica), dever-se-á prever três operações.

1. *Recorte* do texto, isto é, do significante material. Esse recorte pode ser, a meu ver, inteiramente arbitrário; em certo estágio da pesquisa, não há nenhum inconveniente nessa arbitrariedade. É uma espécie de quadriculado do texto, que dá os fragmentos do enunciado sobre os quais se vai trabalhar. Ora, precisamente, para o Evangelho, e mesmo para toda a Bíblia, esse trabalho está feito, pois que a Bíblia está recortada em versículos (para o Alcorão, em suratas). O versículo é uma excelente unidade de trabalho do sentido; visto que se trata de *decantar* os sentidos, as correlações, a peneira do versículo é de excelente medida. Aliás, muito me interessaria saber de onde vem o recorte em versículos, se está ligado à natureza citacional da Palavra, quais são as ligações exatas, as ligações estruturais, entre a natureza citacional da palavra bíblica e o versículo. Para outros textos, propus chamar de "lexias", de unidades de leitura, esses fragmentos de enunciados sobre os quais se trabalha. Um versículo, para nós, é uma lexia.

2. *Inventário* dos códigos que são citados no texto: inventário, coleta, localização, ou, como acabei de dizer, decantação. Lexia após lexia, versículo após versículo, tenta-se inventariar os sentidos na acepção que já disse, as correlações ou as partidas de códigos presentes nesse fragmento de enunciado. Vou voltar a isso pois que vou fazer este trabalho sobre alguns versículos.

3. *Coordenação*: estabelecer as correlações das unidades, das funções detectadas e que muitas vezes estão separadas, superpostas, entrelaçadas, ou ainda trançadas, pois que um texto, como a etimologia mesma da palavra o diz, é um tecido, uma trança de correlatos, que podem estar apartados uns dos outros pela inserção de outros correlatos que pertencem a outros conjuntos. Existem dois grandes tipos de correlações: internas e externas. Para aquelas que são internas ao texto, eis um exemplo: se nos é dito que o anjo aparece, o *aparecimento* é um termo, cujo correlato é fatalmente o *desaparecimento*. É uma correlação intratextual, visto que *aparecimento* e *desaparecimento* estão na mesma narrativa. Seria um escândalo narrativo se o anjo não desaparecesse. Deve-se pois notar a sequência *aparecer/desaparecer*, porque está aí a legibilidade: que a presença de certos elementos seja *necessária*. Existem também correlações externas: um traço de enunciado pode remeter a uma totalidade diacrítica, suprassegmental, global, por assim dizer, que é superior ao texto; um traço de enunciado pode remeter ao caráter global de uma personagem, ou à atmosfera global de um lugar, ou a um sentido anagógico, como aqui em nosso texto, a saber, a integração dos gentios à Igreja. Um traço pode até remeter a outros textos: é a intertextualidade. Esta noção é bastante nova; foi lançada por Kristeva[3]. Ela implica que um traço de

---

3. J. Kristeva, *Sèmeiotikè. Recherches pour une sémanalyse.* Paris, Éd. du Seuil, 1969. [Col. "Points", 1978.]

enunciado remeta a outro texto, no sentido quase infinito da palavra; pois não se deve confundir as fontes de um texto (que não são senão a versão menor desse fenômeno de citação) com a citação que é uma espécie de remissão não localizável a um texto infinito, que é o texto cultural da humanidade. Isso é válido principalmente para os textos literários, que são tecidos de estereótipos variadíssimos, e em que, por consequência, o fenômeno de remissão, de citação, a uma cultura anterior ou ambiente, é muito frequente. Naquilo que se chama de intertextual, há que se incluir os textos que vêm *depois*: as fontes de um texto não estão apenas antes dele, estão também depois dele. É o ponto de vista adotado de modo muito convincente por Lévi-Strauss, ao dizer que a versão freudiana do mito de Édipo faz parte do mito de Édipo: se se lê Sófocles, deve-se ler Sófocles como uma citação de Freud; e Freud como uma citação de Sófocles.

II. PROBLEMAS ESTRUTURAIS PRESENTES NO TEXTO DOS *ATOS*

Passo agora ao texto, *Atos*, 10; temo que comece a decepção, pois que vamos entrar na parte concreta e pois que, depois desses grandes princípios, a colheita corre o risco de parecer minguada. Não vou analisar o texto passo a passo, como deveria fazer; peço-lhes que suponham apenas isto: sou um pesquisador, estou fazendo uma pesquisa de análise estrutural da narrativa; decidi analisar talvez cem ou duzentas, ou trezentas narrativas; entre essas narrativas, está, por esta ou aquela razão, a narrativa da visão de Cornélio; eis aqui o trabalho que faço e que não privilegio de forma alguma. Normalmente, isso tomaria vários dias: percorreria a narrativa versículo por versículo, lexia por lexia, e decantaria todos os sentidos, todos os códigos possíveis, o que toma certo tempo, porque a imaginação da correlação não é imediata. Uma correlação se busca, se trabalha; é necessário pois certo tempo e certa paciência; não farei esse trabalho aqui, mas vou usar a narrativa dos *Atos* para apresentar três grandes problemas estruturais, presentes, a meu ver, nesse texto.

1. O problema dos códigos

Já disse que os sentidos eram pontos de partidas de códigos, citações de códigos; se compararmos o nosso texto a um texto literário (acabei de trabalhar bastante longamente uma novela de Balzac), ficará evidente que aqui os códigos são pouco numerosos e de certa pobreza. Sua riqueza aparece provavelmente melhor na escala do Evangelho em sua totalidade. Vou tentar uma identificação de códigos, tais como os vejo (vou esquecer alguns, talvez) nos primeiros versículos (v. 1 a 3), e reservarei o caso dos dois códigos mais importantes investidos no texto.

1. *"Havia em Cesareia um homem por nome Cornélio, centurião na coorte chamada 'a Itálica'."* Nessa frase, vejo quatro códigos. E de início a fórmula "Havia", que remete culturalmente (não falo aqui em termos de exegese bíblica, mas de um modo mais geral) a um código a que chamaria *narrativo*: esta narrativa que começa por "havia" remete a todas as inaugurações de narrativa. Aqui uma curta digressão para dizer que o problema da inauguração do discurso é um problema importante, que foi bem examinado e bem tratado, no plano pragmático, pela retórica antiga e clássica: ela deu regras extremamente precisas para começar o discurso. A meu ver, essas regras se prendem ao sentimento de que há uma afasia nativa do homem, de que falar é difícil, que talvez não haja nada para se dizer, e que, por conseguinte, é necessário todo um conjunto de protocolos e de regras para se encontrar *o que* dizer: *invenire quid dicas*. A inauguração

é uma zona perigosa do discurso: o começo da palavra é um ato difícil; é a saída do silêncio. Na realidade, não há razão alguma para se começar *aqui* e não *ali*. A linguagem é uma estrutura infinita, e creio que é esse sentimento do infinito da linguagem que está presente em todos os ritos de inauguração da palavra. Nas epopeias muito antigas, pré-homéricas, o aedo, o recitante, começava a narrativa dizendo, segundo uma fórmula ritual: "Eu tomo a história naquele ponto..."; indicava assim que estava consciente da arbitrariedade de seu recorte; começar é cortar um infinito de maneira arbitrária. As inaugurações de narrativas são portanto importantes de se estudar, e isso ainda não foi feito. Propus várias vezes a estudantes de tomar como tema de tese o estudo das primeiras frases de romances: é um grande e belo tema; nenhum ainda o tomou; mas sei que esse trabalho está-se fazendo na Alemanha, onde houve até uma publicação sobre os inícios de romances. Do ponto de vista da análise estrutural, seria apaixonante saber quais são as informações implícitas contidas num início, pois que esse lugar do discurso não vem precedido de nenhuma informação.

2. *"Em Cesareia..."* Este é um código de *topografia*, relativo à organização sistemática dos lugares na narrativa. Nesse código topográfico, existem sem dúvida regras de associação (regras do *verossimilhante*), há uma funcionalidade narrativa dos lugares: encontra-se aqui um paradigma, uma oposição significante entre Cesareia e Jopé. É necessário que a distância entre as duas cidades corresponda a uma distância de tempo: problema tipicamente estrutural, pois que problema de concordância, de concomitância, segundo certa lógica, aliás a explorar, mas que é à primeira vista a lógica da *verossimilhança*. Esse código topográfico se encontra em outras passagens do texto. O código topográfico é evidentemente um código cultural: Cesareia e Jopé implicam certo saber do leitor, mesmo que se suponha que o leitor possua

naturalmente esse saber. Muito mais: se incluirmos na língua da narrativa a maneira como nós, em nossa situação de leitores modernos, recebemos a narrativa, descobriremos nela todas as conotações orientais da palavra Cesareia, tudo aquilo que colocamos na palavra Cesareia, porque a temos *lido* desde então, em Racine ou em outros autores.

Outra observação relativa ao código topográfico: no versículo 9, temos um traço desse código: "*Pedro subiu ao terraço.*" A citação topográfica tem aqui uma função muito forte no interior da narrativa, pois que justifica o fato de que Pedro não ouve chegarem os enviados de Cornélio e, por conseguinte, a advertência do anjo é necessária: "*Aí estão uns homens à tua procura...*" O traço topográfico torna-se função narrativa. Aproveito para levantar um problema importante da narrativa *literária*: o tema do terraço é, ao mesmo tempo um termo do código topográfico, isto é, de um código cultural que remete a um *habitat* onde há casas com terraço, e um termo daquilo a que chamarei o código acional, o código das ações, das sequências de ações: aqui, a intervenção do anjo; ademais, poder-se-ia muito bem vincular essa ação ao campo simbólico, na medida em que o terraço é um lugar elevado e implica por consequência um simbolismo ascensional, se a elevação está acoplada a outros termos do texto. Assim, a notação do terraço corresponde a três códigos diferentes: topográfico, acional, simbólico. Ora, é próprio da narrativa, o que é de algum modo uma de suas leis fundamentais, que os três códigos sejam dados de maneira indecidível: não se pode decidir se há um código prevalente, e essa indecidibilidade constitui, a meu ver, a narrativa, pois ela define a performance do contador. "Contar bem uma história", segundo a legibilidade clássica, é fazer de modo que não se decida entre dois ou vários códigos, é propor uma espécie de torniquete pelo qual um código pode apresentar-se sempre como o álibi natural do outro, pelo qual um código naturaliza o outro. Noutras palavras, o que é necessário para a história, o que se coloca sob a instância do discurso, parece determinado pelo real, pelo referente, pela natureza.

3. *"Um homem por nome Cornélio..."* Há um código que chamarei de *onomástico*, visto ser o código dos nomes próprios. Análises recentes revelaram o problema do Nome próprio, que aliás nunca tinha sido realmente levantado pela linguística. São as análises de Jakobson, por um lado, e de Lévi-Strauss, por outro, que, na *Anthropologic structurale*[4] [*Antropologia estrutural*], consagrou um capítulo a problemas de classificação de nomes próprios. No nível do texto, a investigação não levaria muito longe, mas, na perspectiva de uma gramática da narrativa, o código onomástico evidentemente é um código muito importante.

4. *"Centurião da coorte chamada 'a Itálica'"*: trata-se aqui, banalmente, do código *histórico*, que implica um saber histórico, ou, caso se trate de um leitor contemporâneo do referente, um conjunto de informações políticas, sociais, administrativas etc. É um código cultural.

5. *"Em sua piedade e em sua reverência a Deus, que toda a sua casa partilhava, ele cumulava de generosidades o povo judeu e invocava a Deus em todo tempo."* Existe aí o que eu chamo de um código *sêmico*. O sema, em linguística, é uma unidade de significado, não de significante. Chamo código sêmico o conjunto dos significados de conotação, no sentido corrente do termo; a conotação poderá ser caracterial, se lermos o texto psicologicamente (teremos então um significado caracterial de Cornélio, que remete ao seu caráter psicológico), ou somente estrutural, se lermos o texto anagogicamente, não tendo a categoria dos "tementes-a-Deus"

---

4. Paris, Plon, 1958.

um valor psicológico, mas um valor propriamente relacional na distribuição dos parceiros do Evangelho, como já disse.

6. Existe também um código *retórico* nesse versículo, porque ele foi construído sobre um esquema retórico, a saber: há uma proposição geral, um significado: a piedade, que se desdobra em dois "*exempla*", como dizia a retórica clássica: as generosidades e a prece.

7. "*Ele viu distintamente em visão...*" Temos aqui um dos termos de um código extremamente importante, ao qual vou retornar e a que chamo provisoriamente código *acional*, ou código das sequências de ações. A ação aqui é "ver em visão". Retomaremos este problema mais tarde.

8. "*Por volta da nona hora...*" É o código *cronológico*; há várias citações dele no texto; faremos a mesma observação que para o código topográfico: este código está vinculado aos problemas de verossimilhança; o Espírito regula o sincronismo das duas visões: o código cronológico tem uma importância estrutural, pois que, do ponto de vista da narrativa, as duas visões devem coincidir. Para o estudo do romance, este código cronológico é evidentemente importantíssimo; e há que se lembrar, por outro lado, que Lévi-Strauss estudou a cronologia como código a respeito do problema das datas históricas.

9. "*Ele viu em visão um anjo de Deus entrar em sua casa, e interpelá-lo: 'Cornélio'...*" Destaco aqui a presença de um código a que chamarei, segundo a classificação de Jakobson, o código *fático* (do termo grego *phasis*: a palavra). Jakobson, realmente, distinguiu seis funções da linguagem e, entre elas, a função fática, ou conjunto dos traços de enunciação pelos quais se garante, mantém, ou renova um contato com o interlocutor. São, portanto, traços da linguagem que não têm conteúdo como mensagem, mas desempenham um papel de interpelação renovada. (O melhor exemplo é a palavra telefônica "Alô", que não quer dizer nada, mas abre o

contato e muitas vezes o mantém: é um traço do código fático.) Os traços de interpelação vinculam-se assim ao código fático; é uma espécie de vocativo generalizado; mais tarde, alinharemos sob este código uma indicação como "isso [a visão] aconteceu três vezes". Porque se pode interpretar a notação como um traço redundante, de insistência, de comunicação entre o anjo e Pedro, entre o Espírito e Pedro: traço do código fático.

10. É possível ver mais adiante, em "*a tenda que desce do alto*" (v. 11), uma citação do campo *simbólico* (preferiria dizer campo a dizer código simbólico), a saber, a organização dos significantes segundo um simbolismo ascensional. O sentido simbólico é evidentemente importante: o texto organiza, no plano da narrativa e através de uma elaboração de significantes, a exposição de uma transgressão; e, se essa transgressão deve ser analisada em termos simbólicos, é porque se trata de uma transgressão ligada ao corpo humano. Sob esse ponto de vista, é um texto notável, pois que as duas transgressões que são estudadas e recomendadas no texto são ambas corporais. Trata-se, de uma parte, do alimento e, de outra, da circuncisão. E essas duas transgressões propriamente corporais, portanto simbólicas (no sentido psicanalítico do termo), são reunidas explicitamente pelo texto, visto que a transgressão alimentar serve de introdução ou, por assim dizer, de *exemplum* à transgressão da lei de exclusão pela circuncisão. Uma descrição simbólica aliás não manteria a hierarquia que acabo de estabelecer entre as duas transgressões. Essa hierarquia lógica, é a analogia do texto que a dá, é o sentido que o próprio texto quis dar a sua narrativa; mas se se quisesse "interpretar" simbolicamente o texto, não seria preciso colocar a transgressão alimentar *antes* da transgressão religiosa, seria preciso tentar saber qual *forma* geral de transgressão existe por trás da construção anagógica do texto.

11. Quanto ao código *anagógico* de que acabei de falar, é o sistema a que remetem todos os traços que enunciam precisamente *o* sentido do texto, pois o texto aqui enuncia e anuncia seu próprio sentido – o que nem sempre acontece. No texto literário comum, não há código anagógico: o texto não enuncia o seu sentido profundo, o seu sentido secreto, e é aliás porque não o faz que a crítica pode apossar-se dele. Repetidas vezes, citações provêm deste código anagógico, como por exemplo quando Pedro procura explicar-se a si mesmo o que poderia significar a visão que acabou de ter; ou então a discussão de sentido, a pacificação pelo sentido na comunidade de Jerusalém. O sentido anagógico, portanto, é dado pelo texto: é a integração dos Incircuncisos na Igreja. Talvez fosse preciso vincular a este código todos os traços que mencionam o problema da hospitalidade: fariam parte também deste código anagógico.

12. Um último código importante é o código *metalinguístico*: esta palavra designa uma linguagem que fala de outra linguagem. Se, por exemplo, escrevo uma gramática da língua francesa, estou fazendo metalinguagem, pois falo uma linguagem (a saber, minha gramática) sobre uma língua que é o francês. A metalinguagem é portanto uma linguagem que fala de outra linguagem ou cujo referente é uma linguagem ou um discurso. Ora, o interessante aqui é que os episódios metalinguísticos são importantes e numerosos: são os quatro ou cinco resumos de que o texto é feito. Um resumo é um episódio metalinguístico, um traço do código metalinguístico: há uma narrativa referente, uma linguagem referente: a visão de Cornélio, a visão de Pedro, as duas visões, a história do Cristo..., aí estão quatro narrativas referentes; depois há retomadas metalinguísticas segundo destinatários diferentes:

– os enviados resumem para Pedro a ordem dada a Cornélio;

– Cornélio resume a sua visão para Pedro;
– Pedro resume a sua visão para Cornélio;
– Pedro resume as duas visões para a comunidade de Jerusalém;
– finalmente, a história do Cristo é resumida por Pedro para Cornélio. Voltarei a este código. Mas gostaria agora de falar de dois outros problemas importantes que correspondem a dois códigos particulares ou isolados no texto.

2. O código das ações

Este código refere à organização das ações empreendidas ou suportadas pelos agentes presentes na narração; é um código importante pois que cobre tudo aquilo que, no texto, parece-nos própria e imediatamente narrativo, a saber, a relação *do que se passa*, apresentada ordinariamente segundo uma lógica ao mesmo tempo causal e temporal. Este nível chamou imediatamente a atenção dos analistas. Propp estabeleceu as grandes "funções" do conto popular, quer dizer, as ações constantes, regulares, que se reencontram, com algumas poucas variações, em todas as narrativas do folclore russo; o seu esquema (postulando a sequência de umas trinta ações) foi retomado e corrigido por Lévi-Strauss, Greimas e Bremond. Pode-se dizer que atualmente a "lógica" das ações narrativas é concebida de várias maneiras, vizinhas e no entanto diferentes. Propp vê a sequência das ações narrativas como alógica; é, para ele, uma sequência constante, regular, mas sem conteúdo. Lévi-Strauss e Greimas postularam que se devia dar a essas sequências uma estrutura paradigmática e reconstruí-las como sucessões de oposições; aqui mesmo, por exemplo, a vitória inicial (da letra) se opõe a sua derrota (final): um termo médio irá neutralizá-las temporariamente: o enfrentamento. Bremond, por sua parte, tentou reconstituir uma lógica nas alternativas de ações, podendo cada "situação" ser "resolvida" de uma maneira ou de outra e gerando, cada solução, uma nova alternativa. Pessoalmente, inclino-me para a ideia de uma espécie de lógica cultural, que não deverá nada a nenhum dado mental, ainda que de nível antropológico; para mim, as sequências de ações narrativas são revestidas de uma aparência lógica que vem unicamente do *já escrito*: numa palavra, do estereótipo.

Dito isso, e seja qual for a maneira como as estruturemos, eis que temos, por exemplo, duas sequências de ações presentes em nosso texto.

a. Uma sequência elementar, com dois núcleos, do tipo *Pergunta/Resposta*: pergunta de Pedro aos enviados/resposta dos enviados; pedido de explicação de Pedro a Cornélio/resposta de Cornélio. O mesmo esquema pode complicar-se sem perder a sua estrutura: informação perturbadora/pedido de esclarecimento formulado pela comunidade/explicação dada por Pedro/apaziguamento da comunidade. Notemos que na medida em que tais sequências são banais é que são interessantes; pois a sua banalidade mesma atesta que se trata de uma injunção quase universal, ou ainda: de uma regra de gramática da narrativa.

b. Uma sequência desenvolvida, com vários núcleos: é a *Procura* (de Pedro pelos enviados de Cornélio): partir/procurar/chegar a algum lugar/perguntar ou pedir/obter/levar consigo. Alguns dos termos são *substituíveis* (em outras narrativas): *levar consigo* pode, noutro lugar, ser substituído por *desistir*, *abandonar* etc.

As sequências de ações, constituídas segundo uma estrutura lógico-temporal, apresentam-se ao fio da narrativa segundo uma ordem complicada: dois termos de uma mesma sequência podem estar separados pela aparição de termos pertencentes a outras sequências; esse entrelaçamento de sequências forma a *trança* da narrativa (não esqueçamos que etimologicamente *texto* quer dizer tecido). Aqui, o entrelaçamento é relativamente simples: existe certo *simplismo* da narrativa e esse simplismo se deve à justaposição pura e simples das sequências (não são intrincadas). Ademais, um termo de uma sequência pode representar por si só uma subsequência (o que os ciberneticistas chamam de "brique" [tijolo]); a sequência do anjo compreende quatro termos: entrar/ser visto/comunicar/sair; um desses quatro termos, a comunicação, constitui uma *ordem* (um comando) que se subdivide, ela própria, em termos secundários (interpelar/pedir/razão da escolha/conteúdo da interpelação/execução); existe de algum modo *procuração* de uma sequência de ações para um termo encarregado de representá-la numa outra sequência de ações: *saudar/responder*; este fragmento de sequência representa certo sentido ("eu também sou um homem").

Essas poucas indicações formam o esboço das operações analíticas a que se deve submeter o nível acional de uma narrativa. Essa análise é muitas vezes ingrata, pois as sequências dão uma impressão de *evidência* e a sua identificação parece fútil; assim é preciso ter sempre em mente que essa futilidade mesma, constituindo a *normalidade* de nossas narrativas, pede o estudo de um fenômeno capital sobre o qual ainda temos poucas luzes: por que tal narrativa é *legível*? Quais são as condições de *legibilidade* de um texto? Quais são os seus limites? Como, por que uma história nos parece *dotada de sentido*? Em face de sequências normais (tais como as sequências de nossa narrativa), é preciso sempre pensar na possibilidade de sequências logicamente escandalosas, seja por extravagância, seja por carência de um termo: assim se desenha a gramática do *legível*.

3. O código metalinguístico

O último problema que quero extrair deste texto dos *Atos* é relativo àquilo que chamei de código metalinguístico. A metalinguística se produz, já o dissemos, quando uma linguagem fala de outra linguagem. É o caso do resumo, que é um ato metalinguístico, visto ser um discurso que tem por referente outro discurso. Ora, no nosso texto, há quatro resumos intertextuais e, além disso, um resumo exterior ao texto pois que remete a todo o Evangelho, a saber, a vida de Cristo:

– a visão de Cornélio é retomada, resumida pelos enviados de Cornélio a Pedro e pelo próprio Cornélio a Pedro;
– a visão de Pedro é resumida por Pedro a Cornélio;
– as duas visões são resumidas por Pedro à comunidade de Jerusalém;
– finalmente, a história de Cristo é resumida, se assim se pode dizer, por Pedro a Cornélio e aos amigos de Cornélio.

1. *O resumo.* Se estivesse, diante deste texto, numa perspectiva de pesquisa geral, eu o classificaria sob a rubrica de problema do resumo, da organização da estrutura metalinguística das narrativas. Linguisticamente, o resumo é uma citação sem a sua letra, uma citação de conteúdo (não de forma), um enunciado que refere a outro enunciado, mas cuja referência, não sendo mais literal, comporta um trabalho de estruturação. O interessante é que um resumo estrutura uma linguagem anterior, que é, aliás, ela própria já estruturada. O referente neste caso já é uma *narrativa* (e não o "real"): o que Pedro resume para a comunidade de Jerusalém, só na aparência é a realidade; de fato, é o que já conhecemos por uma espécie de narrativa zero, que é a narrativa performadora do texto, a saber, ao que parece, Lucas. Em consequência, o que nos interessaria do ponto de vista da problemática do resumo é compreender se existe realmente um hiato entre a narrativa original, a narrativa zero, e o seu referente,

matéria suposta real da narrativa. Existe realmente uma espécie de pré-narrativa, que seria a realidade, o referente absoluto; em seguida uma narrativa, que seria a de Lucas; em seguida, a narrativa de todos os parceiros enumerando-os: narrativa 1, 2, 3, 4 etc? De fato, da narrativa dos *Atos*, isto é, da narrativa de Lucas, ao real suposto, dir-se-ia hoje que há simplesmente a relação de um *texto* a outro *texto*. Este é um dos problemas ideológicos capitais que se colocam, menos talvez para a pesquisa do que para os grupos preocupados com o engajamento da escrita, é o problema do significado último: possui um texto de algum modo um significado último? Será que, desencapando o texto de suas estruturas, se vai chegar, em dado momento, a um significado último que, no caso do romance realista, seria "a realidade"?

A investigação filosófica de Jacques Derrida retomou de maneira revolucionária esse problema do significado último, postulando que nunca há finalmente, no mundo, senão a escrita de uma escrita: uma escrita remete sempre afinal a outra escrita, e o prospecto dos signos é de algum modo infinito. Por conseguinte, descrever sistemas de sentidos postulando um significado último é tomar partido contra a própria natureza do sentido. Essa reflexão não está hoje em meus propósitos nem é de minha competência; mas o campo que reúne aqui os senhores, a saber, a Sagrada Escritura, é um campo privilegiado para esse problema, porque, de uma parte, teologicamente, é certo que um significado último é postulado: a definição metafísica, ou a definição semântica da teologia, é postular o Significado último; e porque, de outra parte, a noção mesma de Escritura, o fato mesmo de que a Bíblia se chama Escritura, nos orientaria para uma compreensão mais ambígua dos problemas, como se efetivamente, teologicamente também, a base, o original, fosse ainda uma Escritura, e sempre uma Escritura.

2. *A catálise.* Em todo caso, esse problema de despegamento dos significantes através dos resumos que parecem projetar-se em espelhos, uns nos outros, é muito importante para uma teoria moderna da literatura. Nosso texto é excepcionalmente denso em despegamentos, em resumos, que estão escalonados, como se se assistisse a todo um jogo de espelhos. Existe aí um problema estrutural apaixonante que ainda não está bem estudado: é o problema daquilo que se chama de *catálise*; numa narrativa, há vários planos de necessidade; os resumos mostram o que se pode retirar ou acrescentar: visto que a história se mantém através de seu resumo, então é porque se pode "encher" essa história; daí o termo *catálise*; pode-se dizer que a história sem o seu resumo, a história integral, é uma espécie de etapa catalítica de um estado resumido, existe uma relação de enchimento entre uma estrutura magra e uma estrutura plena, e esse movimento é interessante de estudar, porque ilustra o jogo da estrutura. Uma narrativa, em certo plano, é como uma frase. Uma frase pode ser catalisada, em princípio, ao infinito. Já não sei qual linguista americano (Chomsky ou alguém de sua escola) disse o seguinte, que é filosoficamente muito bonito: "Nunca falamos senão uma só frase, que só a morte vem interromper..." A estrutura da frase é tal que os senhores podem sempre acrescentar palavras, epítetos, adjetivos, subordinadas ou outras principais, e nunca alterarão a estrutura da frase. Afinal, se hoje se concede tanta importância à linguagem, é que a linguagem, tal como é descrita agora, dá-nos o exemplo de um objeto ao mesmo tempo estruturado e infinito: existe na linguagem a experiência de uma estrutura *infinita* (no sentido matemático da palavra); e a frase é disso o próprio exemplo: os senhores podem encher uma frase indefinidamente; e, se pararem as suas frases, se as fecharem, o que sempre foi o grande problema da retórica (como testemunham as noções

de *período*, de *cláusula*, que são operadores de fechamento), é unicamente sob a pressão de contingências, por causa do fôlego, da memória, do cansaço, mas nunca devido à estrutura: nenhuma lei estrutural obriga os senhores a fechar a frase, e podem abri-la estruturalmente indefinidamente. O problema do resumo é o mesmo, transportado para o nível do plano narrativo. O resumo prova que uma história é de algum modo sem fim: sempre podem enchê-la indefinidamente; então, por que pará-la em determinado momento? É um dos problemas que a análise da narrativa deveria permitir-nos abordar.

3. *A estrutura diagramática.* Ademais, com relação ao nosso texto, o despegamento dos resumos e sua multiplicidade (há cinco resumos para um pequeno espaço de texto) implicam que há em cada resumo um circuito de destinação novo. Noutras palavras, multiplicar os resumos quer dizer multiplicar as destinações da mensagem. Esse texto dos *Atos*, estruturalmente, e eu diria mesmo ingenuamente, fenomenologicamente, esse texto mostra-se como o lugar privilegiado de uma intensa multiplicação, difusão, disseminação, refração de mensagens.

Uma mesma coisa pode ser dita em quatro planos sucessivos; por exemplo, a ordem do anjo a Cornélio é dita como ordem dada, como ordem executada, como narrativa dessa execução e como resumo da narrativa dessa execução; e os destinatários evidentemente se revezam: o Espírito comunica a Pedro e a Cornélio, Pedro comunica a Cornélio, Cornélio comunica a Pedro, em seguida Pedro à comunidade de Jerusalém, e finalmente aos leitores que somos nós. Foi dito que a maioria das narrativas eram narrativas de busca, narrativas de procura em que um sujeito deseja ou procura um objeto (é o caso das narrativas dos milagres). A meu ver, e é aí que está a originalidade estrutural deste texto, a sua mola propulsora não é a busca, mas a comunicação, a "trans-missão": as personagens da narrativa não são atores, mas sim agentes de transmissão, agentes de comunicação e de difusão. Isto é interessante: vemos de maneira concreta, e se assim posso dizer "técnica", que o texto apresenta aquilo a que chamarei uma estrutura *diagramática*, com relação ao seu conteúdo. Um diagrama é uma analogia proporcional (o que é aliás pleonástico, pois que *analogia* em grego quer dizer *proporção*); não é uma cópia figurativa (basta pensar nos diagramas em demografia, em sociologia, em economia); é uma forma que foi bem esclarecida por Jakobson: na atividade de linguagem, o diagrama é importante, porque a todo instante a linguagem produz figuras diagramáticas: ela não pode copiar literalmente, segundo uma *mimesis* completa, um conteúdo por uma forma, porque não há medida comum entre a forma linguística e o conteúdo; mas o que pode fazer é produzir figuras diagramáticas; o exemplo dado por Jakobson é célebre: o diagrama poético (pois a poesia é o lugar do diagrama) é o *slogan* eleitoral do general Eisenhower, quando era candidato à presidência: "*I like Ike*"; é um diagrama pois que a palavra *Ike* fica envolvida no amor da palavra *like*. Há uma relação diagramática entre a frase "*I like Ike*" e o conteúdo, a saber, que o General Eisenhower era envolvido pelo amor de seus eleitores e de suas eleitoras.

Essa estrutura diagramática, temo-la em nosso texto, pois o conteúdo do texto – e não somos nós que a inventamos, pois que, mais uma vez, estamos diante de um texto que eu chamaria de anagógico, que dá, ele próprio, o seu sentido –, esse conteúdo, é a possibilidade de difusão do batismo. E o diagrama é a difusão da narrativa pela multiplicação dos resumos; noutras palavras, há uma espécie de refração diagramática em torno da noção de comunicação, ilimitada, vulgarizada. No fundo, o que a narrativa atualiza, diagramaticamente, é essa ideia de *ilimitado*. O fato de que, em tão pouco espaço, haja quatro resumos do mesmo episódio constitui uma imagem diagramática do caráter ilimitado da graça. A teoria desse "não limite" é dada por uma narrativa que atualiza o "não limite" do resumo. Em consequência, o "assunto*" do texto é a ideia mesma de mensagem; para a análise estrutural, este texto tem como assunto a mensagem, é uma operacionalização da linguagem, da comunicação; é aliás um tema de Pentecostes (faz-se alusão a isso no texto). O assunto é a comunicação e a difusão das mensagens e das línguas. Estruturalmente, como já se viu, o conteúdo do que Cornélio deve pedir a Pedro não é enunciado: o anjo não diz a Cornélio por que deve mandar buscar Pedro. E agora, captamos o sentido estrutural dessa carência, de que falei no início: é porque, de fato, a mensagem é a própria forma, é sua destinação. No fundo, o que Cornélio deve pedir a Pedro não é um conteúdo verdadeiro, é a comunicação com Pedro. O conteúdo da mensagem é então a própria mensagem; a destinação da mensagem, a saber, os Incircuncisos, eis aí o conteúdo mesmo da mensagem.

Essas indicações parecerão por certo *em recuo* em relação ao texto. A minha desculpa é que a finalidade da pesquisa não é a explicação, a interpretação de um texto, mas a interrogação desse texto (entre outros) em vista da reconstituição de uma língua geral da narrativa. Colocado diante da obrigação de falar de um texto e de um só texto, não pude nem falar da Análise Estrutural da Narrativa em geral, nem estruturar pormenorizadamente esse texto: tentei um compro-

---

* "*le 'sujet' du texte*". A palavra "*sujet*", usada no original francês, nesta e em outras passagens, é ambígua: tanto pode significar "sujeito" como "assunto". Aqui, o contexto não parece poder decidir claramente entre um e outro valor. (N. T.)

misso, com todas as decepções que isso pode comportar; procedi a um trabalho de recensão parcial; esbocei o dossiê estrutural de um texto; mas, para que esse trabalho encontrasse todo o seu sentido, seria necessário reunir este dossiê a outros, inserir este texto no *corpus* imenso das narrativas do mundo.

> 1969. In *Exégèse et herméneutique*
> [Exegese e hermenêutica],
> Éd. du Seuil, 1971.

A LUTA COM O ANJO: ANÁLISE TEXTUAL DE *GÊNESIS* 32,23-33

"²³ *Naquela mesma noite, levantou-se, pegou as suas duas mulheres, as suas duas servas, os seus onze filhos e passou o vau de Jaboc.* ²⁴ *Pegou-os e os fez passar a torrente, e fez passar também tudo aquilo que possuía.* ²⁵ *E Jacó ficou só.*

E alguém lutou com ele até o raiar da aurora. ²⁶ *Vendo que ele não o dominava, golpeou-o na junta da coxa, e a coxa de Jacó se deslocou enquanto lutava com ele.* ²⁷ *Ele disse: 'Larga-me, pois já raiou a aurora', mas Jacó respondeu: 'Não te largarei enquanto não me tiveres abençoado.'* ²⁸ *Ele perguntou-lhe: 'Qual é o teu nome? – Jacó', respondeu.* ²⁹ *Ele retomou: 'Não te chamarão mais de Jacó, mas de Israel, porque foste forte contra Deus, e contra os homens serás vencedor.'* ³⁰ *Jacó fez esta pergunta: 'Revela-me o teu nome, rogo-te', mas ele respondeu: 'E por que perguntas o meu nome?' e, nesse mesmo momento, abençoou-o.*

³¹ *Jacó deu a esse lugar o nome de Penuel, 'pois, disse ele, eu vi Deus face a face e mantive salva a vida'.* ³² *Ao levantar-se o sol, ele tinha passado Penuel e coxeava de uma perna.* ³³ *É por isso que os Israelitas não comem, até hoje,*

o nervo ciático que fica no encaixe da coxa, porque ele havia golpeado Jacó na junta da coxa, no nervo ciático[5]."

As precisões – ou as precauções – que servirão de introdução a nossa análise serão, a bem dizer, principalmente negativas. De início, devo prevenir de que não vou expor antes os princípios, as perspectivas e os problemas da análise estrutural da narrativa: ela não é por certo uma ciência, nem sequer uma disciplina (não é ensinada), mas, no âmbito da semiologia nascente, é uma pesquisa que começa a ser bem conhecida, a ponto de se correr o risco de uma impressão de repetição ao expor os seus prolegômenos a cada nova análise[6]. E além disso, a análise estrutural que aqui será apresentada não será muito pura; com certeza me referirei, no essencial, aos princípios comuns a todos os semiólogos que trabalham com a narrativa, e até, para terminar, mostrarei como o nosso trecho se oferece a uma análise estrutural muito clássica, canônica quase; esse olhar ortodoxo (do ponto de vista da análise estrutural da narrativa) será tanto mais justificado quanto estamos lidando com uma narrativa mítica que pode ter vindo à escrita (à Escritura) por uma tradição oral; mas me permitirei, por vezes (e talvez continuamente de modo sub-reptício), orientar a minha pesquisa para uma análise que me é mais familiar, a Análise Textual ("textual" se diz aqui por referência à teoria atual do *texto*, que deve ser entendido como produção de significância e não como objeto filológico, detentor da Letra); esta análise textual

---

5. Tradução [francesa] da *Bíblia de Jerusalém*. [Desclée de Brower]
6. Ver, a esse respeito, (e isso está relacionado com a exegese): Roland Barthes, "Analyse structurale du récit: à propos d'*Actes* 10-11", *Exégèse et herméneutique*, Paris, 1971, p. 181-204 ["A análise estrutural da narrativa: a propósito dos *Atos* 10-11", reproduzido acima, p. 249-83].

procura "ver" o texto em sua diferença – o que não quer dizer em sua individualidade inefável, pois essa diferença é "tecida" em códigos conhecidos; para ela, o texto é tomado numa rede *aberta*, que é o próprio infinito da linguagem, ela mesma estruturada sem fechamento; a análise textual procura dizer, não mais de *onde* vem o texto (crítica histórica), nem *como* ele é feito (análise estrutural), mas como ele se desfaz, explode, se dissemina: segundo que avenidas codificadas ele *se vai*. Finalmente, última precaução, chamada a prevenir qualquer decepção: não se tratará, no trabalho a seguir, de uma confrontação metodológica entre a análise estrutural ou textual e a exegese: eu não teria nenhuma competência para isso[7]. Contentar-me-ei em analisar o texto de *Gênesis* 32 (dito tradicionalmente "Luta de Jacó com o Anjo"), como se eu estivesse no primeiro tempo de uma pesquisa (é exatamente o caso): não é um "resultado" que estou expondo, nem mesmo um "método" (seria demasiado ambicioso e implicaria uma vista "científica" do texto que não é a minha), mas simplesmente uma "maneira de proceder".

1. A análise sequencial

A análise estrutural compreende *grosso modo* três tipos – ou três objetos – de análise, ou, se preferirem ainda, comporta três tarefas: 1. proceder ao inventário e à classificação dos atributos "psicológicos", biográficos, caracteriais, sociais, das personagens engajadas na narrativa (idade, sexo, qualidades

---

[7]. Desejo exprimir a minha gratidão a Jean Alexandre, cujas competência exegética, linguística, sócio-histórica e abertura de espírito me ajudaram a compreender o texto analisado; muitas de suas ideias se encontram nesta análise; apenas o temor de deformá-las impede-me de indicá-las a cada vez.

exteriores, situação social ou de poder etc.); estruturalmente, é a instância dos *índices* (notações, de expressão variada ao infinito, que servem para transmitir um significado – por exemplo a "nervosidade", a "graça", o "poder" – que o analista nomeia em sua metalinguagem, ficando entendido que o termo metalinguística pode muito bem não figurar diretamente no texto, que não utilizará nunca "nervosidade" ou "graça" etc.: é o caso corrente); se se estabelecer uma homologia entre a narrativa e a frase (linguística), o índice corresponde ao adjetivo, ao epíteto (que, não esqueçamos, era uma figura de retórica): é o que se poderia chamar de *análise indicial*; 2. proceder ao inventário e à classificação das *funções* das personagens: o que fazem por estatuto narrativo, sua qualidade de sujeito de uma ação constante: o Enviante, o Questionante, o Enviado etc.; no plano da frase, isso corresponderia ao *particípio presente*: é a *análise actancial*, cuja teoria A. J. Greimas foi o primeiro a apresentar; 3. proceder ao inventário e à classificação das *ações*: é o plano dos *verbos*; essas ações narrativas se organizam, como se sabe, em sequências, em sucessões aparentemente ordenadas segundo um esquema pseudológico (trata-se de uma lógica puramente empírica, cultural, nascida de uma experiência, ainda que ancestral, não do raciocínio): é a *análise sequencial*.

O nosso texto se presta, brevemente na verdade, à análise indicial. A luta que é posta em cena pode ser lida como um índice da força de Jacó (atestada em outros episódios da gesta desse herói); o índice puxa para um sentido anagógico, que é a força (invencível) do Eleito de Deus. A análise actancial é igualmente possível; mas, como o nosso texto é essencialmente composto de ações aparentemente contingentes, é preferível proceder principalmente a uma análise sequencial (ou acional) do episódio, com a reserva de se acrescentar, para terminar, algumas observações sobre o actancial.

ANÁLISES

Dividiremos o texto (e acho que isso não é forçar as coisas) em três sequências: 1. a Passagem; 2. a Luta; 3. as Nomeações.

1. *A Passagem* (v. 23-25). Demos de imediato o esquema sequencial desse episódio; o esquema é duplo, ou, pelo menos, se assim se pode dizer, "estrábico" (num instante se verá o motivo):

	levantar-se	juntar	passar
I	23	23	23
	juntar	fazer passar	ficar só
II	24	24	25

Notemos imediatamente que, estruturalmente, *levantar-se* é um simples *operador de início*; poder-se-ia dizer, abreviando, que por *levantar-se* deve-se entender não somente que Jacó se põe em movimento, mas também que *o discurso se põe em marcha*; o início de uma narrativa, de um discurso, de um texto, é um lugar muito sensível: *onde começar?* Deve-se buscar *o dito* no *não dito*: daí toda uma retórica dos *marcadores* de início. Entretanto, o mais importante é que as duas sequências (ou subsequências) parecem em estado de redundância (talvez fosse usual no discurso daquele tempo: coloca-se uma informação e repete-se a mesma; mas a nossa regra é a leitura, não a determinação histórica, filológica do texto: não lemos o texto em sua "verdade", mas em sua "produção" – que não é a sua "determinação"); paradoxalmente aliás (pois a redundância serve em geral para homogeneizar, clarificar e garantir uma mensagem), quando a lemos depois de dois mil anos de racionalismo aristotélico (pois que Aristóteles é o principal teórico da narrativa clássica), a redundância das duas subsequências cria um atrito, um rangido de legibilidade. O esquema sequencial pode de fato ler-se de duas maneiras: *a*. o próprio Jacó passa o vau – depois de ter feito, se necessário, idas e voltas –, e portanto combate na margem esquerda da torrente (ele está vindo do Norte), *depois de ter passado definitivamente*; neste caso, *fazer passar* se lê: *passar ele próprio*; *b*. Jacó faz passar, mas ele mesmo não passa; ele combate na margem direita do Jaboc *antes de passar*, em situação de retaguarda. Não busquemos interpretação *verdadeira* (talvez até a nossa hesitação pareça derrisória aos olhos dos exegetas); consumemos antes duas pressões diferentes de legibilidade: *a*. se Jacó fica sozinho *antes* de ter atravessado o Jaboc, somos levados a uma leitura "folclórica" do episódio; a referência mítica que quer que uma prova de luta (por exemplo, com um dragão ou com o gênio do rio) seja imposta ao herói *antes* que ele ultrapasse o obstáculo, isto é, *para que*, sendo vitorioso, possa ultrapassá-lo, é, aqui, de fato, esmagadora; *b*. se, ao contrário, Jacó, tendo passado (ele e sua tribo), fica só do lado certo da torrente (aquele da terra aonde quer ir), a passagem é sem finalidade estrutural; em contrapartida, adquire uma finalidade religiosa: se Jacó está só, já não é para ordenar e obter a passagem, é para *marcar-se* pela solidão (é o *afastamento* bem conhecido do eleito de Deus). Uma circunstância histórica vem acrescentar a impossibilidade de se decidir entre as duas interpretações: trata-se, para Jacó, de voltar para casa, de entrar na Terra de Canaã: a passagem do Jordão se compreenderia então melhor do que a passagem do Jaboc; encontramo-nos em suma diante da passagem de um lugar neutro; a passagem é "forte" se Jacó deve conquistá-la contra o gênio do lugar; é indiferente se o que importa é a solidão, a marca de Jacó; mas talvez haja aí o vestígio misturado de duas histórias ou, pelo menos, de duas instâncias narrativas: uma mais "arcaica" (no simples sentido estilístico do termo), faz da própria passagem uma prova; a outra, mais "realista", dá um aspecto "geográfico" à viagem de Jacó, mencionando os lugares que ele atravessa (sem lhes atribuir valor mítico).

Se se inverter nessa dupla sequência o que se dá em seguida, a saber, a Luta e a Nomeação, a dupla leitura continua, coerente até o fim, em cada uma de suas duas versões; lembremos ainda o diagrama:

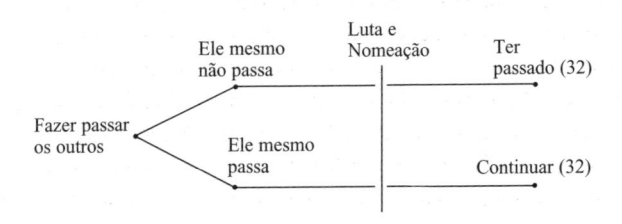

```
                          Luta e
              Ele mesmo   Nomeação    Ter
              não passa   │           passado (32)
              ●───────────┼───────────●
Fazer passar ╱            │
os outros   ╲  Ele mesmo  │
              passa       │
              ●───────────┼───────────
                          │           Continuar (32)
```

Se a Luta separa o "não passar" do "ter passado" (leitura folclórica, mítica), a mutação dos Nomes corresponde ao propósito mesmo de toda saga etimológica; se, ao contrário, a Luta não é senão uma parada entre uma posição de imobilidade (de meditação, de eleição) e um movimento de marcha, a mutação do Nome tem valor de renascimento espiritual (de "batismo"). Pode-se resumir tudo isso dizendo que, neste primeiro episódio, há legibilidade sequencial mas ambiguidade cultural. O teólogo sofreria certamente com esta indecisão; o exegeta a reconheceria, desejando que algum elemento, fatual ou argumentativo, lhe permitisse fazê-la cessar; a análise textual, há que se dizer, se eu julgar por minha própria impressão, saboreará essa espécie de *fricção* entre dois inteligíveis.

2. *A Luta* (v. 25-30). Temos aqui também, neste segundo episódio, de partir de um embaraço (não digo: uma dúvida) de legibilidade – sabe-se que a análise textual está fundamentada na *leitura* mais do que na estrutura objetiva do texto, que é mais da alçada da análise estrutural. Esse embaraço está ligado, ao contrário, ao caráter intercambiável dos pronomes que remetem aos dois parceiros da luta: estilo que um

purista qualificaria de *emaranhado*, mas cuja imprecisão certamente não perturbava a sintaxe hebraica. Quem é "alguém"? Ficando no nível do v. 26, será "alguém" que não consegue dominar Jacó, ou Jacó que não pode dominar esse alguém? O "ele" de "ele não o dominava" (26) é o mesmo "ele" de "ele disse" (27)? Tudo acaba por se esclarecer, sem dúvida, mas é necessário uma espécie de raciocínio retroativo, do tipo silogístico: Venceste a Deus. Ora, quem te fala é aquele que venceste. Portanto, quem te fala é Deus. A identificação de parceiros é oblíqua, a legibilidade é *desviada* (daí, às vezes, comentários que esbarram no contrassenso; este, por exemplo: "Ele luta com o Anjo do Senhor e, arrasado, obtém a certeza de que Deus está com ele").

Estruturalmente, essa anfibologia, ainda que se esclareça adiante, não é insignificante; não é, em nossa opinião (que, repito, é uma opinião de leitor presente), um simples embaraço de expressão devido a um estilo rude, arcaizante; está ligada a uma estrutura paradoxal da luta (paradoxal com relação ao estereótipo dos combates míticos). Para apreciar bem o paradoxo em sua finura estrutural, imaginemos por um instante uma leitura endoxal (e não paradoxal) do episódio: A luta com B, mas não consegue dominá-lo; para alcançar a vitória a qualquer custo, A recorre então a uma técnica excepcional, quer se trate de um golpe baixo, pouco leal e, afinal, proibido (a "manchette" no combate de "catch"), quer esse golpe, ainda que permaneça correto, suponha uma ciência secreta, um "truque" (é o "golpe" de Jarnac*); um golpe assim, dito geralmente "decisivo", *na própria lógica da narrativa*, retira a vitória de quem o aplica: a marca de que esse

---

* O Barão de Jarnac (Guy Chabot) venceu em duelo François Vivonne (1547), aplicando-lhe um golpe inesperado de espada no jarrete. Daí, *golpe de Jarnac*. (N. T.)

golpe é estruturalmente o objeto não pode conciliar-se com a sua ineficácia: ele *deve*, pelo deus da narrativa, obter êxito. Ora, aqui, é o contrário que se dá: o golpe decisivo falha; A, que o desfechou, não sai vencedor: é o paradoxo estrutural. A sequência toma então um curso inesperado:

```
Lutar        Impotência   Golpe      (Ineficácia)   Negociação
(durativo)   de A         decisivo
   25           26           26                         27
                                     Pedido     Regateio   Acei-
                                     de A                  tação
                                        27         27       30
```

Note-se que A (pouco importa, do ponto de vista da estrutura, que seja *alguém, um homem, Deus ou o Anjo*) não fica propriamente vencido, mas *bloqueado*; para que o bloqueio seja dado como uma derrota, é preciso juntar-lhe um *limite de tempo*: é o raiar do dia ("pois raiou a aurora", 27); essa notação retoma o v. 25 ("até o raiar da aurora"), mas desta vez no quadro explícito de uma estrutura mítica: o tema do combate noturno é estruturalmente justificado pelo fato de que, em certo momento previsto anteriormente (como o é o raiar do sol, e como o é a duração de uma luta de boxe), as regras da luta já não serão válidas: o jogo estrutural cessará, o jogo sobrenatural também (os "demônios" retiram-se ao amanhecer). Vê-se aí que é num combate "regular" que a sequência instala uma legibilidade inesperada, uma surpresa lógica: aquele que detém a ciência, o segredo, a especialidade do golpe, é entretanto vencido. Noutras palavras, a própria sequência, por mais acional, por mais anedótica que seja, tem por função *desequilibrar* os parceiros do combate, não apenas pela vitória inesperada de um sobre o outro, mas principalmente (compreendamos bem a finura *formal* dessa surpresa) pelo caráter ilógico, *invertido*, dessa vitória; noutras palavras (e reencontramos aqui um termo eminentemente estrutural, bem conhecido dos linguistas), a luta, tal como se inverte em seu desenrolar, inesperado, *marca* um dos combatentes: o mais fraco vence o mais forte, *em troca do que* ele fica marcado (na coxa).

É plausível (mas aqui saímos um pouco da pura análise estrutural e nos aproximamos da análise textual, que é visão *sem barreiras* dos sentidos) preencher esse esquema da marca (do desequilíbrio) por conteúdos de tipo etnológico. O sentido estrutural do episódio, lembremo-lo mais uma vez, é o seguinte: uma situação de equilíbrio (a luta no início) – essa situação é necessária a toda marcação: a acese inaciana, por exemplo, tem por função instalar a *indiferença* da vontade, que permite a marca divina, a escolha, a eleição – é perturbada pela vitória indevida de um dos parceiros: há inversão da marca, há contramarca. Reportemo-nos então à situação familiar: tradicionalmente, a linha dos irmãos é em princípio equilibrada (estão todos situados no mesmo nível em relação aos pais); a equigenitura é normalmente desequilibrada pelo direito de primogenitura: o primogênito é marcado; ora, na história de Jacó, há inversão da marca, há contramarca: é o caçula que suplanta o primogênito (*Gén.* 27,36), pega o irmão no calcanhar para fazer regredir o tempo: é o caçula, Jacó, que marca a si mesmo. Acabando Jacó de se fazer marcar em sua luta com Deus, pode-se dizer em certo sentido que A (Deus) é o substituto do Irmão primogênito, que se deixa vencer mais uma vez pelo caçula: o conflito com Esaú é *deslocado* (todo símbolo é um *deslocamento*); se a "luta com o Anjo" é simbólica, é porque deslocou alguma coisa). O comentário – para o qual estou insuficientemente armado – teria sem dúvida de ampliar aqui a interpretação dessa *inversão de marca*: colocando-a seja num campo histórico-econômico – Esaú é o epônimo dos edomitas; havia laços econômicos entre os edomitas e os israelitas; talvez se tenha figurado aqui uma inversão da aliança, o lançamento de uma nova liga de interesses? –, seja no campo simbólico (no sentido psicanalítico) – o Antigo Testamento parece ser o mundo menos dos Pais do que dos Irmãos inimigos: os primogênitos são preteridos em proveito dos caçulas; Freud havia assinalado no mito dos Irmãos inimigos o tema narcísico da *menor diferença*: o golpe na coxa, nesse fino tendão, não é uma *menor diferença*? Seja como for, nesse universo, Deus marca os caçulas, age no contrapé da natureza: sua função (estrutural) é constituir um *contramarcador*.

Para terminar este riquíssimo episódio da Luta, da Marca, gostaria de fazer uma observação de semiólogo. Acabamos de ver que, no binário dos combatentes, que é talvez o binário dos Irmãos, o caçula é marcado ao mesmo tempo pela inversão da relação esperada das forças e por um sinal corporal, a claudicação (o que não deixa de lembrar Édipo, o Pé inchado, o Coxo). Ora, a marca é criadora de sentidos; na representação fonológica da linguagem, a "igualdade" do paradigma é desequilibrada em proveito de um elemento marcado, pela presença de um traço que fica ausente de seu termo correlativo e oposicional: ao marcar Jacó (Israel), Deus (ou a Narrativa) permite um desenvolvimento anagógico de sentido: cria as condições formais de funcionamento de uma "língua" nova, da qual a eleição de Israel é a "mensagem". Deus é um logoteta, Jacó é aqui um "morfema" da nova língua.

3. *As Nomeações ou as Mutações* (v. 28-33). A última sequência tem por objeto a troca de nomes, isto é, a promoção de novos *status*, de novos poderes; a Nomeação está evidentemente ligada à Bênção: abençoar (receber a homenagem de um suplicante de joelhos) e nomear são atos de suserano. Há duas nomeações:

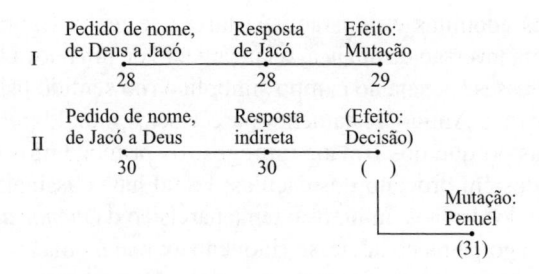

	Pedido de nome, de Deus a Jacó	Resposta de Jacó	Efeito: Mutação
I	28	28	29
	Pedido de nome, de Jacó a Deus	Resposta indireta	(Efeito: Decisão)
II	30	30	( )

                                    Mutação:
                                    Penuel
                                    (31)

A mutação atinge os Nomes; mas na verdade é todo o episódio que funciona como *a criação de um traço múltiplo*: no corpo de Jacó, no estatuto dos Irmãos, no nome de Jacó, no nome do lugar, na alimentação (criação de um tabu alimentar: toda a história pode ser também interpretada *a minimo* como a fundação mítica de um tabu). As três sequências que analisamos são homológicas: trata-se nos três casos de uma *passagem*: do lugar, da linha parental, do nome, do rito alimentar: ficando tudo isso muito próximo de uma atividade de linguagem, de uma transgressão das regras do sentido.

Tal é a análise sequencial (ou acional) do nosso episódio. Tentamos, como se viu, sempre ficar no nível da estrutura, isto é, da correlação sintagmática dos termos que denotam uma ação; se nos aconteceu fazer menção de certos sentidos possíveis, não foi para discutir sobre a probabilidade desses sentidos, mas antes para mostrar como a estrutura "dissemina" conteúdos – que cada leitura pode tomar por sua conta. Nosso objeto não é o documento filológico ou histórico, detentor de uma verdade a ser encontrada, mas o volume, a *significância* do texto.

2. A análise estrutural

Estando já a análise estrutural de uma narrativa em parte constituída (por Propp, Lévi-Strauss, Greimas, Bremond), eu gostaria, para terminar – apagando-me mais –, de confrontar o nosso texto com duas práticas de análise estrutural, para mostrar o interesse dessas práticas – embora o meu próprio trabalho se oriente de um modo algo diferente[8] –: a análise actancial de Greimas e a análise funcional de Propp.

1. *Análise actancial.* A grade actancial concebida por Greimas[9] – e que, no dizer do próprio autor, deve ser usada com prudência e flexibilidade – reparte as personagens, os atores da narrativa, em seis classes formais de actantes, definidos pelo que fazem estatutariamente e não pelo que são psicologicamente (o actante pode reunir várias personagens, mas também uma só personagem pode reunir vários actantes; ele pode ser também figurado por uma entidade inanimada). A luta com o Anjo constitui um episódio bem conhecido das narrativas míticas: a passagem de obstáculo, a Prova. No nível deste episódio (pois, para toda a gesta de Jacó, seria talvez diferente), os actantes se "preenchem" da maneira seguinte: Jacó é o *Sujeito* (sujeito da demanda, da busca, da ação); o *Objeto* (dessa demanda, busca, ação) é a passagem do lugar guardado, proibido, da torrente, do Jaboc; o *Destinador*, aquele que põe em circulação o móvel da busca (a saber, a passagem da torrente), é evidentemente Deus; o *Destinatário* é ainda Jacó (dois actantes estão aqui presentes numa mesma figura); o *Oponente* (aquele ou aqueles que

---

8. O meu trabalho sobre a novela de Balzac, *Sarrasine* (*S/Z*, Paris, Éd. du Seuil, 1970 [col. "Points", 1976]), pertence mais à análise textual do que à análise estrutural.

9. Veja-se principalmente A. J. Greimas, *Sémantique structurale*, Paris, Larousse, 1966, e *Du sens*, Paris, Éd. du Seuil, 1970.

entravam o Sujeito em sua busca) é o próprio Deus (é ele quem, miticamente, guarda a passagem); o *Ajudante* (aquele ou aqueles que ajudam o Sujeito) é Jacó, que ajuda a si mesmo por sua própria força, lendária (traço indicial, como vimos).

Vê-se de imediato o paradoxo, ou pelo menos o caráter anômico da fórmula: que o sujeito seja confundido com o destinatário é banal; que o sujeito seja seu próprio ajudante é mais raro; isso se dá ordinariamente nas narrativas, nos romances "voluntaristas"; mas que o destinador seja o oponente, isso é raríssimo; só há um tipo de narrativa que pode pôr em cena essa fórmula paradoxal: as narrativas que relatam uma chantagem; por certo, se o oponente não fosse senão o detentor (provisório) do que está em jogo, nada haveria de extraordinário; o papel do oponente é defender a propriedade do objeto que o herói quer conquistar: assim é com o dragão que guarda uma passagem; mas aqui, como em toda chantagem, Deus, ao mesmo tempo em que guarda a torrente, proporciona a marca, o privilégio. Como se vê, a fórmula actancial de nosso texto está longe de ser pacificadora: é estruturalmente muito audaciosa – o que corresponde bem ao "escândalo" figurado pela derrota de Deus.

2. *Análise funcional.* Como se sabe, Propp, foi o primeiro[10] a estabelecer a estrutura do conto popular, distribuindo nele *funções*[11], ou atos narrativos; as funções, segundo Propp, são elementos estáveis, de número limitado (umas trinta), seu encadeamento é sempre idêntico, mesmo que por vezes

---

10. V. Propp, *Morphologie du conte*, Paris, Éd. du Seuil, col. "Points", 1970.

11. A palavra "função" é sempre ambígua infelizmente; empregamo-la no início para definir a análise actancial que julga da personagem por seu papel na ação (o que é afinal a sua "função"); na terminologia de Propp, há deslocamento da personagem sobre a própria ação, captada enquanto está *vinculada* às suas vizinhas.

certas funções estejam ausentes desta ou daquela narrativa. Ora, acontece – é o que se verá logo adiante – que nosso texto honra de maneira perfeita uma porção do esquema funcional criado por Propp: o autor não teria podido imaginar aplicação mais convincente de sua descoberta.

Numa seção preparatória do conto popular (tal como o analisou Propp), dá-se obrigatoriamente uma ausência do Herói; e é já o que acontece na gesta de Jacó: Isaac envia Jacó para longe de sua terra, à casa de Labão (*Gên*. 28, 2 e 5). Nosso episódio começa, na realidade, no nº 15 das funções narrativas de Propp; codificaremos então da maneira seguinte, manifestando a cada vez o paralelismo impressionante do esquema de Propp com a narrativa do *Gênesis*:

Propp e o conto popular	*Gênesis*
15. Transferência de um lugar para outro (por pássaros, cavalos, barcos etc.).	Saindo do Norte, da terra dos Arameus, da casa de Labão, Jacó desloca-se para voltar para sua terra, para a casa de seu pai (29,1, Jacó põe-se em marcha).
16. Combate do Mau e do Herói	É a nossa sequência da Luta (32,25-28).
17. Marcação do Herói (trata-se em geral de uma marca no corpo, mas, noutros casos, é apenas o dom de uma joia, de um anel).	Jacó é marcado na coxa (32,26-33).
18. Vitória do Herói, derrota do Mau.	Vitória de Jacó (32.27).
19. Liquidação da infelicidade ou da falta: a infelicidade ou a falta tinha sido colocada durante a ausência inicial do Herói: essa ausência é apagada.	Depois de ter conseguido passar Penuel (32,32), Jacó volta a Sichem, em Canaã (33,18).

Existem outros pontos de paralelismo. Na função 14, em Propp, o Herói recebe um objeto mágico; para Jacó, esse talismã está sem dúvida na bênção que ele, de surpresa, toma do pai cego (*Gên.* 27). Por outro lado, a função 29 coloca em cena a transfiguração do Herói (por exemplo, a Fera se transforma num belo senhor); essa transfiguração parece bem presente na troca do Nome (*Gên.* 32,29) e no renascimento que ela implica. Sem dúvida o modelo narrativo atribui a Deus o papel do Mau (seu papel *estrutural*: não se trata de um papel psicológico): é que, no episódio do *Gênesis*, deixa-se ler um verdadeiro estereótipo do conto popular: a passagem difícil de um vau guardado por um gênio hostil. Outra semelhança com o conto é que, nos dois casos, as motivações das personagens (sua razão de agir) não são anotadas: a elipse das anotações não é um fato de estilo, é uma característica estrutural, pertinente, da narração. A análise estrutural, no sentido estrito do termo, concluiria portanto com força que a Luta com o Anjo é um verdadeiro conto de fadas – pois que, segundo Propp, todos os contos de fadas pertencem à mesma estrutura: aquela que ele descreveu.

Como se vê, aquilo que se poderia chamar de exploração estrutural do episódio é perfeitamente possível; impõe-se até. Direi, entretanto, para terminar, que o que mais me interessa nesta passagem célebre não é o modelo "folclorista", são as fricções, as rupturas, as descontinuidades de legibilidade, a justaposição das entidades narrativas que escapam um pouco a uma articulação lógica explícita: está-se lidando aqui (é pelo menos para mim o sabor da leitura) com uma espécie de *montagem metonímica*: os temas (Passagem, Luta, Nomeação, Rito alimentar) estão *combinados*, e não "desenvolvidos". Esse abrupto, esse caráter assindético da narrativa é bem enunciado por Oseias (12,4): "Desde o seio materno, ele suplantou o irmão/ em seu vigor lutou com o Anjo e levou a melhor." A lógica metonímica, nós o sabemos, é a do inconsciente. É pois desse lado, talvez, que deveria prosseguir a pesquisa, isto é, repito, a *leitura* do texto, sua disseminação, não a sua verdade. Por certo, corre-se o risco de enfraquecer o alcance econômico-histórico do episódio (ele existe certamente no nível das trocas entre tribos e dos problemas de poder): mas também reforça a explosão simbólica do texto (que não é necessariamente de ordem religiosa). O problema, pelo menos o que eu levanto, está de fato em chegar, não a reduzir o Texto a um significado, seja ele qual for (histórico, econômico, folclórico ou querigmático), mas a manter a sua significância aberta.

> In *Analyse structurale et exégèse biblique* [Análise estrutural e exegese bíblica], 1972.
> © Labor et Fides, Genebra, Suíça.

ANÁLISE TEXTUAL DE UM CONTO DE EDGAR POE

A ANÁLISE TEXTUAL

A análise estrutural da narrativa está atualmente em plena elaboração. Todas as pesquisas têm uma mesma origem científica: a semiologia ou a ciência das significações; mas já acusam entre elas (e isso é bom) divergências, segundo o olhar crítico que cada uma lança sobre o estatuto científico da semiologia, isto é, sobre o seu próprio discurso. Essas divergências (construtivas) podem unificar-se sob duas grandes tendências: segundo a primeira, a análise, diante de todas as narrativas do mundo, busca estabelecer um *modelo narrativo*, evidentemente formal, uma estrutura ou uma gramática da Narrativa, a partir dos quais (uma vez encontrados), cada narrativa particular será analisada em termos de desvio; de acordo com a segunda tendência, a narrativa é imediatamente subsumida (pelo menos quando se presta a isso) sob a noção de "Texto", espaço, processo de significações em trabalho, numa palavra *significância* (voltaremos a esta palavra para defini-la), que se observa não como um produto acabado, fechado, mas como uma produção em vias de se fazer, "ligada" a outros textos, outros códigos (é o *intertextual*), articulada assim com a sociedade, com a História, não segundo vias deterministas, mas citacionais. Deve-se portanto, de certa maneira, distinguir *análise estrutural* de *análise textual*[12], sem querer aqui declará-las antagônicas: a análise estrutural propriamente dita se aplica principalmente à narrativa oral (ao mito); a análise textual, que se tentará praticar nas páginas a seguir, aplica-se exclusivamente à narrativa escrita.

A análise textual não busca *descrever* a estrutura de uma obra; não se trata de registrar uma estrutura, mas antes de produzir uma estruturação móvel do texto (estruturação que se desloca de leitor a leitor ao longo da História), de permanecer no volume do significante da obra, na sua *significância*. A análise textual não procura saber por que o texto é determinado (reunido como termo de uma causalidade), mas antes como ele explode e se dispersa. Vamos tomar então um texto narrativo, uma narrativa, e vamos lê-la, tão lentamente quanto for preciso, parando tão frequentemente quanto for necessário (a *folga* é uma dimensão capital do nosso trabalho), tentando localizar e classificar *sem rigor* não todos os sentidos do texto (seria impossível, pois o texto é aberto ao infinito: nenhum leitor, nenhum sujeito, nenhuma ciência pode parar o texto), mas as formas, os códigos segundo os quais os sentidos são possíveis. Vamos localizar as *avenidas* do sentido. Nosso objetivo não é encontrar *o* sentido, nem mesmo *um* sentido do texto, e nosso trabalho não se aparenta com uma crítica literária do tipo hermenêutica (que procura interpretar o texto segundo a verdade que ela acredita estar escondida nele), como é o caso, por exemplo,

---

12. No meu livro *S/Z* (Paris, Éd. du Seuil, 1970 [col. "Points", 1976]), tentei uma análise textual de uma narrativa inteira (o que não pode ser feito aqui, por razões de espaço).

da crítica marxista ou da crítica psicanalítica. Nosso objetivo é chegar a conceber, a imaginar, a viver o plural do texto, a abertura da significância. A meta desse trabalho não se limita portanto, sente-se isso, ao tratamento universitário do texto (ainda que abertamente metodológico), nem mesmo à literatura em geral; ela toca numa teoria, numa prática, numa escolha que se encontram presas no combate dos homens com os signos.

Para proceder à análise textual de uma narrativa, vamos seguir certo número de disposições operacionais (falemos de regras elementares de manipulação, de preferência a princípios metodológicos: a palavra seria por demais ambiciosa e principalmente ideologicamente discutível, na medida em que o "método" postula demasiadas vezes um resultado positivista). Reduziremos essas disposições a quatro medidas expostas sumariamente, preferindo deixar a teoria correr na análise do próprio texto. Diremos, por enquanto, apenas o que é necessário para *começar* o mais depressa possível a análise do conto que escolhemos.

1. Vamos recortar o texto que proponho para o nosso estudo em segmentos contíguos e em geral bem curtos (uma frase, uma porção de frase, no máximo um grupo de três ou quatro frases); numeraremos esses fragmentos a partir de 1 (para cerca de dez páginas, há 150 segmentos). Esses segmentos são unidades de leitura, razão por que propus chamá-las de *lexias*[13]. Uma lexia é evidentemente um significante textual; mas como o nosso objetivo não é aqui observar significantes (o nosso trabalho não é estilístico), mas sentidos, o recorte não precisa ser fundamentado teoricamente (estando no *discurso*, e não na *língua*, não devemos esperar que haja

---

13. Para uma análise mais estrita da noção de *lexia*, assim como, aliás, para as disposições operacionais a seguir, sou obrigado a remeter a *S/Z, op. cit.*

uma homologia fácil de perceber entre o significante e o significado; não sabemos como um corresponde ao outro e, por conseguinte, não devemos aceitar cortar o significante sem ser guiado pelo recorte subjacente do significado). Em suma, o parcelamento do texto narrativo em lexias é puramente empírico, ditado por uma preocupação de comodidade: a lexia é um produto arbitrário, é simplesmente um segmento no interior do qual se observa a repartição dos sentidos; é o que os cirurgiões chamariam de campo operatório: a lexia útil é aquela em que não passa senão um, dois ou três sentidos (superpostos no *volume* do trecho do texto).

2. Para cada lexia, observamos os sentidos que aí são suscitados. Por *sentido*, não entendemos evidentemente o sentido das palavras ou grupos de palavras tais como o dicionário e a gramática, enfim o conhecimento da língua, bastariam para dar conta. Entendemos as *conotações* da lexia, os sentidos segundos. Esses sentidos de conotação podem ser *associações* (por exemplo, a descrição física de uma personagem, estendida a várias frases, pode não ter senão um significado de conotação, que é a "nervosidade" dessa personagem, ainda que a palavra não figure no plano da denotação); podem ser também *relações*, resultar de se pôr em relação dois lugares, às vezes muito distantes, do texto (uma ação começada aqui pode completar-se, terminar lá adiante, muito mais longe). As lexias serão, se assim posso dizer, peneiras tão finas quanto possível, graças às quais "decantaremos" os sentidos, as conotações.

3. Nossa análise será progressiva: percorreremos passo a passo o comprimento do texto, pelo menos postulativamente, pois, por razões de espaço, não poderemos dar aqui senão dois fragmentos de análise. Isso quer dizer que não visaremos a destacar as grandes massas (retóricas) do texto; não construiremos um plano do texto e não procuraremos a

sua temática; numa palavra, não faremos uma *explicação* do texto, a menos que se dê à palavra "explicação" o seu sentido etimológico, na medida em que *desdobraremos* o texto, o folheado do texto. Deixaremos para a nossa análise o andamento mesmo da *leitura*; simplesmente, essa leitura será, de algum modo, filmada em *câmara lenta*. Essa maneira de proceder é teoricamente importante: ela significa que não visamos a reconstituir a estrutura do texto, mas a acompanhar a sua estruturação, e que consideramos a estruturação da leitura mais importante do que a da composição (noção retórica e clássica).

4. Enfim, não ficaremos excessivamente preocupados se, em nosso levantamento, "esquecermos" sentidos. O esquecimento dos sentidos, de certo modo, faz parte da leitura: o que nos importa é mostrar *pontos de partida* de sentidos, não pontos de chegada (no fundo, será o sentido alguma coisa mais do que a partida?). O que fundamenta o texto não é uma estrutura interna, fechada, contabilizável, mas o *desembocar* do texto noutros textos, noutros códigos, noutros signos; o que faz o texto é o intertextual. Começamos a entrever (por outras ciências) que a pesquisa deve pouco a pouco se familiarizar com a conjunção dessas duas ideias que passaram durante muito tempo por contraditórias: a ideia de estrutura e a ideia de infinito combinatório; a conciliação dessas duas postulações se impõe a nós agora porque a linguagem, que começamos a conhecer melhor, é ao mesmo tempo infinita e estruturada.

Essas observações bastam, acredito, para começar a análise do texto (deve-se ceder sempre à impaciência do texto, nunca esquecer, sejam quais forem os imperativos do estudo, que o *prazer* do texto é a nossa lei). O texto que foi escolhido é uma curta narrativa de Edgar Poe, na tradução de Baudelaire: *La vérité sur le cas de M. Valdemar* [*A verdade sobre o caso do sr. Valdemar*]¹⁴. A minha escolha – pelo menos conscientemente, pois talvez tenha sido o meu inconsciente que escolheu – foi ditada por duas considerações didáticas: eu precisava de um texto bem curto para poder dominar inteiramente a superfície significante (a sequência das lexias) e bem denso simbolicamente, de modo que o texto analisado nos toque continuamente, além de qualquer particularismo: quem não ficaria tocado por um texto cujo "assunto" declarado é a morte?

Devo acrescentar, por franqueza, o seguinte: analisando a significância de um texto, nós nos absteremos voluntariamente de tratar certos problemas; não se falará do autor, Edgar Poe, nem da história literária de que ele faz parte; não se levará em conta o fato de que o trabalho vai ser feito sobre uma tradução: tomaremos o texto tal qual está, tal como o lemos, sem nos preocupar com saber se, numa Faculdade, ele pertenceria aos anglicistas mais do que aos galicistas ou aos filósofos. Isso não quer dizer forçosamente que esses problemas não passarão por nossa análise; pelo contrário, *passarão*, no sentido próprio do termo: a análise é uma *travessia* do texto; esses problemas podem ser encontrados a título de *citações* culturais, de partidas de código, não de determinações.

Uma última palavra, que talvez seja de conjuração, de exorcismo: o texto que vamos analisar não é nem lírico nem político, não fala nem do amor nem da sociedade, fala da morte. Vale dizer que teremos de suspender uma censura particular: aquela que está ligada ao *sinistro*. Fá-lo-emos persuadindo-nos de que qualquer censura vale pelas outras: falar da morte fora de toda religião é suspender ao mesmo tempo o interdito religioso e o interdito racionalista.

---

14. *Histoires extraordinaires* [*Histórias extraordinárias*], trad. fr. de Charles Baudelaire, Paris, NRF; Livre de Poche, 1969, p. 329-45.

ANÁLISE DAS LEXIAS 1 A 17

(1) A verdade sobre o caso do sr. Valdemar

(2) *Que o caso extraordinário do sr. Valdemar tenha suscitado uma discussão, não há por certo motivo para se admirar. Teria sido milagre se não fosse assim – particularmente em tais circunstâncias.* (3) *O desejo de todas as partes interessadas em manter secreto o caso, pelo menos no presente, ou esperando a oportunidade de nova investigação, e os nossos esforços para ter êxito cederam lugar* (4) *a uma narrativa truncada ou exagerada que se propagou pelo público e que, apresentando o caso sob as cores mais desagradavelmente falsas, tornou-se naturalmente a fonte de um grande descrédito.*

(5) *Agora tornou-se necessário que eu dê os fatos, pelo menos tanto quanto eu mesmo os compreendo.* (6) *Sucintamente, aqui estão eles:*

(7) *A minha atenção, nestes três últimos anos, vinha sendo chamada repetidas vezes para o magnetismo;* (8) *e, há cerca de nove meses, este pensamento veio de modo quase repentino à minha mente, de que na série das experiências feitas até agora* (9) *havia uma notabilíssima e inexplicabilíssima lacuna:* (10) *ninguém havia sido ainda magnetizado* in articulo mortis. (11) *Restava a saber,* (12) *primeiro, se em semelhante estado existia no paciente uma receptividade qualquer ao influxo magnético;* (13) *em segundo lugar, se, em caso afirmativo, ela era atenuada ou aumentada pela circunstância;* (14) *terceiro, até que ponto e por quanto tempo as investidas da morte podiam ser interrompidas pela operação.* (15) *Havia outros pontos a verificar,* (16) *mas estes eram os que mais excitavam a minha curiosidade,* (17) *– particularmente o último, por causa do caráter imensamente grave de suas consequências.*

(1) *"A verdade sobre o caso do sr. Valdemar."*
A função do título não foi bem estudada, pelo menos de um ponto de vista estrutural. O que se pode dizer de imediato é que a sociedade, por motivos comerciais, tendo necessidade de assimilar o texto a um produto, a uma mercadoria, precisa de operadores de *marca*: o título tem por função marcar o início do texto, isto é, constituir o texto como mercadoria. Todo título tem então vários sentidos simultâneos, pelo menos dois: 1. aquilo que ele enuncia, ligado à contingência do que vem adiante; 2. o próprio anúncio de que um trecho de literatura vai seguir (isto é, de fato, uma mercadoria); noutras palavras, o título tem sempre uma dupla função: enunciadora e dêitica.

a. Anunciar uma verdade é estipular que há um enigma. A colocação do enigma resulta (no plano dos significantes): da palavra *verdade*; da palavra *caso* (aquilo que é excepcional, portanto marcado, portanto significante e, por conseguinte, de que é preciso encontrar o sentido); do artigo definido *a* (só existe uma verdade, será portanto necessário todo o trabalho do texto para ultrapassar essa porta estreita); da forma catafórica implicada pelo título: o que segue vai realizar o que é anunciado, a resolução do enigma já está anunciada; note-se que o inglês diz: "*The facts in the case...*": o significado visado por Poe é de ordem empírica, o que visa o tradutor francês (Baudelaire) é hermenêutico: a verdade remete então aos fatos exatos, mas também talvez ao sentido deles. Seja como for, esse primeiro sentido da lexia se codificará: *Enigma, colocação* (o *Enigma* é o nome geral de um código, a *colocação* é apenas um termo dele).

b. Poder-se-ia dizer a verdade sem anunciá-la, sem se referir à palavra. Se se fala daquilo que se vai dizer, se se desdobra a linguagem em duas camadas das quais a primeira recobre de certo modo a segunda, outra coisa não se faz senão recorrer a uma metalinguagem. Há portanto aqui a presença do código *metalinguístico*.

c. Esse anúncio metalinguístico tem uma função *aperitiva*: trata-se de pôr o leitor em apetite (procedimento que se aparenta com o "suspense"). A narrativa é uma mercadoria cuja proposição vem precedida de um "pregão". Esse "pregão", esse *"appetizer"*, é um termo do código narrativo (retórica da narração).

d. Um nome próprio deve sempre ser interrogado cuidadosamente, pois o nome próprio é, por assim dizer, o príncipe dos significantes; suas conotações são ricas, sociais e simbólicas. Pode-se ler no nome *Valdemar* pelo menos as duas conotações seguintes:

1. presença de um código sócioétnico: seria um nome alemão? eslavo? Em todo caso, não é anglo-saxão; esse pequeno enigma, que aqui está implicitamente formulado, será resolvido no nº 19 (Valdemar é polonês); 2. "Valdemar" é "o vale do mar"; o abismo oceânico, a profundeza marinha é um tema caro a Poe: a voragem refere àquilo que está duas vezes fora da natureza, debaixo das águas e debaixo da terra. Há portanto aqui, do ponto de vista da análise, a marca de dois códigos: um código sócioétnico e um (ou o) código simbólico (voltaremos a esses códigos um pouco adiante).

e. Dizer "sr. (senhor) Valdemar" não é a mesma coisa do que dizer "Valdemar". Em muitos contos, Poe usa simples prenomes (Ligeia, Eleonora, Morella). A presença deste *senhor* carrega um efeito de realidade social, de real histórico: o herói é socializado, faz parte de uma sociedade definida, na qual é dotado de um título civil. Há que se notar pois: código social.

(2) "*Que o caso [extraordinário] do sr. Valdemar tenha suscitado uma discussão, não há por certo motivo para se admirar. Teria sido milagre se não fosse assim – particularmente em tais circunstâncias.*"

a. Essa frase (e as que a seguem imediatamente) tem como função evidente irritar a espera do leitor, e é por isso que são aparentemente insignificantes: o que se quer é a solução do enigma colocado no título (a "verdade"), mas esse enigma, mesmo a sua exposição fica retardada. Há então que se codificar: retardamento na colocação do enigma.

b. Mesma conotação que em (1) *c:* trata-se de excitar o apetite do leitor (Código narrativo).

c. a palavra *extraordinário* é ambígua: refere-se àquilo que sai da norma, mas não necessariamente da natureza (se o caso permanecer um caso "médico"), mas pode também se referir ao que é sobrenatural, passado para a transgressão (é o "fantástico" das histórias – precisamente "extraordinárias" – que Poe conta). A ambiguidade da palavra é aqui significante: tratar-se-á de uma história horrível (fora dos limites da natureza) e no entanto coberta pelo álibi científico (conotado aqui pela "discussão", que é uma palavra de eruditos). Essa liga é de fato cultural: a mistura de estranho com científico teve o seu apogeu nessa parte do século XIX a que pertence, em linhas gerais, Poe: excitava-se em observar cientificamente o sobrenatural (magnetismo, espiritismo, telepatia etc.); a sobrenatureza toma o álibi racionalista, científico; tal é o grito visceral desta idade positivista: se se pudesse acreditar *cientificamente* na imortalidade! Esse código cultural, que se chamará aqui, para simplificar, de código científico, terá uma grande importância na narrativa toda.

(3) *"O desejo de todas as partes interessadas em manter secreto o caso, pelo menos no presente, ou esperando a oportunidade de nova investigação, e os nossos esforços para ter êxito cederam lugar [...]"*

a. Mesmo código científico, retomado pela palavra "investigação (que é também um termo policial: conhece-se a fortuna do romance policial na segunda metade do século XIX, a partir de Poe, precisamente; o importante, ideologicamente e estruturalmente, é a conjunção do código do enigma policial com o código da ciência – do discurso científico –, o que prova que a análise estrutural pode muito bem colaborar com a análise ideológica).

b. Os móveis do segredo não são enunciados; podem proceder de dois códigos diferentes, conjuntamente presentes na leitura (ler é também, silenciosamente, imaginar o que não é dito):

1. o código científico-deontológico: os médicos e Poe, por lealdade, prudência, não querem tornar público um fenômeno que não está esclarecido cientificamente; 2. o código simbólico: há um tabu sobre a Morte viva: as pessoas se calam porque é horrível. Há que se dizer de imediato (embora adiante se deva voltar a isso com insistência) que esses dois códigos são *indecidíveis* (não se pode escolher um contra o outro), e que essa indecidibilidade mesma é que faz a boa narrativa.

c. Do ponto de vista das *ações* narrativas (é a primeira que encontramos), aqui tem início uma sequência: "manter escondido" implica de fato, logicamente (ou pseudologicamente), operações consequentes (por exemplo: desvendar). É então necessário colocar aqui o primeiro termo de uma sequência acional: *Manter escondido,* cuja continuação encontraremos mais tarde.

(4) "[...] *a uma narrativa truncada ou exagerada que se propagou pelo público e que, apresentando o caso sob as cores mais desagradavelmente falsas, tornou-se naturalmente a fonte de um grande descrédito."*

a. A demanda da verdade, isto é, o enigma, foi colocada já duas vezes (pela palavra "verdade" e pela expressão "caso extraordinário"). O enigma é aqui colocado pela terceira vez (colocar um enigma, em termos estruturais, quer dizer enunciar: *há um enigma*), alegando o erro a que ele dá azo: o erro, colocado aqui, justifica retroativamente, por anáfora, o título (*"A verdade sobre..."*). A redundância operada sobre a *colocação* do enigma (repete-se de várias maneiras que existe um enigma) tem valor aperitivo: trata-se de excitar o leitor, de conseguir clientes para a leitura.

b. Na sequência acional "Esconder", aparece um segundo termo: é o efeito do segredo, da deformação, da falsa opinião, a acusação de mistificação.

(5) ***"Agora tornou-se necessário que eu dê os fatos, pelo menos tanto quanto eu mesmo os compreendo."***

a. A ênfase colocada sobre "os fatos" supõe o intricamento de dois códigos, entre os quais, como em (3) *b*, não é possível decidir: 1. a lei, a deontologia científica submete o cientista, o observador ao *fato*; é um velho tema mítico a oposição entre o fato e o rumor; invocado numa ficção (e invocado de maneira enfática, por uma palavra em itálico), o *fato* tem por função estrutural (pois o alcance real deste artifício não engana ninguém) autenticar a história, não fazer acreditar que ela realmente tenha acontecido, mas manter o discurso do real, e não o da fábula. O *fato* é tomado então num paradigma em que se opõe à *mistificação* (Poe reconheceu numa carta particular que a história do sr. Valdemar era uma pura mistificação: *it is a mere hoax*). O código que estrutura a referência ao fato é então o código científico que já conhecemos; 2. entretanto, todo recurso mais ou menos pomposo ao Fato pode ser também considerado como o sintoma de uma disputa entre o sujeito e o simbólico; reclamar agressivamente o triunfo em favor do "Fato unicamente", reclamar o triunfo do referente é suspeitar da significação, é mutilar o real de seu suplemento simbólico, é um ato de censura contra o significante que *desloca* o fato, é recusar a *outra cena*, a do inconsciente. Ao recusar o suplemento simbólico, o narrador (ainda que seja a nosso ver por uma narrativa fictícia) assume um *papel* imaginário, o do cientista;

o significado da lexia é então o *assimbolismo* do sujeito da enunciação: o *Eu* se dá como assimbólico; a denegação do simbólico faz parte evidentemente do próprio código simbólico.

b. A sequência acional "Esconder" desenrola-se: o terceiro termo enuncia a necessidade de retificar a deformação encontrada em (4) *b*; essa retificação vale como: *querer desvendar* (o que estava escondido). Essa sequência narrativa "Esconder" constitui evidentemente a excitação à narrativa; em certo sentido, ela justifica, e por isso mesmo visa a seu *valor* (a seu *valendo por*), na verdade uma mercadoria: eu conto, diz o narrador, *em troca* de uma exigência de contraerro, de verdade (estamos numa civilização em que a verdade é um valor, isto é, uma mercadoria). É sempre muito interessante tentar separar o *valendo-por* de uma narrativa: em troca do que se conta? Nas *Mil e uma noites*, cada história vale por um dia de sobrevida. Aqui, estamos prevenidos de que a história do sr. Valdemar *vale pela* verdade (apresentada primeiro como contradeformação).

c. O *Eu* aparece pela primeira vez explicitamente – já estava presente no *nós* de "nossos esforços" (3). A enunciação comporta de fato três *Eu*, isto é, três papéis imaginários (dizer *Eu* é entrar no imaginário): 1. um *Eu* narrador, artista, cujo móvel é a procura do efeito; a esse *Eu* corresponde um *Tu* que é o do leitor literário, aquele que lê "um conto fantástico do grande escritor Edgar Poe"; 2. um *Eu* testemunha, que está em condição de testemunhar sobre uma experiência científica; o *Tu* correspondente é aquele de um júri de cientistas, da opinião séria, do leitor científico; 3. um *Eu* ator, experimentador, aquele que vai magnetizar Valdemar; o *Tu* é então o próprio Valdemar; nestes dois últimos casos, o móvel do papel imaginário é a "verdade". Temos aqui os três termos de um código a que chamaremos, talvez provisoriamente, código da *comunicação*. Sem dúvida, entre esses três papéis, há uma outra linguagem, a do inconsciente, que não se enuncia nem *na* ciência, nem *na* literatura; mas essa linguagem, que é literalmente a linguagem do *interdito*, não diz *Eu*: a nossa gramática, com as suas três pessoas, nunca é diretamente aquela do inconsciente.

(6) "Sucintamente, aqui estão eles:"

a. Anunciar o que segue cabe à metalinguagem (e ao código retórico); é o marco que indica o início de uma história dentro da história.

b. Sucintamente carrega três conotações misturadas e indecidíveis: 1. "Não tenham medo, não vai ser muito longo": é, no código narrativo, o modo do *fático* (identificado por Jakobson), cuja função é segurar a atenção, manter o contato; 2. "Será breve porque me atenho estritamente aos fatos": é o código científico, que permite enunciar o "despojamento" científico, a superioridade da instância do fato sobre a instância do discurso; 3. gabar-se de falar com brevidade é, de certo modo, reivindicar contra a palavra, limitar o *suplemento* do discurso, isto é, o simbólico; é falar o código do assimbólico.

(7) *"A minha atenção, nestes três últimos anos, vinha sendo chamada repetidas vezes para o magnetismo;"*

a. Em toda narrativa, é preciso vigiar o *código cronológico*; aqui, neste código (*três últimos anos*), dois valores se mesclam; o primeiro é de algum modo ingênuo; nota-se um dos elementos temporais da experiência que vai ser feita: o tempo de sua preparação; o segundo não tem função diegética, operatória (vê-se isso pela prova de comutação; se o narrador tivesse dito *sete anos* em lugar de *três*, isso não teria tido nenhuma incidência sobre a história); trata-se portanto de um puro efeito de real: o número conota enfaticamente a verdade do fato: o que é *preciso* é reputado *real* (mera ilusão, já que existe, bem conhecido, um delírio dos números). Notemos que linguisticamente a palavra *último* é um *schifter*, uma embreagem: remete à situação do enunciador no tempo; reforça portanto a *presença* do testemunho que vai seguir.

b. Aqui começa uma longa sequência acional, ou pelo menos uma sequência bem guarnecida de termos; o seu objeto é dar início a uma experiência (estamos sob o álibi da ciência experimental); esse deslanchar, estruturalmente, não é a própria experiência; é um *programa* experimental. Esta sequência vale na verdade por uma *formulação* do enigma, que já foi colocado repetidas vezes ("há cnigma"), mas que ainda não foi formulado. Para não tornar muito pesado o relato da análise, codificaremos à parte o "Programa", ficando entendido que toda a sequência, por procuração, vale por um termo do código do Enigma. Nesta sequência "Programa", temos aqui o primeiro termo: colocação do campo científico da experiência, o magnetismo.

c. A referência ao magnetismo é extraída de um código cultural, muito insistente nessa parte do século XIX. A partir de Mesmer (em inglês, "magnetismo" pode dizer-se "*mesmerism*") e do Marquês Armand de Puységur, que tinha descoberto que o magnetismo podia provocar o sonambulismo, magnetizadores e sociedades de magnetismo se tinham multiplicado na França (por volta de 1820); em 1829, tinha sido possível, ao que parece, proceder à ablação indolor de um tumor sob o efeito da hipnose; em 1845, ano do nosso conto, Braid, de Manchester, codifica o hipnotismo provocando uma fadiga nervosa por contemplação de um objeto brilhante; em 1850, no Mesmeric Hospital de Calcutá, obtêm-se partos sem dor. Sabe-se que, em seguida, Charcot classificou estados hipnóticos e circunscreveu o hipnotismo à histeria (1882), mas que, desde então, a histeria, como entidade clínica, desapareceu dos hospitais (a partir do momento em que se parou de observá-la). 1845 marca o apogeu da ilusão científica: acredita-se numa realidade fisiológica da hipnose (ainda que Poe, apontando a "nervosidade" de Valdemar, possa dar a entender a disposição histérica do sujeito).

d. Do ponto de vista temático, o magnetismo conota (pelo menos nessa época) uma ideia de *fluido*: há *passagem* de alguma coisa de um sujeito para outro; há um entre-dito (um interdito) entre o narrador e Valdemar: é o código da comunicação.

(8) "*e, há cerca de nove meses, este pensamento veio de modo quase repentino à minha mente, de que na série das experiências feitas até agora, [...]*"

a. O código cronológico (*nove meses*) comporta as mesmas observações que aquelas que foram feitas em (7) *a.*

b. Eis o segundo termo da sequência "Programa": um domínio foi escolhido em (7) *b.*, o magnetismo; agora ele é recortado; um problema particular vai ser isolado.

(9) "[...] *havia uma notabilíssima e inexplicabilíssima lacuna:*"

a. A estrutura do "Programa" continua a enunciar-se: eis aqui o terceiro termo: a experiência que ainda não foi feita – e que, portanto, para qualquer cientista cioso de pesquisa, está por fazer.

b. Essa falta experimental não é um simples "esquecimento", ou pelo menos esse esquecimento é fortemente significante: é pura e simplesmente o esquecimento da Morte; houve um tabu (que vai ser suspenso, no mais profundo horror); a conotação pertence ao código simbólico.

(10) " – *ninguém havia sido ainda magnetizado* in articulo mortis."

a. Quarto termo da sequência "Programa": o conteúdo da lacuna (há evidentemente destaque da relação entre a asserção da lacuna e a sua definição no código retórico: anunciar/precisar).

b. O latim (*in articulo mortis*), língua jurídica e médica, produz um efeito de cientificidade (código científico), mas também, por intermédio do eufemismo (dizer numa língua pouco conhecida algo que não se ousa dizer na língua corrente), designa um tabu (código simbólico). Parece mesmo que, na Morte, o que é essencialmente tabu é a passagem, o limiar, o "morrer"; a vida e a morte são estados relativamente classificados, entram aliás em oposição paradigmática, são assumidos pelo sentido, o que é sempre tranquilizador; mas a transição entre os dois estados ou, mais exatamente, como será aqui o caso, a *invasão* de um sobre o outro, elude o sentido, gera o horror: há transgressão de uma antítese, de uma classificação.

(11) "*Restava a saber* [...]"
O detalhe do "Programa" é anunciado (código retórico e sequência acional "Programa").

(12) "*primeiro, se em semelhante estado existia no paciente uma receptividade qualquer ao influxo magnético;*"
a. Na sequência "Programa", é a primeira troca em miúdos do anúncio feito em (11): trata-se de um primeiro problema a elucidar.

b. Esse mesmo problema I intitula uma sequência organizada (ou subsequência do "Programa"); temos aqui o primeiro termo: a formulação do problema; seu objeto é o próprio *ser* da comunicação magnética: ela existe, sim ou não? (a isso se responderá afirmativamente em (78): a distância no texto, muito longa, que separa a pergunta da resposta, é específica da estrutura narrativa: autoriza e até obriga a construir cuidadosamente as sequências, das quais cada uma é um fio que se trança com as vizinhas).

(13) "*em segundo lugar, se, em caso afirmativo, ela era atenuada ou aumentada pela circunstância;*"

a. Na sequência "Programa", localiza-se aqui o segundo problema (note-se que o problema II está ligado ao problema I por uma lógica implicativa: *se sim..., então*; se não, toda a história cairia por terra; a alternativa, *segundo a instância do discurso*, fica portanto truncada).

b. Segunda subsequência de "Programa": é o problema II: o primeiro problema concernia ao ser do fenômeno; o segundo concerne à sua *medida* (tudo isso é muito "científico"); a resposta à questão será dada em (82); a receptividade é aumentada: "*Outrora, quando tentara essas experiências com o paciente, nunca tiveram pleno êxito... mas para meu grande espanto* [...]".

(14) "*terceiro, até que ponto e por quanto tempo as investidas da morte podiam ser interrompidas pela operação.*"

a. É o problema III colocado pelo "Programa".

b. Esse problema III é, como os outros, formulado – essa formulação será retomada enfaticamente em (17); a formulação implica duas subquestões: 1. até que ponto a hipnose permite que a vida invada a morte? A resposta é dada em (110): *até a linguagem incluída*; 2. por quanto tempo? A essa pergunta não se responderá diretamente: a invasão da morte pela vida (a sobrevida do morto hipnotizado) cessará ao fim de sete meses, mas será pela intervenção arbitrária do experimentador. Pode-se portanto supor: infinitamente, ou pelo menos indefinidamente nos limites da observação.

(15) "*Havia outros pontos a verificar,*"

O "Programa" menciona outros problemas possíveis de se levantar a propósito da experiência prevista, sob a forma global. A frase equivale ao *et caetera*. Valéry dizia que, na natureza, não havia *et caetera*; pode-se acrescentar: no inconsciente tampouco. De fato, o *et caetera* não pertence senão ao discurso *de aparência*: de uma parte, ele parece jogar o jogo científico do grande programa de experimentação, é um operador de pseudorreal; de outra parte, dissimulando, esquivando os outros problemas, reforça o sentido das questões anteriormente enunciadas: o simbólico forte foi pronunciado, o resto não passa, sob a instância do discurso, de uma comédia.

(16) "*mas estes eram os que mais excitavam a minha curiosidade,*"
No "Programa", trata-se de uma retomada global dos três problemas (a "retomada", ou o "resumo", como o "anúncio", são termos do código retórico).

(17) "*– particularmente o último, por causa do caráter imensamente grave de suas consequências.*"
a. É dada ênfase (termo do código retórico) para o problema III.
b. Ainda dois códigos indecidíveis: 1. cientificamente, o móvel é o recuo de um dado biológico, a morte; 2. simbolicamente, é a transgressão do sentido que opõe a Vida à Morte.

ANÁLISE ACIONAL DAS LEXIAS 18 A 102

Entre todas as conotações que encontramos, ou pelo menos localizamos, neste início do conto de Poe, algumas puderam ser definidas como termos progressivos de sequências de ações narrativas; voltaremos, para terminar, aos diferentes códigos que foram mostrados pela análise, dentre os quais, precisamente, o código acional. Na espera desse esclarecimento teórico, podemos isolar essas sequências de ações e usá-las para dar conta, às menores expensas (conservando entretanto para a nossa proposta um alcance estrutural) da continuação da história. De fato, isso se compreenderá, não é possível analisar minuciosamente (menos ainda exaustivamente: a análise textual nunca é e nunca quer ser exaustiva) todo o conto de Poe: seria longo demais; pretendemos entretanto retomar a análise textual de algumas lexias do ponto culminante da obra (lexias 103-110). Para juntar o fragmento que já analisamos ao que vamos analisar, *no plano da inteligibilidade*, bastará que indiquemos as principais sequências acionais que iniciam e se desenvolvem (mas não terminam forçosamente) entre a lexia 18 e a 102. Infelizmente não podemos, por falta de espaço, dar o texto de Poe que separa os nossos dois fragmentos, nem tampouco a numeração das lexias intermediárias; damos apenas as sequências acionais (sem sequer, aliás, poder revelar-lhes os pormenores termo a termo), em detrimento de outros códigos, mais numerosos e por certo mais interessantes, essencialmente porque essas sequências constituem, por definição, o arcabouço *anedótico* da história (farei uma ligeira exceção para o código cronológico, indicando, por uma notação inicial ou final, o momento da narrativa em que se situa o início de cada sequência).

1. *Programa*: a sequência começou e se desenvolveu amplamente no fragmento analisado. Os problemas levantados pela experiência projetada são conhecidos. A sequência prossegue e se encerra pela escolha do sujeito (do paciente) necessária à experiência: será o sr. Valdemar (o programa é colocado nove meses antes do momento da narração).

II. *Magnetização* (ou melhor, se se permitir este neologismo bem pesado: magnetizabilidade). Antes de escolher o sr. Valdemar para sujeito da experiência, P. testou a sua receptividade magnética; ela existe, mas os resultados entretanto são decepcionantes: a obediência do sr. V. comporta resistências. A sequência enumera os termos desse teste, anterior à decisão da experiência e cuja situação cronológica não fica precisada.

III. *Morte clínica*: as sequências acionais são, na maioria das vezes, distendidas, entrelaçadas com outras sequências. Ao nos informar sobre o mau estado de saúde do sr. V. e sobre o prognóstico fatal exarado pelos médicos, a narrativa enceta uma longuíssima sequência que corre ao longo de toda a história e não terminará senão na última lexia (150), com a liquefação do corpo do sr. V. Os episódios são numerosos, entrecortados, porém *cientificamente* lógicos: má saúde, diagnóstico, condenação, deterioração, agonia, mortificação (sinais fisiológicos da morte) – é nesse momento da sequência que se colocará a nossa segunda análise textual –, desintegração, liquefação.

IV. *Contrato*: P. propõe ao sr. Valdemar hipnotizá-lo quando este chegar ao limiar da morte (visto que ele sabe estar condenado) e o sr. V. aceita; há contrato entre o sujeito e o experimentador: condições, proposta, aceitação, convenções, decisão de execução, registro oficial diante dos médicos (este último ponto constitui uma subsequência).

V. *Catalepsia* (sete meses antes do momento da narração, num sábado, às 7h55): chegados os últimos momentos do sr. V. e tendo sido o experimentador prevenido pelo próprio paciente, P. começa a hipnose *in articulo mortis*, de conformidade com o Programa e com o Contrato. Essa sequência pode intitular-se *Catalepsia*; comporta, entre outros termos: passes magnéticos, resistências do sujeito, sinais de estado cataléptico, controle pelo experimentador, verificação pelos médicos (as ações desta sequência ocupam 3 horas: são 10h55).

VI. *Interrogação I* (domingo, 3 horas da madrugada): P. interroga o sr. Valdemar sob hipnose por quatro vezes; é pertinente identificar cada sequência interrogativa pela resposta que dá o sr. Valdemar hipnotizado. A essa primeira interrogação a resposta é: *estou dormindo* (as sequências interrogativas comportam canonicamente o anúncio da pergunta, a pergunta, o retardamento ou a resistência em responder e a resposta).

VII. *Interrogação II*: esta interrogação segue de pouco a primeira. O sr. Valdemar responde: *estou morrendo*.

VIII. *Interrogação III*: o experimentador interroga de novo o sr. Valdemar moribundo e hipnotizado ("o senhor continua dormindo?"); este responde juntando as duas primeiras respostas já dadas: *estou dormindo, estou morrendo*.

IX. *Interrogação IV*: P. tenta interrogar pela quarta vez o sr. Valdemar; repete a sua pergunta (o sr. V. responderá a partir da lexia 105, cf. *infra*).

Chegamos então ao ponto da narrativa em que vamos retomar a análise textual, lexia por lexia. Entre a *Interrogação III* e o início da análise que vai seguir, intervém um termo importante da sequência "*morte clínica*": é a mortificação do sr. Valdemar (101-102). O sr. Valdemar, hipnotizado, está doravante *morto*, clinicamente falando. Sabe-se que, recentemente, por ocasião das implantações de órgãos, o diagnóstico de morte foi questionado: hoje é necessário o testemunho do eletroencefalograma. Já Poe, para atestar a morte do sr. Valdemar, reúne (em 101-102) todos os sinais clínicos que atestavam cientificamente a morte de um paciente na sua época: olhos descobertos e em revulsão, pele cadavérica, extinção das manchas hécticas, queda, afrouxamento dos maxilares, língua escura, feiura repelente e geral que determina o afastamento dos assistentes para longe do leito (note-se uma vez mais o trançado dos códigos: todos os sinais clínicos são também elementos de horror; ou melhor, o horror é sempre dado sob o álibi da ciência: o código científico e o código simbólico são atualizados ao mesmo tempo, de modo indecidível).

Estando o sr. Valdemar clinicamente morto, deveria terminar a narrativa: a morte do herói (salvo caso de ressurreição religiosa) encerra a história. O relançamento da anedota (a partir da lexia 103) mostra-se portanto ao mesmo tempo como uma *necessidade* narrativa (para que o texto continue) e um *escândalo* lógico. Esse escândalo é o do *suplemento*: para que haja suplemento de narrativa será preciso que haja suplemento de vida: uma vez mais, a narrativa *vale como* vida.

ANÁLISE TEXTUAL DAS LEXIAS 103 A 110

(103) "*Sinto agora que cheguei a um ponto de minha narrativa em que o leitor revoltado me recusará qualquer crédito. Entretanto, o meu dever é continuar.*"

a. Sabemos que o anúncio de um discurso futuro é um termo do código retórico (e do código metalinguístico); conhecemos também o valor "aperitivo" dessa conotação.

b. Dever dizer os fatos, sem se preocupar com desagradar, faz parte do código de deontologia científica.

c. A promessa de um "real" incrível faz parte do campo da narrativa considerada como mercadoria; isso levanta o "preço" da narrativa; tem-se portanto aqui, no código geral da comunicação, um subcódigo, o da troca, de que toda narrativa é um termo, cf. (5) *b*.

(104) "*Não havia mais no sr. Valdemar nem o mais fraco sintoma de vitalidade; e concluindo que ele estava morto, deixamo-lo aos cuidados dos enfermeiros, [...]*"

Na longa sequência da "Morte clínica" que assinalamos, a mortificação foi anotada em (101): ela é aqui *confirmada*: em (101), o estado de morto do sr. Valdemar tinha sido descrito (mediante um quadro de indícios); aqui ele é afirmado por meio de uma metalinguagem.

(105) *"quando um forte movimento de vibração se manifestou na língua. Isso durou um minuto talvez. Ao término desse período, [...]"*

a. O código cronológico ("um minuto") sustenta dois efeitos: um efeito de real-precisão – cf. (7) *a* – e um efeito dramático: o ressurgimento laborioso da voz, o parto do grito lembra o combate da vida contra a morte: a vida tenta desvencilhar-se do enviscamento da morte, debate-se (ou antes, aqui é a morte que não consegue desvencilhar-se da vida: não esqueçamos que o sr. V. *está morto*: ele não tem de reter a vida, mas sim a morte).

b. Pouco antes do momento a que chegamos, P. interrogou (pela quarta vez) o sr. V. ; e antes que ele respondesse, está clinicamente morto. Entretanto, a sequência *Interrogação IV* não está fechada (é aqui que intervém o *suplemento* de que falamos): o movimento da língua indica que o sr. V. *vai falar*. É necessário então construir a sequência assim: *pergunta (100)/(morte clínica)/esforço de resposta* (a sequência ainda vai prosseguir).

c. Existe, com toda evidência, um simbolismo da linguagem. A língua é a fala (cortar a língua é mutilar a linguagem, como se vê na cerimônia simbólica do castigo dos blasfemos); ademais, a língua tem algo de visceral (de interior) e ao mesmo tempo de fálico. Esse simbolismo geral é aqui reforçado pelo fato de que a língua que se move opõe-se (paradigmaticamente) à língua preta e intumescida do morto clínico (101). É portanto a vida visceral, a vida profunda que é assimilada à palavra, e a própria palavra é fetichizada sob as espécies de um órgão fálico que entra em vibração, numa espécie de pré-orgasmo: a vibração de um minuto é o desejo de gozo e o desejo de palavra: é o movimento do Desejo *para chegar a alguma coisa*.

(106) "[...] ***dos maxilares distendidos e imóveis brotou uma voz* [...]"**

a. A sequência *Interrogação IV* prossegue pouco a pouco, com um grande detalhamento do termo global "Resposta". Por certo os retardamentos da resposta são bem conhecidos da gramática da Narrativa; mas em geral têm um valor psicológico; aqui, o retardamento (e o detalhamento que acarreta) é puramente fisiológico: é o surgimento da voz, filmado e gravado em câmara lenta.

b. A voz vem da língua (105), os maxilares não são mais do que portas; ela não vem dos dentes: a voz que se prepara não é dental, externa, civilizada (o dentalismo apoiado de uma pronúncia é sinal de "distinção"), mas interna, visceral, muscular. A cultura valoriza o nítido, o ósseo, o distinto, o claro (os dentes); a voz do morto, esta, parte do pastoso, do magma muscular interno, da *profundeza*. Estruturalmente, tem-se aqui um termo do código simbólico.

(107) "[...] – *uma voz tal que seria loucura tentar descrevê-la. Há no entanto dois ou três qualificativos que se lhe poderiam aplicar como aproximações: assim, posso dizer que o som era áspero, dilacerado, cavernoso; mas o horrendo total não é definível, pela simples razão de que semelhantes sons nunca urraram nos ouvidos da humanidade.*"

a. O código metalinguístico está aqui presente por um discurso sobre a dificuldade de se emitir um discurso; daí o uso de termos francamente metalinguísticos: *qualificativos*, *definir*, *descrever.*

b. O simbolismo da Voz se desdobra: ela tem dois caracteres: o interno (*cavernoso*) e o descontínuo (*áspero*, *dilacerado*): isso prepara uma contradição lógica (garantia de sobrenatural): o contraste entre o *dilacerado* e o *glutinoso* (108), enquanto o interno dá crédito a uma sensação de distância 108).

(108) *"Há entretanto duas particularidades que – pensei isso então e continuo pensando –, podem ser justamente tomadas como características da entonação, e que são próprias a dar alguma ideia de sua estranheza extraterrestre. Em primeiro lugar, a voz parecia chegar a nossos ouvidos – aos meus pelo menos –, como de uma longínqua distância ou de algum abismo subterrâneo. Em segundo lugar, impressionou (temo, na verdade, que me seja impossível fazer-me compreender) da mesma maneira que as matérias glutinosas ou gelatinosas afetam o sentido do tato.*

"Falei simultaneamente do som e da voz. Quero dizer que o som era de uma silabação distinta, e mesmo terrivelmente, pavorosamente distinta."

a. Existem aqui vários termos do código metalinguístico (retórico): o anúncio (*duas características*), o resumo (*falei*) e a precaução oratória (*Temo que não me seja possível fazer-me compreender*).

b. O campo simbólico da Voz se estende, pela retomada das *aproximações* da lexia 107: 1. o *longínquo* (a distância absoluta): a voz é longínqua *porque/para que* a distância entre a Morte e a Vida é/seja total (o *porque* implica um móvel que pertence ao real, ao que está "por trás" do papel; o *para que* remete à exigência do discurso que quer continuar, sobreviver como discurso; ao notar *por que/para que*, aceitamos o torniquete das duas instâncias, a do real e a do discurso, atestamos a duplicidade estrutural de toda escrita). A distância (entre a Vida e a Morte) é afirmada *para ser negada melhor*: permite a transgressão, a "invasão", cuja descrição constitui o próprio objeto do conto; 2. o *subterrâneo*: a temática da Voz é em geral dúplice, contraditória: ora é a coisa leve, a coisa-passarinho que levanta voo com a vida, ora é a coisa pesada, cavernosa, que vem de baixo: é a voz amarrada, ancorada como uma pedra; aí está um velho tema mítico: a voz ctônia, a voz de além-túmulo (é o caso aqui);

3. o descontínuo é fundador de linguagem; há portanto efeito sobrenatural em ouvir uma linguagem gelatinosa, glutinosa, pastosa; a notação tem duplo valor: de uma parte, sublinha a *estranheza* dessa linguagem que é contrária à própria estrutura da linguagem; e, por outra parte, adiciona os mal-estares, disforias: o dilacerado e o colante, o grudento (cf. a supuração das pálpebras no momento em que o morto é trazido da hipnose para a vigília, isto é, vai entrar na verdadeira morte, 133); 4. a *silabação distinta* constitui a próxima palavra do Morto como uma linguagem plena, completa, adulta, como uma essência de linguagem, e não como uma linguagem engasgada, aproximativa, balbuciada, uma linguagem menor, embaraçada de não linguagem; daí o espanto e o terrível: existe uma contradição hiante entre a Morte e a Linguagem; o contrário da Vida não é a Morte (o que é um estereótipo), é a Linguagem: é indecidível se Valdemar está vivo ou morto; o que é certo, é que ele fala, sem que se possa relacionar a sua palavra com a Morte ou com a Vida.

c. Notemos um artifício que pertence ao código cronológico: *Pensei isso então e continuo pensando*: aqui há copresença de três temporalidades: tempo da história, da diegese ("pensei isso"), tempo da escrita ("penso isso no momento em que escrevo"), tempo da leitura (levados pelo presente da escrita, nós mesmos pensamos isso no momento em que lemos). O conjunto produz um efeito de real.

(109) "*O sr. Valdemar falava, evidentemente para responder à pergunta que eu lhe havia dirigido alguns minutos antes. Eu lhe havia perguntado, está-se lembrado, se ele continuava dormindo.*"

a. A *Interrogação IV* continua em curso: a pergunta é aqui retomada (cf. 100), a resposta é anunciada.

b. A palavra do morto hipnotizado é a própria resposta ao problema III, levantado em (14): *até que ponto* a hipnose pode parar a morte? Aqui se responde a esse problema: *até a linguagem.*

(110) *"Ele dizia agora: – Sim, – não, – eu dormi, – e agora, – agora, eu estou morto."*

Do ponto de vista estrutural, essa lexia é simples: é o termo "resposta" ("Eu estou morto") da *Interrogação IV*. Entretanto, fora da estrutura diegética (presença da lexia numa sequência acional), a conotação da palavra (*eu estou morto*) é de uma riqueza inesgotável. Sem dúvida há numerosas narrativas míticas em que o morto fala; mas é para dizer: "eu estou vivo". Há, aqui, um verdadeiro *hápax* da gramática narrativa, encenação da *palavra impossível como palavra*: *eu estou morto*. Tentemos desdobrar algumas dessas conotações:

1. Já se levantou o tema da invasão (da Morte pela Vida); a invasão é uma perturbação paradigmática, uma perturbação do sentido; no paradigma *Vida/Morte*, a barra se lê normalmente "contra" (*versus*); bastaria ler "sobre", para que a invasão se produzisse e o paradigma fosse destruído; é o que acontece aqui; há avanço indevido de um espaço sobre o outro. O interessante é que a invasão vem aqui no nível da linguagem. A ideia de que o morto possa continuar a agir depois de morto é banal; é o que diz o provérbio: "O morto pega o vivo", é o que dizem os grandes mitos do remorso ou da vingança póstuma; é o que diz comicamente o chiste de Forneret: "A morte ensina os grandes incorrigíveis a viver"; mas, aqui, a ação do morto é uma pura ação de linguagem e, o que é o cúmulo, essa linguagem não serve para nada, não vem em função de uma ação sobre os vivos, não diz outra coisa senão ela mesma, designa-se tautologicamente; antes de dizer "eu estou morto", a voz diz simplesmente "eu falo"; é um pouco como um exemplo de gramática que não remete a outra coisa senão à linguagem; a inutilidade do proferimento faz

parte do escândalo: trata-se de afirmar uma essência que *não está em seu lugar* (o *deslocado* é a forma mesma do simbólico).

2. Outro escândalo da enunciação é a transformação da metáfora em letra. É de fato banal enunciar a frase "eu estou morto!": é o que diz a mulher que ficou a tarde toda fazendo compras no Printemps, que foi ao cabeleireiro etc. A transformação da metáfora em letra, *precisamente para essa metáfora*, é impossível: a enunciação "eu estou morto", segundo a letra, é forclusa (ao passo que "estou dormindo" permanecia literalmente possível no campo do sono hipnótico). Trata-se então, se se quiser, de um escândalo de linguagem.

3. Trata-se também de um escândalo da língua (e não mais do discurso). Na soma ideal de todos os enunciados possíveis da língua, a junção da primeira pessoa (*Eu*) e do predicativo "*morto*" é precisamente o que é radicalmente impossível: é o ponto vazio, a mancha cega da linguagem, que o conto muito precisamente vem ocupar. O que é dito nada mais é do que essa impossibilidade: a frase não é descritiva, não é constativa, não traz nenhuma mensagem a não ser a de seu próprio proferimento: pode-se dizer em certo sentido que se trata aqui de um performativo, mas tal, certamente, que nem Austin nem Benveniste haviam previsto em suas análises (lembremos que o performativo é aquele modo de enunciação segundo o qual o enunciado não remete senão ao seu proferimento: *eu declaro guerra*; os performativos estão sempre, por força, na primeira pessoa, senão deslizariam para o constativo: *ele declara guerra*); aqui, a frase indevida performa uma impossibilidade.

4. Do ponto de vista propriamente semântico, a frase "Eu estou morto" afirma ao mesmo tempo dois contrários (a Vida, a Morte): é um enantiossema, mas, ainda uma vez, único: o significante exprime um significado (a Morte) que é

contraditório com o seu proferimento. E, no entanto, é preciso ir ainda mais longe: não se trata de uma simples denegação, no sentido psicanalítico, "eu estou morto" querendo dizer então: "eu não estou morto", mas, antes, de uma afirmação-negação: "eu estou morto e não morto"; está aí o paroxismo da transgressão, a invenção de uma categoria inaudita: o *verdadeiro-falso*, o *sim-não*; a *morte-vida* é pensada como um *inteiro* indivisível, incombinável, não dialético, pois a antítese não implica nenhum terceiro termo; não é uma entidade biface, mas um termo uno e novo.

5. Sobre o "eu estou morto", uma reflexão psicanalítica é também possível. Foi dito que a frase realizava um retorno escandaloso à letra. Isso quer dizer que a Morte, como recalque primordial, irrompe diretamente na linguagem; esse retorno é radicalmente traumático, como o mostra adiante a imagem da explosão (147: *"os gritos de 'Morto! Morto!' que literalmente explodiam na língua e não nos lábios do sujeito..."*): a fala "Eu estou morto" é um tabu explodido. Ora, se o simbólico é o campo da neurose, o retorno da letra, que implica a forclusão do símbolo, abre o espaço da psicose: nesse ponto da novela, todo símbolo cessa, toda neurose também, é a psicose que entra no texto, pela forclusão espetacular do significante: o *extraordinário* de Poe é mesmo aquele da loucura.

Outros comentários são possíveis, principalmente aquele de Jacques Derrida[15]. Limitei-me àqueles que se pode tirar da análise estrutural, tentando mostrar que a frase inaudita "Eu estou morto" não é absolutamente o enunciado incrível, mas muito mais radicalmente a *enunciação impossível*.

---

15. *La voix et le phénomène* [*A voz e o fenômeno*], p. 60-1. [Paris, PUF, 4ª edição, 1983.]

Antes de chegar a conclusões metodológicas, lembrarei, no plano meramente anedótico, o fim da novela: Valdemar permanece morto sob hipnose durante sete meses; com a concordância dos médicos, P. decide então acordá-lo; os passes têm êxito e um pouco de cor volta às faces de Valdemar; mas, enquanto P. está tentando ativar o despertar do sujeito intensificando os passes, os gritos de "Morto! Morto!" explodem em sua língua e, de uma só vez, o corpo todo escapa, faz-se em migalhas, apodrece nas mãos do experimentador, não deixando mais do que uma "*massa repelente e quase líquida –, uma abominável putrefação*".

CONCLUSÕES METODOLÓGICAS

As observações que servirão de conclusão a estes fragmentos de análise não serão forçosamente "teóricas"; a teoria não é abstrata, especulativa: a própria análise, embora tendo como objeto um texto contingente, já era teórica, no sentido de que observava (esse era o seu objetivo) uma linguagem em vias de se fazer. Vale dizer – ou lembrar – que não procedemos a uma explicação do texto: simplesmente tentamos surpreender a narrativa à medida que se constituía (o que implica ao mesmo tempo estrutura e movimento, sistema e infinito). Nossa estruturação não vai além daquela que a leitura realiza espontaneamente. Não se trata então, para concluir, de entregar a "estrutura" do conto de Poe, ainda menos a de toda e qualquer narrativa, mas somente de voltar, de maneira mais livre, menos presa ao desenrolar-se progressivo do texto, aos principais *códigos* que localizamos.

A própria palavra *código* não deve ser aqui entendida no sentido rigoroso, científico, do termo. Os códigos são simplesmente campos associativos, uma organização supratextual de notações que impõem certa ideia de estrutura; a instância do código, para nós, é essencialmente cultural: os códigos são certos tipos de *já visto*, de *já lido*, de *já feito*: o código é a forma desse *já* constitutivo da escrita do mundo.

Embora todos os códigos sejam na verdade culturais, existe no entanto um, entre os que encontramos, a que chamamos privilegiadamente de *código cultural*: é o código do saber, ou melhor, dos saberes humanos, das opiniões públicas, da cultura tal como é transmitida pelo livro, pelo ensino e, de modo mais geral, mais difuso, por toda a socialidade; esse código tem como referência o saber, como corpo de regras elaboradas pela sociedade. Encontramos vários desses códigos culturais (ou vários subcódigos do código cultural geral): o código científico, que toma apoio (no nosso conto) ao mesmo tempo nos preceitos da experimentação e nos princípios da deontologia médica; o código retórico, que junta todas as regras sociais do *dizer*: formas codificadas da narrativa, formas codificadas do discurso (anúncio, resumo etc.): a enunciação metalinguística (o discurso fala de si mesmo) faz parte desse código; o código cronológico: a "datação", que nos parece hoje natural, objetiva, é de fato uma prática muito cultural – o que é normal, pois implica certa ideologia do tempo (o tempo "histórico" não é o mesmo que o tempo "mítico"): o conjunto dos pontos de referência cronológicos constitui portanto um código cultural forte (uma maneira histórica de recortar o tempo para fins de dramatização, de semelhança científica, de efeito de real); o código sócio-histórico permite mobilizar, na enunciação, todo o conhecimento infuso que temos de nosso tempo, de nossa sociedade, de nosso país (o fato de dizer *o sr. Valdemar* – e não *Valdemar* –, como estão lembrados, insere-se nele). Não é preciso preocupar-se com podermos constituir em código notações extremamente banais: é, ao contrário, a sua banalidade, a sua insignificância aparentes que as predispõem ao código, tal como o definimos: um corpo de regras tão usadas que as tomamos como traços de natureza; mas, se a narrativa saísse delas, bem depressa se tornaria *ilegível*.

O código da comunicação poderia também ser chamado de código da destinação. A *comunicação* deve ser entendida num sentido restrito; ela não recobre toda a *significação* que está num texto, ainda menos a sua *significância*; designa somente toda relação que, no texto, é enunciada como *endereço* (é o caso do código "fático", encarregado de acentuar a relação entre o narrador e o leitor), ou como *troca* (a narrativa se troca com a verdade, com a vida). Em suma, *comunicação* deve entender-se aqui no sentido econômico (comunicação, circulação das mercadorias).

O campo *simbólico* ("campo" é aqui menos rígido do que "código") é, com certeza, muito vasto; ainda mais que tomamos aqui a palavra "símbolo" no sentido mais geral possível, sem nos embaraçar com nenhuma de suas conotações habituais; o sentido a que nos referimos está próximo do da psicanálise: o símbolo é em suma esse traço de linguagem que *desloca* o corpo e deixa "entrever" uma outra cena que não aquela da enunciação, tal como acreditamos lê-la; o arcabouço simbólico, no conto de Poe, é evidentemente a transgressão do tabu da Morte, o desarranjo de classificação, aquilo que Baudelaire (muito bem) traduziu por "*empiètement*"* da Vida sobre a Morte (e não, banalmente, da Morte sobre a Vida); a sutileza do conto vem em parte de que a enunciação

---

* A palavra "*empiètement*", usada por Baudelaire na tradução de Poe, e que, no decorrer do texto, traduzimos por "invasão" inclui a raiz "*pied*" [pé] (que não está na palavra que usamos em português) e significa "o ato de colocar o pé sobre o terreno alheio, avanço, invasão". (N. T.)

parece partir de um narrador *assimbólico*, que endossou o papel do cientista objetivo, preso apenas ao fato, estranho ao símbolo (que não cessa de voltar com força na novela).

O que chamamos de código das *ações* sustenta o arcabouço anedótico da narrativa; as ações, ou as enunciações que as denotam, organizam-se em sequências; a sequência é uma identidade *aproximativa* (não se lhe pode determinar o contorno com rigor nem de maneira irrecusável); ela se justifica de duas maneiras: porque se é levado espontaneamente a dar-lhe um nome genérico (por exemplo, certo número de notações, a má saúde, a deterioração, a agonia, a mortificação do corpo, sua liquefação agrupam-se naturalmente sob uma ideia estereotipada, a de "Morte clínica"), e depois porque os termos da sequência acional estão ligados entre si (de um a outro, pois que se sucedem ao longo da narrativa) por uma aparência de lógica; queremos dizer com isso que a lógica que institui a sequência acional é, de um ponto de vista científico, muito impura; é somente uma aparência de lógica, que vem não das leis do raciocínio formal, mas de nossos hábitos de raciocinar, de observar: é uma lógica endoxal, cultural (parece-nos "lógico" que um diagnóstico severo siga a constatação de um mau estado de saúde); ademais, essa lógica se confunde com a cronologia: o que vem *depois* mostra-se a nós como *causado por*. A temporalidade e a causalidade, ainda que, na narrativa, não sejam nunca puras, parecem-nos fundamentar uma espécie de *naturalidade*, de inteligibilidade, de legibilidade do enredo: permitem-nos, por exemplo, *resumi*-lo (o que os antigos chamavam de *argumento*, palavra ao mesmo tempo lógica e narrativa).

Um último código atravessou (desde o início) o nosso conto: o do *Enigma*. Não tivemos a oportunidade de vê-lo em funcionamento, porque não analisamos senão uma pequena parte do conto de Poe. O código do Enigma reúne os termos por cujo encadeamento (como uma *frase* narrativa) coloca-se um enigma e, depois de alguns "retardamentos", que constituem todo o sal da narração, desvenda-se a solução. Os termos do código enigmático (ou hermenêutico) são bem diferenciados; há que se distinguir, por exemplo, a *colocação* do enigma (toda notação cujo sentido é "há um enigma") da *formulação* do enigma (a questão é exposta em sua contingência); no nosso conto, o enigma é colocado no próprio título (a "verdade" é anunciada, mas não se sabe ainda sobre que questão), formulada desde o início (é a exposição científica dos problemas ligados à experiência projetada), e mesmo, desde o início, retardado: toda narrativa tem interesse, evidentemente, em retardar a solução do enigma que coloca, pois que essa solução fará soar a sua própria morte como narrativa; vimos que o narrador emprega todo um parágrafo para retardar o relato do caso, sob o pretexto de precauções científicas. Quanto à solução do enigma, não é, aqui, de ordem matemática; é, em suma, toda a narrativa que responde à questão do começo, à questão da verdade (essa verdade pode entretanto condensar-se em dois pontos: o proferimento do "eu estou morto" e a liquefação brusca do morto no momento de seu despertar hipnótico); a verdade não é aqui o objeto de uma *revelação*, mas de uma *revulsão*.

Tais são os códigos que perpassaram os fragmentos que analisamos. É de propósito que não os estruturamos mais, que não tentamos distribuir os termos, no interior de cada código, segundo um esquema lógico ou semiológico; é que, para nós, os códigos são apenas pontos de *partida* de *já lido*, inícios de intertextualidade: o caráter *desfiado* dos códigos não é o que contradiz a estrutura (como, acredita-se, a vida, a imaginação, a intuição, a desordem contradizem o sistema, a racionalidade), mas ao contrário (é a afirmação fundamental da análise textual) é *parte integrante da estruturação*. É esse "desfiamento" do texto que distingue a estrutura –

objeto da análise estrutural propriamente dita – da estruturação – objeto da análise textual que se tentou praticar aqui. A metáfora têxtil que acabamos de utilizar não é fortuita. A análise textual pede, com efeito, que se represente o texto como um *tecido* (é aliás o sentido etimológico), como um trançado de vozes diferentes, de códigos múltiplos, ao mesmo tempo entrelaçados e inacabados. Uma narrativa não é um espaço tabular, uma estrutura plana, é um volume, uma estereofonia (Eisenstein insistia muito no *contraponto* de suas direções cinematográficas, estabelecendo assim uma identidade entre o filme e o texto): existe um *campo de escuta* da narrativa escrita; o modo de presença do sentido (exceto, talvez, para as sequências acionais) não é o desenvolvimento, mas o *brilho*: apelos de contato, de comunicação, colocações de contrato, de troca, brilhos de referências, clarões de saber, golpes mais surdos, mais penetrantes, vindos da "outra cena", a do simbólico, descontínuo das ações que se ligam a uma mesma sequência, mas de maneira frouxa, interrompida sem cessar.

Todo esse "volume" é puxado para a frente (para o fim da narrativa), provocando assim a impaciência de leitura, sob o efeito de duas disposições estruturais: *a.* a *distorção*: os termos de uma sequência ou de um código estão separados, trançados de elementos heterogêneos; uma sequência parece abandonada (por exemplo, a degradação da saúde de Valdemar), mas é *retomada* adiante, por vezes muito adiante; há criação de uma espera; podemos mesmo agora definir a sequência: essa microestrutura flutuante que constrói, não um objeto lógico, mas uma espera e sua resolução; *b.* a *irreversibilidade*: em que pese o caráter flutuante da estruturação, na narrativa clássica, legível (tal como o conto de Poe), há dois códigos que mantêm a ordem vetorizada, o código acional (fundamentado numa ordem lógico-temporal) e o código do Enigma (a questão se coroa com a sua solução);

assim é criada uma irreversibilidade da narrativa. É evidentemente neste ponto que incidirá a subversão moderna: a vanguarda (para ficar com uma palavra cômoda) tenta tornar o texto completamente reversível, expulsar o resíduo lógico-temporal, atacar o *empírico* (lógica dos comportamentos, código acional) e a *verdade* (código dos enigmas).

Não se deve entretanto exagerar a distância que separa o texto moderno da narrativa clássica. Como vimos, no conto de Poe, com muita frequência uma mesma frase remete a dois códigos simultâneos, sem que se possa escolher qual é o "verdadeiro" (por exemplo, o código científico e o código simbólico): é próprio da narrativa, desde que atinja a qualidade de *texto*, constranger-nos à *indecidibilidade* dos códigos. Em nome de que decidiremos? Em nome do autor? Mas a narrativa não nos dá senão um enunciador, um performador que é tomado em sua própria produção. Em nome desta ou daquela crítica? Todas são recusáveis, carregadas pela história (o que não quer dizer que sejam inúteis: cada uma participa, *mas por uma voz apenas*, do volume do texto). A indecidibilidade não é uma fraqueza, mas uma condição estrutural da narração: não há determinação unívoca da enunciação: num enunciado, vários códigos, várias vozes *estão presentes*, sem preexcelência. A escrita é justamente essa perda de origem, essa perda dos "móveis" em proveito de um volume de indeterminações ou de sobredeterminações: esse olume é precisamente a *significância*. A escrita chega muito exatamente no momento em que a palavra cessa, isto é, a partir do instante em que já não se pode mais detectar *quem fala* e em que se constata somente que *isso começa a falar*.

> In *Sémiotique narrative et textuelle*
> [Semiótica narrativa e textual],
> apresentado por Claude Chabrol.
> © Librairie Larousse, 1973.

1ª edição junho de 2001 | **1ª reimpressão** agosto de 2013
Diagramação Studio 3 Desenvolvimento Editorial
Fonte Times New Roman PS | **Papel** Offset 75 g/m²
Impressão e acabamento Yangraf